Das Vermächtnis des Raben

Hildegard Burri-Bayer

Das Vermächtnis des Raben

Weltbild

Weltbild Buchverlag –Originalausgaben–

Steinerne Furt 67, 86167 Augsburg

Projektleitung und Lektorat: Dr. Ulrike Strerath-Bolz
Umschlaggestaltung: Quasimodo Grafik-Design, Postmünster
Umschlagabbildung: © Michael Whelan via Agentur Schlück GmbH
Satz: AVAK Publikationsdesign, München
Druck und Bindung: GGP Media GmbH,
Karl-Marx-Straße 24, 07381 Pößneck

Gedruckt auf chlorfrei gebleichtem Papier

Printed in Germany

ISBN 3-89897-190-2

Für meine Eltern

Die Zeit für das Glück
ist heute,
nicht morgen.
(David Donn)

I

1

Das flackernde Feuer tauchte den Raum in ein warmes Licht. Miriam starrte nachdenklich in die Flammen, die vor ihr auf und ab tanzten.

Lange Jahre des Friedens lagen hinter ihr, die sie glücklich und zufrieden mit ihrem Mann Calach und der gemeinsamen Tochter Aila im nördlichsten Teil des Caledonischen Hochlands verbracht hatte. Sie waren froh, dass die Römer angesichts des heftigen Widerstands der so genannten Barbaren alle Versuche aufgegeben hatten, den dünn besiedelten Norden zu erobern. Nur wenige Male hatte Miriam um das Leben ihres Mannes bangen müssen, wenn er mit seiner Gefolgschaft aufgebrochen war, um den verbündeten Fürsten gegen die Römer zu Hilfe zu eilen. Sie beherrschten freilich immer noch weite Teile des Landes, aber mittlerweile hatten sich die meisten der Gaufürsten mit ihnen arrangiert. Aufstände waren die Ausnahme geworden und wurden von den Römern niedergeschlagen, noch bevor die Nachricht davon bis in den hohen Norden dringen konnte.

Miriams Leben wurde vom Wechsel der Jahreszeiten bestimmt, und sie dachte nur noch selten an die seltsame Vergangenheit, die sich wie ein fast vergessener Traum in einem hinteren Teil ihres Gedächtnisses verbarg. Vor über siebzehn Jahren war sie ihrem Herzen gefolgt und hatte ein großes Abenteuer begonnen: Nach einer Zeitreise hatte sie die Bequemlichkeit des dritten Jahrtausends gegen das Leben mit einem Caledonischen Fürsten im ersten Jahrhundert nach Christus eingetauscht.

Sie genoss die Wärme, die von dem Mann an ihrer Seite

ausstrahlte, und freute sich auf die Reise am morgigen Tag, die sie gemeinsam mit ihm unternehmen würde.

Boten hatten gemeldet, dass der Briganterfürst Venutius sich eine erbitterte Fehde mit Aneirin, dem Fürsten der Trinovanten, lieferte, die das Land weiter südlich bewohnten. Durch sein Amt als Vergobretos – der Vollstrecker der Urteile – hatte Calach die Pflicht, alles zu unternehmen, um den Streit zwischen den beiden Stämmen zu schlichten und die alten Bündnisse zu erneuern. Ein sorgenvoller Zug lag über Calachs Gesicht, als er sich an Miriam wandte. »Der lange Frieden gefällt den jungen Männern nicht. Immer mehr von ihnen verlassen uns, um sich in anderen Teilen des Landes den dort lebenden Fürsten zu verpflichten. Wenn das so weitergeht, werden in unserem Dorf bald nur noch alte Männer leben.«

Miriam musste lachen. Sie liebte die späten Abendstunden, an denen sie ihren Mann für sich allein hatte und gemütlich mit ihm am Feuer saß, um über die Ereignisse des Tages zu reden. »Ihr Männer seid alle gleich. Erst kämpft ihr für den Frieden, und jetzt, wo ihr endlich euer Ziel erreicht habt, sehnt ihr euch wieder nach Krieg.« Sie schmiegte sich enger an Calach und drückte ihm einen zärtlichen Kuss auf den Mund. »Es leben noch genügend junge Männer in unserem und auch in den umliegenden Dörfern, die so streitlustig sind, dass die nächste kleinere Fehde nicht weit entfernt sein kann, die sie wieder für eine Weile beschäftigen wird. Warum lässt du die Männer nicht auf den Feldern arbeiten? Den ganzen Tag verbringen sie mit Jagen und Trinken oder schleichen um die jungen Mädchen herum. Sie wären viel ruhiger, wenn sie regelmäßig arbeiten müssten.«

Calach bewunderte seine schöne, kluge Frau. Sie wusste

zu allem etwas zu sagen, und oft schon hatte er auf ihre Worte gehört. Verliebt sah er ihr in die Augen.

»Sicher hast du Recht, doch die alten Bräuche besagen nun einmal, dass die Gefolgschaft eines Gaufürsten für die Jagd und den Krieg bestimmt ist. So war es seit jeher und wird es auch immer sein. Denk nicht so viel über die Angelegenheiten der Männer nach – erfülle lieber deine Pflicht als Ehefrau.« Er verschloss ihren Mund mit einem leidenschaftlichen Kuss und zog sie sanft auf die gemeinsame Schlafstätte.

»Sitten und Gebräuche ändern sich im Laufe der Zeit«, murmelte Miriam zwischen zwei Küssen, doch Calach hörte ihr nicht mehr zu. Sie spürte seine Hände über ihren Körper wandern, fordernd und doch zärtlich. Mit einem gespielten Seufzer ließ sie sich von seiner Leidenschaft mitreißen und vergaß alles um sich herum. Sie liebte Calach wie am ersten Tag ihrer Begegnung und hatte es nie bereut, dass sie ihr altes Leben gegen diese Liebe eingetauscht hatte.

Als sie am nächsten Morgen aus dem Haus traten, bedeckten schwere graue Wolken den Himmel und der auffrischende Wind blies ihnen kühle Luft ins Gesicht. Miriams Wangen hatten sich gerötet, und ihre Augen blitzten vor Vergnügen. Sie war seit Jahren nicht mehr aus dem Dorf gekommen und würde die Reise fernab von ihrem alltäglichen Leben genießen. Während Calach die Pferde aufzäumte, verabschiedete Miriam sich von ihrer Freundin Ira. »Bitte vergiss nicht dein Versprechen, auf Aila zu achten«, sagte sie zum Abschied noch.

Die junge Frau lächelte ihr fröhlich zu und streichelte über die warmen Nüstern von Miriams Stute. »Es wäre leichter, auf den Wind zu achten, als auf deine Tochter, aber mit Hilfe der Götter wird es mir hoffentlich gelingen.« Grüßend hob sie die Hand und sah ihrem Bruder und seiner Frau immer noch lächelnd nach, als die beiden die Pferde bestiegen und langsam zum Tor hinausritten.

Der Wind spielte mit den rotgoldenen Locken des jungen Mädchens, das still zwischen den mächtigen Eichen stand. Wären die flatternden Haare nicht gewesen, hätte man sie für eine wunderschöne Statue halten können. Ihre weit geöffneten Augen blickten merkwürdig starr und schienen die Umgebung um sie herum nicht wahrzunehmen. Lange verharrte sie in der gleichen Haltung, bevor ihre Augen sich wieder mit Leben füllten. Lässig wandte sie sich um und strich eine Haarsträhne aus ihrem Gesicht. Ihre Bewegungen waren geschmeidig wie die einer Katze und genauso leise.

Ohne auch nur auf einen einzigen der trockenen Äste unter ihren schmalen Füßen zu treten, verließ sie den heiligen Hain, der in dem schwindenden Licht der untergehenden Sonne noch düsterer wirkte als sonst. Ein großer grauer Schatten tauchte neben ihr auf und bewegte sich ebenso lautlos wie sie.

Sie war erschöpft, als sie das Dorf erreichte und sich auf ihre Bettstelle sinken ließ, ohne ihr Gewand abzulegen. Das Knistern des Feuers, das eine der Leibeigenen entzündet hatte, begleitete sie in den Schlaf. Sie bemerkte nicht mehr, wie Ira hereinkam und eine warme Decke über ihrem schmalen Körper ausbreitete. Vorsorglich legte Ira noch einige Holzscheite nach, bevor sie das Haus wieder verließ. Die Nächte wurden mit jedem Tag kälter und feuchter, und es würde nicht mehr lange dauern, bis der Wind auch die letzten bunten Blätter von den Bäumen fegte und die dunkle Jahreszeit begann.

Aila hatte seltsame Träume. Immer wenn Mog Ruith sie in den heiligen Hain rief, wurde sie anschließend von diesen Träumen gequält, die sie nicht verstehen konnte und die ihr Angst machten. Sie hatte mit Barco, dem Dudelsackspieler, darüber gesprochen, der ihr ein guter Freund geworden war. Barco hatte sie sanft aus seinen schräg stehenden dunklen Augen angesehen. »Vertraue Mog Ruith, er wird wissen, wie weit er dich führen kann.« Seine Worte ließen sie sofort ruhiger werden. Sie hatte großes Vertrauen zu dem Barden, der ein Schüler Mog Ruiths war. Er besaß die Gabe, immer im richtigen Moment zu erscheinen, als würde er genau wissen, wann sie seinen Trost oder einen Rat von ihm herbeisehnte.

Als sie an diesem Morgen erwachte, strich sie sich mit einer energischen Handbewegung über die Stirn, als wollte sie die dunklen Träume fortschieben, die ihre Gedanken immer noch umklammert hielten. Sie sprang aus dem Bett und öffnete die Türe, um die kühle Morgenluft einzulassen. Die Sonne erhob sich schwerelos hinter den Bäumen, die das Dorf umgaben.

Ailas Stimmung stieg. Es würde ein schöner Tag werden, und sie beschloss, ihn in ihrem geliebten Wald zu verbringen. Sie brach ein Stück von dem frisch gebackenen Brot ab, das auf dem Holzregal neben der Türe lag, und zog sich ihren Umhang über. Kauend lief sie zum Fluss, um sich zu waschen. Caru, der graue Kriegshund, folgte ihr auf Schritt und Tritt, wie er es von dem Tag an tat, als sie ihm furchtlos einen schmerzhaften Dorn aus der Pfote gezogen hatte. Doch das war lange her. Damals war sie noch ein kleines Mädchen gewesen, und ihr Mitleid hatte über ihre Angst vor dem großen Tier gesiegt, das wütend jeden anknurrte, der sich ihm nähern wollte.

Sie hob einen Ast vom Boden auf und schleuderte ihn in den Fluss. Sofort jagte Caru dem Ast nach. Während sie sich in dem kalten Wasser Gesicht und Hände wusch, brachte Caru den Ast ans Ufer und legte ihn auffordernd vor sie auf den mit Steinen übersäten Ufersand. »Meinst du, dass du noch nicht sauber genug bist?« Lachend warf sie den Ast ein zweites Mal und sah zu, wie der Hund sich in das kalte Wasser stürzte. Dann zog sie einen dünnen Haselnusszweig aus dem Beutel an ihrem Gürtel und reinigte sorgfältig ihre Zähne, so wie Miriam es ihr schon als Kind beigebracht hatte.

Sie war gerade fertig, als die ersten Bewohner des Dorfes am Fluss eintrafen. Verico befand sich unter ihnen. Er war ein stürmischer junger Mann, der es kaum abwarten konnte, seine Prüfungen abzulegen, um endlich in die Reihen der Krieger aufgenommen zu werden. Er warf Aila einen feurigen Blick zu. Für ihn kam kein anderes Mädchen im Dorf als Calachs Tochter in Frage. Er liebte sie, seit er denken konnte, und trainierte härter als alle anderen, um der Beste zu sein, wenn der große Tag anbrechen würde. Es war seine einzige Chance, die Fürstentochter zur Frau zu bekommen. Er war sich sicher, dass Calach, der seine Tochter über alles liebte, niemals den Zweitbesten für Aila wählen würde.

Aila war sich bewusst, dass die Blicke des jungen Mannes ihr folgten, als sie sich erhob und in Richtung Wald lief. Verico war nicht der einzige Mann, der ihr nachsah, und sie genoss die Bewunderung der jungen Männer, die ihr ein Gefühl von Überlegenheit gab. Bei dem Gedanken daran, dass ihre Eltern noch eine ganze Weile fortbleiben würden, legte sich ein unbekümmertes Lächeln über ihre feinen Gesichtszüge. Niemand würde ihr Vorschriften machen, und für die nächsten Tage war sie von der langweiligen Nähstube befreit, in der sich alle unverheirateten Frauen und Mädchen beinahe täglich trafen, um zu nähen, zu weben und zu spinnen. Die Nähstube war das begehrte Ziel der jungen Männer, die ständig nach einem Vorwand suchten, um sich ihrer Angebeteten nähern zu können.

Aila machte einen großen Bogen um den heiligen Hain und lief tiefer in den Wald. Unterwegs pflückte sie einige Beeren, die sie hungrig verzehrte. Nach einer Weile öffnete sich der Wald und gab den Blick auf eine Lichtung frei, die von einer blühenden Wiese überzogen war. Die Lichtung war kreisrund und übte immer wieder eine starke Anziehungskraft auf Aila aus. Sie war überzeugt davon, dass sich hier ein Geheimnis verbarg; vielleicht hatte sie sogar einen der Zugänge in die andere Welt entdeckt. Jedenfalls liebte sie diesen Platz, den sie vor einiger Zeit gefunden hatte und an dem sie ungestört ihren Gedanken nachhängen konnte. Bisher hatte sie niemandem von dieser Lichtung erzählt, nicht einmal Barco. Er sollte ihr Geheimnis bleiben, ein Zufluchtsort, den sie ganz für sich allein behalten wollte.

Die Spitzen einiger schmaler, verwitterter Steine ragten aus den hohen Gräsern. Sie hätte zu gern gewusst, wer sie dort aufgestellt hatte und was sich dahinter verbarg. Ob Mog Ruith es ihr sagen konnte? Irgendwann einmal würde sie ihn danach fragen. Sie ließ sich in der Mitte des Kreises in das weiche Gras sinken und genoss den würzigen Duft der Kräuter, der über der Wiese hing. Dann rollte sie sich träge auf den Rücken und betrachtete gedankenverloren die kleinen weißen Wolken, die am Himmel trieben. Zu gern hätte sie die Wölkchen einmal berührt, um zu wissen, wie sie sich anfühlten. Ihre Mutter hatte ihr vor langer Zeit erklärt, dass Wolken nur aus Wasser bestanden, doch diese Vorstellung gefiel ihr nicht. Sie wollte, dass sie so weich und luftig waren, wie sie aussahen. Sie war stolz auf ihre kluge und schöne Mutter, die mehr wusste als die anderen Menschen in ihrem Dorf und die viel von ihrem Wissen an sie weitergegeben hatte. Trotzdem hatte sie die Erfahrung machen müssen, dass Wissen auch Träume zerstören konnte, und sie hatte sich schon oft gefragt, ob es das wirklich wert war.

Die Sonne stand jetzt hoch über ihr, und sie genoss die warmen Sonnenstrahlen, die auf ihr Gesicht fielen. Ihre Gedankengänge wurden träger, und ohne es zu bemerken, schlief sie ein. Mog Ruith stand vor ihr. Er trug einen waidblau gefärbten Umhang über seinem weißen Gewand. Sein langer Bart reichte ihm fast bis auf die Brust. Aus funkelnden, wässrig blauen Augen sah er sie an. In seinen Augen, die sonst Weisheit und Güte ausstrahlten, stand jetzt tiefe Trauer. Er hielt den goldenen Reif in den Händen, der die Kraft der Tiefe und die Macht der Elemente in sich vereinte und durch den alles Leben floss. Der Reif war in zwei Teile zerbrochen. Fassungslos vor Entsetzen starrte Aila auf das zerstörte Heiligtum. Die ruhige Stimme des Druiden drang an ihre Ohren. »Ich habe dich seit deiner Geburt auf die Aufgabe vorbereitet, die dir bevorsteht. Die Zeit ist jetzt gekommen, in der sich dein Schicksal zum Wohle unseres Volkes erfüllen wird.«

Nebelschwaden stiegen von dem Boden unter ihren Füßen hoch und breiteten sich rasch aus. Der unheimliche Nebel wurde immer dichter, bis ihre Augen ihn nicht mehr durchdringen konnten, und nahm ihr die Luft zum Atmen.

Verzweifelt rang sie nach Luft und versuchte aus dem Nebel herauszufinden, doch es gelang ihr nicht. Das furchtbare Gefühl zu ersticken war das Letzte, was sie spürte, bevor sie das Bewusstsein verlor und der Nebel um sie herum sich in tiefe Schwärze verwandelte, die sie unbarmherzig in sich hineinzog.

2

Sie wusste nicht, wie viel Zeit vergangen war, als sie erwachte. Voller Angst schlug sie die Augen auf und schnappte gierig nach Luft. Der schreckliche Nebel war verschwunden, wie sie erleichtert feststellte. Benommen blieb sie noch eine Weile liegen. Sie war eingeschlafen und hatte geträumt, doch warum fühlte sie sich so matt nach diesem Traum? Ihr war schwindelig und elend, wie damals, als sie krank gewesen war. Suchend sah sie sich um. Wo war Caru? Er hatte sich noch nie von ihr entfernt, wenn sie schlief. Von dem grauen Hund war nichts zu sehen.

»Caru, wo bist du?« Ihre helle Stimme schallte über die Wiese, doch niemand antwortete, oder kam freudig auf sie zugesprungen. Der düstere Traum hielt sie immer noch gefangen. Ihr Mund war wie ausgetrocknet, und sie verspürte brennenden Durst. Immer wieder rief sie den Namen des Hundes, während sie sich auf den Weg zu einem der zahllosen Bäche machte, die das Hochland durchzogen. Doch Caru blieb verschwunden.

Nachdem sie ihren Durst gelöscht hatte, sah sie sich genauer um und stellte fest, dass sich die Landschaft verändert hatte. Der Wald um sie herum war hell und licht. Was war nur geschehen? Beunruhigt machte sie sich auf den Rückweg, während sie weiter nach ihrem treuen Freund rief. Viel zu schnell erreichte sie den Waldrand und starrte fassungslos auf die riesige Heidelandschaft um sich herum. Die vorher noch dicht bewaldeten Hügel waren kahl, wenn man von den vereinzelten Bäumen absah, die einen jämmerlichen Anblick boten.

Erschrocken zuckte sie zusammen, als ein Birkhuhn

neben ihr aufflog und sich kreischend in die Lüfte erhob. Sie schloss die Augen und öffnete sie wieder, doch die Bäume blieben genauso verschwunden wie Caru. Ihr Magen zog sich zu einem dicken Klumpen zusammen. Aila fühlte sich einsam wie noch nie in ihrem Leben, und sie hatte Angst. Angst vor dem, was mit ihr geschehen war, und vor dem, was noch kommen würde. Sehnsucht nach dem sanften Barco stieg in ihr hoch, doch auch er kam nicht, um sie zu trösten. Tapfer bemühte sie sich, ihre Verzweiflung zu unterdrücken, und lief weiter in Richtung Dorf. Der Weg unter ihren Füßen war ihr fremd. Vielleicht hatte sie sich verlaufen? Im gleichen Moment, in dem der Gedanke in ihrem Kopf war, wusste sie, dass sie sich etwas vormachte. Zu oft war sie diesen Weg schon gegangen, genau wie alle anderen Wege hier in der Gegend. Dass sie sich verlaufen hatt war unmöglich.

Sie lief, bis es dunkel war und ihre Füße von dem ungewohnten Untergrund zu schmerzen begannen. Die wadenhohe Heide bestand überwiegend aus ineinander verschlungenem Geäst, das ihre Beine blutig kratzte. Sie hatte Hunger und verstand nicht, was mit ihr geschehen war. Tränen der Verzweiflung rollten über ihre Wangen, als sie sich neben einen Baumstamm sinken ließ. Müde rollte sie sich unter der verkrüppelten Kiefer zusammen und zog ihren Umhang fester um ihre Schultern. Dann fiel sie in einen tiefen traumlosen Schlaf.

Als Aila am nächsten Morgen von dem Gezeter zweier Birkhühner geweckt wurde, waren ihre Kleider feucht und klamm. Zitternd vor Kälte erhob sie sich. Der Himmel war von einer dicken grauen Wolkenschicht bedeckt, die der Landschaft etwas Schwermütiges verlieh und zu ihrer Stimmung passte. Aila hätte gern ein Feuer entzündet, doch sie hatte keinen Feuerstahl dabei.

Ihr Magen gab ein knurrendes Geräusch von sich, und sie vermisste Caru, von dem sie noch nie lange getrennt gewesen war. Suchend sah sie sich um. So sehr sie sich auch bemühte, es gelang ihr nicht, einen Anhaltspunkt dafür zu finden, welche Richtung sie nehmen sollte, und sie entdeckte auch sonst keinen vertrauten Anblick. Traurig und frierend ging sie weiter und wanderte über fremd aussehende, kahle Hügel und durch weite Täler. Nur wenige Male legte sie eine Pause ein, um ihren Durst an einem der Bäche oder Flüsse zu stillen, an denen sie vorbeikam. Nachts schlief sie unter Bäumen, deren Äste und Zweige ihr ein wenig Geborgenheit gaben. Die endlose Einsamkeit um sie herum begann sie zu erdrücken, aber was noch schlimmer war, sie konnte die Götter nicht mehr spüren. Sie dachte darüber nach, ob es etwas mit ihrer Aufgabe zu tun hatte. Hatten die Götter sie verlassen, um sie zu prüfen?

Sie fand einige Wurzeln, die sie mit einem spitzen Ast ausgrub und hungrig verzehrte. Am Nachmittag bahnte sich die Sonne einen Weg durch die dichte Wolkendecke, und Aila genoss die Wärme. Sie wanderte weiter, bis es dunkel geworden war, und suchte sich ihr Nachtlager wie schon in den Nächten zuvor unter einem Baum. Nachdem sie sich in ihren Umhang gewickelt hatte, fielen ihr vor Erschöpfung die Augen zu.

In ihren Träumen erschien Mog Ruith. Er sah durch sie hindurch, obwohl er direkt vor ihr stand. Aila überlegte, was der Traum bedeuten könnte. Alle Träume, die der Druide ihr schickte, hatten eine Bedeutung. Wollte er ihr zeigen, dass er bei ihr war? Sie breitete ihre Arme aus und konzentrierte ihre Gedanken auf ihn, so wie sie es gelernt hatte, doch sie erhielt keine Antwort. Trotzdem fühlte sie sich etwas besser, als sie ihren Weg fortsetzte, in der Hoffnung, endlich auf Menschen zu treffen.

Sie kam an einem funkelnden See vorbei und beschloss, dort zu rasten und ihre schmerzenden Füße zu kühlen. Gerade hatte sie sich auf dem weichen Ufersand niedergelassen, als sie Schritte hinter sich vernahm. Voller Erwartung drehte sie sich um. Vor ihr stand ein Mann mittleren Alters, der einen dünnen, schwarzen Stock in der Hand hielt.

»Guten Tag«, grüßte John Lansbury freundlich, während er das Mädchen neugierig musterte. »Ich wollte ebenfalls eine kurze Rast an diesem wunderschönen See einlegen und hoffe, Sie haben nichts dagegen.« Ihre Blicke trafen sich, und eine Weile sahen die beiden sich an. Er ist unbewaffnet und sieht freundlich aus, dachte Aila. Ihr Blick wanderte über seine fein gewebten Kleider. Das Hemd war leuchtend rot, genau wie die Hosenbeine, die er trug. Der dünne schwarze Stock, den er bei sich hatte, besaß eine scharfe Spitze, aber er sah nicht wie eine Waffe aus. Ob man damit Fische fangen konnte? Er hatte sie in einer Sprache angesprochen, die sie nicht verstand. Seine warmen braunen Augen erwarteten ihre Antwort.

»Ich bin Aila, die Tochter von Calach, und habe den richtigen Weg verloren. Kannst du mir helfen?«, fragte sie.

Die dunklen Augenbrauen des Mannes schoben sich erstaunt nach oben. Das Mädchen hatte gälisch gesprochen, eine Sprache, die kurz vor dem Aussterben stand und nur noch an wenigen Schulen unterrichtet wurde.

»Sprichst du kein Englisch?«, versuchte er es noch einmal. Das Mädchen schüttelte den Kopf und zuckte leicht die Achseln. John Lansbury ließ sich ein Stück von ihr entfernt nieder und nahm seinen Rucksack vom Rücken. Er öffnete ihn und holte seine Trinkflasche heraus. Durstig trank er einen großen Schluck, bevor er die Flasche neben sich in den Sand legte. Er versuchte sich einige gälische Vokabeln ins Gedächtnis zu rufen, doch es war zu lange her.

Das Mädchen beobachtete ihn ruhig. Sie war wunderschön in ihren seltsamen Kleidern, wie eine Elfe aus einer anderen Welt. Er konnte kein Gepäck bei ihr entdecken, und soweit er wusste, befand sich kein Dorf in der Nähe. Das war der Grund, warum er diese Gegend zum Wandern ausgewählt hatte, weit entfernt von dem üblichen Touristenrummel. Er war ein viel beschäftigter Anwalt, und das Wandern war seine Art der Entspannung, die er sich leider viel zu selten gönnte. Ob das Mädchen tatsächlich alleine unterwegs war? Er hatte niemanden außer ihr gesehen.

Die Sonne war hinter einer dicken Wolkenschicht hervorgekommen und verwandelte das Wasser des Sees in einen glitzernden Traum. Er nahm eine Plastikdose mit belegten Broten aus seinem Rucksack und öffnete sie. Auffordernd hielt er sie dem Mädchen hin. »Möchtest du etwas essen? Ich habe genügend Brote mitgenommen, sie werden für uns beide reichen.« Aila lächelte ihn dankbar an und nahm eines der Brote. Hungrig biss sie hinein. Das Brot war dick mit Käse belegt und schmeckte köstlich. Sie verzehrte es mit großem Appetit. Sie wirkte regelrecht ausgehungert, und er bot ihr ein zweites Brot an, dass sie sofort nahm. Was machte ein so junges Mädchen in einer einsamen Gegend wie dieser hier? Ob sie sich verirrt hatte? Wieder bemühte er sich, aus den wenigen Vokabeln, die er kannte, einen Satz in seinem Kopf zu bilden, doch es gelang ihm nicht.

Als sie auch das zweite Brot gegessen hatte, versuchte er es mit Zeichensprache. »Wohin gehst du?«, fragte er und wies mit dem Finger erst auf ihre Brust und anschließend in die verschiedenen Himmelsrichtungen. Das Mädchen sah ihn an und schüttelte wieder den Kopf. Sie schien sich tatsächlich verlaufen zu haben.

»Möchtest du, dass ich dir den Weg zum nächsten Ort zeige?«, fragte er weiter. In ihren Augen sah er, dass sie ihn nicht verstanden hatte. Er nahm seinen Stock und malte einige Häuser in den Sand. Diesmal schien sie ihn zu verstehen, denn sie nickte mehrmals. John erhob sich und packte die Dose und die Trinkflasche in den Rucksack. Das Mädchen war ebenfalls aufgestanden. Schweigend liefen sie eine Weile nebeneinander her. Aila hatte keine Mühe, mit ihm Schritt zu halten, wie er es insgeheim befürchtet hatte. Bei jedem Schritt stieß John den Stock in den Boden, als wollte er sich darauf stützen. Aila hätte zu gern erfahren, warum er das tat, und sie bedauerte, dass sie ihn nicht danach fragen konnte.

Die Sonne, die sich immer wieder einen Weg durch die Wolken brach, stand schon hoch am Himmel, als sie den Gipfel des nächsten Hügels erreichten. Von oben sahen sie unzählige Schafe, die wie kleine weiße und schwarze Punkte auf den Hängen verteilt grasten. Dann entdeckte sie die Zäune, die sich quer durch die ansonsten unberührte Landschaft zogen. Die Menschen hier mussten sehr reich sein, wenn sie so viele Schafe besaßen, und sorglos noch dazu, denn sie konnte weit und breit niemanden sehen, der auf die Tiere achtete. Sie fand es merkwürdig, machte sich aber weiter keine Gedanken darüber. Der Anblick der Schafe hatte sie etwas beruhigt. Wo Schafe waren, konnten die Siedlungen nicht weit sein. Sicher würde sie bald auf Menschen treffen und erfahren, wo sie überhaupt war.

John blieb stehen und wies auf den schmalen Weg, der sich ins Tal hinunterschlängelte und wieder den nächsten

Hügel hinauf. Von dort aus konnte man Inverurie sehen. Es waren höchstens noch drei Stunden zu laufen, und das Mädchen konnte gefahrlos alleine weitergehen. Der kleine Ort, in dem seine Frau ihn erwartete, lag in der entgegengesetzten Richtung, und er würde ein scharfes Tempo einschlagen müssen, wenn er ihn noch vor Einbruch der Dunkelheit erreichen wollte. Mary Ann würde sich Sorgen machen, wenn er so spät bei ihr eintraf. Sein Handy hatte im Hochland keinen Empfang, und er konnte sie nicht einmal anrufen, um sie zu beruhigen.

»Du brauchst nur diesem Weg zu folgen, dann kommst du nach Inverurie«, sagte er.

Aila schien ihn zu verstehen. »Ich möchte dir für deine Freundlichkeit danken.« Sie lächelte ihm noch einmal zu, bevor sie sich von ihm abwandte und mit großen Schritten den Hügel hinunterlief. John sah ihr nachdenklich nach. In Gedanken wünschte er ihr Glück. Ein Mädchen wie dieses hatte er noch nie getroffen, und fast tat es ihm Leid, dass er nicht mehr über sie erfahren hatte. Er dachte eine Weile darüber nach, was es war, das ihn so an ihr faszinierte, doch er fand keine Erklärung dafür.

3

Zwei Stunden später hatte Aila die Spitze des nächsten Hügels erreicht. Sie sah das kleine Steinhaus mit dem flachen Dach schon von weitem und lief erleichtert darauf zu. Als sie näher kam, stellte sie enttäuscht fest, dass es unbewohnt war. Die kleine Holztür war verschlossen, und das Haus sah aus, als wäre es schon vor langer Zeit verlassen worden. Trotzdem lief sie um das Haus herum und entdeckte dabei etwas Merkwürdiges. Eine Öffnung, größer als die Öffnungen, die der Belüftung in ihren Häusern diente, war in die Hauswand eingelassen. Sie konnte durch die Öffnung in das Haus sehen, aber nicht hindurchfassen. Ungläubig berührte sie die Glasscheibe, die sich kalt und glatt anfühlte.

Vor dem Fenster stand ein Tisch, auf dem sich Gegenstände befanden, die ihr fremd waren. Ob das kleine Haus einem Römer gehörte? Wie alle anderen Dorfbewohner hatte sie jedes Mal staunend an den Lippen der Händler gehangen, die manchmal an ihrem Dorf vorbeikamen und Unglaubliches von den Römern zu berichten wussten.

Ailas Neugier war erwacht und für einen Moment freute sie sich beinahe über das Abenteuer, das vor ihr lag. Sie besaß die gleiche Unbekümmertheit wie ihr Vater. Was würde sie als Nächstes entdecken? Beschwingt lief sie weiter, und am frühen Nachmittag tauchten, wie sie es erwartet hatte, Häuser vor ihr auf. Sie waren noch zu weit entfernt, um Genaueres erkennen zu können. Als sie näher kam, begann ihr Herz vor Aufregung schneller zu klopfen. Sie wusste, dass sie vorsichtig sein musste, wenn die Siedlung vor ihr tatsächlich von Römern bewohnt wäre. In diesem Fall wäre sie auch weiter von zu Hause entfernt, als sie angenommen hatte. Ob die Römer wirklich so klein und dunkelhaarig waren, wie die Händler es berichtet hatten?

Plötzlich drang ein merkwürdiges Geräusch an ihre Ohren, das sie nicht zuordnen konnte. Es wurde rasch lauter und kam direkt auf sie zu. Ihre Ohren begannen von dem ungewohnten Lärm zu dröhnen, und sie sprang erschrocken zur Seite, als ein merkwürdiges Wesen sich in gleichmäßigem Tempo auf sie zu bewegte. Es war größer als sie und seltsam starr und glatt. Verschiedene Gedanken schwirrten durch ihren Kopf, während sie das Wesen, das sich rasch an ihr vorbeibewegte, mit weit aufgerissenen Augen anstaunte. Am schlimmsten war das Geräusch, das von ihm ausging; es war schrecklich laut und machte ihr Angst. Sie ließ sich auf den Boden fallen und hielt sich die Ohren zu. Zu ihrer Erleichterung entfernte das Wesen sich von ihr, und sie hoffte inständig, dass es nicht zurückkommen würde. Der Schreck saß ihr noch in den Gliedern, als sie weiter auf die Häuser zulief.

Die Menschen, die dort wohnten, schienen sich sehr sicher zu fühlen, denn die Siedlung war nicht umfriedet wie die Dörfer, die sie kannte. Dafür besaß jedes Haus, an dem sie vorbeikam einen eigenen Zaun.

Vor einem der Häuser stand eine alte Frau und fütterte einige Hühner, die sie aufgeregt gackernd umringten. Wie eine Römerin sah sie nicht aus. Ihre blaugrauen Augen waren trüb, und ihr weißes Haar war zum größten Teil von einem Tuch bedeckt, das sie unter dem Kinn zusammengebunden hatte.

Zögernd trat Aila auf die Frau zu.

»Bitte gewährt mir eure Gastfreundschaft. Ich habe Hunger und würde mich gern eine Weile bei euch ausruhen«, sagte sie leise.

Überrascht sah die alte Frau auf. Es war lange her, seitdem sie die alte Sprache das letzte Mal gehört hatte, aber sie verstand, dass die junge Frau vor ihr hungrig war. Misstrauisch musterte sie das Mädchen von oben bis unten.

»Wenn du etwas zu Essen willst, musst du arbeiten«, erwiderte sie abweisend. Sie dachte nicht daran, eine Fremde ins Haus zu bitten. Seit ihr Mann verstorben war, lebte sie ganz allein. Vielleicht war die Frau vor ihr eine Betrügerin oder eine Kriminelle? Man las so viel in den Zeitungen, und sie würde kein Risiko eingehen. Das Mädchen legte bittend eine Hand auf ihren Arm und sah sie aus ihren schönen Augen an. In ihrem Blick lag etwas so Flehendes, dass die Alte nicht widerstehen konnte. Seufzend gab sie nach. Sie schüttelte die Hand des Mädchens von ihrem Arm und bedeutete ihr, draußen zu warten. Dann bewegte sie sich humpelnd auf die Haustür zu und verschwand im Haus.

Nach einer Weile kam sie wieder und reichte Aila ein Brot und ein Stück Käse, die sie in ein Taschentuch gewickelt hatte. Dankbar nahm das Mädchen das Brot und biss hungrig hinein. Das Brot und der Käse schmeckten köstlich, und sie aß mit großem Appetit. Die alte Frau beobachtete sie. »Geh jetzt, mehr habe ich nicht für dich«, forderte sie das Mädchen auf und unterstrich ihre Worte mit einer unmissverständlichen Handbewegung.

Aila verstand sie sofort. Sie nickte der alten Frau noch einmal zu und verließ das Grundstück, ohne sich noch einmal umzusehen. Die Leute in diesem Dorf waren weder gastfreundlich noch höflich. Die Götter mussten sehr zornig auf sie sein. Ob es an den Römern lag, dass die alte Frau so abweisend zu ihr gewesen war?

Sie kam an mehreren Gärten vorbei, in denen Menschen ihrer Arbeit nachgingen. Doch nicht einer von ihnen sprach sie an oder lud sie in sein Haus ein. Sie beachteten sie nicht einmal. Es war schon merkwürdig, was die Römer aus ihnen gemacht hatten, dachte Aila traurig und fühlte sich einsam. Sie kam nicht dazu, weiter über das Verhalten der Menschen in diesem Dorf nachzudenken. Ein grüner viereckiger Wagen bewegte sich leise brummend auf sie zu. Sie konnte gerade noch zur Seite springen und sah erschrocken dem Gefährt nach, das vor einem der Häuser anhielt. Der Wagen war von allen Seiten geschlossen und hatte nur kleine Räder, die ganz schwarz waren.

Ungläubig beobachtete sie, dass sich ein Teil des Wagens öffnete und ein junger Mann aus ihm herausstieg. Der Wagen besaß einen merkwürdigen Glanz, wie poliertes Metall. Sie hatte nicht gewusst, dass es grünes Metall gab, doch das war noch nicht alles. Neugierig lief Aila auf das seltsame Fahrzeug zu und berührte es vorsichtig. Es fühlte sich genauso glatt an, wie es aussah. Wie konnte es fahren, ohne von einem Pferd gezogen zu werden? Plötzlich fielen ihr die Geschichten ihrer Mutter wieder ein, die sie als Kind so geliebt hatte. Miriam hatte ihr von Menschen erzählt, die in solchen Wagen fuhren und sich sogar in die Lüfte erheben konnten wie die Vögel. Es waren nur Geschichten gewesen, obwohl Miriam ihrer Familie stets versichert hatte, dass sie der Wahrheit entsprachen.

Aber das war lange her. In den letzten Jahren hatte Miriam nicht mehr über diese fremde Welt gesprochen, in der sie einen großen Teil ihres Lebens verbracht hatte, und auch Aila hatte lange Zeit nicht mehr daran gedacht. Ihre Mutter hatte ihr erzählt, dass die Welt, aus der sie kam, in der Zukunft lag, und sie hatte versucht, ihr zu erklären, wie weit diese Zukunft von ihrem Leben entfernt war.

Ailas Kopf begann zu schmerzen von den vielen Gedanken, die von allen Seiten auf sie einstürmten. Sie rieb sich über die Stirn, wie sie es immer tat, wenn ihr ihre Träume oder Gedanken zu viel wurden. Sie musste endlich herausfinden, wo sie war. Der Mann, der aus dem Wagen gestiegen war, kam zurück aus dem Haus und holte eine Kiste aus dem hinteren Teil des Autos. Er beachtete die junge Frau nicht, die nur wenig entfernt von seinem Auto stand. Seine rötlichen Haare waren kurz geschnitten, und er trug eine enge blaue Hose, deren Beine bis zu dem Schuhwerk reichten, das aus glänzendem Leder gefertigt war. Aila sprach ihn an.

»Ich bin Aila, die Tochter von Calach und würde gerne wissen, in welchem Dorf ich hier bin.« Der Mann vor ihr betrachtete sie nachdenklich. Das Mädchen war auffallend hübsch, auch wenn es etwas zerzaust wirkte. Die langen rotgoldenen Locken, die ihr über die schmalen Schultern fielen, waren ungekämmt, und sie trug schlichte Sandalen an ihren Füßen, die wie selbst gefertigt aussahen. Ob sie eine Touristin war? Um allein zu reisen, war sie eigentlich zu jung. Sicher hatte sie sich verlaufen und war auf der Suche nach ihrer Unterkunft. Viele Touristen kamen den Sommer über hierher, um durch das Hochland zu wandern oder es mit dem Mountainbike zu durchqueren.

Still stand das Mädchen vor ihm und wartete auf seine Antwort.

Die Sprache, die sie gesprochen hatte, war ihm fremd, und er hatte kein Wort verstanden. »Sprichst du auch englisch?«, fragte er zurück und sah ihr in die großen, grauen Augen. Das Mädchen erwiderte seinen Blick, sagte aber nichts. Sie sah traurig aus, und er lächelte ihr aufmunternd zu. »Wenn du immer geradeaus gehst, bis du an der Kirche bist, gelangst du zu unserer Touristikinformation, dort kann man dir bestimmt helfen.« Er wies die Straße hinunter und zuckte mit den Achseln. »Ich wüsste nicht, wie ich dir weiterhelfen kann, wenn du mich nicht einmal verstehst.«

Er drehte sich um und ließ Aila stehen. Sie hat mir ja nicht einmal den Namen ihres Hotels oder ihrer Pension genannt, dachte er. Aila sah ihm nach, bis er im Inneren des Hauses verschwunden war. Dann erst setzte sie ihren Weg fort. Was hatte sie diesen Menschen getan, dass sie ihr die Gastfreundschaft verweigerten? Unfreundlich waren sie nicht, nur unhöflich und abweisend. Sie konnte es nicht verstehen. Sie war allein und ohne Schutz und wollte doch nur wissen, wie sie zurück nach Hause gelangen konnte.

Tränen stiegen ihr in die Augen, als sie an Caru dachte. Sie vermisste ihn schrecklich. Sicher verstand er nicht, warum sie nicht mehr bei ihm war, genauso wenig, wie sie es selbst verstehen konnte.

Die Häuser standen immer dichter aneinander, je weiter sie ins Innere des Dorfes kam. Auch der Boden unter ihren Füßen hatte sich verändert. Er war grau und glatt. Menschen gingen achtlos an ihr vorbei. Sie schienen es eilig zu haben, denn sie liefen sehr schnell. Aila fiel auf, dass sie alle an der Seite des Weges gingen, und tat es ihnen nach. Bald bemerkte sie auch den Grund dafür. Wagen, die in allen Farben glänzten, fuhren in der Mitte, manche laut brummend, andere summten nur leise, wie ein Schwarm Bienen. Einige der Wagen hinterließen einen stinkenden Nebel, der noch eine Weile über dem Weg hing, bevor er sich auflöste. Sie staunte immer mehr. Die Häuser wurden jetzt höher und standen wie eine Mauer nebeneinander.

Nach einer Weile öffnete sich die Häuserfront und sie gelangte an einen großen Platz, der von einem mächtigen

Haus mit einem hohen Turm beherrscht wurde. Sie war so fasziniert von dem Turm, dass sie ihre Müdigkeit vergaß. Lange staunte sie das Bauwerk an und überlegte, was für Menschen etwas so Beeindruckendes bauen konnten. Sie mussten in jedem Fall sehr klug sein.

Auf dem Platz vor dem Haus saßen viele Menschen auf Stühlen und aßen und tranken gemeinsam. Aila beobachtete sie eine Weile und stellte fest, dass einige sich allein an einen Tisch setzten, andere zu zweit oder mit ihren Kindern, ohne von den Bewohnern der Häuser dazu aufgefordert zu werden. Nach einer Weile kamen die Leibeigenen aus den Häusern und brachten ihnen etwas zu essen. Ailas Stimmung hob sich. Ihr Magen gab ein unmissverständliches Geräusch von sich, und ihre Kehle war ganz ausgetrocknet. Zögernd trat sie auf einen Tisch zu, an dem ein Mann und eine Frau mittleren Alters saßen. Die Leute sahen sie an, sagten aber nichts. Sie lächelte ihnen freundlich zu und setzte sich auf einen der beiden freien Stühle.

»Mein Name ist Aila und ich bin die Tochter von Calach«, sagte sie zu der Frau, die sie unverwandt anstarrte. Als ihre Augen sich trafen, senkte die Frau den Blick und wandte sich ihrem Mann zu, der beruhigend ihre Hand drückte.

»Wir würden es vorziehen, alleine zu essen«, sagte er zu dem Mädchen, das einen ungewohnten Geruch verströmte.

Aila lächelte ihm zu. Sie verstand nicht, was er ihr sagen wollte. In diesem Moment kam eine der Leibeigenen und stellte eine schlanke Karaffe mit Wasser auf den Tisch, die so klar war, dass man durch sie hindurchsehen konnte, dazu zwei Trinkbecher aus dem gleichen Material. Nach einem Blick auf das Mädchen lief sie zurück ins Haus und kam mit einem weiteren Trinkbecher zurück, den sie wortlos auf den Tisch stellte. Sie nahm die Karaffe und füllte die Becher. Anschließend reichte sie jedem der drei eine Karte.

Aila beobachtete, wie der Mann und die Frau das hauchdünne Etwas nahmen und es genau betrachteten. Sie zögerte einen Moment, dann tat sie es ihnen nach. Die Karte fühlte sich glatt an und war mit Buchstaben bedeckt, die sie nicht lesen konnte. Plötzlich wurde ihr klar, dass es so etwas wie eine Schriftrolle sein musste, wie manche der Händler sie mit sich führten. Der Mann und die Frau redeten leise miteinander und beachteten sie nicht weiter. Aila beobachtete sie aus den Augenwinkeln. Ob sie irgendetwas falsch gemacht hatte? Die Menschen hier verhielten sich ihr gegenüber merkwürdig, und sie sahen nicht so aus, wie sie sich die Römer vorgestellt hatte. Sie waren weder dunkel, noch klein, und sie hatten auch keine schwarzen Augen. Ihre fein gewebten Kleider leuchteten in allen Farben, und sie trugen glänzendes Schuhwerk an ihren Füßen. Als die Frau nach ihrem Trinkbecher griff, nahm Aila ebenfalls ihren Trinkbecher und trank einen großen Schluck. Ihre Kehle begann zu kribbeln, und sie verschluckte sich. Erschrocken sprang sie auf und stieß dabei ihren Becher um. Das Getränk schmeckte wie Wasser, aber es hinterließ ein komisches Gefühl im Hals.

Der Mann und die Frau sahen sie abweisend an, sagten aber nichts. Aila fasste sich wieder und setzte sich zurück auf ihren Stuhl.

Die Leibeigene kam an den Tisch, wischte mit einem Tuch die verschüttete Flüssigkeit auf und stellte den Trinkbecher wieder vor sie hin. Sie nahm die Karten an sich und hörte aufmerksam dem Mann zu, der ihr anscheinend einen Befehl gab. Nachdem die Frau ebenfalls etwas zu der Leibeigenen gesagt hatte, wandte sie sich auffordernd an

Aila. Aila nickte ihr freundlich zu, als die junge Frau sie ansprach. Die Leibeigene drehte sich um und lief wieder ins Haus. Kurze Zeit später kam sie mit drei Tellern in der Hand zurück und stellte sie auf den Tisch. Wieder sagte der Mann etwas zu ihr, worauf sie einen weiteren Teller mit Essbesteck brachte. Aila betrachtete hungrig den Teller, der vor ihr stand. Das Essen sah fremd aus, aber es roch köstlich. Sie beobachtete, wie der Mann das Essbesteck nahm und ein kleines Stück von dem Fleisch abschnitt.

Aila gab sich große Mühe, sich an die offenbar hier herrschenden Sitten zu halten, aber es gelang ihr nicht, das Fleisch so zu schneiden, wie der Mann und die Frau an ihrem Tisch es vormachten. Das Messer, das man ihr gegeben hatte war stumpf und nach vorne hin abgerundet – wie sollte man damit schneiden? Als sie sich einen Moment unbeobachtet glaubte, riss sie das Fleisch rasch mit ihren Fingern auseinander und steckte sich ein Stück davon in den Mund. Es schmeckte so salzig, dass sie vorsichtig einen Schluck von dem Wasser trank. Nun war sie vorbereitet auf das Kribbeln in ihrem Hals. Höflich lächelte sie den Mann an, der etwas freundlicher zu sein schien als die Frau, die ihren Blick fest auf den Teller vor ihr gerichtet hielt. Der Mann erwiderte ihr Lächeln nicht und aß schweigend weiter.

Aila verspürte plötzlich keinen Hunger mehr. Sie war es nicht gewöhnt, so abweisend behandelt zu werden. Traurig betrachtete sie das Treiben um sich herum. Frauen schoben ihre Kinder in kleinen Wagen mit großen Rädern vor sich her. Manche trugen ihr Haar kurz, andere lang. Mit offenem Mund starrte sie einer jungen Frau hinterher, die eine so kurze Bluse trug, dass man einen Teil ihres flachen Bauches sehen konnte. Ihre langen Beine steckten in einer hautengen Hose. Doch das war noch nicht alles. Unter ihren Schuhen befanden sich kleine Stöcke, die bei jedem Schritt klapperten und sie größer aussehen ließen, als sie tatsächlich war.

Die junge Frau blieb stehen und sah sich suchend um. In diesem Moment trat ein dunkelhaariger Mann auf sie zu und nahm sie lachend in den Arm. Er küsste sie vor allen Menschen auf den Mund und legte frech eine Hand auf ihr Hinterteil. Aila konnte kaum glauben, was sie sah. Sie wandte ihren Blick von dem Pärchen ab, um zu sehen, wie der Mann und die Frau an ihrem Tisch reagierten, doch die beiden waren nicht mehr da. Sie waren ohne ein Wort des Abschieds einfach gegangen.

Aila stiegen die Tränen in die Augen. Inmitten der vielen Menschen um sich herum fühlte sie sich einsam wie noch nie in ihrem Leben. Unentschlossen stand sie auf und überlegte, was sie jetzt tun sollte.

Plötzlich stand die Leibeigene neben ihr und hielt ihr ein Blatt hin. Aila nahm es höflich entgegen und lächelte der Frau freundlich zu. Dann drehte sie sich um und wollte gehen, doch die Leibeigene packte sie grob am Arm und hielt sie fest. Ihre Stimme klang aufgeregt und schrill. Aila verstand nicht, was sie sagte, aber der Ton war mehr als unangemessen für eine Leibeigene. Stolz richtete sie sich auf. Sie war die Tochter eines Gaufürsten und konnte es nicht dulden, dass eine Bedienstete in diesem Ton zu ihr sprach. Mit einer heftigen Bewegung wischte sie die Hand des Mädchens von ihrem Arm.

»Ich bin Aila, die Tochter von Calach. Wage es nie wieder, so mit mir zu reden«, sagte sie. Ihre Augen funkelten die Leibeigene zornig an. Dann drehte sie sich um und verließ mit stolz erhobenem Kopf den Tisch. Sie war erst wenige Meter gegangen, als sie von hinten festgehalten wurde. Zwei Männer standen neben ihr. Aila wurde von oben bis unten gemustert.

»Du hast deine Rechnung noch nicht bezahlt«, sagte Ron McLeod, der ältere der beiden Männer, in einem Ton, der keinen Widerspruch duldete. Wütend blitzte Aila ihn an. Doch nach einem Blick in die harten Augen des Mannes wurde ihr ganz mulmig im Bauch.

»Ich verstehe dich nicht«, sagte sie leise, während ihr die Tränen über die Wangen strömten.

4

Die Polizisten sahen sich erstaunt an. Die Sprache, die das Mädchen sprach, war ihnen fremd. Sie sah merkwürdig aus in ihrem selbst gewebten Rock und wirkte mehr verstört als kriminell. Trotzdem stimmte etwas nicht mit dem Mädchen, und Ron McLeod beschloss, der Sache nachzugehen. Er besaß ein feines Gespür dafür, wenn es etwas aufzuklären gab, und sein Gefühl hatte ihn bisher noch nie getäuscht.

»Wir werden sie mit zur Wache nehmen und dort vernehmen«, sagte er zu seinem Kollegen gewandt. Widerstandslos ließ Aila sich von den beiden Polizisten fortführen. Sie spürte, dass sie keine Wahl hatte. Die vielen neuen Eindrücke und die Ungewissheit darüber, was mit ihr geschehen würde, waren einfach zu viel. In diesem Moment war sie beinahe erleichtert darüber, dass jemand anderer eine Entscheidung für sie traf.

Die beiden Männer brachten sie zu einem Wagen und öffneten die Tür. Mit einer Handbewegung forderte Ron McLeod sie auf, in den Wagen zu steigen. Als sie zögerte, drückte der andere Polizist mit sanfter Gewalt ihren Kopf nach unten, damit sie sich nicht stoßen konnte, und schob sie energisch ins Innere des Wagens. Dann ließ er sich neben ihr auf dem Sitz nieder, während Ron McLeod vorne Platz nahm.

Der Motor heulte auf, und Aila wurde ganz flau im Bauch, als der Wagen sich summend in Bewegung setzte. Ängstlich sah sie aus dem Fenster. Sie hatte das Gefühl, zu schweben. Menschen und Häuser zogen so schnell an ihr vorbei, dass sie kaum etwas von ihnen erkennen konnte. Es war unerträglich eng in dem Auto, und sie fürchtete, keine Luft mehr zu bekommen. Es schien für die Menschen hier normal zu sein, sich in diesen engen Wagen zu setzen, doch sie war noch nie so eingesperrt gewesen, und das Gefühl erdrückte sie beinahe. Als sie glaubte, die Enge nicht länger ertragen zu können, hielt der Wagen an und der jüngere Polizist öffnete die Tür. Erleichtert stieg Aila aus.

Die beiden Polizisten nahmen sie in die Mitte und führten sie auf ein Haus zu. Ron McLeod berührte ein kleines Ding neben der Tür, worauf eine Frauenstimme erklang. Aila sah sich suchend um. Woher war die Stimme gekommen? Es war niemand zu sehen. Doch sie kam nicht weiter zum Nachdenken. Mit einem Summen sprang die Tür auf, und sie wurde ins Innere des Hauses geführt. Ron McLeod brachte sie in einen Raum, in dem ein großer Tisch und einige Stühle standen, und forderte sie auf, sich zu setzen. Er selbst nahm auf der anderen Seite des Tisches Platz, auf dem ein flaches Brett lag. Seine Finger spielten eine Weile auf dem Brett herum, bevor er sie unvermittelt ansah.

»Sprichst du englisch?«, fragte er. Aila sah ihn fragend an.

Der Mann vor ihr wies mit dem Finger auf seine Brust. »Ron McLeod« sagte er. Aila verstand was er meinte. »Ich bin Aila, die Tochter von Calach«, erwiderte sie stolz. Der Mann vor ihr griff nach einem merkwürdigen schwarzen Ding und hielt es sich ans Ohr. Dann begann er mit dem Ding zu sprechen. Es sah so komisch aus, dass Aila trotz ihrer Verzweiflung zu lachen begann. Sie lachte, bis ihr die Tränen die Wangen hinunterliefen.

Ron McLeod starrte sie verblüfft an. Er legte das Telefon zurück auf den Tisch und musterte sie abschätzend. Ob das Mädchen Drogen genommen hatte? Ihre Pupillen sahen normal aus, und ihre schönen Augen waren klar, wie er nach einem raschen Blick feststellte. Vielleicht war sie verrückt, oder war es möglich, dass sie sich lustig über ihn machte? Er kam zu dem Schluss, dass sein Gefühl ihn nicht getäuscht hatte. Irgendetwas stimmte nicht mit dem Mädchen, obwohl sie harmlos wirkte.

Er hatte schon viele Touristen gesehen, aber diese hier benahm sich mehr als seltsam. Es lag nicht nur an ihrer Sprache oder der grob gewebten Kleidung. Ihm war nicht entgangen, wie sie mit weit aufgerissenen Augen die Dinge um sich herum ansah. Sie betrachtete sie nicht einfach nur, sondern staunte sie an wie ein Kind.

Gewohnheitsmäßig nahm er jedes Detail in sich auf, um es anschließend wie ein Puzzle zusammenzusetzen. Das Mädchen war zweifelsohne eine Schönheit, und sie besaß eine faszinierende Ausstrahlung. Ihr schmales Gesicht mit den feinen Gesichtszügen wurde von den großen Augen beherrscht, in denen sich ihre Gefühle widerspiegelten. Während er sie noch beobachtete und überlegte, was ihre Faszination ausmachte, betrat eine seiner Kolleginnen den Raum.

Mit einer Handbewegung gab er ihr zu verstehen, dass sie mit der Untersuchung noch warten solle. Sie setzte sich auf den Stuhl neben Aila und unterhielt sich mit Ron McLeod. Aila kümmerte sich nicht um die beiden, obwohl sie spürte, dass sich das Gespräch um ihre Person drehte. Sie sah sich weiter in dem Raum um, in dem sich so viele seltsame Dinge befanden.

Die Wände waren weiß und glatt. In der Mitte der ihr gegenüberliegenden Wand, hingen Bilder von Menschen, die Aila an die Fotos erinnerten, die Miriam von ihr und ihrem Vater gemacht hatte, als sie noch ein kleines Mädchen war. Fasziniert betrachtete sie die Bilder. Sie hätte sie gern berührt, wagte aber nicht aufzustehen.

Es war dämmrig geworden in dem Zimmer, und Ron McLeod stand auf, um das Licht einzuschalten. Erschrocken starrte das Mädchen auf die Lampe über ihr, die plötzlich wie die Sonne erstrahlte. Sie war ganz blass geworden vor Schreck und schloss geblendet die Augen. Der Polizist warf seiner Kollegin einen Blick zu, den sie mit einem Achselzucken erwiderte.

»Es ist kaum zu glauben. Hast du ihre Reaktion gesehen, als ich das Licht eingeschaltet habe?«, fragte er. »Als ob sie noch nie elektrisches Licht gesehen hat. Ich bin wirklich gespannt darauf, was dahinter steckt.«

Aila hatte ihre Augen wieder geöffnet und starrte immer noch schockiert in die Lampe, die ihre Augen blendete. Ron McLeod beobachtete jede ihrer Bewegungen. Das Mädchen wurde ihm zunehmend rätselhafter. Er warf einen ungeduldigen Blick auf seine Armbanduhr. Wie lange dauerte es denn noch, bis der angeforderte Dolmetscher eintraf? Er war seit dem frühen Morgen auf den Beinen und die Geschichte hier sah ganz nach Überstunden aus. Seine Frau würde ärgerlich sein, wenn er schon wieder zu spät zum Essen käme und er konnte es ihr nicht einmal verübeln.

Endlich wurde die Tür geöffnet, und sein alter Freund Professor Williams betrat das Zimmer. Er reichte Ron McLeod und seiner Kollegin die Hand und begrüßte sie höflich, bevor er auf einem der freien Stühle Platz nahm. Er war Sprachwissenschaftler, sprach sieben Sprachen fließend und konnte darüber hinaus noch weitere Sprachen zumindest verstehen.

Freundlich wandte er sich an Aila und reichte ihr die Hand, die sie nach einigem Zögern nahm. Die Menschen hier hatten wirklich seltsame Sitten. »Mein Name ist Steven Williams, und ich möchte Ihnen gern bei der Verständigung mit den Polizeibeamten behilflich sein.«

Aila sah ihn an. Der alte Mann vor ihr strahlte Weisheit und die Anteilnahme aus, die sie bei den Menschen, die ihr bisher begegnet waren, so sehr vermisst hatte.

»Latha math. Tha an t-ainm Aila orm, tha mi toilichte dh' fhaicinn. Guten Tag, ich bin Aila, es freut mich, dich zu sehen«, erwiderte sie und lächelte den alten Mann dankbar für seine Freundlichkeit an.

Steven Williams beugte sich aufgeregt nach vorn. Damit hatte er nicht gerechnet. Das Mädchen vor ihm antwortete ihm auf gälisch, als wäre es ihre Muttersprache, allerdings mit einer seltsamen Betonung der Vokale. Es gab nur noch wenige Menschen in Schottland, die diese alte Sprache fließend sprachen, und er war einer von ihnen. »Die Herren hier möchten gern deinen vollständigen Namen und deine Adresse von dir wissen.«

»Ich bin Aila, und mein Vater ist Calach, der Feldherr und Vergobretos«, wiederholte das Mädchen ungerührt. »Ich war mit meinem Hund im Wald und muss mich wohl verlaufen haben, obwohl ich jeden Weg in unserem Wald kenne. Ich bin tagelang gewandert, bis ich euer Dorf erreicht habe. Kannst du mir helfen, zurückzufinden? Mir gefällt es hier nicht, die Menschen sind unhöflich und unfreundlich.« Hoffnungsvoll sah sie ihn aus ihren schönen grauen Augen an.

Steven Williams brauchte einen Moment, um das gerade Gehörte zu verdauen. Das Mädchen neben ihm wirkte nicht wie eine Verrückte, sondern eher ein wenig verwirrt.

»Das ist wirklich seltsam«, sagte er zu Ron McLeod, ohne den Blick von dem Mädchen zu nehmen. »Sie behauptet, dass sie die Tochter von einem Feldherrn ist und sich verlaufen hat. Sein Name soll Calach sein; ich habe noch nie von ihm gehört.«

»Bitte fragen sie, ob sie Papiere bei sich hat«, forderte der Polizist ihn auf.

Steven Williams wandte sich wieder an Aila. »Haben Sie einen Ausweis bei sich?«, kam er der Aufforderung nach. Das Mädchen schüttelte verständnislos den Kopf. »Was ist ein Ausweis?«, fragte sie zurück. Professor Williams griff nach seiner Brieftasche und nahm seinen Ausweis heraus. Er klappte ihn auf und hielt ihn dem Mädchen hin.

Aila zuckte die Achseln und gähnte ungeniert.

»Ich fürchte, wenn Sie sich nicht ausweisen können, wird man Sie hier behalten«, gab er zu bedenken. Das junge Mädchen tat ihm Leid, aber sie hatte auch sein Interesse geweckt. »Welche Sprachen sprechen Sie noch außer Gälisch?«, fragte er neugierig. Seine hellen Augen blinzelten vor Vergnügen.

»Ich kenne nur diese Sprache. In unserem Dorf sprechen alle Leute so wie ich. Nur die Händler kennen die Sprache der Römer und die der anderen Völker in unserem Land. Ich habe unser Dorf noch nie verlassen.«

»Wie heißt denn das Dorf, in dem du lebst?«, versuchte es der Professor weiter.

»Es hat keinen Namen.« Das Mädchen lächelte ihn so freundlich an, dass ihm ganz warm ums Herz wurde.

»Was hat sie denn verbrochen, dass ihr sie auf die Wache gebracht hat?«, wollte er von seinem alten Freund Ron McLeod wissen.

»Sie hat auf dem Marktplatz etwas zu Essen bestellt und ist aufgestanden ohne ihre Rechnung zu bezahlen. Was sagt sie denn, wo sie herkommt?«, fragte er zurück.

Steven Williams lehnte sich in seinem Stuhl zurück. Ein feines Lächeln glitt über sein Gesicht. »Du wirst es nicht glauben, aber sie kommt aus einem Dorf ohne Namen und spricht nur Gälisch. Entweder ist sie eine besonders raffinierte Betrügerin, oder wir sind da auf etwas gestoßen, was spannend zu werden verspricht. Was wirst du jetzt mit ihr anfangen?«

Ron McLeod zuckte die Achseln. »Es ist schon spät. Ich habe keine andere Wahl, als sie erst einmal hier zu behalten. Morgen werden wir weitersehen.« Er nickte seiner Kollegin zu. »Du kannst sie jetzt untersuchen und in die Zelle bringen. Wir sehen uns morgen.« Er nickte ihr noch einmal zu und erhob sich. »Vielen Dank für deine Hilfe«, sagte er zu Professor Williams gewandt. »Es kann sein, dass ich dich morgen noch einmal bitten muss, zu kommen.«

»Es wird mir ein Vergnügen sein; ich bin wirklich außerordentlich gespannt darauf, was eure Untersuchungen ergeben werden.«

Die Polizistin forderte Aila auf, mitzukommen, und führte sie einen langen schmalen Gang hinunter. Sie öffnete eine Türe und bedeutete dem Mädchen einzutreten. Der Raum war klein und eng und besaß nur eine kleine Öffnung in der Tür.

»Zieh dich aus«, verlangte die Polizistin energisch und unterstrich ihren Befehl mit einer unmissverständlichen Bewegung ihrer Hand.

Aila sah sie schockiert an und schüttelte den Kopf. »Ich werde mein Gewand nicht ausziehen«, sagte sie leise aber bestimmt.

»Wie du willst, dann hole ich eben Verstärkung.« Die Polizistin verließ mit großen Schritten den Raum und schloss die schwere Türe hinter sich. Aila war allein. In dem engen

Raum befand sich nur eine schmale Schlafstätte, auf der eine dünne Decke lag. Links neben der Türe war ein merkwürdiger Hocker mit einem Loch in der Mitte.

Aila lief zur Tür und versuchte vergeblich, sie zu öffnen. Sie hatte nicht vor, länger hier zu bleiben. Ihre Gedanken überschlugen sich, und die Enge in dem weißen Raum war unerträglich. Sie hörte ihr Herz laut und dumpf pochen. In diesem Moment kam die Polizeibeamtin mit einer Kollegin zurück.

»Wirst du dich jetzt ausziehen oder müssen wir dich zwingen?«, fragte sie mit harter Stimme.

Aila sah ihr direkt in die Augen. Sie spürte, dass die Frau ihre Unsicherheit hinter der Härte verbarg und verschränkte die Hände vor ihrer Brust.

Die beiden Beamtinnen tauschten einen raschen Blick aus. Es war nicht das erste Mal, dass eine Frau sich weigerte, ihre Kleider abzulegen und sich untersuchen zu lassen. Doch die Untersuchung war nun einmal Vorschrift. Während eine der Frauen blitzschnell Ailas Arme packte und nach hinten drehte, begann die andere, ihr den Rock abzustreifen.

Es dauerte nur wenige Minuten, bis Aila nackt vor ihnen stand. Dann wurde sie nach eventuellen Waffen oder Drogen untersucht und bekam ihre Kleider zurück.

Die beiden Frauen verließen den Raum und schlossen die Türe hinter sich.

Verzweifelt ließ Aila sich auf die Bettstelle fallen und schloss die Augen. Sie versuchte ihre Gedanken auf Mog Ruith zu konzentrieren, doch sie war so müde, dass sie wenige Minuten später in einen tiefen, traumlosen Schlaf sank. Sie bemerkte nicht einmal, dass die Klappe in der Tür mehrmals in der Nacht geöffnet wurde und der diensthabende Beamte, ein noch junger Polizist, sich davon überzeugte, dass mit ihr alles in Ordnung war.

Der Morgen dämmerte langsam herauf, als er seinen letzten Rundgang antrat. Er öffnete die Klappe und wollte seinen Augen nicht trauen: Das Mädchen stand mit weit geöffneten Augen und erhobenen Armen in der Mitte des engen Raumes und sah aus, als befände sie sich in Trance. Ein kleiner Rabe saß neben ihr auf dem Boden. Sein linker Flügel hing kraftlos herunter, als wäre er gebrochen. Fassungslos starrte der Beamte auf den Raben. Das konnte doch nicht wahr sein! Seine Augen mussten ihm einen Streich spielen. Das konnte er niemandem erzählen; er hätte es ja selbst nicht geglaubt.

Er schlug die Klappe wieder zu und rieb sich mehrmals über die Augen, bevor er sie erneut öffnete. Der Rabe war aber nicht verschwunden, wie er es insgeheim gehofft hatte. Wie war der Vogel in die Zelle gekommen? Er saß immer noch auf dem Boden und schien ihn genauso wenig zu bemerken wie das Mädchen. Die Szene war wirklich mehr als unheimlich.

Unsicher strich der junge Beamte sich über die Stirn. In einer halben Stunde war seine Nachtschicht beendet, doch der Gedanke an den Raben ließ ihm keine Ruhe. Vorsichtig öffnete er noch einmal die Klappe. Der Rabe war nicht mehr da, und das Mädchen lag mit geschlossenen Augen auf dem schmalen Bett und schlief. Er schloss die Klappe und öffnete so leise wie möglich die schwere Stahltüre. Suchend sah er sich in dem kahlen Raum um, doch der Vogel blieb verschwunden. Ob er geträumt hatte? Ja, so musste es gewesen sein. Eine andere Erklärung gab es nicht. Nicht einmal einer Maus würde es gelingen, sich in eine der Zellen einzuschleichen.

Er beschloss niemandem etwas von dem Vorfall zu erzählen, um sich nicht den Spott seiner Kollegen zuzuziehen. Zerstreut trank er den Rest Tee, der sich noch in seiner Thermoskanne befand, und begab sich anschließend in sein Dienstzimmer, um die Übergabe an seinen Kollegen vorzubereiten.

5

Als Aila am nächsten Morgen erwachte, sah sie sich erschrocken um. Es dauerte einen Moment, bis ihr die Geschehnisse vom Vortag wieder einfielen. Ein Geräusch drang an ihre Ohren und lenkte ihren hoffnungsvollen Blick auf die Tür. Würde man sie jetzt endlich freilassen? Doch ihre Hoffnung erfüllte sich nicht. Ein Beamter öffnete die Zellentür, reichte ihr eine Schale mit Essen und verließ den Raum sofort wieder. Aila starrte auf die gelbliche Masse, die sich in der Schale befand, und ließ sie gleichgültig zu Boden fallen.

Sehnsüchtig blickte sie zur Tür. Wie gern würde sie jetzt mit Caru durch den Wald laufen und die frische, würzige Luft einatmen. Die Enge in dem kleinen Raum war nur schwer für sie zu ertragen und zerrte an ihren Nerven.

Wieder wurde die Türe geöffnet, und Ron McLeod betrat den Raum. Er sagte einige Worte zu ihr, die nicht unfreundlich klangen, und bedeutete ihr, ihm zu folgen. Aila beeilte sich, seiner Aufforderung nachzukommen. Sie lief neben ihm her durch den langen Gang bis zu dem Zimmer, in dem sie schon am Vortag gesessen hatte.

Ron McLeod forderte sie auf sich zu setzen und nahm ebenfalls auf seinem Stuhl Platz. Er hatte seiner Frau von der seltsamen Touristin erzählt, denn das Mädchen war ihm den ganzen Abend nicht aus dem Kopf gegangen. Er wollte herausfinden, wer sie war, und hatte beschlossen, aus diesem Grund ein Foto von ihr in den Zeitungen zu veröffentlichen.

Wenn sie nicht aus Schottland stammen sollte, musste sie ja irgendwie nach Inverurie gekommen sein: mit dem Bus, der Bahn oder dem Flugzeug. Sie hatte ein Gesicht, das man nicht so schnell vergaß, und er war überzeugt davon, auf diese Weise das Rätsel ihrer Herkunft lösen zu können.

Die Journalisten ließen nicht lange auf sich warten. Einer nach dem anderen betrat, gefolgt von einem Fotografen, das Vernehmungszimmer. Ron McLeod begrüßte sie und wies dann auf Aila, die schweigend auf ihrem Stuhl saß. Aila zuckte erschrocken zusammen, als die Blitzlichter aufleuchteten. Sie hatte keine Angst vor den Kameras, nur die daraus hervorschießenden Blitze waren ihr unheimlich. Ihr Gefühl sagte ihr jedoch, dass sie nicht in Gefahr war, und so ließ sie die Fotosession ergeben über sich ergehen. Sie war nur von dem einen Wunsch beseelt, endlich aus diesem Haus herauszukommen, und bereit, alles dafür zu tun, was man von ihr verlangte.

Während die Fotografen ihre Bilder schossen, bestürmten die Journalisten Ron McLeod mit Fragen über das Mädchen, dessen außergewöhnliche Schönheit sie sofort in ihren Bann gezogen hatte. Der Polizist war darauf vorbereitet.

»Meine Herren, beruhigen sie sich bitte. Das Mädchen ist gestern Abend hier aufgetaucht und hatte keinerlei Papiere bei sich, die uns Aufschluss über ihre Herkunft geben könnten. Es scheint so, als hätte sie Lücken in ihrer Erinnerung. Aus diesem Grund benötigen wir die Hilfe der Bevölkerung.«

Die Journalisten gaben sich mit der Antwort zufrieden und verließen einer nach dem anderen das Zimmer. Ron McLeod wollte schon erleichtert aufatmen, als die Tür des Vernehmungszimmers erneut geöffnet wurde und ausgerechnet Walter Scott noch einmal zurückkehrte. Er arbeitete für eine der größten Zeitungen Großbritanniens.

»Ich hätte noch eine Frage an die Kleine«, sagte er, schaltete sein Diktiergerät ein und hielt es Aila unter die Nase. »Sagen Sie unseren Lesern, an was Sie sich noch erinnern können. Wie wäre es zum Beispiel mit Ihrem Namen oder wenigstens dem Vornamen, oder was noch besser wäre, nennen Sie uns den Grund für Ihre Erinnerungslücken.«

Zufrieden blickte er ihr ins Gesicht. Er brauchte den Vorsprung vor seinen Kollegen, und der Trick, den er des Öfteren anwandte, war einfach, aber er funktionierte. Jedes Mal verließ er als einer der Ersten mit gelangweilter Miene die Pressekonferenz, um anschließend noch einmal zurückzukehren und den zu interviewenden Personen noch irgendeinen Knüller zu entlocken oder notfalls in den Mund zu legen.

Ron McLeod gefiel die Situation ganz und gar nicht. Er konnte Journalisten nicht ausstehen. Wie Aasgeier fielen sie über jede eventuelle Sensation her, um sie ohne Rücksicht auf Verluste auszuschlachten, aufzubauschen oder zu verdrehen. Und Walter Scott war einer der Schlimmsten von ihnen. Wenn er ihn jetzt hinauswarf, würde er mehr hinter der Story wittern, als sie wahrscheinlich hergab. Andererseits wollte er nicht, dass gerade dieser Journalist herausfand, dass das Mädchen nur gälisch sprach. Er konnte aber nicht genau sagen, warum ihn der Gedanke daran störte, und so beschloss er, diplomatisch vorzugehen.

»Ich möchte Sie bitten, uns jetzt allein zu lassen. Wir sind mit der Vernehmung noch nicht fertig und wollen das Mädchen auch nicht überfordern. Sie können später ein Interview mit ihr bekommen, wenn Sie so großen Wert darauf legen.« Auffordernd sah er den Journalisten an. Walter Scott warf dem Mädchen noch einen abschätzenden Blick zu. Sie hatte nicht ein Wort mit ihm gesprochen. Widerwillig verließ er den Raum und wäre im Gang beinahe mit Professor Williams zusammengestoßen. Überrascht sah er den Professor an, den er von früheren Interviews her kannte. War es Zufall, dass er gerade jetzt hier auftauchte? Oder wusste er etwas über das Mädchen? Er beschloss, der Sache auf den Grund zu gehen.

»Hallo, Herr Professor, wie geht es Ihnen. Dürfen wir bald auf weitere Publikationen von Ihnen hoffen?«

»Es wird noch eine Weile dauern, aber wenn es so weit ist, werde ich Sie anrufen«, versprach Professor Williams. »Was halten Sie denn von dem Mädchen?«, fragte er zurück. »Es ist schon seltsam, dass sie nur gälisch spricht und das auch noch mit dieser ungewöhnlichen Betonung und einem seltsamen Dialekt. Wenn sie spricht, klingt die Sprache ganz anders, viel weicher, als ich es für möglich gehalten hätte.«

Er geriet beinahe ins Schwärmen. Der Gedanke an das Mädchen hatte ihm keine Ruhe gelassen. Er musste unbedingt noch einmal mit ihr sprechen, um mehr über die alte Sprache herauszufinden. Er hatte ein Aufnahmegerät mitgebracht und wollte sie darum bitten, das Gespräch aufnehmen zu dürfen.

»Ist das wahr? Die Kleine spricht nur gälisch und versteht kein Englisch?« Walter Scotts Gedanken überschlugen sich beinahe vor Aufregung. Er hatte wieder einmal Recht gehabt, der Sache nachzugehen. Welchen Grund konnte Ron McLeod haben, den Journalisten diesen Punkt zu verschweigen? Er konnte förmlich riechen, dass sich mehr hinter der Angelegenheit verbarg, als der Polizist zugeben wollte.

»Sie ist ein außergewöhnlich schönes Mädchen, was hat sie denn noch gesagt?«, wollte er von dem Professor wissen.

Professor Williams war erfreut über das Interesse des Journalisten und sah keinen Grund ihm die Antwort auf seine Frage zu verweigern. »Eine Merkwürdigkeit gab es noch«, begann er. Walter Scott warf ihm einen aufmunternden Blick zu und schaltete sein Diktiergerät ein. »Wie Sie ja wissen, gehöre ich nun einmal zu den wenigen Menschen, die diese alte Sprache fließend sprechen, und ich war ziemlich überrascht, als sie mir in Gälisch geantwortet hat. Sie hat mich so vertrauensvoll angesehen wie ein Kind. Als ich sie dann nach ihrem Namen gefragt habe, sagte sie, sie sei die Tochter von Calach, einem Feldherrn, dessen Name mir nicht bekannt ist. Auf die Frage nach ihrem Wohnort erzählte sie mir, dass sie in einem Dorf lebt, in dem alle Bewohner gälisch sprechen. Den Namen des Dorfes konnte sie mir allerdings nicht sagen.« Er sah den Journalisten an. »Das war eigentlich schon alles. Ich bin gespannt, ob wir heute mehr über ihre Herkunft herausfinden werden. Es war schön, Sie zu treffen, wenn Sie mich jetzt bitte entschuldigen.«

Er reichte Walter Scott die Hand und ging an ihm vorbei ins Vernehmungszimmer. Walter Scott sah ihm nach. Dann drückte er den Knopf seines Diktiergerätes auf Stopp. Für den Anfang hatte er genug erfahren. Er würde Professor Williams später anrufen, um weitere Informationen von ihm zu erhalten.

Ron McLeod sah überrascht auf, als Professor Williams das Zimmer betrat. »Guten Morgen«, wünschte der Professor freundlich und reichte Aila die Hand. »Ich würde gern noch einmal mit dem Mädchen reden«, sagte er an Ron McLeod gewandt. »Sie haben doch nichts dagegen?«

»Ganz und gar nicht. Je eher wir herausfinden, wer sie ist, umso besser«, bekam er zur Antwort. »Ich habe Fotos von ihr machen lassen, die bereits morgen in den Zeitungen veröffentlicht werden. Es wird sich schon jemand melden, der sie kennt, da bin ich ganz sicher.«

Professor Williams setzte sich neben Aila und sah sie freundlich an. »Wie geht es dir heute Morgen? Ich hoffe, die Nacht in der Zelle war nicht zu unangenehm für dich.«

Ailas schöne Augen füllten sich mit Tränen. Die Anteilnahme des Professors tat ihr gut. »Ich bin in einen schrecklichen, kleinen Raum gesperrt worden, die Enge darin hat mich beinahe erdrückt. Was habe ich den Menschen hier nur getan, dass sie mich so behandeln? Ich möchte nach Hause. Kannst du mir helfen aus diesem Haus herauszukommen?« Bittend sah sie den alten Mann an.

»Ich werde es versuchen, doch es wird nicht ganz leicht werden. Die Beamten möchten wissen, wer du bist und wo du herkommst. Du hast das Restaurant verlassen, ohne deine Rechnung zu bezahlen. Damit hast du dich strafbar gemacht.«

Aila verstand nicht, was er meinte. »Ich habe dir doch gesagt, wer ich bin. Bitte hilf mir von hier fortzukommen, ich habe niemandem etwas getan.«

Professor Williams überlegte eine Weile. Ihm war nicht entgangen, dass Ron McLeod mehrmals einen Blick auf seine Armbanduhr geworfen hatte. Sicher hatte der Beamte noch andere Dinge zu tun, als sich um das Mädchen hier zu kümmern.

»Wäre es möglich, dass ich das Mädchen mit zu mir nehme? Ich könnte mich in aller Ruhe mit ihr unterhalten und Ihnen dann Bericht erstatten«, bat er. Die Idee war ihm gerade erst gekommen, aber sie gefiel ihm. Er hatte das Gefühl, dass es ein interessanter Tag werden würde. Seit dem Tode seiner Frau vor drei Jahren verbrachte er die meiste

Zeit allein und widmete sich seinen Sprachforschungen. Nur selten verspürte er Lust, an den gesellschaftlichen Veranstaltungen teilzunehmen, zu denen er des Öfteren eingeladen wurde. Die dort vorherrschende Konversation war langweilig und interessierte ihn nicht sonderlich. »Ich würde selbstverständlich die Rechnung des Mädchens übernehmen und den Besitzer des Restaurants bitten, die Anzeige zurückzuziehen«, fügte er hinzu.

Ron McLeod überlegte einen Moment. »Ich denke, das lässt sich machen, ich muss allerdings eine Bedingung daran knüpfen: Fragen Sie das Mädchen, ob es bereit ist, solange bei Ihnen zu bleiben, bis wir ihre Identität geklärt haben.«

Professor Williams war zufrieden mit der Antwort des Polizeibeamten. Lächelnd sah er Aila an. »Ich kann dir deinen Wunsch erfüllen und dich von hier fortbringen, vorausgesetzt, du kommst mit zu mir und bleibst dort, bis alle Fragen geklärt sind. Wir könnten uns in Ruhe unterhalten und überlegen, wie du wieder zurück nach Hause gelangst.«

Aila war mit allem einverstanden, was der Professor vorschlug. Sie hatte Vertrauen zu dem alten Mann und war davon überzeugt, dass er ihr helfen würde. Professor Williams erhob sich und verabschiedete sich von Ron McLeod.

»Sobald ich Näheres über sie in Erfahrung gebracht habe, rufe ich Sie an«, versprach er. Er konnte nicht ahnen, dass es ihm unmöglich sein würde, dieses Versprechen einzuhalten.

6

Gemeinsam verließen sie die Polizeiwache. Es regnete in Strömen, als sie aus dem Gebäude traten. Erleichtert sog Aila die feuchte, kühle Luft in ihre Lungen. Professor Williams führte sie zu seinem Auto, das er nur wenige Meter von der Wache entfernt geparkt hatte, und öffnete höflich die Beifahrertür.

»Können wir nicht zu Fuß gehen? Ich mag es nicht, in diesen engen Wagen zu sitzen«, bat Aila.

Professor Williams warf ihr einen überraschten Blick zu. »Du wirst ganz nass, wenn wir laufen, und es ist auch zu weit«, gab er zu bedenken. »Mit dem Auto wären wir in wenigen Minuten bei mir. Ich könnte das Fenster öffnen, dann kommt genügend frische Luft herein«, fügte er hinzu. Er hatte bemerkt, wie verzweifelt sie die frische Luft eingeatmet hatte. Als sie nicht sofort antwortete, lief er um den Wagen herum und drückte auf den automatischen Fensterheber. Sofort senkte sich die Scheibe in das Innere der Beifahrertür. Aila sah ihn erstaunt an, sagte aber immer noch nichts.

»Bitte steig ein. Je eher wir von hier fortkommen, umso besser für dich.« Aila zögerte nur kurz. Dann kam sie seiner Aufforderung nach und setzte sich auf den Beifahrersitz. Bei geöffnetem Fenster war die Enge in dem Wagen besser zu ertragen.

Professor Williams startete den Motor und fuhr langsam los. Sie fuhren eine Weile durch die kleine Stadt, bevor sie die Landstraße erreichten. Obwohl der Professor nicht sehr schnell fuhr, hatte Aila das Gefühl an den Menschen und Häusern vorbeizuschweben. »Wie ist es möglich, dass dieser Wagen fährt, ohne von einem Pferd gezogen zu werden?«, fragte sie neugierig. »Ist er ein Geschenk von deinen Göttern?«

Professor Williams wandte seinen Blick von der Straße vor ihm und starrte das Mädchen fassungslos an. Im letzten Moment bremste er ab und konnte gerade noch verhindern, dass er auf den Wagen vor ihm auffuhr. Seine Gedanken überschlugen sich. Das Mädchen neben ihm sah ihn vertrauensvoll aus seinen großen Augen an. Sie sah aus wie ein Kind, dass mehr über die Welt wissen wollte.

Wie konnte das möglich sein? In was für eine Geschichte war er da nur hineingeraten? Der Gedanke, der sich in seinem Kopf ausbreitete, war so ungeheuerlich, dass er hart schlucken musste. Sein scharfer Verstand arbeitete auf Hochtouren. In Gedanken zählte er die ihm bekannten Fakten auf. Sie sprach nur gälisch. Dann stammte sie angeblich aus einem Dorf ohne Namen, und es sah ganz danach aus, als hätte sie noch nie in einem Auto gesessen. Dazu kam ihre Kleidung, die wie selbst gefertigt aussah. Er rief sich das Gespräch in Ron McLeods Büro noch einmal ins Gedächtnis. Da war noch etwas, was ihn irritiert hatte. Endlich fiel es ihm wieder ein. Sie hatte von Römern gesprochen und dass nur die Händler deren Sprache sprechen konnten. In Schottland gab es seit mehr als fünfzehnhundert Jahren keine römische Besatzungsmacht mehr. Dann hatte sie behauptet, der Name ihres Vaters sei Calach. Diesen Namen kannte er nur aus historischen Abhandlungen über die frühe Geschichte Schottlands.

Wollte sie ihnen vormachen, dass sie aus der Vergangenheit gekommen war? Das konnte unmöglich wahr sein. Zeitreisen waren wissenschaftlich gesehen nicht möglich und doch eine logische Schlussfolgerung, zu der man in dem hier vorliegenden Fall gelangen konnte. Doch diese Erklärung gefiel ihm nicht, und er überlegte weiter. Vielleicht hatte sie ihr bisheriges Leben auf irgendeinem abgelegenen Hof im Hochland verbracht, den weder sie noch ihre Familie aus welchen Gründen auch immer jemals verlassen hatte. Vor einigen Monaten hatte er in einem Magazin von einem Indianer gelesen, der als Letzter seines Stammes jahrzehntelang alleine und unbemerkt in den Wäldern Amerikas gelebt hatte und kein Wort englisch sprach. Er hatte sein Leben so gelebt, wie es seine Vorfahren seit Hunderten von Jahren getan hatten, obwohl sein Stamm offiziell bereits seit Anfang des letzten Jahrhunderts als ausgestorben galt.

Es kamen noch weitere Möglichkeiten in Betracht, stellte er fest und war irgendwie erleichtert darüber. Sie konnte in einer Sekte oder in irgendeiner religiösen Gemeinschaft gelebt haben oder vielleicht waren ihre Eltern Aussteiger, die genug von der modernen Zivilisation gehabt hatten. Es gab auch noch die Möglichkeit, dass sie einfach nur verwirrt war oder eine gespaltene Persönlichkeit besaß. Vielleicht hatte sie ein schreckliches Erlebnis gehabt und sich in ihre eigene Traumwelt zurückgezogen, weil sie die Realität nicht ertragen konnte.

Er war so in seine Gedanken versunken, dass er das Mädchen, das immer noch auf seine Antwort wartete, beinahe vergessen hatte. Als er sie endlich mit einem zerstreuten Blick bedachte, stellte er fest, dass ihre Augen sich wieder mit Tränen gefüllt hatten.

»Es tut mir Leid, wenn ich gegen eure Sitten verstoßen habe«, sagte sie leise. »Ich wollte nichts falsch machen.«

»Du machst nichts falsch, und ich werde dir, wenn wir in meinem Haus sind, alle deine Fragen beantworten, so gut ich es vermag. Wir sind in wenigen Minuten da, und bis dahin muss ich mich auf den Verkehr konzentrieren.« Er sprach langsam und freundlich. Aila blieb nichts anderes übrig, als sich mit seiner Antwort zufrieden zu geben. Traurig sah sie aus dem Fenster. Der Professor fuhr jetzt schneller, und Ailas Magen begann zu kribbeln. Das Kribbeln war nicht unangenehm, nur ungewohnt.

Es dauerte nicht lange, bis der Professor den Wagen in eine schmale Einfahrt lenkte und anhielt. Aila beobachtete, wie er den Schlüssel in dem Schloss herumdrehte und das leise Summen erstarb. Professor Williams stieg aus und lief um den Wagen herum, um ihr die Tür zu öffnen.

Ailas Knie zitterten noch von der aufregenden Fahrt, als sie aus dem Wagen kletterte. Neugierig staunte sie das Haus an, vor dem sie standen. Die Wände waren glatt und weiß. In dem Garten vor dem Haus standen wunderschöne Blumen um eine Wiese herum, deren Halme außergewöhnlich kurz und gleichmäßig gewachsen waren.

Der Professor nahm einen Schlüssel aus seiner Hosentasche und schloss die Haustür auf. Aila folgte ihm in ein Zimmer, in dem breite, mit Decken bezogene Stühle um einen niedrigen Tisch herumstanden. Sie sahen so warm und gemütlich aus, dass sie seiner Aufforderung, sich zu setzen, gern nachkam. Mit einem Seufzer ließ sie sich in einen der weichen Sessel fallen und sah sich staunend in dem gemütlich eingerichteten Raum um.

Professor Williams beobachtete eine Weile fasziniert, wie sie aufmerksam ihre Umgebung betrachtete. »Die Stühle sind sehr angenehm, aber ich sehe keine Feuerstelle, und mir ist kalt«, bemerkte das Mädchen ungerührt. Professor Williams brauchte einen Moment, um sich von diesem weiteren Schreck zu erholen. »Ich werde uns einen Tee aufgießen und einige Sandwiches zubereiten«, sagte er. »Dann werden wir uns unterhalten. Ich denke, ich werde einige Fragen an dich haben.«

Wenige Minuten später kam er mit einer Kanne Tee und einem Tablett belegter Sandwiches zurück und stellte sie vor Aila auf den Tisch. Er hatte beschlossen, sehr behutsam vorzugehen, um das Mädchen nicht zu überfordern, obwohl er es kaum abwarten konnte, hinter das Geheimnis zu kommen, das sie umgab.

Höflich schenkte er ihr eine Tasse von dem duftenden Tee ein und forderte sie auf, sich zu bedienen. Aila nahm eines der weißen Brote und verzehrte es hungrig. Es schmeckte köstlich, und sie nahm sich ein weiteres. Sie beobachtete, wie der Professor einen Löffel nahm und etwas, das wie braune Krümel aussah, in seine Tasse gab, und tat es ihm nach.

Der Tee war heiß und süß und wärmte sie von innen. Zufrieden kuschelte sie sich in die weichen Polster und genoss einen Moment das Gefühl von Wärme, das sie umgab. Alles in dem Raum war so glatt und sauber. Die rot glänzenden Truhen genauso wie der polierte Tisch, der aus demselben Holz bestand. Die Klappen der Truhen ließen sich von vorne öffnen und nicht von oben, wie die Truhen, die sie kannte. Goldene Schlüssel steckten in jeder der Türen. Der alte Mann musste sehr reich sein.

Sie bewunderte den Kristallleuchter, der über dem großen Tisch am anderen Ende des Zimmers hing, genau wie die wunderschönen Bilder in den goldenen Rahmen. Solche Kostbarkeiten hatte sie nie zuvor gesehen.

Professor Williams ließ ihr Zeit, um sich an die fremde Umgebung zu gewöhnen. Er füllte noch einmal ihre Tasse mit Tee, bevor er das Gespräch begann.

»Möchtest du mir jetzt erzählen, was geschehen ist und wie ich dir helfen kann?«, fragte er höflich.

Aila sah ihn an. Ihre schönen, grauen Augen füllten sich mit Tränen. »Ich habe den Tag mit meinem Hund im Wald verbracht. Wir sind zu der runden Lichtung gelaufen und haben uns dort auf die Wiese gesetzt. Dann bin ich eingeschlafen, und in meinen Träumen ist ein schrecklicher Nebel erschienen. Als ich aufgewacht bin, war Caru nicht mehr da, und auch der Wald war verschwunden. Ich habe mich aufgemacht, um nach meinem Hund zu suchen. Er ist mein bester Freund und weicht mir nicht von der Seite. Ich vermisse ihn so sehr.«

Professor Williams hatte ihr aufmerksam zugehört. »Wo sind deine Eltern? Vielleicht kann ich sie anrufen«, schlug er vor.

Aila sah ihn erstaunt an. »Meine Eltern sind keine Götter, die man anruft. Sie befinden sich auf einer Reise, um eine Fehde zwischen dem Briganterfürst Venutius und dem Fürsten der Trinovanten zu schlichten und die alten Bündnisse zu erneuern. Ich habe dir doch erzählt, dass mein Vater der Vergobretos ist.«

»Was ist ein Vergobretos?«, wollte der Professor wissen. »Ich habe dieses Wort nie vorher gehört.«

Aila warf ihm einen Blick zu, den er nicht deuten konnte. Jedes Kind wusste, welche Aufgabe der Vergobretos zu erfüllen hatte, und der alte Mann vor ihr schien sehr weise zu sein. Oder war er vielleicht doch nicht so weise, wie sie gedacht hatte? »Er ist der Vollzieher der Urteile, der einmal im Jahr von den Stämmen neu gewählt wird«, erklärte sie. »Mein Vater ist immer wieder zum Vergobretos gewählt worden, so lange ich mich erinnern kann. Er wird von allen bewundert, weil er gerecht und stark ist.«

»Du hast gesagt, dass du nach Inverurie gelaufen bist. Wie lange bist du denn unterwegs gewesen?«, fragte Professor Williams weiter.

»Ich bin mehrere Tage gelaufen und habe nachts unter Bäumen geschlafen«, sagte Aila. »Seitdem ich den richtigen Weg verloren habe, versuche ich Mog Ruith zu rufen, doch er gibt mir keine Antwort.«

»Mog Ruith?«, wiederholte Professor Williams ungläubig. Der einzige Mog Ruith, von dem er je gehört hatte, war ein Druide, dessen Name trotz der geringen Zahl schriftlicher Aufzeichnungen aus dieser längst vergangenen Epoche im Gedächtnis der Menschen geblieben war.

Aila wunderte sich immer mehr. Der alte Mann vor ihr schien tatsächlich nicht so weise zu sein, wie sie es angenommen hatte. »Mog Ruith ist der weiseste aller Druiden, und ich bin seine Schülerin«, sagte sie stolz.

Professor Williams lehnte sich nachdenklich in seinem Sessel zurück. Das Mädchen erzählte ihm unglaubliche Dinge. Ob sie geistesgestört war? Dagegen sprach allerdings ihre Fähigkeit, fließend gälisch zu sprechen. Unter anderen Umständen hätte er die Gelegenheit sehr genossen, wieder einmal diese schöne Sprache zu sprechen. Doch jetzt brauchte er erst einmal einen Augenblick, um das soeben gehörte in seinem Kopf zu sortieren.

Aila begann zu gähnen. Die Aufregung der letzten beiden Tage und die vielen neuen Eindrücke waren zu viel für sie gewesen. Ihre Augenlider wurden immer schwerer, bis sie ihr schließlich zufielen.

Professor Williams blieb noch lange Zeit in seinem Sessel sitzen und überlegte, wie er sich die Ereignisse der letzten Tage erklären könnte Seine Gedanken begannen sich im Kreis zu drehen, weil die einzige Idee, die ihm zu dieser Geschichte einfiel, so unvorstellbar war, dass sein Verstand sich dagegen wehrte. Wenn es ihm tatsächlich gelingen sollte, dafür den Beweis anzutreten, müsste er sein gesamtes Weltbild auf den Kopf stellen, und er war sich nicht sicher, ob er das wirklich wollte.

Er warf noch einen Blick auf das schlafende Mädchen, dann stand er auf und begab sich in seine Bibliothek. Unschlüssig lief er eine Weile vor den langen Bücherreihen auf und ab. Schließlich gab er sich einen Ruck und nahm einige Bücher heraus. Er schaltete seine Leselampe ein und setzte sich in seinen Lieblingssessel, der direkt vor dem Kamin stand. Seufzend schlug er die erste Seite auf und begann zu lesen.

7

Walter Scotts rechtes Augenlid begann leicht zu zucken, wie immer, wenn er auf eine außergewöhnliche Story stieß. Während der Fahrt zu seiner Redaktion hatte er mehrmals das Band ablaufen lassen. Der erste Ansatzpunkt war der Name des Vaters, den das Mädchen angegeben hatte. Es schien ein seltener Name zu sein und war vielleicht eine Möglichkeit, mehr über die Kleine herauszufinden.

Sofort, als er in der Redaktion eintraf, rief er Alice zu sich. Sie war das Mädchen für alles und kannte sich im Archiv so gut aus wie kein anderer. Am Computer war sie ebenfalls ein Genie, vor allem, wenn es darum ging, heiße Spuren zu verfolgen. Das Mädchen war bares Geld wert, wie er zu sagen pflegte. Alice zwinkerte ihm fröhlich zu. Die Jeans, die sie trug, betonte ihre knabenhafte Figur und ließ sie jünger aussehen, als sie tatsächlich war. Darüber hatte sie eine weiße Bluse locker über ihrer schmalen Taille zusammengeknotet. Sie bot ein erfreuliches Bild und war ein Lichtblick, der ihn für einen Moment von der hektischen Atmosphäre ablenkte, die in der Redaktion herrschte.

Alice kannte den Ausdruck in den Augen ihres Kollegen und wartete gespannt darauf, welcher Story er dieses Mal auf der Spur war. Walter Scott zog wortlos sein Diktiergerät aus der Tasche und spulte es zurück. Dann ließ er es ablaufen.

Alice hörte sich das Gespräch zwischen ihrem Kollegen und Professor Williams aufmerksam an. »Ich verstehe nicht ganz, worauf du hinauswillst«, sagte sie, nachdem sie das Band aufmerksam verfolgt hatte.

Walter Scott grinste sie fröhlich an. »Ich werde es dir sofort erklären: Die Polizei hat ein junges Mädchen aufgegriffen, vielleicht siebzehn oder achtzehn Jahre alt. Sie ist von außergewöhnlicher Schönheit und hat angeblich ihr Gedächtnis verloren. Unser guter Kommissar möchte, aus welchem Grund auch immer, unbedingt wissen, wer sie ist, und hat uns aufgefordert, ein Bild von ihr in der Zeitung zu veröffentlichen.« Sein Grinsen wurde breiter, als er fortfuhr. »Ich hatte gleich das Gefühl, dass Ron McLeod uns etwas vorenthält, und wie es meine Art ist, habe ich nachgehakt und von Professor Williams erfahren, dass die Kleine nur gälisch spricht. Jetzt frage ich mich natürlich, warum Ron McLeod uns das verschwiegen hat. Es muss einen Grund dafür geben. Wir haben den Namen des Vaters, Calach oder so ähnlich. Lass dir von Harry die Fotos von der Kleinen geben, und versuche, so viel wie möglich über sie herauszubekommen. Ich werde in der Zwischenzeit den Professor noch einmal anrufen, um zu hören, ob er mittlerweile mehr über das Mädchen in Erfahrung gebracht hat. Er gehört zu den wenigen Menschen auf unserer schönen Insel, die die alte Sprache noch beherrschen.«

Alice machte sich sofort an die Arbeit und ging zu Harry in die Fotoabteilung, um sich die ersten Abzüge aushändigen zu lassen. Nach einem Blick auf die Fotos musste sie Walter Scott Recht geben: Das Mädchen besaß tatsächlich eine faszinierende Ausstrahlung. Sie scannte das Bild in ihren Computer, damit er es mit anderen Fotos vergleichen konnte. Das würde eine Weile dauern. In der Zwischenzeit konnte sie sich um den Namen des Vaters kümmern, den das Mädchen angegeben hatte.

Sie setzte sich an den Computer eines Kollegen und gab ohne große Hoffnung den Namen Calach ein. Wenn es ein Vorname war, dann ein sehr seltener, denn sie hatte den

Namen nie zuvor gehört. Ohne den dazugehörigen Nachnamen und den Wohnort würde es schwierig sein etwas über ihn zu finden. Wie sie es erwartet hatte, half der Name ihr nicht weiter. Sie versuchte es über eine andere Suchmaschine, doch das Einzige, was der Computer ihr zeigte, waren historische Abhandlungen über die frühen Epochen ihres Landes. Dort wurde der Name gleichgesetzt mit Calgacus, einem großen Feldherrn, der im ersten Jahrhundert nach Christus gelebt hatte. Sie suchte weiter, konnte aber nichts Brauchbares mehr finden.

Achselzuckend druckte sie die Seiten aus und begab sich zurück an ihren eigenen Computer. Er war fündig geworden. Das Gesicht einer jungen Frau blickte ihr aus dem Bildschirm entgegen. Sie besaß große Ähnlichkeit mit dem Mädchen auf ihren Fotos, obwohl ihr Haar hellblond und ihre Nase etwas feiner geschnitten war. Auch das tiefe Blau ihrer Augen unterschied sich von den grauen Augen des Mädchens. Doch Alice ließ sich davon nicht täuschen. Ihr Gefühl sagte ihr, dass ein Zusammenhang bestand. Beide Frauen besaßen die gleiche faszinierende Ausstrahlung, die weit über solche Details hinausging.

Sie las den zu dem Foto gehörenden Artikel durch. »Schülerin während eines Ausflugs in die Grampian Mountains spurlos verschwunden.« Es folgten weitere Artikel mit den üblichen Spekulationen. Alice wollte schon aufhören zu lesen, als sie auf einen kleinen Artikel stieß. Sie sah sich das Erscheinungsdatum an. Er war fünf Jahre jünger als die anderen Artikel. Gespannt las sie weiter. »Helen McCarthy ist, nachdem sie fünf Jahre verschwunden war, mit ihrer vierjährigen Tochter an der Hand nach Inverurie zurückgekehrt. Sie weigert sich, Interviews zu geben, und auch ihre Familie ist nicht bereit, etwas über ihr Verschwinden zu sagen. Hat es gar keine Entführung, gar kein Verbrechen gegeben, wie wir alle befürchtet haben? Die ganze Stadt war damals betroffen und hat mit Helens Familie gehofft und gebetet. Mittlerweile sieht es ganz danach aus, als hätte die junge Helen, den Schülerausflug lediglich dazu benutzt, von zu Hause fortzulaufen.«

Alice verglich noch einmal die Fotos der beiden Frauen. Gründlich, wie es ihre Art war, rief sie beim Einwohnermeldeamt an, um genauere Daten zu erhalten. Sie erfuhr, das Helen McCarthy bereits drei Jahre nach ihrer Rückkehr verstorben war und von daher unmöglich die Mutter des Mädchens sein konnte.

Sie druckte die Seiten aus und legte sie Walter Scott auf den Schreibtisch. Sein untrüglicher Instinkt würde ihm sagen, ob es sich lohnte, die Spur der Frauen weiter zu verfolgen oder nicht.

Walter Scott ließ sich Zeit beim Lesen, doch er fand nichts, was ihn weiterbrachte. Seine einzige Hoffnung war Professor Williams. Er griff nach dem Telefon und wählte die Nummer, doch der Professor schien nicht zu Hause zu sein.

Er versuchte es mehrmals und beschloss dann, zu einem späteren Zeitpunkt noch einmal anzurufen.

Mrs. MacLish hatte sich gerade einen Tee eingeschenkt und nach der Zeitung gegriffen, um sie in aller Ruhe zu lesen. Sie liebte die Morgenstunden und genoss die Zeit, die sie seit ihrer Pensionierung hatte, obwohl sie mit Leib und Seele Lehrerin und später sogar Schulleiterin gewesen war. Als ihr Blick auf die Titelseite fiel, stockte ihr der Atem. Miriam, war ihr erster Gedanke. Irgendwann hatte sie die Hoffnung aufgegeben, mehr über die mysteriösen Ereignisse zu erfahren, die sie seit ihrem letzten Gespräch mit ihrer ehemaligen Schülerin so sehr beschäftigt hatten.

Sie betrachtete das Gesicht des jungen Mädchens genauer. Auf den ersten Blick sah es aus wie Miriam, doch das war unmöglich. Die junge Frau auf dem Foto konnte höchstens achtzehn Jahre alt sein. In Gedanken rechnete sie zurück. Miriam müsste mittlerweile die vierzig hinter sich gelassen haben. Aufgeregt las sie den zu dem Foto gehörigen Bericht. »Wer kennt dieses Mädchen?«, lautete die Schlagzeile. »Die Polizei hat gestern auf dem Marktplatz eine junge Frau aufgegriffen, die unter Erinnerungslücken leidet. Wer sie kennt oder etwas über sie weiß, wird gebeten, sich bei der Polizeidienststelle in Inverurie zu melden.«

Mrs. MacLish las den Artikel mehrmals hintereinander. Dann betrachtete sie das Foto erneut. Ob Miriam eine Tochter hatte? Das wäre eine Möglichkeit. Sie lehnte sich zurück und trank einen Schluck von ihrem Tee, obwohl er mittlerweile fast kalt geworden war.

Beinahe zwanzig Jahre waren vergangen, seitdem sie die verzweifelte Miriam getröstet und Unglaubliches von ihr erfahren hatte. Miriam hatte ihr erzählt, dass sie eine Reise durch die Zeit gemacht und sich in einen caledonischen Feldherrn verliebt hatte, der bei einer Schlacht im ersten Jahrhundert nach Christus gefallen war.

Seit diesem Gespräch hatte sie nichts mehr von Miriam gehört, bis eines Tages Malcolm vor ihrer Türe gestanden und ihr einen Brief von Miriam gezeigt hatte, den sie geschrieben hatte, bevor sie erneut in die Vergangenheit aufgebrochen war. Lange hatte sie mit Miriams Schulfreund gesprochen, der laut seiner Aussage mit Miriam und Willie, einem gemeinsamen Klassenkameraden, in der Vergangenheit gewesen sein wollte.

Ihre Neugier war erwacht. Trotz ihrer siebenundsiebzig Jahre war sie noch ziemlich rüstig, worauf sie ganz besonders stolz war. Sie stand auf und nahm ihren Mantel aus dem Garderobenschrank.

Nach einem Blick in den wolkenverhangenen grauen Himmel beschloss sie, für alle Fälle ihren Regenschirm mitzunehmen. Die Polizeidienststelle war nicht sehr weit entfernt von ihrem kleinen Haus, und sie konnte die wenigen Meter zu Fuß gehen.

Zehn Minuten später stand sie vor der Wache und drückte auf den Summer, der sich links neben der Türe befand. »Ja bitte?«, fragte eine Stimme über die Sprechanlage. »Ich bin Mrs. MacLish und habe den Bericht über das Mädchen in der Zeitung gelesen«, antwortete sie.

Mit einem Brummen sprang die Türe auf, und Mrs. MacLish betrat die Wache. Eine junge Frau befand sich hinter der Rezeption, die durch eine schwere Glastür gesichert war. »Bitte gehen sie ins Zimmer 28, das ist den Gang hinunter und dann die vierte Türe rechts.« Aufgeregt folgte die alte Schulleiterin der Anweisung; sie konnte es kaum erwarten Miriams Tochter zu sehen.

Die Tür von Zimmer 28 war halb geöffnet. Mrs. MacLish klopfte dennoch höflich an, bevor sie das Zimmer betrat. Sie kannte Ron McLeod, der sie freundlich begrüßte, schon seit Jahren.

»Das ist aber eine Überraschung, wir haben uns ja lange nicht mehr gesehen. Wie ich sehe, befinden Sie sich bei bester Gesundheit. Was führt sie denn zu mir?« Neugierig beugte er sich etwas nach vorn.

»Ich habe eben den Bericht in der Zeitung gelesen und dabei festgestellt, dass das Mädchen auf dem Foto eine auffallende Ähnlichkeit mit einer ehemaligen Schülerin von mir hat. Es ist eine lange Geschichte, doch bevor ich sie Ihnen erzähle, würde ich das Mädchen gern sehen, um ganz sicher zu sein, dass es sich bei ihr tatsächlich um die Tochter meiner Schülerin handelt.«

Ron McLeod sah sie prüfend an. Mrs. MacLish war eine energische alte Dame, die genau wusste, was sie tat. Wenn sie sich einmal etwas in den Kopf gesetzt hatte, würde nichts und niemand sie davon abbringen können. »Das Mädchen ist nicht mehr hier. Professor Williams hat sie mit zu sich nach Hause genommen. Er war ganz fasziniert von ihr, weil sie nur gälisch spricht.«

Mrs. MacLish sah ihn nachdenklich an. »Ich kenne Professor Williams von früher. Könnten Sie mir bitte seine Telefonnummer geben? Ich würde ihn gern anrufen.«

»Kein Problem, aber denken Sie bitte daran, mich auf dem Laufenden zu halten, wenn Sie mehr über das Mädchen erfahren.«

Mrs. MacLish versprach es ihm. Nachdem Ron McLeod ihr die gewünschte Telefonnummer auf einen Zettel geschrieben hatte, verabschiedete sich die alte Dame von ihm und verließ mit einem für ihr Alter recht schnellen Schritt sein Zimmer.

Ron McLeod lehnte sich in seinen Stuhl zurück und beschloss, Professor Williams noch heute anzurufen, falls er sich nicht von selbst melden würde.

Das Klingeln des Telefons riss ihn aus seinen Gedankengängen. Seufzend nahm er den Hörer ab. Der Mann am anderen Ende der Leitung, stellte sich als John Lansbury vor. »Ich habe gerade die Tageszeitung gelesen und das Foto von dem Mädchen mit den Erinnerungslücken entdeckt.« Ron McLeod setzte sich triumphierend auf und griff nach einem Stift. Ich hatte Recht damit, ein Foto von Aila zu veröffentlichen, dachte er. Es war erst zehn Uhr Morgens und jetzt meldete sich bereits der zweite Anrufer, der etwas über sie wusste. Gespannt wartete er, was John Lansbury ihm zu sagen hatte.

»Ich war gestern im Hochland wandern und habe das Mädchen an einem See getroffen, wo sie gerastet hat. Sie hatte kein Gepäck bei sich und sprach nur gälisch. Wir haben uns durch Zeichensprache verständigt, und so viel ich verstanden habe, hatte sie sich verirrt. Ich habe ihr den Weg nach Inverurie gezeigt, konnte sie aber leider nicht dorthin begleiten, weil meine Frau mich in Rhynie erwartete. Sie erschien mir ein wenig merkwürdig, aber ihr Gesicht vergisst man nicht so schnell.«

»Ist Ihnen sonst noch etwas aufgefallen, womit Sie uns weiterhelfen können?«, fragte Ron McLeod.

»Tut mir Leid, das war schon alles.«

Der Kriminalbeamte ließ sich John Lansburys Telefonnummer geben und bedankte sich für den Anruf. Dann beendete er das Gespräch.

Ohne dass es ihm bewusst wurde, war John Lansbury ein wenig enttäuscht. Er hatte gehofft, von dem Beamten mehr über das Mädchen zu erfahren, das sich immer wieder in seine Gedanken schlich.

8

Mrs. MacLish lief, so schnell sie konnte, nach Hause und wählte Professor Williams Telefonnummer, noch bevor sie ihren Mantel abgelegt hatte. Doch zu ihrer Enttäuschung meldete sich niemand. Sie nahm ihr Telefonbuch aus der Schublade und suchte die Adresse von Professor Williams heraus. Dann bestellte sie sich ein Taxi und wartete ungeduldig auf sein Eintreffen.

Endlich fuhr der Wagen vor. Nachdem sie dem Fahrer die Adresse des Professors genannt hatte, lehnte sie sich zufrieden in ihrem Sitz zurück. Sie war gespannt auf das, was sie erwartete. Fünfzehn Minuten später hielt das Taxi vor einem gepflegten, weiß gestrichenen Haus. Mrs. MacLish bezahlte den Taxifahrer und stieg mit klopfendem Herzen aus dem Wagen.

Erst nachdem sie das dritte Mal geklingelt hatte, wurde die Tür geöffnet. Überrascht sah Professor Williams auf die kleine Mrs. MacLish hinunter, die er um anderthalb Köpfe überragte.

»Was verschafft mir denn die Ehre Ihres Besuches«?, fragte er neugierig.

»Bitte entschuldigen Sie mein überfallartiges Erscheinen. Ich habe mehrmals versucht, Sie anzurufen, bevor ich mir erlaubt habe, ohne Anmeldung bei Ihnen aufzutauchen. Ich hoffe, ich komme nicht gänzlich ungelegen?«

Professor Williams zögerte einen Moment. »Es passt mir heute tatsächlich nicht sehr gut. Ich habe Besuch und bin nicht ans Telefon gegangen, weil es ständig klingelt und ich mich ganz meinem Besuch widmen möchte«, wich er aus.

»Genau deswegen bin ich hier. Ich würde Ihren Besuch

sehr gern kennen lernen, weil ich die Vermutung habe, dass sie die Tochter einer ehemaligen Schülerin von mir sein könnte.«

Professor Williams trat höflich zur Seite.

»Wenn das so ist, dann treten Sie doch bitte ein.« Er half ihr aus dem Mantel und nahm ihr den Regenschirm ab. »Kommen Sie mit in die Küche, wir sind gerade fertig mit unserem Frühstück.«

Mrs. MacLish kam seiner Aufforderung nur zu gern nach. Erwartungsvoll betrat sie die gemütliche Küche des Professors und blickte forschend in das Gesicht des Mädchens, das irgendwie hilflos wirkte. Abgesehen von der Nase und der Augenfarbe war sie das genaue Abbild von Miriam, wie Mrs. MacLish fasziniert feststellte.

»Bitte setzen Sie sich. Darf ich Ihnen einen Tee anbieten?«

»Gern, ich bin heute Morgen noch gar nicht dazu gekommen.«

Professor Williams rückte ihr höflich den Stuhl zurecht. Dann stellte er eine weitere Tasse auf den Tisch und schenkte der alten Dame von dem Tee ein. »Möchtest du auch noch einen«?, wandte er sich in Gälisch an das Mädchen. Sie schüttelte verneinend den Kopf. Mrs. MacLish nahm einen Schluck von dem heißen Tee und sah Aila freundlich an. »Ich bin Mrs. MacLish und zu dir gekommen, um dich etwas zu fragen«, begann sie in Gälisch.

Professor Williams sah sie erstaunt an. Er hatte ganz vergessen, dass sie ebenfalls der aussterbenden Sprache mächtig war. Immerhin hatte sie jahrelang versucht, diese ihren Schülern beizubringen.

Aila sah sie traurig an, sagte aber nichts.

»Ist der Name deiner Mutter Miriam?« Mrs. MacLishs

Stimme klang aufgeregt. Gleich würde sie wissen, ob sie mit ihrer Vermutung Recht hatte.

Aila wirkte nicht mehr ganz so traurig, als sie zustimmend nickte. »Kennst du meine Mutter?«, fragte sie zurück. Hoffnungsvoll sah sie die alte Dame an.

»Ja, mein Kind. Ich kenne deine Mutter, seit sie ein kleines Mädchen war.« Mrs. MacLish wandte sich an den Professor, der das Gespräch aufmerksam verfolgt hatte.

»Ich hatte Recht«, bemerkte sie zufrieden. »Bereiten Sie sich schon einmal auf eine unglaubliche, fantastisch klingende Geschichte vor. Doch bevor wir weiterreden, hätte ich noch eine Frage an Sie: Glauben Sie, dass Zeitreisen möglich sind?«

Professor Williams wurde es mulmig in der Magengegend, als Mrs. MacLish trocken aussprach, was er nicht einmal gewagt hatte weiterzudenken.

»Wenn Sie meine Meinung hören möchten, kann ich Ihnen versichern, dass Zeitreisen wissenschaftlich gesehen nicht möglich sind und es auch niemals sein werden.« Er holte tief Luft, bevor er weitersprach. »Seit der Unterredung, die ich gestern Abend mit Aila hatte, habe ich allerdings über dieses Thema nachdenken müssen. Ich habe in meinen Büchern nachgesehen und den Namen ihres angeblichen Vaters gefunden. Calach war tatsächlich ein Feldherr und auch Vergobretos, wie Aila behauptet hat. So weit stimmt ihre Aussage mit meinen Büchern überein. Es gibt da nur ein winziges Problem. Calach hat im ersten Jahrhundert nach Christus gelebt, und das ist bekanntlich zweitausend Jahre her. Mein Verstand weigert sich, überhaupt weiter darüber nachzudenken. Und Sie wollen mir doch sicher nicht weismachen, dass das Mädchen aus dem ersten Jahrhundert nach Christus stammt?«

Sie sprachen jetzt englisch. Aila sah von einem zum anderen. Eine vage Hoffnung erfüllte sie. Wenn die alte Frau neben ihr ihre Mutter kannte, würde sie ihr ganz sicher helfen können, wieder nach Hause zu kommen.

»Ich hoffe, Sie haben genügend Zeit, denn ich werde Ihnen jetzt erzählen, was ich über die Mutter und auch über die Großmutter des Mädchens weiß, die ebenfalls eine Schülerin von mir gewesen ist.«

Und Mrs. MacLish erzählte dem erstaunten Professor, wie Helen McCarthy bei dem Schülerausflug verschwunden und erst Jahre später wieder aufgetaucht war. Sie erzählte ihm von dem Besuch Miriams in ihrer alten Schule und dem letzten Gespräch, das sie mit ihr geführt hatte. Dann berichtete sie über den Brief, den sie von Malcolm erhalten hatte, und dass er gemeinsam mit Miriam und Willie in der Vergangenheit gewesen sein wollte.

Professor Williams kam aus dem Staunen nicht mehr heraus. Als Mrs. MacLish fertig war, betrachtete er sie kopfschüttelnd. Was er gerade gehört hatte war so fantastisch, dass es ihm rundweg die Sprache verschlug.

Eine Weile saßen sie schweigend am Tisch. Mrs. MacLish ergriff als Erste das Wort.

»Wir müssen Aila helfen, in ihre Zeit zurückzukehren, ohne dass sie noch mehr Aufsehen erregt, als sie es schon getan hat. Wenn ich daran denke, wie die Presse uns damals belagert hat, als Helen verschwunden war, dann würde ich ihr das gern ersparen.«

»Sie hegen also nicht den geringsten Zweifel daran, dass Aila tatsächlich aus der Vergangenheit stammt?« Professor Williams war nicht bereit, dies ohne weitere Nachforschungen zu akzeptieren. Er wandte sich an Aila. »Erzähl uns von dem Leben in deinem Dorf.« Aila kam seiner Aufforderung nach und erzählte von den Menschen, mit denen sie lebte. Professor Williams unterbrach sie immer wieder mit neuen Fragen. Er wollte alles ganz genau wissen, um sich ein Bild von ihrem Leben machen zu können.

»Du hast mir erzählt, dass du von einem dichten Nebel geträumt hast. Was war das für ein Nebel? Glaubst du, dass er für deine Reise durch die Zeit verantwortlich ist?«

Aila sah ihn verständnislos an. »Ich bin eingeschlafen und habe geträumt. Ich habe keine Reise gemacht.«

Mrs. MacLish strich ihr beruhigend über den Arm. »Wir werden alles tun, was in unserer Macht steht, um dir zu helfen. Professor Williams und mir fällt es genauso schwer wie dir, zu verstehen, was da geschehen ist. Es muss einen Grund dafür geben. Deine Mutter hat einmal etwas gesagt, über das ich damals sehr lange nachgedacht habe: ›Wir können dem Schicksal nicht entkommen, es nicht lenken wie einen Wagen. Wir können es genauso wenig beeinflussen wie den Lauf der Sonne, oder den Willen der Götter. Die ewige Folge der Zeiten ist unabänderlich.‹ Sie hatte diese Worte von einem Druiden, und sie haben ihr Trost in ihrer Verzweiflung gebracht. Ich bin sicher, dass es einen Grund dafür gibt, warum du hier bist, auch wenn wir ihn jetzt noch nicht kennen. Du befindest dich in einer Zeit, die dir fremd ist. Ich werde dir helfen, sie zu begreifen, bis du einen Weg gefunden hast, nach Hause zurückzukehren.«

Wieder begann das Telefon zu klingeln. Professor Williams entschuldigte sich für einen Moment und stand auf. Was er gehört hatte, war einfach zu viel für ihn, und er war beinahe erleichtert über die kleine Unterbrechung. Er atmete dreimal tief durch, bevor er den Hörer abnahm.

»Guten Morgen, Herr Professor, ich hoffe es geht Ihnen gut? Ich wollte nur mal hören, ob es etwas Neues über die

Kleine gibt«, ertönte Walter Scotts Stimme an seinem Ohr. Er hätte wissen müssen, dass der Journalist keine Ruhe geben würde.

»Wie bitte? Die Kleine? Ach so, Sie meinen Aila, nein, da muss ich sie enttäuschen. Wir haben nichts Neues erfahren«, versuchte er den Reporter abzuwimmeln. »Wenn Sie mich bitte entschuldigen wollen, die Geschichte hat mich eine Menge Zeit gekostet, und ich muss mich dringend wieder meinen Studien zuwenden. Schönen Tag noch.« Er legte den Hörer zurück auf die Gabel und öffnete das Fenster. Er war ein Fehler gewesen, dem Journalisten Informationen über Aila zu geben, aber wie hätte er auch ahnen können, was er jetzt wusste oder zu wissen glaubte?

Er brauchte dringend frische Luft und Ruhe, um nachdenken zu können. Ein kleiner Spaziergang würde ihm sicher gut tun. Er nahm seinen Hut und seinen Mantel und verließ das Haus. Mrs.MacLish würde sich in der Zwischenzeit um Aila kümmern.

Walter Scott runzelte die Stirn und dachte über das kurze Telefonat mit dem Professor nach. Was hatte das jetzt wieder zu bedeuten? Warum war Professor Williams auf einmal so kurz angebunden? Er kam zu dem Schluss, dass man ihm etwas verheimlichen wollte und das konnte er auf keinen Fall hinnehmen. Es gab also ein Geheimnis um das Mädchen, und dem würde er schon noch auf die Spur kommen.

Er nahm die Fotos und die Unterlagen, die er über die Kleine gesammelt hatte und studierte sie erneut. Helen McCarthy war zu früh verstorben, um eine direkte Verbindung zu Aila zu haben, aber sie hatte eine Tochter gehabt. Es war also möglich, dass sie die Großmutter des Mädchens war. Er rief Alice zu sich und gab ihr den Auftrag, alle verfügbaren Informationen über Helens Tochter herauszufinden. Dann rief er Ron McLeod an, doch der war ebenso kurz angebunden wie der Professor. Er erfuhr nur, dass das Mädchen die Dienststelle verlassen hatte, aber wohin es gegangen war, wollte der Polizeibeamte ihm nicht sagen. »Wir dürfen keine Auskünfte über Privatpersonen geben, so lauten nun einmal unsere Vorschriften.«

Doch Walter Scott dachte nicht daran aufzugeben. Bisher war es ihm jedenfalls immer gelungen, an die gewünschten Informationen zu gelangen, auch wenn er so manches Mal ungewöhnliche Wege dafür einschlagen musste. Wenn Helens Tochter die Mutter des Mädchens war, dann wäre es ein Kinderspiel, ihre Adresse herauszufinden, und er konnte der Kleinen einen Überraschungsbesuch abstatten. Zufrieden lehnte er sich in seinem Bürostuhl zurück und machte sich an die Arbeit.

9

Nachdem Professor Williams die Küche verlassen hatte, saß Aila schweigend auf ihrem Stuhl. Mrs. MacLish beugte sich zu ihr herüber und legte ihr mitleidig einen Arm um die schmale Schulter.

»Wir werden schon einen Weg finden, auf dem du wieder nach Hause gelangst. Fürs Erste bist du hier in Sicherheit. Mach dir keine Sorgen, der Professor und ich werden uns um dich kümmern. Ich habe deine Mutter sehr gemocht, auch wenn ich die seltsamen Geschehnisse genauso wenig verstehen kann wie du.«

Aila sah die alte Dame dankbar an. »Du bist sehr freundlich, und dafür möchte ich dir danken.«

Mrs. MacLish stand auf und begann den Tisch abzuräumen. Dann ließ sie Wasser in die Spüle ein, um das Geschirr zu spülen. Aila sah fasziniert zu, wie sich das Becken füllte. »Woher kommt das Wasser?«, fragte sie neugierig. Mrs. MacLish versuchte es ihr zu erklären.

»Warum reinigst du das Geschirr?«, fragte Aila weiter. »Hat der Professor keine Leibeigenen? Ich habe hier im Haus noch niemanden gesehen.«

»Leibeigene, wie du sie kennst, gibt es in unserer Zeit nicht mehr. Ich nehme aber an, dass Professor Williams eine Hilfe hat, die mehrmals in der Woche ins Haus kommt und die groben Arbeiten übernimmt. Seine Frau ist vor einigen Jahren verstorben«, gab Mrs. MacLish zur Antwort.

Als sie mit dem Geschirr fertig war, führte sie Aila in das Badezimmer des Professors. »Ich denke du hast dringend ein Bad nötig.« Sie ließ Wasser in die Wanne ein und gab etwas Badeschaum hinzu. Während sich die Wanne langsam füllte, hatte Aila den großen Spiegel entdeckt und betrachtete fasziniert ihr Gesicht darin. Es war etwas ganz anderes, als sich in der Wasseroberfläche eines Flusses zu sehen, die ständig in Bewegung war. Mrs. MacLish beobachtete sie lächelnd. Dann reichte sie Aila zwei Frotteetücher und das Haarshampoo und ließ sie allein.

Im Flur traf sie auf Professor Williams, der von seinem Spaziergang zurückgekehrt war. »Wir sollten Aila etwas Neues zum Anziehen kaufen, dann fällt sie weniger auf«, bemerkte Mrs. MacLish. »Vielleicht ist es das Beste, wenn ich sie mit zu mir nehme«, überlegte sie laut weiter. »Die Leute werden reden, wenn sie erfahren, dass sich ein so junges Mädchen in Ihrem Haus befindet. Sie könnten mich jederzeit besuchen, wenn Sie Aila sehen, oder mit ihr sprechen möchten.«

Professor Williams nickte erleichtert. Mrs. MacLish hatte Recht. Er hatte unüberlegt gehandelt, als er das Mädchen zu sich nach Hause eingeladen hatte, und dabei nur an seine Sprachforschungen gedacht, ohne sich weitere Gedanken über sie zu machen. Dass sie aus der Vergangenheit kam, hatte er nicht ahnen können, und es überforderte ihn vollkommen. Während seines Spaziergangs war ihm schmerzhaft bewusst geworden, dass er an die Grenzen seines Vorstellungsvermögen gestoßen war. Er bewunderte die alte Schulleiterin, die offensichtlich keine Probleme in dieser Hinsicht hatte, und war ihr dankbar für ihren wohlgemeinten Vorschlag.

Aila genoss das Bad in dem warmen, duftenden Wasser. Als sie eine halbe Stunde später mit nassen Haaren aus dem Badezimmer kam, nahm Mrs. MacLish sie an der Hand und brachte sie zurück. Sie holte den Fön aus der Ablage und zeigte ihr, wie sie damit ihr Haar trocknen konnte. Aila zuckte erschrocken zusammen, als heißer Wind begleitet von einem aufheulenden Geräusch aus dem Rohr strömte. Doch schon nach wenigen Minuten gewöhnte sie sich an das Gerät.

Als sie fertig war, fuhr Professor Williams die beiden Frauen in die Stadt und setzte sie vor einem der vielen Modegeschäfte ab. Aila ließ alles, was man von ihr verlangte, fast gleichgültig über sich ergehen. Die Gerüche und die unterschiedlich lauten Geräusche, die an ihr Ohr drangen, überforderten ihre Sinne genauso wie die bunten Farben und die Hektik der Menschen, die es so eilig hatten, als wären sie auf der Flucht. Sie hatte Mühe, die vielen neuen Eindrücke zu verarbeiten, die von allen Seiten auf sie einstürmten. Es kam ihr vor, als wäre sie in einem endlosen Traum gefangen, und sie wünschte sich nichts sehnlicher, als daraus zu erwachen. Sie stand vor dem großen, blank geputzten Schaufenster und starrte auf die Gewänder, die dort ausgestellt waren, als würde sie das alles nichts angehen. Wie gern würde sie jetzt mit Caru durch den Wald laufen oder neben ihren Eltern am Feuer sitzen, wo sie von liebevoller Geborgenheit umgeben war. Dieses Dorf gefiel ihr nicht. Es war kalt und laut, und die Menschen, abgesehen von Mrs. MacLish und Professor Williams, waren unfreundlich, und sie wollte nichts mit ihnen zu tun haben.

Ihre Augen füllte sich mit Tränen, als sie an ihren treuen Freund Caru dachte. Würde sie ihn jemals wiedersehen? Sie fühlte sich so allein ohne ihn.

Mrs. MacLish drückte ihr tröstend die Hand, als sie die Tränen in den Augen des Mädchens bemerkte. »Es wird nicht lange dauern, doch es ist nötig, dass wir dort hineingehen, um dir etwas zum Anziehen zu kaufen. Inverurie ist eine kleine Stadt, und du fällst in deinen Kleidern zu sehr auf. Du kannst dir keine Vorstellung davon machen, was alles geschehen würde, wenn jemand außer dem Professor und mir etwas von deinem Geheimnis erfahren würde. Vertraue mir einfach. Wenn wir hier fertig sind, fahren wir zu mir nach Hause, und du kannst dich ausruhen. Ich werde dafür sorgen, dass dich niemand stört.«

Eine elegant gekleidete Verkäuferin mit rot lackierten Fingernägeln begrüßte sie, als sie das Geschäft betraten. Höflich erkundigte sie sich nach ihren Wünschen, während sie abfällig Ailas Gewand musterte. »Wir hätten gerne etwas Bequemes und auch etwas Schickes für meine Enkeltochter«, gab Mrs. MacLish zur Antwort. Die Verkäuferin nickte zustimmend und kam wenig später mit einigen Kleidern über dem Arm zurück. Sie forderte die beiden Frauen höflich auf, ihr zur Umkleidekabine zu folgen.

Als Erstes reichte sie Aila ein cremefarbenes, elegantes Sommerkleid. Mrs. MacLish half ihr, es überzustreifen. Fassungslos stand sie vor dem großen Spiegel. Eine fremde Frau starrte ihr entgegen. Langes rotgolden glänzendes Haar floss ihr über die schmalen Schultern, und das eng anliegende Kleid betonte ihre Figur. Es sah wunderschön aus. Aila hatte das Gefühl zu träumen, die ganze Situation war für sie unwirklich. Immer wieder strichen ihre Finger über den glatten, weichen Stoff. Die Verkäuferin reichte ihr noch ein paar passende Schuhe und eine hauchdünne Bluse. Mrs. MacLish sah Aila bewundernd an. Was Kleider alles ausmachen, dachte sie und bekam richtig Spaß daran, Aila in eine elegante junge Frau zu verwandeln. Sie forderte die Verkäuferin auf, noch eine Jeans und eine Bluse zu bringen.

Doch als sie Aila die Hose reichte weigerte diese sich, sie anzuziehen.

»Frauen tragen doch keine Hosenbeine«, sagte sie empört und ließ die Jeans einfach auf den Boden fallen. Die Verkäuferin starrte sie ungläubig an, sagte aber nichts. Mrs. MacLish, die den verblüfften Blick der Angestellten sehr wohl bemerkt hatte, gab nach. Sie wollte auf keinen Fall weiteres Aufsehen erregen. Sie kaufte noch ein blaues Kostüm, zwei Blusen, Unterwäsche und Nachthemden und ließ alles einpacken.

Bepackt mit Einkaufstüten in den verschiedensten Größen, verließen die beiden Frauen eine Stunde später das Modegeschäft. Professor Williams, der vor dem Ladenlokal gewartet hatte, half ihnen, ihre Einkäufe im Kofferraum zu verstauen. Anschließend fuhr er sie nach Hause und versprach, sich in den nächsten Tagen zu melden.

Aila ließ sich erschöpft auf Mrs. MacLishs gemütliche Couch sinken und war kurze Zeit später eingeschlafen. Mrs. MacLish brachte die neu erworbenen Kleider ins Gästezimmer und räumte sie ordentlich in den Kleiderschrank. Dann setzte sie Wasser für einen Tee auf und betrachtete nachdenklich das schlafende Mädchen. Sie sah so friedlich und so jung aus.

Bilder aus ihrer eigenen Jugend stiegen vor ihren Augen hoch. Sie hatte ihr Leben beinahe zu Ende gelebt. Es war ein schönes, erfülltes Leben gewesen, auch wenn es nicht immer sorgenfrei verlaufen war. Die Liebe ihrer Schüler hatte sie darüber hinweggetröstet, dass sie selbst keine Kinder bekommen konnte. Ihr Mann Richard war sehr jung gestorben, und sie hatte danach nicht wieder geheiratet, weil sie ihn bis zum heutigen Tage nicht vergessen konnte.

Sie konnte Miriam gut verstehen, die alles für ihre große Liebe aufgegeben hatte. Aber war es wirklich ein Opfer für sie gewesen? Nach dem, was sie von Aila erfahren hatte, führte Miriam ein erfülltes Leben voller Glück und Gemeinsamkeit mit dem Mann, den sie über alles liebte. Was konnte man sich noch wünschen?

Sie beschloss, später noch einmal mit Aila zu reden, um mehr über das Leben ihrer ehemaligen Schülerin zu erfahren. Aila musste so schnell wie möglich zurück in die Zeit, aus der sie gekommen war. Ob es ihnen gelingen würde, die Quelle zu finden, von der Miriam gesprochen hatte? Vielleicht sollte sie versuchen, Malcolm zu erreichen oder Willie. Die beiden kannten den Weg und konnten das Mädchen dorthin begleiten.

Über die vielen Gedanken in ihrem Kopf wurde sie müde und beschloss, ein kleines Nickerchen zu machen. Als sie eine Stunde später erwachte, schlief Aila immer noch. Ihr Gesicht war hochrot, und ihr Atem rasselte. Erschrocken beugte Mrs. MacLish sich über das Mädchen und legte ihr die Hand auf die Stirn. Sie war glühend heiß. Voller Sorge holte sie ein Fieberthermometer aus dem Badezimmer und steckte es Aila in den Mund. Das Mädchen stöhnte leise im Schlaf und bewegte sich unruhig hin und her. Sicher würde es gleich aufwachen, dachte Mrs. MacLish, doch ihre Hoffnung erfüllte sich nicht. Als sie einige Minuten später das Thermometer aus Ailas Mund nahm, erschrak sie. Es zeigte einundvierzig Grad an.

Sie lief zum Telefon, um ihren Freund und Arzt Doktor Bennett anzurufen, und ihn zu bitten, nach Aila zu sehen. Von Doktor Bennets Sprechstundenhilfe erfuhr sie, dass dieser sich noch in seinem Ferienhaus in Südengland befand und sein Sohn die Vertretung der Praxis übernommen hatte. Sobald die Sprechstunde vorbei war, würde er mit den Hausbesuchen beginnen. Mrs. MacLish blieb nichts anderes übrig, als zu warten. Sie kühlte Ailas Stirn und sah immer wieder ungeduldig aus dem Fenster in der Hoffnung, den Arzt dort zu entdecken. Es dauerte zwei lange Stunden, bis der blau glänzende Rover endlich vorfuhr. Erleichtert begrüßte Mrs. MacLish den jungen Arzt, den sie seit seiner Geburt kannte.

Dave Bennett war ein gut aussehender, sympathischer Mann mit hellbraunen Haaren und bei den weiblichen Patienten besonders beliebt. Er hatte sich noch nicht entschieden, ob er in die Praxis seines Vaters einsteigen oder weiter in dem Krankenhaus arbeiten wollte, in dem er sein Assistenzjahr verbracht hatte.

»Was kann ich denn für Sie tun«?, fragte Dave Bennett freundlich, während er ihr ins Wohnzimmer folgte. »Ich habe Besuch von der Tochter einer ehemaligen Schülerin. Wir waren heute früh einkaufen, und danach war sie so erschöpft, dass sie eingeschlafen ist.« Sie hielt Dave Bennett das Fieberthermometer hin.

»Bevor sie sich hingelegt hat, war sie noch ganz gesund«, setzte sie aufgeregt hinzu.

Dem jungen Arzt war die Angst in ihrer Stimme nicht entgangen. »Jetzt beruhigen sie sich erst einmal. Wir werden das Mädchen schon wieder auf die Beine bringen. Viele Leute sind momentan krank, es liegt an dem feuchtkalten Wetter.« Er setzte sich neben Aila auf die Sofakante und prüfte ihre Temperatur. Dann nahm er sein Stethoskop und hörte ihren Herzschlag ab. Der Herzschlag war zu schnell, doch das lag eindeutig an der hohen Temperatur des Mädchens.

Er wandte sich an Mrs. MacLish. »Ich muss ihre Lunge abhören. Würden Sie mir bitte helfen und sie stützen, wenn ich sie aufsetze?« Gemeinsam richteten sie Aila auf, die angefangen hatte, im Schlaf zu sprechen. Daves Gesicht wurde ernst, als er ihre Lunge abhörte. Das Mädchen hatte sich eine Lungenentzündung zugezogen, und damit war nicht zu spaßen.

Er zog eine schmale Taschenlampe aus seinem Kittel und sah sich die Pupillen des schlafenden Mädchens genauer an.

»Sie hat eine Lungenentzündung«, sagte er zu Mrs. MacLish. »Wir sollten sie ins Krankenhaus bringen, dort kann man sich besser um sie kümmern.« In diesem Moment begannen Ailas Augenlider zu flattern, und sie schlug die Augen auf. Ihr Blick traf sich mit dem des jungen Arztes. Sie wollte ihren Kopf zur Seite drehen, doch es gelang ihr nicht, ihren Blick abzuwenden.

Die schimmernden, grauen Augen, die eine faszinierende Mischung aus Traurigkeit und Hoffnung ausstrahlten, zogen Dave Bennett mit einer Wucht in ihren Bann, gegen die er wehrlos war. Ihre Augen versanken ineinander, und alles um sie herum hörte auf zu existieren. Er fühlte die Nähe des Mädchens mit einer Intensität, die schon fast schmerzhaft war. Ein unbändiges Glücksgefühl schoss durch seinen Körper, und er musste sich beherrschen, um sie nicht an sich zu ziehen und ihr Gesicht mit Küssen zu bedecken.

Mrs. MacLish sah erstaunt von dem jungen Arzt zu Aila. Sie spürte, dass gerade etwas geschehen war, das Ailas Leben eine entscheidende Wende geben würde. »Wir können dem Schicksal nicht entkommen, es nicht lenken wie einen Wagen.« Die Worte waren plötzlich in ihrem Kopf, und sie wusste, dass es so war. Leise Hoffnung stieg in ihr hoch, als sie an ihren geliebten Richard dachte. Würde sie ihn nach ihrem Tod wiedersehen? Sie war glücklich darüber, dass ausgerechnet sie erfahren durfte, dass es noch etwas anderes gab als das, was von der Wissenschaft anerkannt wurde. Etwas Größeres, Wundervolles, das keinerlei Grenzen kannte, unfassbar für das Vorstellungsvermögen der Menschen, die vergessen hatten, auf ihre Sinne zu hören.

10

Aila fühlte sich seltsam leicht, fast schon berauscht. Sie versuchte dieses Gefühl festzuhalten, doch obwohl sie sich mit aller Kraft dagegen wehrte, gelang es ihr nicht ihre Augen länger offen zu halten. Die schwere Müdigkeit, die ihren Körper lähmte, war stärker als ihr Wille. Ihre Lider wurden schwerer, und sie sank zurück in einen unruhigen Schlaf.

Dave Bennett ließ sie nicht aus den Augen. Er fühlte sich glücklich wie noch nie in seinem Leben. Seine Stimme klang rau, als er sich an Mrs. MacLish wandte. »Ich werde sie mit ins Krankenhaus nehmen und persönlich dafür sorgen, dass sie die bestmögliche Pflege erhält.«

Mrs. MacLish sah ihn ernst an. »Es gibt da etwas, was ich Ihnen sagen muss.« Sie legte eine Pause ein und suchte nach den richtigen Worten, um den jungen Mann nicht zu sehr zu erschrecken. »Ich habe Ihnen vorhin erzählt, dass Aila die Tochter einer ehemaligen Schülerin von mir ist. Aber wir haben ein Problem. Miriam, ihre Mutter, ist vor fast zwanzig Jahren verschwunden, um zu dem Mann zurückzukehren, den sie liebt.«

Dave Bennett sah die alte Dame an. Er verstand nicht, worauf sie hinauswollte. Es ging hier um die Frau, die Gefühle in ihm geweckt hatte, von denen er nicht einmal geahnt hatte, dass es sie gab. Was hatte das Verschwinden ihrer Mutter damit zu tun? Ungeduldig wartete er darauf, dass Mrs. MacLish fortfuhr.

»Die Polizei hat Aila vorgestern auf dem Marktplatz aufgegriffen. Sie hatte keine Papiere bei sich, und sie spricht nur gälisch. Wir wissen nicht, woher sie gekommen ist, und nach allem, was ich von ihr erfahren habe, bin ich mir ziemlich sicher, dass sie auch keine Versicherungsnummer besitzt.«

»Das sind Dinge, um die wir uns später immer noch Gedanken machen können, zuerst müssen wir dafür sorgen, dass sich ihr Zustand stabilisiert. Ich werde jetzt den Krankenwagen rufen und sie im Krankenhaus anmelden.«

Mrs. MacLish rieb sich unsicher die Hände. Was sollte sie nur tun? Sie hatte bemerkt, wie Dave Bennett Aila angesehen hatte. Er hatte sich in das Mädchen verliebt. Konnte sie es wagen, ihm die Wahrheit zu sagen? Oder würde er sie für verrückt erklären? Dave Bennett sah ungeduldig auf seine Armbanduhr, während er auf Mrs. MacLishs Zustimmung wartete. Er hatte noch mehrere Patientenbesuche vor sich und sehnte sich nach einem Moment der Ruhe, um den Sturm der Gefühle, der in seinem Inneren tobte unter Kontrolle zu bekommen.

»Gibt es keine Möglichkeit, sie hier bei mir zu behandeln?«, fragte Mrs. MacLish schließlich.

»Das Risiko ist viel zu hoch«, lehnte Dave energisch ab. »Im Krankenhaus wird sie rund um die Uhr medizinisch versorgt, und das ist hier bei Ihnen nicht möglich. Vertrauen Sie mir, ich werde sie auf meine Station bringen, und dort können Sie sie jederzeit besuchen.«

Mrs. MacLish gab nach und reichte ihm das Telefon. Die Gesundheit des Mädchens war das Wichtigste, und sie konnte nur hoffen, das niemand von Ailas Geheimnis erfuhr.

Wenige Minuten später fuhr der Krankenwagen vor. Die Nachbarn starrten neugierig aus ihren Fenstern, als zwei Krankenpfleger das schlafende Mädchen auf einer Bahre in den Wagen schoben. Sie hatten gar nicht bemerkt, dass die alte Dame Besuch hatte.

Mrs. MacLish bestand darauf, in dem Krankenwagen mitzufahren, und Doktor Bennett ließ sie gewähren. Immer wieder tauchte Ailas feines Gesicht vor ihm auf, und es fiel ihm schwer, sich auf die notwendigen Dinge zu konzentrieren.

»Sobald ich mit meinen Patientenbesuchen fertig bin, werde ich ins Krankenhaus kommen. Bis dahin wird mein Kollege sich um sie kümmern«, sagte er zu Mrs. MacLish gewandt und reichte ihr zum Abschied die Hand. Dann setzte er sich in seinen Rover und brauste davon.

Als sie das Krankenhaus ereichten, wurden sie bereits erwartet. Dave Bennett hatte nicht zu viel versprochen. Aila erhielt ein kleines aber schönes Zimmer mit Blick auf den Park und wurde zunächst einmal gründlich untersucht. Dann wurde sie an einen Tropf gehängt und bekam eine Sauerstoffmaske vors Gesicht. Mrs. MacLish war insgeheim froh darüber, dass sie immer noch schlief und nichts von alledem mitbekam. Sie hatte sich vorgenommen, so lange zu bleiben bis Aila erwacht war, um ihr die fremde Umgebung erklären zu können und sie zu beruhigen, damit sie sich nicht zu sehr ängstigte.

Es war später Nachmittag, als Aila endlich die Augen aufschlug. Mrs. MacLish bemerkte das Entsetzen in ihren Augen, als sie auf die weiße Decke starrte und sich dann erschrocken in dem hellen Zimmer umsah.

Beruhigend nahm sie Ailas Hand, die sich immer noch ganz heiß anfühlte.

Aila sah sie dankbar an. Sie war zu schwach um etwas zu sagen, aber sie hörte zu, als Mrs. MacLish ihr mit ruhigen Worten erklärte, warum sie hier war. Noch während sie redete, schlief Aila wieder ein, und Mrs. MacLish beschloss für einige Stunden nach Hause zu fahren, um etwas zu essen und sich auszuruhen.

Als sie gegen Abend erneut das Krankenzimmer betrat, schlief Aila immer noch. Dave Bennett saß neben ihr auf einem Stuhl und ließ sie nicht aus den Augen. »Wenn die Medikamente anschlagen, wird sie sich morgen besser fühlen. Sie können beruhigt nach Hause fahren, ich werde die ganze Nacht bei ihr bleiben und anrufen, falls ihr Zustand sich ändert.«

»Es ist sehr freundlich von Ihnen, dass Sie sich so um Aila bemühen, doch ich habe noch eine Bitte an Sie. Lassen Sie niemanden in Ailas Nähe. Sie werden schon bald verstehen, warum ich mit dieser Bitte an Sie herantrete.«

»Ich verspreche es Ihnen und wünsche Ihnen noch eine gute Nacht. Wir sehen uns dann morgen früh.«

Beruhigt verließ Mrs. MacLish das Krankenhaus und fuhr nach Hause. Sie wusste, dass sie in den kommenden Tagen ihre ganze Kraft brauchen würde, und beschloss, sofort ins Bett zu gehen. Bevor sie einschlief nahm sie das Foto ihres verstorbenen Mannes in die Hand und betrachtete es. »Wir werden es schon schaffen, sie heil wieder nach Hause zu bringen«, murmelte sie und stellte das Foto zurück auf das Nachtschränkchen. Wenige Minuten später war sie tief und fest eingeschlafen.

Dave Bennett verbrachte die ganze Nacht an Ailas Bett und betrachtete das schlafende Mädchen. Sein Herz brannte von dem Moment an für sie, als er ihr das erste Mal in die Augen gesehen hatte. Gab es tatsächlich Liebe auf den ersten Blick? Er hatte noch nie so tiefe Gefühle für einen Menschen empfunden. Ob sie ihn ebenso lieben konnte wie er sie? Wenn sie seine Liebe abwies, würde er es nicht ertragen.

Er nahm ihre schmale Hand, um die Temperatur zu prüfen, die leicht gesunken war. Die Entscheidung über den Krankheitsverlauf würde erst in den frühen Morgenstunden fallen. Aber er war schon zufrieden, dass ihr Zustand stabil geblieben war.

Ein leises Krächzen riss ihn aus seinen Gedanken. Es kam von dem Fenster, das leicht geöffnet war. Ein kleiner Rabe saß auf dem schmalen Fensterbrett; sein linker Flügel hing herunter und sah aus, als wäre er gebrochen. Mitleidig sah Dave Bennett auf den Vogel. Wie war es möglich, dass er mit dem verletzten Flügel so hoch geflogen war? Das Krankenzimmer befand sich im sechsten Stock. Er stand auf und ging mit langsamen Schritten auf das Fenster zu. Vorsichtig schob er die Gardine beiseite, um es zu öffnen, doch der Vogel verschwand vor seinen Augen. Er löste sich buchstäblich in Luft auf. Kopfschüttelnd schloss Dave Bennett das Fenster und setzte sich wieder auf seinen Stuhl. Seine Augen mussten ihm einen Streich gespielt haben.

Als die Morgendämmerung heraufzog, erwachte er aus einem unruhigen Schlaf. Mehrmals in der Nacht war er auf seinem Stuhl eingenickt. Er stand auf und beugte sich über Aila. Ihr langes, rotgoldenes Haar lag ausgebreitet wie ein Schleier auf den Kissen und glänzte im Licht der aufgehenden Sonne. Dave Bennett konnte sich nicht satt sehen an ihrem schönen Gesicht. Zärtlich strich er ihr eine Haarsträhne aus der Stirn und stellte erleichtert fest, dass seine Therapie Wirkung zeigte.

Er wollte gerade aufstehen, um sich bei der Nachtschwester einen Kaffee zu holen, als Aila ihre Augen aufschlug. Schweigend sah sie ihn an. Wer war der gut aussehende junge Mann neben ihrer Bettstelle, und was wollte er von ihr? Sie öffnete den Mund, um ihn zu fragen, doch Dave Bennett kam ihr zuvor.

»Wie geht es dir heute Morgen?«, fragte er und schaute ihr verliebt in die Augen. Aila gab ihm keine Antwort. »Ich denke, du bist auf dem Wege der Besserung. Wenn du dich noch etwas schlapp fühlst, ist das ganz normal, immerhin hattest du eine leichte Lungenentzündung, die sich zum Glück noch im Anfangsstadium befunden hat«, setzte er mit leicht belegter Stimme hinzu. Am liebsten hätte er sie in seine Arme gezogen und geküsst, doch sie sah ihn nur an, wie man einen Fremden ansieht, für dessen Anwesenheit man keine Erklärung hat.

»Sag doch etwas«, bat er sie. »Ich würde so gern deine Stimme hören.« Sie schien ihn zu verstehen, denn sie antwortete leise, doch so sehr er sich auch bemühte, es gelang ihm nicht, auch nur ein einziges Wort zu verstehen. Die Sprache, die sie sprach, war ihm fremd. Mrs. MacLish hatte ihm erzählt, dass Aila nur gälisch sprach, doch auf seiner Schule war die alte Sprache nicht unterrichtet worden, was er jetzt bedauerte. Er würde sich gedulden müssen, bis die alte Dame erschien und für ihn übersetzen würde, aber das konnte nicht mehr allzu lange dauern, so wie er sie einschätzte. »Ich bin gleich wieder zurück«, sagte er und unterstrich seine Worte mit einigen Gesten, in der Hoffnung, dass sie ihn verstehen würde. Dann verließ er das Krankenzimmer.

Mrs. MacLish kam tatsächlich schon um kurz nach sieben Uhr. Der Gedanke, wie einsam Aila sich in der fremden Umgebung fühlen musste, hatte ihr keine Ruhe gelassen. Aila lächelte ihr erleichtert zu, als sie das Krankenzimmer betrat. Eine Schwester hatte ihr kurz zuvor das Frühstück auf einem Tablett gebracht und es auf dem Tischchen neben dem Bett abgestellt. Doch Aila hatte es bisher nicht angerührt.

»Wie fühlst du dich heute?«, fragte Mrs. MacLish und strich ihr liebevoll über die Wange.

»Es geht mir schon besser, aber ich bin so müde, dass ich schon wieder schlafen könnte«, gab Aila zur Antwort. »Bevor du zu mir gekommen bist, war ein junger Mann in meinem Zimmer und hat etwas zu mir gesagt, doch ich habe ihn nicht verstanden. Er hat mich so angesehen, als ob er mich kennen würde, aber ich bin sicher, dass ich ihn noch nie gesehen habe. Kannst du mir sagen, wer er ist?«

»Dave Bennett ist dein Arzt und hat die ganze Nacht neben deinem Bett verbracht, um auf dich zu achten.«

»Das war sehr freundlich von ihm, sag ihm bitte, dass ich ihm dafür danke.« Sie begann zu gähnen, und nur wenige Sekunden später fielen ihr die Augen wieder zu.

Walter Scott hatte Alice beauftragt, so viel wie möglich über Helens Tochter herauszufinden. »Ich will alles wissen. Wo sie lebt, wie sie lebt, welche Leute sie kennt. Mein Gefühl sagt mir, dass wir auf etwas Interessantes stoßen werden, wenn ich auch noch nicht genau weiß, was es sein wird. Das Mädchen hat jedenfalls ein Geheimnis, das steht fest, und du kannst dich darauf verlassen, dass ich es lüften werde.«

Alice musterte ihn prüfend. Der hat sich ja regelrecht in die Story verrannt, dachte sie. Oder steckte vielleicht noch etwas anderes dahinter? War es möglich, dass er sich in das Mädchen verliebt hatte? Verstehen konnte man es, obwohl Walter Scott als Mittvierziger eigentlich zu alt für Aila war. Nachdenklich begab sie sich an ihre Arbeit. Sie wusste, dass Walter Scott äußerst ungeduldig werden konnte, wenn man ihn zu lange auf die gewünschten Informationen warten ließ.

Vom Einwohnermeldeamt erfuhr sie, dass Helens Tochter Miriam hieß und in London lebte. Sie ließ sich die Adresse geben und rief die Telefongesellschaften an, um ihre Telefonnummer herauszubekommen. Dort teilte man ihr mit, das der Anschluss vor Jahren gesperrt worden war und es auch keinen neuen Eintrag unter diesem Namen gegeben hatte. Vielleicht hat sie in der Zwischenzeit geheiratet und einen neuen Namen angenommen, überlegte Alice.

Sie rief ihren Kontaktmann bei der Polizei an. Sie hatte den Geburtsort, das Geburtdatum und den Namen. Das war genug, um den neuen Namen und den Wohnort herauszufinden. Bereits ein halbe Stunde später rief der Polizeibeamte sie zurück und teilte ihr mit, dass sie laut Computer weder geheiratet noch umgezogen war. Sie gab die Informationen an Walter Scott weiter. »Diese MacCarthys scheinen eine seltsame Familie zu sein und eine Vorliebe dafür zu haben, sich zwischendurch in Luft aufzulösen. Langsam bin ich wirklich neugierig darauf, was sich hinter alledem verbirgt.«

»Buch dir sofort einen Flug nach London, und sieh dir die Wohnung von Helens Tochter an. Vielleicht hast du ja Glück und sie telefoniert nur noch mit dem Handy. Ich kenne genügend Leute, die keinen Festanschluss mehr haben. Wenn du sie nicht antreffen solltest, sprich mit den Nachbarn und versuch, so viel Informationen wie möglich über sie zu bekommen.«

Alice war erfreut, über die unerwartete Reise. Sie war lange nicht mehr in London gewesen und konnte endlich mal wieder einen richtigen Einkaufsbummel machen. Vergnügt buchte sie einen Flug, packte ihre kleine Reisetasche und fuhr zum Flughafen. Drei Stunden später ließ sie sich von einem Taxi zur Wohnung von Helens Tochter fahren, die sich am Rande der Innenstadt befand.

Auf ihr Klingeln öffnete eine Frau mittleren Alters, die nicht die geringste Ähnlichkeit mit Helen oder Aila aufwies. Alice hielt ihr ihren Presseausweis entgegen. »Sind Sie Miriam MacCarthy?«, fragte sie.

»Da muss ich Sie leider enttäuschen. Ich wohne erst seit zwei Jahren hier und kenne niemanden mit diesem Namen. Wenn sie eine frühere Mieterin war, sollten Sie Mrs. McRowdy fragen, die wohnt schon seit ewigen Zeiten in diesem Haus und hat nichts anderes zu tun, als alle Hausbewohner zu beobachten. Sie wohnt in der vorderen Parterrewohnung.«

Alice bedankte sich höflich und lief die zwei Treppen zu Mrs. McRowdys Wohnung hinunter. Noch bevor sie klingeln konnte, wurde die Türe geöffnet und eine zierliche weißhaarige Dame musterte sie neugierig von oben bis unten. Sie schien erfreut über den unerwarteten Besuch.

»Kommen Sie doch herein, ich habe eben den Müll rausgebracht und dabei zufällig mitbekommen, dass Sie sich nach Miriam MacCarthy erkundigt haben.«

Alice stellte sich vor und folgte der alten Dame ins Wohnzimmer. »Kennen Sie Miriam MacCarthy?«, fragte sie. Mrs. McRowdy lehnte sich in ihrem Sessel zurück und schlug die dünnen Beine übereinander. »Es ist schon lange her, aber ich kann mich gut an sie erinnern. Ein hübsches, freundliches Mädchen, das allerdings sehr zurückgezogen lebte und selten Besuch bekam. Sie hat einige Jahre hier gelebt und studiert. Kurz nachdem sie ihr Studium beendet hatte, wollte sie ihr Elternhaus in Inverurie besuchen und ist einige Wochen dort geblieben. Als sie wieder hier war, hat sie sich noch mehr zurückgezogen und war kaum noch ansprechbar. Kurze Zeit später ist sie erneut verreist. Sie hat nur einen Rucksack mitgenommen, der gar nicht zu ihrer eleganten Kleidung passte. Ich habe zufällig am Fenster gestanden, als sie ins Taxi gestiegen ist. Sie hat niemandem erzählt, wohin sie fahren wollte, nicht einmal mir. Von dieser Reise ist sie nicht mehr zurückgekehrt, und ich kann nur hoffen, dass ihr nichts Böses zugestoßen ist. Einmal war ein junger Mann hier und hat nach ihr gefragt, doch ich kann mich nicht mehr an seinen Namen erinnern, es ist zu lange her. Ein halbes Jahr später hat der Hauseigentümer die Wohnung räumen lassen und sie erneut vermietet. Ihre Möbel hat er, so weit ich weiß, in einem Container deponiert. Wir haben jedenfalls nie erfahren, was mit Miriam geschehen ist.«

Alice bedankte sich höflich und verließ die Wohnung. Walter hat mal wieder Recht gehabt, dachte sie. Die ganze Geschichte wurde immer merkwürdiger. Sie nahm sich ein Zimmer in einem der unzähligen kleinen Hotels und rief Walter Scott an, um ihm die Neuigkeiten mitzuteilen. Dann nahm sie noch einen Drink an der Bar, bevor sie sich ins Bett begab.

Nach dem Frühstück bummelte sie gut gelaunt durch die überfüllten Straßen Londons und kaufte sich zwei schicke Blusen und einen Kaschmirschal. Ihr Flug ging erst am Nachmittag, und sie genoss das brodelnde Treiben um sich herum.

Als sie am nächsten Morgen die Redaktion betrat, saß Walter Scott mit finsterem Blick an seinem Schreibtisch. Vor ihm lagen alle Unterlagen über die MacCarthys, die sie bisher zusammengetragen hatten. Er schien so vertieft in seine

Arbeit, dass er nicht einmal aufsah, als Alice neben ihn trat und sich über den Schreibtisch beugte. »Ich werde noch verrückt. Seit zwei Stunden studiere ich die Unterlagen, doch ich komme einfach nicht weiter. Mein Gefühl sagt mir, dass wir ganz nah an der Lösung sind.« Hoffnungsvoll sah er in Alices fröhliches Gesicht. »Vielleicht fällt dir noch etwas dazu ein.« Er zog einen Stuhl neben sich und forderte Alice mit einer Handbewegung auf, sich neben ihn zu setzen. »Erzähl mir alles ganz genau, jede Kleinigkeit, auch wenn sie dir noch so unwichtig erscheint.«

Alice kam seiner Aufforderung bereitwillig nach und erzählte ihm von der Mieterin, die in Miriams früherer Wohnung lebte, und auch von der neugierigen Nachbarin. »Ein halbes Jahr nach Miriams Verschwinden hat der Eigentümer die Wohnung räumen lassen und neu vermietet«, beendete sie ihren Bericht.

Walter Scott hatte ihr aufmerksam gelauscht.

»Eines verstehe ich nicht. Du hast doch im Computer nachgesehen und auch mit unserem Informanten bei der Polizei gesprochen. Hat denn niemand eine Vermisstenanzeige aufgegeben? Jeder Mensch hat Familie oder Freunde, die ihn vermissen, und wenn er die nicht hat, dann wenigstens irgendeinen Gläubiger, dem sein Verschwinden auffällt.«

Nachdenklich sah er Alice an. Sie kannte diesen Blick, der nicht ihr galt sondern durch sie hindurchging. Still blieb sie sitzen, um ihn nicht in seinen Gedankengängen zu unterbrechen.

Plötzlich schlug Walter Scott sich die Hand vor die Stirn und seine Augen begannen zu blitzen. »Ich weiß jetzt, was zu tun ist. Wir werden den Eigentümer anrufen und ihn fragen, was er mit den persönlichen Dingen der jungen Frau gemacht hat. Wenn wir Glück haben, finden wir dort etwas.«

»Ich habe ganz vergessen, es dir zu erzählen. Von der Nachbarin habe ich erfahren, dass der Eigentümer die Möbel in einem Container eingelagert hat.«

Alice griff zum Telefon. Nach wenigen Minuten hatte sie Miriams früheren Vermieter erreicht. Unfreundlich teilte er ihr mit, dass er den Container mit Miriams Möbeln nach Ablauf von drei Jahren gekündigt hatte und dass die Sachen anschließend versteigert worden waren, um wenigstens einen Teil seiner Kosten zu decken.

Walter Scott war enttäuscht darüber, dass auch diese Spur ins Leere führte, aber das hieß noch lange nicht, dass er bereit war aufzugeben. Seine Finger trommelten rhythmisch auf den Schreibtisch, während er wieder durch Alice hindurchsah. »Was ist mit ihrem Elternhaus, hast du nicht eben gesagt, es befindet sich in Inverurie? Besorg dir die Adresse, und fahr sofort hin.«

Alice beeilte sich, seiner Aufforderung nachzukommen. Die Adresse von Helens Haus befand sich längst in den Unterlagen. Sie setzte sich in ihren Wagen und hielt wenige Minuten später vor einem kleinen Haus, dass schon bessere Tage gesehen hatte. Die Farbe von den Fensterläden war abgeblättert und der kleine Vorgarten mit Unkraut überwachsen. Obwohl Alice keinen Zweifel daran hatte, dass das Haus unbewohnt war, betätigte sie den Türklopfer und wartete einen Moment, ob jemand öffnen würde. Dann lief sie um das Haus herum und versuchte, einen Blick ins Innere zu erhaschen. Doch die Scheiben waren blind vor Schmutz und sahen aus, als wären sie jahrelang nicht mehr geputzt worden. Hier würde sie nichts erfahren, das stand fest. Achselzuckend setzte sie sich in ihren Wagen und fuhr zurück zur Redaktion, wo sie Walter Scott von dem Zustand des Hauses berichtete.

»Miriam ist nicht von ihrer Reise zurückgekehrt. Entweder ist sie einem Verbrechen zum Opfer gefallen, was ich nicht glauben kann, weil das Verschwinden der MacCarthys Tradition zu haben scheint. Jeder vernünftige Mensch würde ein Haus verkaufen, wenn er es nicht mehr braucht, und es nicht einfach vergammeln lassen. Vielleicht hat sie es behalten, weil sie vorhat, irgendwann wieder aufzutauchen und dort einzuziehen. Ich werde hinfahren, um mir selbst einen Eindruck zu verschaffen.«

Er reichte Alice eine Liste. »Bitte erledige das für mich, und sag alle Termine ab, die ich heute noch habe.« Alice sah ihm mit gerunzelter Stirn nach, als er mit großen Schritten die Redaktion verließ. Langsam begann sie sich Sorgen um Walter zu machen. Er war fast schon besessen von dieser Geschichte, und sie konnte nur hoffen, dass er bald weiterkommen würde. Seit Tagen ließ er alles andere liegen, und das würde sein Chef nicht mehr lange hinnehmen. Sie setzte sich an Walter Scotts Schreibtisch und begann die Liste abzuarbeiten, die er ihr gegeben hatte.

Walter Scott stand vor Miriams Haus und starrte es eine Weile unschlüssig an, bevor er aus seinem Wagen stieg. Er lief dreimal um das Haus herum, dann stand sein Entschluss fest. Er nahm einen Schraubendreher aus dem Kofferraum und lief damit hinter das Haus. In wenigen Sekunden hatte er die Terrassentür aufgehebelt und trat ins Innere. Abgestandene, muffige Luft schlug ihm entgegen, und er ließ die Tür hinter sich offen, damit wenigstens etwas frische Luft in den niedrigen Raum strömen konnte. Neugierig sah er sich um. Auf dem Wohnzimmerschrank lagen einige Bücher, die mit einer dicken Staubschicht überzogen waren. Er schüttelte den Staub ab und stellte fest, dass es sich um Bücher über die frühe Geschichte seines Landes handelte. Er öffnete den Schrank und auch die Schubladen, konnte aber nichts finden, was ihn weiterbrachte. Dann betrat er Miriams Schlafzimmer. Er zog alle Schubladen auf und durchsuchte sie gründlich, wie es seine Art war.

Er wusste selbst nicht genau, wonach er genau suchte. Es war nur ein undefinierbares Gefühl. Auf dem altmodischen Nachtschränkchen neben dem Bett lag ein dünnes, aufgeschlagenes Buch. Mit dem Ärmel wischte er den Staub ab und nahm es neugierig in die Hand. Der Autor des Buches war ein römischer Geschichtsschreiber. Genau die richtige Lektüre zum Einschlafen, dachte er und wollte es gerade auf das Nachtschränkchen zurücklegen, als ein eng beschriebener Brief herausfiel. Er bückte sich und hob das Papier auf, das sich genau wie die Buchseiten von der klammen Feuchtigkeit gewellt hatte, die in dem Haus herrschte. Vorsichtig blätterte er die gefalteten Seiten auf, um sie nicht zu beschädigen, und begann zu lesen.

Der Brief war von Miriams verstorbener Mutter Helen. Seine Hände wurden feucht vor Aufregung, als ihm klar wurde, dass er endlich sein Ziel erreicht hatte. Er atmete dreimal tief durch, bevor er weiterlas.

»Ich war zwanzig Jahre alt, als ich zu meinem Entsetzen feststellen musste, dass ich mich in einer anderen Zeit befand. Es war das Jahr vierundfünfzig nach Christus. Ja, du hast richtig gelesen, mein kleines Mädchen! Ich habe eine Reise durch die Zeit gemacht.« Dann fuhr Helen fort, ihrer Tochter von ihren Erlebnissen zu berichten. Ich hatte Recht, dachte Walter Scott. Er war so fasziniert von dem Inhalt des Briefes, dass er nicht einen Moment den Wahrheitsgehalt anzweifelte. Seine Augen leuchteten triumphierend auf. Er las den Brief noch einige Male durch, bevor er ihn zusammenfaltete und in der Tasche seines Jacketts verschwinden ließ. Was er in diesem Brief erfahren hatte, war so unglaublich, dass ihm beinahe schlecht vor Aufregung wurde, aber eines stand fest; es würde die Story seines Lebens werden.

Mit großen Schritten verließ er das Haus. Er konnte es kaum abwarten, Alice den Brief zu zeigen.

Alice wurde ganz blass, als sie den Brief las. »Das kann doch nicht wahr sein, oder glaubst du daran, dass Zeitreisen möglich sind?« Ohne eine Antwort abzuwarten las sie den Brief ein zweites Mal. »Vielleicht gehören die McCarthys irgendeiner esoterischen Sekte an?« Sie sah Walter Scott aufmerksam an. »Jetzt mach es nicht so spannend. Glaubst du wirklich, dass an dieser Geschichte etwas dran ist?«

»Es würde jedenfalls einiges erklären. Zunächst einmal hätten wir eine Lösung für das spurlose Verschwinden der beiden Frauen. Dann spricht das Mädchen nur gälisch, was ein Beweis dafür sein könnte, dass sie direkt aus der Vergangenheit kommt. Hast du dir auf den Fotos die Kleider des Mädchens einmal genau angesehen? Ich könnte wetten, dass sie der Kleidung im ersten Jahrhundert nach Christus entspricht. Wir werden das prüfen.« Er legte eine kleine Pause ein, bevor er fortfuhr. »Wir müssen die Kleine so schnell wie möglich finden, bevor uns jemand zuvorkommt, und dann haben wir eine Story, mit der wir in die Geschichte eingehen werden.« Vergnügt sah er Alice an. »Du brauchst mich nicht so zweifelnd anzuschauen. Ich weiß, dass wir noch jede Menge Material brauchen, um den

Chef zu überzeugen, aber du kannst dich darauf verlassen, dass ich es besorgen werde. Bis dahin bitte ich dich nur, mit niemandem über den Brief zu sprechen und mir unseren Chef vom Hals zu halten. Versuch herauszubekommen, wohin das Mädchen gegangen ist, nachdem sie die Polizeidienststelle verlassen hat. Nutze alle Beziehungen, die wir haben. Ich muss jetzt erst einmal hier raus, um einen klaren Kopf zu bekommen.«

11

Aila kam mit jedem Tag mehr zu Kräften. Mrs. MacLish besuchte sie täglich und brachte ihr Obst und andere Leckereien mit. Vor allem Schokolade hatte es Aila angetan. Sie konnte gar nicht genug davon bekommen und ließ die braune Köstlichkeit jedes Mal genüsslich auf der Zunge zerschmelzen. Sie hatte viele Fragen und interessierte sich für alles, was um sie herum geschah. Mrs. MacLish antwortete ihr, so gut sie konnte.

Wenn die alte Lehrerin am späten Nachmittag das Krankenhaus verließ, dauerte es nicht lange, bis Dave Bennett erschien, um Aila zu untersuchen. Die Blicke, die er ihr zuwarf, machten sie verlegen, obwohl sie seine täglichen Besuche ungeduldig herbeisehnte. Die Gefühle, die sie empfand, wenn er ihr in die Augen sah, waren neu für sie, und sie war sich nicht sicher, wie sie darauf reagieren sollte.

In der folgenden Nacht träumte sie, dass Dave sie in seine Arme zog und seinen warmen Mund auf ihren legte. Der Traum war so real, und sie war so glücklich in seinen Armen, dass sie den ganzen nächsten Tag an nichts anderes mehr denken konnte. Immer wieder sank sie zurück in ihre Gedankenwelt, und Mrs. MacLish begann sich über ihre ungewohnte Schweigsamkeit zu sorgen.

Dave erschien an diesem Tag früher als sonst, und Ailas Wangen röteten sich vor Verlegenheit. Sie war nie schöner gewesen als in diesem Moment, und Daves Augen wurden dunkel vor Sehnsucht. Nur Mrs. MacLishs Anwesenheit hielt ihn davon ab, Aila an sich zu ziehen und zu küssen. Mrs. MacLish war beruhigt, als sie bemerkte, wie die beiden sich ansahen. Das war es also, was Aila so beschäftigte. Ich hätte es mir eigentlich denken können, dachte sie. Sie erhob sich von ihrem Stuhl und verabschiedete sich von Aila, die ihr mittlerweile richtig ans Herz gewachsen war. Einen besseren Mann konnte ihr Schützling nicht bekommen.

Nachdem sie das Krankenzimmer verlassen hatte, sah Dave Aila tief in die Augen. Er hielt ihren Blick fest, als er sich langsam zu ihr hinunterbeugte und sie zärtlich in seine Arme nahm. Es war noch schöner als in ihrem Traum. Aila kuschelte sich tiefer in seine Arme und legte ein wenig scheu ihre Wange an seine. Das war mehr, als Dave zu hoffen gewagt hatte. Glücklich drückte er die Geliebte an sich und bedeckte ihr Gesicht mit Küssen.

Ein Sturm der Gefühle brach über Aila herein. Ihr wurde abwechselnd heiß und kalt. »Ich liebe dich«, flüsterte Dave immer und immer wieder in ihr Ohr. Er sog den Duft ihrer Haut ein, seine Finger glitten zitternd durch ihr seidiges Haar, und Aila wünschte sich, dass dieser Moment nie vorübergehen würde.

Es war schon dunkel in dem kleinen Zimmer, als Dave sich schließlich von ihr löste. Aila versuchte seine Arme festzuhalten; sie wollte nicht, dass er sie jetzt verließ. Dave streichelte ihr noch einmal zärtlich übers Haar. »Es fällt mir nicht leicht, mich von dir zu trennen, aber ich denke, es ist besser so«, sagte er leise und warf ihr noch einen brennenden Blick zu, bevor er die Türe des Krankenzimmers hinter sich schloss.

Aila war allein. Ihre Gedanken drehten sich nur noch um Dave, dem es gelungen war Gefühle in ihr auszulösen, von denen sie nicht einmal gewusst hatte, dass es sie überhaupt gab. Sie stand auf und öffnete das Fenster, um die klare Nachtluft hereinzulassen. Unzählige Sterne funkelten über ihr am Himmel, so nah und doch so fern. Das plötzliche Heimweh, dass sie bei diesem vertrauten Anblick ergriff, ließ ihr die Tränen in die Augen schießen.

Sie hatte solche Sehnsucht nach Caru und ihrem geliebten Wald, und auch ihre Eltern fehlten ihr. Ob sie schon von ihrer Reise zurück waren? Wenn ja, würden sie sich große Sorgen machen. Sie wusste nicht, wie sie zurück nach Hause finden sollte. Würde sie es übers Herz bringen, ohne Dave zurückzugehen? Das Schicksal ihres Volkes lag schwer auf ihren Schultern. Wie konnte sie die Aufgabe erfüllen, mit der Mog Ruith sie betraut hatte, ohne zu wissen, was er von ihr erwartete?

Lange starrte sie in den schwarzblauen Himmel, bevor sie sich in ihr Bett legte und in einen unruhigen Schlaf sank. Sie träumte, dass sie mit Dave durch den tiefen Wald lief, und genoss die klare, würzige Luft. Caru sprang fröhlich um sie herum. Hand in Hand betraten sie den heiligen Hain, wo Mog Ruith sie bereits erwartete. Plötzlich war Dave von ihrer Seite verschwunden. Sie fühlte noch den warmen Druck seiner Hand, roch den herben Duft fremder Blumen, der ihn umgab.

Angstvoll sah sie Mog Ruith an, der ihren fragenden Blick ruhig erwiderte.

»Das Schicksal unseres Volkes liegt in deiner Hand. Du musst unser Heiligtum finden und es zurückbringen, sonst sind wir alle verloren. Die Dunkelheit des Vergessens wird über uns hereinbrechen, und alles, was jemals war und sein wird, ist dann für alle Zeiten begraben.«

Schweißgebadet wachte Aila auf. Tränen strömten ihr über die Wangen; sie bemerkte sie nicht einmal. Der

Schmerz, von dem Geliebten getrennt zu werden, war so grausam, dass sie weinend zusammenbrach. Die Ereignisse der letzten Tage waren zu viel für sie gewesen. Kaum hatte sie eine Situation bewältigt, wurde sie in die nächste geworfen. Sie fühlte sich so hilflos wie ein Grashalm in einem gewaltigen Sturm, der sich verzweifelt mit seinen Wurzeln an die Erde klammerte, die ihn hervorgebracht hatte. Ihr Herz schrie nach dem Mann, den sie liebte, und sie sehnte sich danach, von seinen starken Armen gehalten zu werden. Wenn er bei ihr war, fühlte sie sich sicher und geborgen. In seiner Nähe konnte sie die fremde Welt leichter ertragen.

Es hielt sie nichts mehr im Bett. Sie stand auf und zog sich an. Dann setzte sie sich auf den Fenstersims und beobachtete die schweren grauen Wolken, die träge an ihr vorüberzogen.

Als Mrs. MacLish zur Tür hereinkam, warf sie sich in ihre Arme.

»Was ist denn geschehen, Kindchen, warum bist du so aufgelöst?«, fragte die alte Dame ratlos.

Aila erzählte ihr von ihrem Traum. Als sie geendet hatte, dachte Mrs. MacLish eine Weile nach.

»Wenn ich mich recht erinnere, sind deine Mutter und auch deine Großmutter jedes Mal in einen geheimnisvollen Nebel geraten, nachdem sie sich einen goldenen Reif um den Hals gelegt hatten. Vielleicht kann ich dir helfen. Du müsstest nur die Quelle mit dem goldenen Reif finden, und es gibt zwei Menschen, die den Ort kennen, weil sie deine Mutter auf ihrer Reise in die Vergangenheit begleitet haben. Ich werde mich darum kümmern, und ich habe noch eine gute Nachricht für dich: Du wirst heute aus dem Krankenhaus entlassen.«

»Wird Dave zu mir kommen, wenn ich mit zu dir gehe?«, fragte Aila ängstlich.

»Davon bin ich überzeugt, und ich bin sicher, dass er dich genauso liebt wie du ihn. Wir werden jetzt deine Sachen packen und auf den diensthabenden Arzt warten. Anschließend gehen wir nach Hause, und ich koche uns etwas zu essen. Danach wirst du dich besser fühlen.«

Zwei Stunden später bestellte Mrs. MacLish ein Taxi, das sie nach Hause fuhr. Aila genoss die warme Umgebung in Mrs. MacLishs Haus. Es war ein seltsames Gefühl gewesen, in einem fremden Bett zu liegen und von Menschen bedient und beobachtet zu werden, die man nicht einmal kannte. Sie setzte sich in den weichen Sessel und merkte jetzt erst, wie erschöpft sie war.

Das Klingeln des Telefons riss sie aus ihren Gedanken. Mrs. MacLish hob ab und rief Aila zu sich, nachdem sie einige Worte in den Hörer gesprochen hatte. Lächelnd hielt sie Aila den Hörer hin. Aila sah sie unsicher an, bevor sie ihn nach kurzem Zögern ergriff. Ihre Augen weiteten sich vor Staunen, als Daves Stimme an ihrem Ohr erklang. Dave hatte längst aufgelegt, als sie den Hörer immer noch wie eine Kostbarkeit in ihrer Hand hielt und zärtlich darüber streichelte. Mrs. MacLish beobachtete sie lächelnd. »Dave wird uns besuchen, sobald er mit seiner Arbeit fertig ist. Ich glaube, ich werde dir jetzt erst einmal erklären, was ein Telefon ist und wie es funktioniert.«

Dave besuchte sie beinahe jeden Abend, und Mrs. MacLish zog sich, wenn er kam, diskret zurück, um die beiden Liebenden für eine Weile allein zu lassen. Den Tag verbrachte sie damit, Aila die englische Sprache beizubringen, und war stolz auf die rasche Auffassungsgabe ihrer Schülerin, die keine Mühe hatte, ihr zu folgen. Es gab so vieles, was Aila Dave gern erzählen wollte, und das verlieh ihr einen ungeheuren Ehrgeiz.

Nachmittags zeigte Mrs. MacLish Aila den kleinen Ort oder erklärte ihr, wie man mit einem Toaster umging, eine Waschmaschine bediente oder den Staubsauger benutzte. Als sie das erste Mal den Fernseher anstellte, kam Aila aus dem Staunen nicht mehr heraus. »Wie ist das möglich, dass sich so viele Menschen in so einem kleinen Kasten befinden?«, fragte sie ungläubig und starrte fasziniert auf die Mattscheibe. Mrs. MacLish zeigte ihr, wie man mit der Fernbedienung umging, und sah lächelnd zu, wie Aila sich durch die verschiedenen Sender schaltete. Die Werbung zog sie genauso in ihren Bann wie die anschließende Dokumentation über Afrika, in der ihr Großaufnahmen von fremden, gefährlich aussehenden Tieren entgegenflimmerten. Dann schaltete sie auf einen Musiksender um und lauschte staunend den Klängen, die einmal rhythmisch, dann wieder sanft und melodisch waren.

Mit der unbekümmerten Offenheit der Jugend sog sie alles Neue in sich auf. Nur selten legte sich ein melancholischer Ausdruck wie ein Schatten über ihre feinen Züge. Als Mrs. MacLish sie eines Tages darauf ansprach, bemerkte sie die Verzweiflung in den Augen ihres Schützlings.

»Ich kann die Götter nicht mehr spüren, es ist, als hätten sie mich verlassen«, gab sie traurig zur Antwort. Mrs. MacLish überlegte nur einen Moment. »Hol deine Jacke, ich werde dir etwas zeigen, was dich beruhigen wird.«

Sie führte ihren Schützling über den Marktplatz bis zu der großen Kirche. Mrs. MacLish folgte Ailas ehrfürchtigem Blick, der bis zur Spitze des Kirchturmes wanderte. »In unserer Zeit glauben die Menschen daran, dass es nur einen

Gott gibt. Unser Gott ist ein Gott der Liebe, und er schenkt jedem Menschen, der sich an ihn wendet, Trost und Hoffnung«, sagte sie.

Ein Geruch nach Weihrauch und Wachskerzen schlug den beiden Frauen entgegen, als sie die Kirche durch das große Portal betraten. Nie zuvor war Aila in einem so großen Gebäude gewesen, und die vielen verschiedenen Eindrücke, die von allen Seiten auf sie einstürmten, verwirrten sie. Das Sonnenlicht ergoss sich wie eine Flut durch die hohen, bunten Glasfenster und ließ sie in allen Farben erglühen.

Staunend sah sie sich um. Das überdimensionale Kreuz, an das man einen Mann mit Dornenkrone geschlagen hatte wie einen Verbrecher, beunruhigte sie. Mrs. MacLish gab sich alle Mühe es ihr zu erklären.

»Jesus ist der Sohn Gottes, er hat sein Leben für uns Menschen gegeben, um unsere Seelen zu retten.«

Aila sah sie mitleidig an. »Wir haben viele Götter. Sie sind überall, in den Steinen, Gewässern und Bäumen. Brigantia, die große Erdgöttin, schenkt uns Fruchtbarkeit und gute Ernten. Taranis, der Gott der himmlischen Feuer, wirft Donnerblitze und beschützt unsere Krieger. Epona schützt die Pferde, aber auch andere Tiere. Wir haben Muttergöttinnen die uns bei Geburten beistehen, und Quellgöttinnen, die uns Trost schenken. Wenn eine von ihnen beschäftigt ist, können wir uns jederzeit an eine andere Gottheit wenden und ihr opfern. Niemals würden wir einen unserer Götter in ein Haus sperren, und wenn es noch so groß ist.« Ihre Stimme war nachdenklich geworden. »Vielleicht ist das der Grund, warum die anderen Götter verschwunden sind. Sie sind zornig, weil ihr versucht, sie einzusperren.«

Mrs. MacLish wusste nicht, was sie darauf erwidern sollte. Sie hielt es für besser, Aila ihre Götter zu lassen, solange sie an sie glaubte und in ihnen Trost fand. Vielleicht würde Aila eines Tages von sich aus Fragen stellen, und bis dahin würde sie warten.

12

Die Tage vergingen, und Aila gewöhnte sich mehr und mehr an das moderne Leben. Sie liebte es, in heißem Wasser zu baden und sich die Haare mit duftendem Shampoo zu waschen. Dave besuchte sie, so oft es ihm möglich war. Manchmal führte er sie zum Essen aus und einmal sogar zum Tanzen. Aila war begeistert von der Musik und hatte keine Probleme, sich dem jeweiligen Rhythmus anzupassen. Sie sah wunderschön aus in dem eng anliegenden, cremefarbenen Kleid, dass Mrs. MacLish ihr gekauft hatte, und Dave gelang es kaum, seinen Blick von ihr zu wenden.

Wie im Traum zogen die Tage an Aila vorbei. Mrs. MacLish hatte Dave Bennett alles über Ailas Herkunft erzählt, was sie wusste, genauso wie von dem Druiden und der Aufgabe, die sie zu erfüllen hatte. Dave hatte ihr ungläubig zugehört. Als sie geendet hatte, starrte er eine Weile nachdenklich vor sich hin.

»Sie wird sich schon an das Leben hier gewöhnen, und ich werde alles tun, um ihr dabei zu helfen. Ich liebe Aila und möchte, dass sie meine Frau wird.«

»Ich weiß nicht, ob es ihr möglich sein wird, hier zu bleiben, auch wenn sie es sich noch so sehr wünscht. Sie hat eine Aufgabe zu erfüllen und kann ihrem Schicksal nicht entgehen, genauso wenig, wie wir es können.«

»Ich werde nicht zulassen, dass sie mich verlässt«, sagte Dave energisch. »Wenn sie tatsächlich zurückmuss, dann werde ich mit ihr gehen. Ärzte werden überall und zu jeder Zeit gebraucht.«

Aila war so verliebt, dass sie die Gedanken an ihre Eltern und auch an Mog Ruith verdrängte. Sie sehnte die Abende herbei, an denen sie den Geliebten ganz für sich allein hatte, und Dave fiel es immer schwerer, sich von ihr zu trennen. Aila machte es ihm auch nicht gerade leichter. Sie genoss seine zärtlichen Küsse, die mit der Zeit fordernder wurden, und wenn seine Hände sanft über ihren Körper streichelten, rutschte sie so eng an ihn heran, dass es ihm schwer fiel, seine mühsam aufgebaute Beherrschung zu behalten. Wenn er sich dann endlich schweren Herzens von ihr verabschiedete, hatte sie das Gefühl, dass er einen Teil von ihr mitnahm.

Dann kamen die Träume und brachten sie auf schmerzhafte Weise in die Wirklichkeit zurück. Mog Ruith stand vor ihr und sah sie traurig an. Obwohl er nichts sagte, spürte sie den stillen Vorwurf in seinen Augen. Die Träume wurden mit jeder Nacht intensiver und fordernder. Mog Ruiths Augen blitzten voll Zorn, als er sie in der folgenden Nacht ansah.

»Wie kannst du es wagen, dein Volk zu vergessen, indem du versuchst, deine Bestimmung zu verleugnen? Dein Leben und dein Glück sind ohne Bedeutung, wenn es dem Wohl deines Volkes gegenübersteht, das ohne dich untergehen wird. Die Zeit verrinnt und mit ihr die Hoffnung.«

Er schloss die Augen und ließ Aila an seiner Vision teilhaben:

»Die heiligen Raben,
Hüter des goldenen Reifs
Zurückgerufen von einer sterbenden Welt
Ein verborgenes Heer für künftige Träume
Vom Himmel bricht sich eine neue Woge Bahn
Eine andere Ordnung unter den Bäumen
Eine Zeit der Verwirrung wird kommen
Frauen die teilhaben möchten am Mannsein

Männer, auf das Mondenmeer eingestimmt
Einer dazu bestimmt, zwischen beiden zu gehen
Vergangenheit und Gegenwart in Tränen vereint.«

Gebannt lauschte Aila den Worten, die an ihr Ohr drangen. Dann war sie wieder allein und saß beschämt in ihrem Bett. Sie wusste, dass ihr keine Wahl blieb. Am nächsten Morgen erinnerte sie Mrs. MacLish an ihr Versprechen, ihr bei der Suche nach der heiligen Quelle behilflich zu sein.

Mrs. MacLish sah den Schmerz in Ailas Augen, aber auch die tiefe Entschlossenheit.

»Du darfst die Hoffnung niemals aufgeben, genauso wenig, wie es deine Mutter getan hat«, sagte sie tröstend und nahm Aila in den Arm.

Als erstes rief sie Malcolm an. Eine sympathische Frauenstimme teilte ihr mit, dass Malcolm sich geschäftlich im Ausland befand und erst in zwei Wochen zurückerwartet wurde. Bei Willie hatte sie mehr Glück; seine Frau Elizabeth war am Telefon. »Ich bin eine ehemalige Lehrerin ihres Mannes und habe ein dringendes Anliegen an ihn. Wenn es Ihnen recht ist, würde ich Sie gern mit meiner kleinen Freundin am heutigen Nachmittag aufsuchen, um mit Ihrem Mann persönlich darüber zu sprechen.« Elizabeth versicherte ihr freundlich, dass sie herzlich willkommen sei.

Willie hatte gerade seinen besten Hengst von der Weide geholt und Mühe, das Tier zu bändigen, das von dem Geruch der rossigen Stuten in den Ställen fast wahnsinnig wurde. Er war so mit dem tänzelnden Pferd beschäftigt, dass er den Wagen nicht bemerkte, der die beiden Frauen hergebracht hatte. Verblüfft starrte er Mrs. MacLish und

Aila an, die plötzlich vor ihm standen. Das Mädchen vor ihm sah aus wie Miriam in jungen Jahren. Ein breites Lächeln zog über sein Gesicht, das aber sofort wieder erlosch, als seine Augen sich mit denen des Mädchens trafen. Der Blick, mit dem sie ihn ansah, traf ihn bis ins Innerste. Er konnte es nicht ertragen, ihr länger in die Augen zu sehen, und wandte sich ab.

Würde er niemals Ruhe vor der Vergangenheit finden? Die ganze Zeit über hatte er den Gedanken an den goldenen Reif verdrängt und sein schlechtes Gewissen mit Unmengen von Whisky betäubt. Aber er hatte einfach keine Ruhe finden können.

Seine Gier war größer gewesen als seine Angst, und er hatte sich eingeredet, dass der Reif ihm noch einen Gefallen schuldete, weil er durch ihn gezwungen gewesen war, wider Willen eine Reise in die Vergangenheit zu machen. Das Geld, das er von dem Kunsthändler für den Reif erhalten hatte, hatte ihm kein Glück gebracht: Er hatte alles auf der Rennbahn verloren.

Seine Frau Elizabeth sah ihn auch nicht mehr so verliebt an, wie sie es früher getan hatte. Er vermisste ihre Fröhlichkeit, ohne zu erkennen, dass er der Grund dafür war, dass sie so selten lachte, und er konnte es kaum ertragen, ihre stillen Vorwürfe zu spüren. Sie hatte nicht ein Wort über das verspielte Geld verloren und ihm damit die Möglichkeit genommen, sich zu verteidigen.

Sein Vater hatte Recht gehabt. Er war ein Versager und würde es immer bleiben.

Seine Miene verdüsterte sich. »Was wollt ihr von mir?«, fragte er grob und gab sich keine Mühe, seine schlechte Laune zu verbergen. Elizabeth sah ihn mahnend an, doch er tat so, als würde er es nicht bemerken.

»Bitte kommen Sie doch herein«, versuchte sie die Unhöflichkeit ihres Mannes zu überspielen. »Ich habe Tee gemacht und einen Kuchen für uns gebacken.« Mrs. MacLish und Aila betraten, gefolgt von Willie, die Küche, in der es vor Sauberkeit blitzte.

»Ich muss noch mal nach der Stute sehen«, murmelte Willie und wollte sich davonstehlen, doch Elizabeth hielt ihn fest. »Das kannst du später auch noch tun, jetzt werden wir erst einmal einen Tee trinken und unseren Gästen Gelegenheit geben, über den Grund ihres Besuches zu sprechen.«

Willie gab widerwillig nach und nahm mit mürrischem Gesicht auf seiner Bank Platz. Elizabeth goss den Tee ein und reichte jedem einen Teller mit duftendem Kuchen. Dann setzte sie sich zu ihren Gästen. Ihre Neugier war geweckt. Sie hatte die merkwürdige Geschichte, die Malcolm vor Jahren erzählt hatte, nie vergessen, genauso wenig wie den Ritt in das wunderschöne Tal. Doch so richtig glauben konnte sie die ganze Sache bis heute nicht.

Mrs. MacLish sah Willie an, als sie mit ihrer Erklärung begann. »Aila ist Miriams Tochter, und ich wollte dich bitten, sie zu der Quelle zu begleiten. Sie muss den goldenen Reif finden, um ihn ihrem Volk zurückzubringen.«

Willies Gesicht war bei Mrs. MacLishs Worten noch mürrischer geworden. Elizabeth stupste ihn auffordernd an, als er nicht sofort antwortete. Man konnte ihm ansehen, wie unangenehm ihm das Gespräch war.

»Der goldene Reif befindet sich nicht mehr in der Quelle. Ich habe ihn genommen und an einen Händler verkauft«, sagte er trotzig. »Wenn ihr wollt, gebe ich euch den Namen des Händlers; ich weiß allerdings nicht, ob er ihn nicht längst weiterverkauft hat. Mehr kann ich dazu nicht sagen, und ich habe auch keine Lust, länger darüber zu reden. Ich muss mich um meine Stute kümmern. Sie ist trächtig und wird jeden Moment ihr Fohlen bekommen.«

Er stand auf und vermied es, Aila beim Verlassen des Zimmers noch einmal anzusehen.

»Bitte seien Sie ihm nicht böse«, sagte Elizabeth. »Er hat viel Pech gehabt in der letzten Zeit, und es nicht einfach für ihn, damit zurechtzukommen.«

»Er sollte sich lieber glücklich schätzen, dass er eine Frau wie Sie gefunden hat, anstatt in Selbstmitleid zu versinken«, sagte Mrs. MacLish trocken. »Ich habe das unbestimmte Gefühl, dass Ihr Mann uns nicht alles erzählt hat«, fügte sie dann hinzu und sah Elizabeth auffordernd an.

Elizabeth seufzte. »Ihr Gefühl hat Sie nicht getäuscht. Willie hat einen seiner Wettfreunde überredet, ihn zu der Quelle zu begleiten, weil er befürchtete, in die Vergangenheit gerissen zu werden, wenn er den Reif selbst aus dem Wasser bergen würde. Sein Kumpel hat darauf bestanden, den Reif in der Mitte zu teilen, aus Angst, seinen Anteil nicht zu erhalten.«

Aila war mit großen Augen dem Gespräch gefolgt. Sie hatte nicht alles verstanden, und Mrs. MacLish übersetzte ihr geduldig Elizabeths Worte. Als sie hörte, dass der Reif in zwei Teile zerbrochen war, wurde sie ganz blass vor Schreck. »Ich muss unser Heiligtum finden und es zurückbringen, bevor es zu spät ist«, sagte sie leise. Elizabeth nannte Mrs. MacLish den Namen des Händlers, der sein Geschäft in Aberdeen hatte. Dann verabschiedete sie ihre Gäste und begleitete sie hinaus.

Willie war nirgends zu sehen, als das Taxi vorfuhr, um die beiden Frauen abzuholen. »Vielen Dank für Ihre Gastfreundschaft, Sie haben uns sehr geholfen.« Mrs. MacLish winkte Elizabeth noch einmal zu, bevor sie auf dem Beifahrersitz Platz nahm. »Wir werden morgen früh nach Aberdeen fahren und herausfinden, wo sich der Reif befindet«, versprach sie, als sie die schmale Allee entlangfuhren, die zurück nach Inverurie führte.

13

Walter Scott befand sich auf dem Weg zur Redaktion, als sein Blick auf das Mädchen fiel, das gerade aus dem Taxi vor ihm stieg. »Na, wenn das kein glücklicher Zufall ist«, murmelte er und bremste scharf ab. Er sprang aus dem Auto und lief auf Aila zu, deren Gesicht keinerlei Regung zeigte, als er so plötzlich vor ihr stand.

»Schön, dass ich Sie endlich treffe, ich habe eine Menge Fragen an Sie«, bemerkte er grinsend und reichte erst Mrs. MacLish und dann Aila die Hand. »Sie haben doch sicher nichts dagegen, wenn ich mit Aila spreche?«, fragte er und setzte sein charmantestes Lächeln auf.

Mrs. MacLish musterte ihn prüfend. Sie dachte nicht daran, sich von ihm einwickeln zu lassen. »Es wäre nett, wenn Sie mir sagen würden, wer Sie überhaupt sind«, gab sie trocken zur Antwort.

»Mein Name ist Walter Scott. Ich bin Journalist und schon seit Tagen auf der Suche nach diesem Mädchen, weil unsere Leser gern mehr über sie erfahren würden. Hat sie ihr Gedächtnis mittlerweile wiedererlangt?«

Mrs. MacLish sah ihn scharf an. »Aila wird keine Interviews geben, weder Ihnen noch sonst jemandem. Sie hat eine schwere Zeit hinter sich und wünscht in Ruhe gelassen zu werden. Und jetzt entschuldigen Sie uns bitte.« Sie nahm Aila bei der Hand und zog sie zu ihrem Haus.

Walter Scott starrte ihr verblüfft nach. »Mein lieber Mann, die hat Haare auf den Zähnen«, murmelte er, während er Mrs. MacLishs Ablehnung ignorierte und den beiden Frauen mit großen Schritten folgte. Noch bevor sie an der Haustür waren, hatte er sie eingeholt.

»Ich habe einen Brief von Ihrer Großmutter in meiner Tasche, über den ich gern mit Ihnen sprechen würde«, wandte er sich jetzt direkt an Aila.

Aila warf Mrs. MacLish einen fragenden Blick zu.

»Ich habe Ihnen bereits gesagt, dass wir keinerlei Interviews geben«, sagte die alte Dame schroff und kramte in ihrer Handtasche nach ihrem Schlüssel.

»Wie Sie meinen, aber ich warne Sie – ich habe genug Material, für die Boulevardblätter, die sich darauf stürzen werden, wenn ich mich dazu entschließen sollte, es ihnen zukommen zu lassen. Das Thema Zeitreise ist für sie genauso spannend wie die angeblichen Ufos, die irgendein Spinner über Schottland gesehen haben will. Sie müssen sich schon entscheiden. Unsere Zeitung würde ein seriöses Interview mit Ihnen veröffentlichen und Ihnen auch die Möglichkeit geben, Stellung zu der Angelegenheit zu nehmen.«

Er legte eine winzige Pause ein, um Luft zu holen, bevor er weitersprach. »Ich war übrigens in einem Museum und habe dem dortigen Archäologen Fotos von der Kleidung gezeigt, die Sie an dem Tag trugen, als Sie auf der Polizeistation waren. Er hat sie in das erste Jahrhundert nach Christus datiert.« Seine Stimme klang triumphierend, als er weitere Fakten aufzählte. »Ihr Schützling spricht nur gälisch, trägt historische Kleider und ist wie aus dem Nichts aufgetaucht. Eine Angewohnheit, die in der Familie zu liegen scheint. Meine Recherche hat ergeben, dass schon ihre Mutter und auch ihre Großmutter immer wieder spurlos verschwanden, um dann plötzlich wieder aufzutauchen. Versuchen Sie doch bitte, mich zu verstehen. Ich habe viel Zeit in diese Angelegenheit gesteckt und kann mir so eine Story nicht entgehen lassen.« Er legte eine bedeutsame

Pause ein. »Wenn Sie sich kooperativ zeigen, würde ich mich auch bereit erklären, Ihren Aufenthaltsort geheim zu halten.«

Mrs. MacLish starrte ihn erschrocken an. Jetzt war genau das eingetreten, was sie befürchtet hatte und wovor sie Aila hatte bewahren wollen. Nach einigen Sekunden hatte sie sich wieder gefasst. Sie ließ Walter Scott stehen und schloss die Haustür auf. Wortlos zog sie Aila hinter sich ins Haus.

»Das wird Ihnen nichts nützen, Lady, so einfach werden Sie mich nicht los«, rief er hinter den Frauen her. Unschlüssig blieb er noch eine Weile vor dem Haus stehen, in der Hoffnung, dass Mrs. MacLish es sich noch einmal überlegen würde. Doch die Tür blieb verschlossen.

»Die werden sich noch wundern«, murmelte er, ärgerlich darüber, dass er wieder nicht weitergekommen war. Dann fuhr er in die Redaktion, wo er Alice zu sich rief und ihr von dem Gespräch mit Mrs. MacLish erzählte.

»Ich möchte, dass du morgen früh zu diesem Haus fährst und es beobachtest. Wenn jemand hinein- oder hinausgeht, versuche ein Foto von ihm zu machen, und wenn sie irgendwo hinfahren, dann folge ihnen so unauffällig wie möglich. Im Gegensatz zu mir kennen sie dich nicht und werden dich auch nicht bemerken, wenn du dich schön im Hintergrund hältst.«

Während Mrs. MacLish das Abendessen vorbereitete, sprach Aila kein Wort. Still saß sie auf dem Sofa und wartete darauf, dass Dave endlich erschien. Sie würde jeden Moment mit dem Geliebten festhalten und ihn fest in ihr Herz brennen. Sie fühlte, dass der Abschied näher rückte, und die unausweichliche Trennung brach ihr fast das Herz.

Dave kam an diesem Abend sehr spät. Er hatte eine alte

Patientin auf ihrem letzten Weg begleitet und wirkte erschöpft, als er hereinkam. Liebevoll zog er Aila in seine Arme. Aila suchte nach den richtigen Worten, um Dave von den Geschehnissen des Tages zu berichten. Ihre Englischkenntnisse waren so weit fortgeschritten, dass sie das meiste von dem verstand, was er oder Mrs. MacLish zu ihr sagten, doch ihr fehlten noch viele Wörter, sodass sie immer wieder Mrs. MacLish als Dolmetscherin in Anspruch nehmen musste.

»Ich muss zurück«, sagte sie traurig und schmiegte sich enger an ihn.

Dave sah sie entsetzt an. »Was meinst du eigentlich, du willst mich doch nicht verlassen?«

Aila schüttelte den Kopf. »Ich liebe dich«, sagte sie und blickte hilfesuchend zu Mrs. MacLish, die ihren Blick verstand.

»Aila muss den goldenen Reif finden und ihn ihrem Volk zurückbringen. Sie hat keine andere Wahl, und sie weiß nicht, wann es so weit sein wird, aber sie glaubt, dass es nicht mehr lange dauert.«

»Es ist mir egal, wo du hingehst, ich werde mit dir gehen. Ich liebe dich mehr als mein Leben und möchte, dass du meine Frau wirst.« Forschend sah er sie an und hielt ihren Blick fest. »Versprich mir, dass du nicht ohne mich von hier fortgehst.«

Mrs. MacLish übersetzte jedes seiner Worte. Dave las die Liebe und die Sehnsucht in Ailas Augen und konnte nicht anders, als sie an sich zu ziehen und ihr Gesicht mit Küssen zu bedecken. Mrs. MacLish erhob sich und verließ still das Zimmer. Sie wollte den beiden Liebenden Gelegenheit geben, für eine Weile allein zu sein. Voller Sorge blickte sie der Zukunft entgegen. Ob es Aila und Dave möglich sein würde, zusammenzubleiben? Sie wünschte es ihnen von ganzem Herzen. Nachdenklich betrat sie ihr Schlafzimmer und betrachtete wie jeden Abend das Foto ihres verstorbenen Mannes, bevor sie sich zu Bett begab.

Die Angst, Aila zu verlieren, ließ Dave seine Müdigkeit vergessen. Er gab ihr einen leidenschaftlichen Kuss auf den Mund, den sie voller Sehnsucht erwiderte. Heiße Schauer durchfuhren sie, als seine Hände zärtlich ihren Hals entlangfuhren. Sie schmiegte sich enger an ihn. Seine Hände wanderten weiter über ihren Körper, und Aila ließ es geschehen, obwohl sie wusste, dass es nicht sein durfte. Sie wollte bei ihm sein und eins mit ihm werden, bevor sie ihn verlieren würde. Mit einer Klarheit, die ihr einen schmerzhaften Stich versetzte, wusste sie, dass es das letzte Mal sein würde, dass sie bei ihm sein durfte. Dieser Abend war nur für ihre Liebe bestimmt, und sie würde die Erinnerung daran für immer in ihrem Herzen bewahren.

Sie schloss die Augen und legte seine Hand auf ihre Brust. Zärtlich umfasste er sie und begann sie zu streicheln. Er fühlte die aufgerichteten Brustwarzen und konnte nicht anders. Aufstöhnend beugte er sich vor und umschloss sie zart mit seinen Lippen. Aila war überwältigt von den Gefühlen, die über sie hereinbrachen und alle Sorgen und Ängste um die Zukunft verdrängten. Brennende Sehnsucht nach dem Geliebten erfüllte sie, und ihr Körper begann wie selbstverständlich auf seine Zärtlichkeiten zu reagieren. Sie ließ sich hineinfallen in diesen Wirbelsturm der Gefühle und genoss die wohligen Schauer, die seine Hände in ihr auslösten.

Ihr Atem ging schneller, als seine Finger forschend über ihre schlanken Oberschenkel glitten, bis sie die warme

Mitte fanden, und sie wünschte sich, dass dieser Moment niemals enden würde. Aufstöhnend begann Dave ihren Körper mit Küssen zu bedecken, und Aila glühte vor Leidenschaft. Es war schöner, als sie es sich jemals erträumt hatte. Als sie glaubte, die Spannung nicht länger ertragen zu können, hob sie sich ihm entgegen. Gemeinsam ließen sie sich forttragen, den Sternen entgegen.

Beide waren überwältigt, als sie anschließend nebeneinander lagen und Zärtlichkeiten austauschten, bis die Leidenschaft erneut über sie hereinbrach. Alles um sie herum versank in Bedeutungslosigkeit, und Aila wünschte sich, dass diese Nacht, in der sie Daves Frau geworden war, nie zu Ende gehen würde.

Viel zu früh zog die Morgendämmerung herauf. Dave war irgendwann erschöpft in ihren Armen eingeschlafen. Zärtlich fuhr sie mit dem Finger über seine hellen Augenbrauen und den schmalen Mund, bevor sie sich an seine Schulter schmiegte und noch ein Weilchen seine Nähe genoss. Was die Zukunft auch bringen würde, diese Nacht konnte ihr niemand mehr nehmen, und die Erinnerung daran würde ihr Leben lang ihr größter Schatz bleiben.

Nach dem Frühstück verabschiedete Dave sich schweren Herzens von ihr. »In den nächsten zwei Tagen muss ich die Nachtschicht eines Kollegen übernehmen, dessen Frau ein Kind erwartet, aber ich werde dich anrufen, sobald ich für einen Moment frei bin.« Er drückte Aila noch einen zärtlichen Kuss auf den Mund und ließ sich von ihr zur Tür begleiten. Aila sah ihm traurig nach, als er in sein Auto stieg.

Als er gefahren war, bestellte Mrs. MacLish ein Taxi, das sie zum Bahnhof brachte. Sie löste zwei Tickets nach Aberdeen und setzte sich neben Aila auf eine der Wartebänke.

Mit großen Augen betrachtete Aila das geschäftige Treiben um sich herum. Menschen mit den verschiedensten Hautfarben eilten in allen Richtungen an ihr vorbei und strömten in die wartenden Züge. Andere quollen aus den sich auf geheimnisvolle Weise öffnenden Türen hervor und eilten ebenso schnell an ihr vorbei. Weder Mrs. MacLish noch Aila bemerkte die junge Frau, die ihnen wie ein Schatten folgte.

Als sie zwei Stunden später vor dem Bahnhof in Aberdeen standen, winkte Mrs. MacLish ein Taxi heran und nannte dem Fahrer die Adresse des Händlers, die sie von Elizabeth erhalten hatte. Die Galerie des Kunsthändlers lag mitten in der Innenstadt. Der rote Teppichboden verschluckte ihre Schritte und verstärkte die vornehme Atmosphäre, die in dem großen, perfekt ausgeleuchteten Verkaufsraum herrschte. Sie fühlten sich unbehaglich an diesem Ort, an den sie offensichtlich nicht gehörten.

Ein elegant gekleideter Verkäufer erwartete sie bereits im Eingangsbereich. Noch bevor Mrs. MacLish ihn überhaupt bemerkte, hatte er die beiden Frauen längst taxiert und sich sein Urteil über sie gebildet. Er war zu dem Schluss gekommen, dass sie sich die ausgestellten Kunstgegenstände wohl kaum leisten konnten. Wahrscheinlich waren sie nur neugierige Touristen, die es nicht wert waren, kostbare Zeit zu verschwenden.

Er gab einem der jüngeren Verkäufer durch einen Wink zu verstehen, dass er sich um die beiden Frauen kümmern sollte. Der junge Mann beeilte sich, der Aufforderung nachzukommen und wandte sich mit höflichem Lächeln an Mrs. MacLish, nicht ohne Aila vorher einen bewundernden Blick zuzuwerfen.

»Wie kann ich Ihnen behilflich sein?«, fragte er. Seine

Stimme klang geschwollen und passte so gar nicht zu seiner schlaksigen Erscheinung.

»Wir sind gekommen, um den Inhaber dieser Galerie zu sprechen«, gab Mrs. MacLish ihm zur Antwort. »Würden Sie uns bitte zu ihm führen?«

»Ich werde sofort nachsehen, ob er Zeit hat. Wen darf ich melden?« Mrs. MacLish nannte ihren Namen. Während der Verkäufer davoneilte, sahen die beiden Frauen sich in dem vornehm eingerichteten Verkaufsraum um. Die hell erleuchteten Vitrinen waren bestückt mit Kostbarkeiten aus den unterschiedlichsten Epochen und Kulturkreisen der ganzen Welt.

Die Kunstgegenstände waren nicht mit Preisen ausgezeichnet. Die gesamte Atmosphäre vermittelte den Eindruck, dass Geld hier nur eine untergeordnete Rolle spielte, dachte Mrs. MacLish, eine Nebensächlichkeit, kaum wert, dass man sie erwähnte. Sie blieb vor einer halbrunden Vitrine stehen, in deren Mittelpunkt ein antikes Goldcollier aus einer längst vergessenen Dynastie Ägyptens präsentiert wurde, und betrachtete es ehrfurchtsvoll.

Der junge Verkäufer kam zurück und blieb in angemessener Entfernung stehen, um Mrs. MacLish nicht in ihrer Betrachtung zu stören. Erst als sie sich ihm zuwandte, trat er näher heran und teilte ihr höflich mit, das sein Chef, Mr. Johnson, jetzt bereit sei, die Damen zu empfangen. Mit einer kleinen Verbeugung forderte er die beiden Frauen auf, ihm zu folgen.

Mr. Johnson war ein hoch gewachsener, kräftiger Mann um die fünfzig, mit wachen Augen, die er hinter einer schmalen Brille mit Goldrand verbarg. Mit geübtem Blick verschaffte er sich einen ersten Eindruck. Die beiden Frauen vor ihm entsprachen nicht seiner üblichen Klientel.

Trotzdem reichte er ihnen höflich die Hand, gab ihnen aber durch einen Blick auf seine goldene Armbanduhr zu verstehen, dass er sehr beschäftigt war.

»Bitte nehmen Sie doch Platz, meine Damen«, forderte er sie auf und wies auf eine kleine Sitzgruppe aus Kalbsleder, die genauso teuer aussah wie der Rest der in glänzendem Mahagoni gehaltenen Einrichtung.

»Wir haben Sie aufgesucht, weil wir uns für einen antiken goldenen Halsreif interessieren, den Sie vor einiger Zeit erworben haben. Er war in zwei Teile zerbrochen«, kam Mrs. MacLish sofort zur Sache.

Der Händler musterte sie prüfend. Sollte er sich so getäuscht haben? Er hatte nur einen Torques erworben, der durch einen Bruch in der Mitte beschädigt war, und das auch nur, weil dieser durch außergewöhnliche, absolut einmalige Verzierungen hervorstach, deren Bedeutung er noch nicht herausgefunden hatte. Der Reif war außerordentlich teuer, und er konnte kaum glauben, dass die beiden Frauen in der Lage waren, ihn zu erwerben. Er hatte ihn restaurieren lassen. Zu seinem großen Bedauern war die Restauration nicht ganz zu seiner Zufriedenheit ausgefallen, und da seine Kunden nur erstklassige Ware kauften, würde er wahrscheinlich etwas mit dem Preis heruntergehen müssen, wenn es ihm nicht gelingen sollte, den Bruch so zu restaurieren, dass es unmöglich sein würde, ihn mit bloßem Auge zu erkennen. Und er glaubte nicht, dass ihm eine solche Restauration noch gelang.

Seine dichten, dunklen Augenbrauen zogen sich zusammen, als er nach dem Telefon griff, das vor ihm auf dem Tisch stand. »Bringen Sie mir bitte den restaurierten keltischen Goldreif in mein Büro«, forderte er den Teilnehmer am anderen Ende der Leitung auf. Mit einer eleganten Bewegung legte er den Hörer zurück auf die Gabel und beugte sich ein wenig vor.

»Der Reif ist zwar beschädigt, aber unter fünfzigtausend Pfund kann ich ihn trotzdem nicht abgeben«, sagte er und ließ Mrs. MacLish nicht aus den Augen, um ihre Reaktion auf seine Worte zu beobachten.

»Zuerst einmal möchten wir den goldenen Reif sehen, anschließend können wir über Geld reden«, sagte Mrs. MacLish in strengem Ton. Es gelang ihr gerade noch, den Schrecken über die Höhe der Summe vor dem Händler zu verbergen. Würdevoll sah sie geradeaus, während sie fieberhaft überlegte, woher sie so viel Geld nehmen sollte.

Sie warf Aila einen kurzen Blick zu, um zu sehen, ob sie etwas von dem Gespräch verstanden hatte. Doch ihre Sorge war umsonst. Ruhig saß das Mädchen im Sessel und sah mit weit geöffneten Augen aus dem Fenster. Mrs. MacLish folgte ihrem Blick. Auf dem breiten Fenstersims, saß ein kleiner Rabe, dessen linker Flügel kraftlos herunterhing.

In diesem Moment wurde die Tür geöffnet, und der Angestellte, der sie hierher gebracht hatte, betrat den Raum. Er überreichte Mr. Johnson ein mit blauem Samt überzogenes Tablett, das den Glanz des goldenen Reifs noch unterstrich.

Atemlos starrte Mrs. MacLish auf das kostbare Schmuckstück, das eine faszinierende Ausstrahlung besaß. Endlich sah sie den Grund für viele ihrer schlaflosen Nächte. Ihre Augen wanderten über die feinen Verzierungen und blieben an der Mitte des Reifs hängen. Der Riss, der sich durch die Mitte des kostbaren Schmuckstückes zog, hatte ihm seine Vollkommenheit genommen. Mr. Johnson ließ seinen Kundinnen Zeit, den Reif zu betrachten. Er bemerkte die Faszination in den Augen der alten Dame und achtete nicht auf das junge Mädchen, das wahrscheinlich ihre Enkelin war. Seine Neugier war geweckt und er war gespannt darauf, wie sich die folgende Verkaufsverhandlung weiter entwickeln würde.

Doch auf das, was nun geschah, war er nicht vorbereitet, und er würde es auch sein Leben lang nicht vergessen. Aila beugte sich ruhig über das Tablett. Ihre schmalen Finger griffen nach dem Reif und schlossen sich fest um das kalte Metall. Die Blicke des Händlers folgten ihr, als sie sich langsam mit dem Reif in den Händen erhob. Ihre Augen blickten merkwürdig starr, und ihre hoch aufgerichtete Haltung war die einer Priesterin.

Mr. Johnson starrte sie an, als wäre sie verrückt geworden. Seine Hand bewegte sich unter den Tisch, wo sich ein verborgener Knopf befand, auf den er jetzt drückte. Das war es also! Er hätte sich denken können, dass so etwas dahinter steckte. Schon des Öfteren hatte er Besucher in seiner Galerie gehabt, die Kaufinteresse für Kultgegenstände aus längst vergangenen Epochen vorgaben, nur um sie anschließend einmal in die Hände nehmen zu können und sie dann mit verzückten Blicken anzustaunen. Die meisten von ihnen gehörten diesen seltsamen Gruppen an, die sich unter anderem bei Vollmond in Stonehenge oder auf anderen Kultstätten längst vergangener Epochen trafen, um irgendwelche seiner Meinung nach vollkommen schwachsinnige Rituale durchzuführen.

Aila hielt den Reif fest in den erhobenen Händen und schien ihre Umgebung nicht mehr wahrzunehmen. Ein eiskalter Schauer lief dem Händler den Rücken hinunter, als sich ein merkwürdiger Nebel in dem großen Raum ausbreitete, der sich immer mehr verdichtete, bis er das Mädchen beinahe vollständig eingehüllt hatte. Die beiden Wachmänner, die hereingestürmt kamen, um ihrem Chef zu Hilfe zu eilen, starrten entsetzt auf das Mädchen, das sich vor ihren Augen auflöste und im Nebel verschwand. Einzelne Nebelfetzen hingen noch einen Moment in der Luft, bevor auch sie vergingen. Zurück blieb eine eisige Kälte, die Mrs. MacLish und auch Mr. Johnson frösteln ließ.

Mr. Johnson rieb sich ungläubig die Augen. Um Fassung ringend sah er Mrs. MacLish an, die wie hypnotisiert auf die Stelle starrte, an der Aila noch vor wenigen Sekunden gestanden hatte. Die Stille in dem großen Büro wurde mit jeder Minute beklemmender. Die Wachmänner warfen sich einen hilflosen Blick zu und warteten ab, wie ihr Chef reagieren würde. Mr. Johnson schüttelte immer wieder den Kopf und setzte mehrmals zum Sprechen an. Doch es kam kein Wort über seine Lippen. Alle Farbe war aus seinem Gesicht gewichen, das noch von dem Schock über das gerade Erlebte gezeichnet war.

Einige der Angestellten, die von dem ausgelösten Alarm erfahren hatten, tauchten hinter den Wachmännern auf und versuchten einen Blick auf das Geschehen zu erhaschen.

Es dauerte eine ganze Weile, bis Mr. Johnson sich einigermaßen gefasst hatte. Sein Blick streifte die Menschen, die sensationshungrig in der weit aufgerissenen Tür standen, bevor er auf Mrs. MacLishs von feinen Falten überzogenem Gesicht hängen blieb.

»Kann mir irgendjemand hier vielleicht sagen, was gerade in meinem Büro geschehen ist?«, fragte er. Seine befehlsgewohnte Stimme klang seltsam brüchig, während er ohne große Hoffnung auf eine Antwort wartete. Er begann nervös mit einem Feuerzeug zu spielen, das neben den teuren Zigarren auf dem Marmortisch bereitgelegen hatte. Als niemand etwas sagte, schickte er seine Angestellten mit einer unmissverständlichen Handbewegung aus seinem Büro. Dem sofort darauf einsetzenden Getuschel schenkte er keine Beachtung.

Erst als die Türe sich wieder hinter den Wachmännern geschlossen hatte, hatte er sich wieder gefasst. Mit festem Blick sah er Mrs. MacLish in die leicht geröteten Augen.

»Ich kann doch hoffentlich davon ausgehen, dass Sie eine Erklärung für mich haben? Sonst sehe ich mich nämlich gezwungen, die Polizei über den Vorfall zu verständigen.« Seine wohltönende Stimme klirrte vor Kälte.

Mrs. MacLish hatte sich immer noch nicht von dem Schock über Ailas Verschwinden erholt. Trotz ihres Wissens von Miriams und Helens Reise durch die Zeit war ein Rest Zweifel geblieben. Verschiedene Gedanken gingen ihr durch den Kopf. Sie würde den Reif wohl bezahlen müssen, um weiteren Ärger zu vermeiden. Mr. Johnson war jetzt wieder ganz Geschäftsmann. Ungeduldig trommelten seine tadellos manikürten Finger auf die marmorne Tischplatte.

»Ich weiß nicht, was ich Ihnen sagen soll«, begann Mrs. MacLish zögernd und räusperte sich verlegen, um etwas Zeit zu gewinnen. Die Situation war peinlich und beschämend. Unter dem kalten Blick des Mannes, der sie voller Verachtung ansah, fühlte sie sich schuldig. »Wenn ich Ihnen die Wahrheit sagen würde, was ich nur gegen das Versprechen Ihrer Verschwiegenheit tun könnte, würden Sie mir die aller Wahrscheinlichkeit nach nicht glauben. Andererseits werden Sie sicher von mir verlangen, den Reif zu bezahlen, und dazu müssten Sie mir schon eine Ratenzahlung einräumen, da meine finanziellen Mittel begrenzt sind.« Sie senkte den Blick. Es fiel ihr schwer, in dieser beschämenden Situation Haltung zu bewahren, und sie fühlte sich plötzlich müde und ausgebrannt.

»Bitte fahren Sie fort und überlassen es mir, was ich glauben werde und was nicht. Ich verlange eine Erklärung von Ihnen, und bevor ich nicht weiß, was hier überhaupt gespielt wird, werde ich Ihnen ganz sicher nichts versprechen.« Seine Stimme war noch schärfer geworden.

Mrs. MacLish blieb keine Wahl. Sie holte tief Luft und nahm all ihre Kraft zusammen.

»Sie sind gerade Zeuge einer Reise durch die Zeit geworden, junger Mann«, sagte sie fest und ließ ihm einen Moment Zeit, um ihre Worte zu verdauen.

»Ich glaube nicht an solche Spinnereien«, sagte Mr. Johnson ruhig. »Sie sollten sich etwas Besseres einfallen lassen«, fügte er zynisch hinzu. »Haben Sie diesen Nebel durch irgendein Nervengas mit Halluzinogenen erzeugt, oder wie haben Sie es angestellt, das Mädchen mit meinem Goldreif verschwinden zu lassen? Ist das jetzt die neueste Methode, um Kunstgegenstände am helllichten Tag zu stehlen?«

Mrs. MacLish sah Mr. Johnson schockiert an. Er schien sie tatsächlich für eine Betrügerin zu halten.

»Ich brauche mir nichts einfallen zu lassen, weil es die Wahrheit ist, was ich Ihnen gerade erzählt habe. Sie haben doch mit eigenen Augen gesehen, dass Aila sich in Luft aufgelöst hat.«

»Es kann ein Trick gewesen sein, um meinen Reif zu stehlen. In den Zeitungen liest man die unglaublichsten Geschichten über Trickbetrüger.«

»Das mag sein, aber Sie und auch Ihr Wachpersonal haben mit eigenen Augen gesehen, wie das Mädchen verschwunden ist, und ich bin auch keine Betrügerin«, beharrte Mrs. MacLish energisch. »Ich war bis zu meiner Pensionierung Schulleiterin und habe mir mein Leben lang nichts zuschulden kommen lassen.«

Müde strich sie sich mit der Hand über die Stirn, dann erzählte sie ihm die ganze Geschichte von Anfang an. Mr. Johnson lauschte ihr ungläubig. Als sie geendet hatte, sagte er eine ganze Weile nichts. Sein Verstand versuchte das eben Gehörte zu begreifen, aber es gelang ihm nicht.

»Was soll ich nur mit Ihnen anfangen? Wenn ich die Polizei informiere und die Presse davon erfährt, werde ich meinem Geschäft schaden und von den Fachkreisen belächelt werden. Ich könnte meiner Konkurrenz keinen größeren Gefallen tun, als ihr diese Angriffsfläche zu bieten.«

»Ich mache Ihnen einen Vorschlag.« Mrs. MacLish nahm einen Zettel und einen Stift aus ihrer Handtasche. »Ich schreibe Ihnen meine Adresse und meinen Namen auf, und wenn Sie noch irgendwelche Fragen haben, können Sie mich dort erreichen. Etwas Geld habe ich gespart, ich werde es Ihnen überweisen, und wir könnten einen monatlichen Betrag vereinbaren, den ich bezahle, um Ihnen den Schaden zu ersetzen. Was eben geschehen ist, habe ich nicht erwartet. Ich war genauso wenig darauf vorbereitet wie Sie, das können Sie mir ruhig glauben.«

Mr. Johnson betrachtete die alte Dame mit prüfendem Blick. Sein Gefühl sagte ihm, dass sie es ehrlich meinte. »Ich werde darüber nachdenken und mich dann bei Ihnen melden.« Er stand auf und reichte Mrs. MacLish, die sich ebenfalls erhoben hatte, die Hand. »So etwas wie eben ist mir noch nie passiert«, sagte er kopfschüttelnd. »Wenn Sie tatsächlich die Wahrheit gesagt haben und ich keine andere Erklärung finde, werde ich wohl über einige Dinge noch einmal nachdenken müssen. Trotz allem war es interessant, Ihre Bekanntschaft zu machen«, sagte er höflich.

»Glauben Sie übrigens wirklich, dass es richtig ist, mit

antiken Heiligtümern zu handeln?«, fragte Mrs. MacLish. »Vielleicht sollten Sie einmal darüber nachdenken. Die Vergangenheit holt uns immer ein. Wir selbst sind die Vergangenheit von morgen.«

Mr. Johnson gab ihr keine Antwort. Ein nachdenklicher Ausdruck war in sein Gesicht getreten. Wortlos begleitete er sie zum Ausgang und hielt ihr persönlich die Tür auf.

»Würden Sie mir bitte ein Taxi rufen, das mich zum Bahnhof fährt?«, bat Mrs. MacLish. Mr. Johnson ließ einen Wagen rufen und sah der alten Dame nach, bis sie ins Taxi gestiegen war. Dann begab er sich nachdenklich zurück in sein Büro, nicht ohne vorher seine Angestellten zu tiefster Verschwiegenheit über diesen mysteriösen Vorfall zu verdonnern.

Niemand beachtete die sportlich gekleidete junge Frau, die sich bewusst im Hintergrund hielt und sich Mühe gab, so viel wie möglich von den aufgeregten Gesprächen der Angestellten mitzubekommen, die sofort eingesetzt hatten, nachdem Mr. Johnson außer Sichtweite war. Sie befand sich jetzt halb verdeckt hinter einer großen Vitrine nahe dem Eingangsbereich und lauschte dem Gespräch, das ein uniformierter junger Mann mit einer hübschen, blonden Telefonistin führte.

»Sie ist vor meinen Augen verschwunden, ich habe es selbst gesehen.« Er schien die gespannte Aufmerksamkeit des Mädchens zu genießen, das ihm mit weit aufgerissenen Augen zuhörte. »Und das Beste kommt noch«, sagte er und legte eine kleine Pause ein, um die Spannung zu steigern. »Sie hatte den teuren Goldreif in den Händen, und er ist mit ihr verschwunden. Du hättest mal das Gesicht vom Chef sehen sollen. Er war kreidebleich vor Schreck. Es hat ihm förmlich die Sprache verschlagen, und als er wieder sprechen konnte, hat er nur vor sich hin gestammelt. Ich bin gespannt, was er mit der alten Lady anstellen wird, die ist nämlich nicht mit dem Mädchen verschwunden.« Die Stimme des Wachmannes klang nachdenklich, als er fortfuhr. »So etwas Merkwürdiges habe ich in meinem ganzen Leben noch nicht erlebt.«

Alice hatte genug gehört. Es gelang ihr, unbemerkt die Galerie zu verlassen. Es war nicht der richtige Moment, um die Angestellten zu befragen. Wenn Walter es für nötig befand, mit ihnen zu sprechen, würde er schon eine Möglichkeit finden. Er wusste ja, wo er sie erreichen konnte. Auf der Rückfahrt in dem nur halb besetzten Zug, setzte sie sich schräg gegenüber von Mrs. MacLish und beobachtete die alte Dame, die mehrmals während der Fahrt einnickte. Sie tat ihr Leid, weil sie so traurig aussah.

Nachdem sie den Bahnhof verlassen hatte, stieg sie in ihr Auto und fuhr sofort zur Redaktion. Sie konnte es kaum erwarten, Walter Scott von dem mysteriösen Vorfall zu berichten.

Als sie geendet hatte, lief Walter aufgeregt um seinen Schreibtisch herum. Dann stand sein Entschluss fest.

»Gib mir doch bitte die genaue Adresse von der Galerie. Ich werde mir den Inhaber dort vornehmen, solange er noch unter Schock steht.« Alice gab ihm die Adresse und sah ihm nach, wie er mit großen Schritten davoneilte.

Doch Walter Scott hatte kein Glück. Mr. Johnson weigerte sich, ihn zu empfangen, nachdem er gehört hatte, dass er Journalist war. Es war zum Verzweifeln. Das erste Mal in seinem Leben hatte er eine Story, mit der er in die Geschichte eingehen könnte, und nicht einer der Beteiligten war bereit, mit ihm zu reden oder ihm weiterzuhelfen, und das, obwohl die meisten Menschen normalerweise alles dafür gaben, wenigstens einmal in ihrem Leben in der Zeitung zu erscheinen. Ohne Beweise oder die Aussagen von Augenzeugen hatte er nicht die geringste Chance auf einen halbwegs seriösen Bericht. Wütend fuhr er zurück in die Redaktion und stürzte sich auf seine Arbeit. Er würde die alte Dame im Auge behalten und ihr immer wieder Besuche abstatten, bis sie irgendwann nachgeben würde. Er bat Alice, das Haus der alten Dame weiter zu beobachten, um herauszufinden, mit wem sie Kontakt pflegte.

Als Dave zwei Tage später vor Mrs. MacLishs Haus vorfuhr, kam Aila ihm nicht entgegengelaufen, wie sie es sonst immer tat. Er hatte nur wenig geschlafen und fühlte sich müde und ausgelaugt. Trotzdem hatte ihn die Sehnsucht nach Aila hierher getrieben. Er konnte es kaum erwarten, sie zu sehen und in seine Arme zu ziehen.

Mrs. MacLish öffnete ihm die Tür und sah ihn traurig an. Sein Magen klumpte sich zusammen. Er spürte sofort, dass irgendetwas geschehen war. »Wo ist Aila?«, fragte er beunruhigt und sah über den Kopf von Mrs. MacLish hinweg in die Diele, in der Hoffnung, sie dort zu entdecken.

»Komm erst einmal herein, dann werde ich dir erzählen, was geschehen ist.« Der junge Mann tat ihr Leid. Seine Liebe zu Aila war aufrichtig und ehrlich.

Dave wurde während ihrer Erzählung ganz blass. Sie sah den Schmerz in seinen Augen und die Sehnsucht nach der Frau, die er liebte. Sie nahm seine Hand und strich tröstend darüber.

»Sag mir, wie ich zu ihr gelangen kann!« Seine Stimme klang verzweifelt. »Ich werde alles tun, um sie wiederzusehen. Mein Leben hat keinen Sinn ohne Aila.«

Mrs. MacLish sah ihn mitfühlend an. »Ich weiß es nicht. Wenn es dein Schicksal ist, wirst du sie wiedersehen – und wenn nicht …« Ihr fehlten die Worte, um weiterzusprechen. Eine Weile saßen sie schweigend nebeneinander.

»Darf ich Sie wieder besuchen?«, fragte Dave schließlich. »Sie sind die Einzige, die mir versichern kann, dass Aila kein Traum war, sondern Wirklichkeit.«

Mrs. MacLish nickte. »Natürlich, mein Junge. Komm so oft du möchtest, du bist mir jederzeit willkommen.«

Müde stand Dave auf. Mrs. MacLish begleitete ihn zur Tür. »Schlaf dich erst einmal aus. Das Leben geht weiter. Und vergiss nicht, dass Aila dich genauso liebt wie du sie. Wenn es für sie eine Möglichkeit gibt, zu dir zurückzukehren, wird sie alles daran setzen, zu dir zu gelangen.«

Dave beugte sich zu der alten Dame hinunter und drückte ihr einen Kuss auf die faltige Wange. »Danke. Aila hätte keine bessere Freundin finden können, und machen Sie sich bitte keine Sorgen wegen des Geldes für den goldenen Reif. Ich werde mich darum kümmern.« Bei den letzten Worten der alten Schulleiterin war leise Hoffnung in ihm aufgestiegen. Sein Gesichtsausdruck war nicht mehr ganz so verzweifelt, als er in seinen Wagen stieg und nach Hause fuhr.

II

1

Aila hatte das Gefühl, zu schweben, doch es gelang ihr nicht, die Augen zu öffnen. Sie versuchte es mehrmals, bevor sie sich zurück in die Dunkelheit sinken ließ, der sie gerade noch versucht hatte zu entfliehen. Die Kälte, die sich mehr und mehr in ihrem Körper ausbreitete, störte sie nicht mehr. Ein Gefühl von Gleichgültigkeit hatte Besitz von ihr ergriffen, das stärker war als ihr Wille zu kämpfen.

Ihr Bewusstsein begann zu schwinden, als ein ungeduldiges Krächzen an ihr Ohr drang. Eine verschwommene Erinnerung stieg in ihr hoch. Das Krächzen wurde lauter, und mit ihm kam die Kälte. Sie begann zu zittern und versuchte erneut, sich in die Dunkelheit fallen zu lassen, um nicht mehr frieren zu müssen, doch es gelang ihr nicht.

Widerwillig öffnete sie die Augen. Ihre Kleider waren klamm, und hinter ihrer Stirn tobte der Schmerz wie ein wütender Sturm. Ihre Augen brannten, und sie fühlte sich wie zerschlagen. Nur langsam begannen die Bilder vor ihren Augen klarer zu werden.

Als Erstes sah sie den Raben. Er wurde immer größer, je länger sie ihn anstarrte, und seine Gestalt wandelte sich in die eines jungen Mannes, der einen schwarzen Umhang über den Schultern trug. Dave, dachte sie glücklich, doch es war nicht Dave, der vor ihr stand. Nur der liebevolle Ausdruck in seinem Gesicht war der des geliebten Mannes. Sie las Sehnsucht und Liebe darin, Verzweiflung und Hoffnung, Schmerz und Trauer. Mühsam setzte sie sich auf und starrte in das Gesicht des Mannes vor ihr, dass ebenso fremd wie vertraut war. Seine klaren hellgrauen Augen blickten zeitlos.

»Die Welt weilt zwischen den Welten
Die Nebel von Calen, herabbeschworen
Zeit wird eins durch Einen
Einheit Frieden und Wandel
Anfang und Ende lassen den Reif widerhallen
Bis zur letzten Finsternis des Mondes
Der goldene Reif wird der Schlüssel sein
Weiß statt Schwarz, Altes statt Neues
Der Barde spielt auf seiner Harfe
Dann werden Adler und Sonne beide Sieger sein
Unter den Eichen vereint.«

Er sprach, ohne dass seine Lippen sich bewegten. Worte einer vergessenen Sprache strömten aus seinem Mund und streichelten über ihr Gesicht wie eine warme Brise. Sie fühlte, wie das Leben in ihren Körper zurückkehrte und mit ihm ein Sturm der Gefühle.

»Sag mir, was ich tun soll, und ich werde gehorchen.«

»Die Rose des Nordens ist blauer als je zuvor, die Auserwählten erwachen aus ihren Träumen jenseits von Vergangenheit und Gegenwart.« Der junge Mann wurde wieder zum Raben, und der Rabe erhob sich und flog in die Sonne, die durch die schweren Wolken drang.

Aila sah dem Raben nach, bis er nur noch als winziger Punkt zu erkennen war, der schließlich verschwand. Ihre Augen tränten noch von dem gleißenden Licht der Sonne, als sie nach unten schaute auf die sich langsam erwärmende Erde. Lange blieb sie so sitzen und ließ den Gedanken in ihrem Kopf freien Lauf, als ein großer, grauer Schatten auf sie zugesprungen kam.

Ihre Augen weiteten sich vor Freude und Überraschung. Glücklich legte sie ihre Arme um ihren Freund und ließ es zu, dass seine raue Zunge über ihre Wangen fuhr. Caru zupfte immer wieder mit spitzen Zähnen an ihren Kleidern. Lachend sah Aila ihn an.

»Du hast Recht, wir sollten nach Hause gehen.«

Sie stand auf, zog ihre Schuhe und Strümpfe aus und warf sie achtlos auf die Wiese. Es war herrlich, nach so langer Zeit den vertrauten Boden unter ihren Füßen zu spüren, und endlich fühlte sie sich auch der Erdgöttin wieder näher. Ihr Herz pochte schneller, als der Wald sich öffnete und den Blick auf die abgeernteten Felder freigab. Hinter der nächsten Biegung würde das Dorf auftauchen. Sie lief schneller. Die plötzliche Sehnsucht nach ihren Eltern war so stark geworden, dass sie es kaum erwarten konnte, sie endlich wieder zu sehen.

Bei dem Gedanken an ihren Geliebten schossen ihr die Tränen in die Augen. Ob die Götter ein Einsehen mit ihr haben würden und sie Dave in diesem Leben wiedersehen durfte? Sie konnte ihre Anwesenheit überall um sich herum spüren, in den Bäumen, den kleinen Bächen und den Steinen und in dem Trost, den sie ihr spendeten. Später, wenn sie allein war, würde sie sich ihrer Trauer hingeben und versuchen, Dave in ihren Träumen zu treffen.

Sie trat durch die Umfriedung und ließ ihren Blick über die friedlich vor ihr liegenden Gebäude schweifen. Die runden Steinhäuser standen ebenso wie das Versammlungshaus und die anderen Gebäude unverändert an ihrem Platz. Irgendwie war sie erleichtert darüber. Die Frauen, die an den Webstühlen vor ihren Häusern saßen, unterbrachen ihre Arbeit und starrten ihr schweigend nach, als sie gefolgt von dem großen, grauen Hund auf das Haus ihres Stammesfürsten zulief. Alles schien noch genauso zu sein wie vor ihrer Reise, als wäre die Zeit hier stehen geblieben. Nur für sie hatte sich alles geändert. Der Schmied am Rande der Umfriedung saß wie jeden Tag um diese Zeit vor seiner Hütte und genoss für eine Weile die frische Luft. Von seiner Bank aus beobachtete er das Treiben auf dem Dorfplatz, der von spielenden Kindern und Hühnern beherrscht wurde.

Sie winkte den Frauen zu, die am Brunnen standen und ein Schwätzchen hielten, rief Viriatus dem Töpfer einen Gruß zu und drückte seiner kleinen Tochter einen Kuss auf die erhitzte Wange. Dann stand sie vor dem Haus ihrer Eltern. Mit einem Ruck riss sie die schwere Holztür auf und trat ins Innere.

Miriam saß neben Ira am Feuer und besprach mit ihr die Einteilung des Getreides. Die Ernte in diesem Jahr war gut gewesen, und sie würden keine Probleme haben, damit über den bevorstehenden Winter zu kommen. Doch sie war unkonzentriert: Immer wieder glitten ihre Gedanken zu Aila, deren Verschwinden ihr große Sorgen bereitete. Die Ungewissheit darüber, was mit ihrer Tochter geschehen war, machte ihr schwer zu schaffen. Ira hatte ihr nach ihrer Rückkehr berichtet, das Aila zwei Tage nach der Abreise der Eltern nicht ins Dorf zurückgekehrt war. Der sofort zusammengestellte Suchtrupp hatte nach tagelangem Suchen den Hund auf einer Wiese gefunden, doch von Aila fehlte jede Spur. Caru war völlig abgemagert und war nicht zu bewegen, die Wiese zu verlassen. Caratacus hatte ihn schließlich über sein Pferd geworfen und mit ins Dorf gebracht. Sobald der Hund gefressen hatte, war er wieder fortgelaufen, kam aber von da an jeden Tag zum Fressen ins Dorf.

Miriams Augen leuchteten erleichtert auf, als sie ihre Tochter in der Tür stehen sah. Sie sprang auf und zog Aila glücklich in ihre Arme. »Bin ich froh, dass du wieder hier bist«, sagte sie und streichelte ihrer Tochter immer wieder zärtlich übers Haar. »Wo bist du nur so lange gewesen, wir haben uns große Sorgen um dich gemacht.«

Sie schob Aila ein Stück von sich fort und musterte sie prüfend. Das Mädchen sah gesund aus, und es schien alles in Ordnung mit ihr zu sein, bis auf den merkwürdig ernsten Ausdruck in ihrem Gesicht, den Miriam nicht an ihrer fröhlichen Tochter kannte und der sie erwachsener wirken ließ. Auch die Trauer in Ailas Augen entging ihrem prüfenden Blick nicht. Dann bemerkte sie das blaue Kostüm, das Aila trug, und ihre Augen weiteten sich vor Überraschung.

Sie zog Aila neben sich ans Feuer und legte einen Arm um ihre Schultern. »Erzähl mir, was geschehen ist. Barco hat uns gesagt, dass Mog Ruith dich auf eine Reise geschickt hat, aber er konnte uns nicht sagen, wie lange du unterwegs sein würdest und wohin du gereist bist. Wenn ich mir deine Kleidung anschaue, kommt mir allerdings schon eine Ahnung.«

Ailas Blick wanderte durch das Haus ihrer Kindheit. Der vertraute Geruch stieg ihr in die Nase. Die Waffen ihres Vaters hingen wie immer neben der Tür, und die Bänke und Stühle rund um die Feuerstelle waren mit kostbaren Fellen bedeckt. Mit den verschiedensten Mustern bestickte Decken schmückten die Wände. Sie alle waren Geschenke von verbündeten Fürsten. Auf den Holzregalen an den Wänden stapelten sich bronzene und silberne Schalen und Trinkgefäße. Obwohl es so herrlich vertraut war, kam ihr der Raum plötzlich klein und eng vor. Sie dachte an das gemütliche Haus von Mrs. MacLish, in dem es so viele Räume gab, und an das Licht, das man mit einem Finger ein- und ausschalten konnte. Sie sah Dave vor sich, und ihr Blick wurde weich. Es fiel ihr schwer, die Gedanken an den Geliebten zur Seite zu schieben, als sie in die erwartungsvollen Augen ihrer Mutter sah. Mühsam riss sie sich zusammen.

»Ich war in einer anderen Welt, in deiner Welt.« Ira starrte sie erschrocken an. Noch nie war jemand aus der anderen Welt zurückgekehrt. Wie gebannt hing sie an Ailas Lippen. »Nachdem ihr fortgeritten seid, habe ich mit Caru meinen Lieblingsplatz im Wald aufgesucht und bin auf der Wiese dort eingeschlafen. In meinen Träumen war ein schrecklicher Nebel, der mir die Luft zum Atmen nahm. Als ich aufgewacht bin, war Caru nicht mehr bei mir, und die Gegend um mich herum war mir fremd. Ich bin tagelang gelaufen, bis ich endlich zu einem Dorf gelangte. Anfangs dachte ich, es wäre ein römisches Dorf, weil es so merkwürdige Dinge dort gab. Die Menschen dort waren überhaupt nicht gastfreundlich. Sie haben mich gefangen genommen und in einen engen Raum gesperrt. Dann ist Mrs. MacLish gekommen, eine weise alte Frau, der ich vertraut habe. Sie hat mir erzählt hat, dass sie dich kennt und ich in dem Dorf bin, in dem du geboren wurdest.«

Miriam warf Aila einen auffordernden Blick zu, als sie eine kleine Pause einlegte. »Mog Ruith hat mich dorthin geschickt, damit ich den goldenen Reif zurückhole, der aus der heiligen Quelle gestohlen worden war. Als ich mit Mrs. MacLishs Hilfe den Reif gefunden hatte, kam der Nebel und hat mich hierher zurückgebracht.«

Miriam brauchte einen Moment, um das, was sie gerade gehört hatte, zu verarbeiten. Bilder aus längst vergangenen Zeiten tauchten vor ihr auf. Sie sah ihre Schulfreunde Willie und Malcolm vor sich und das gütige Gesicht von Mrs. MacLish. Aufgeregt beugte sie sich vor.

»Du musst mir alles erzählen, ich möchte jede Kleinigkeit wissen. Wie hast du Mrs. MacLish denn kennen gelernt?« Aila begann zu erzählen, aber zwischendurch wurde sie immer wieder von Miriam unterbrochen, die darauf bestand, alles ganz genau zu erfahren. Als Aila von dem jungen Arzt sprach, der sie geheilt hatte, wurde ihre Stimme dunkel vor Sehnsucht. Miriam sah sie überrascht an. War es möglich, dass Aila sich verliebt hatte? Nachdenklich beobachtete sie das feine Gesicht ihrer Tochter. Ihr kleines Mädchen war erwachsen geworden. Würde das Schicksal sich tatsächlich wiederholen? Wenn ihre Tochter sich, genau wie sie selbst und zuvor ihre Mutter, in einen Mann aus einer anderen Zeit verliebt hatte, dann konnte sie nur hoffen, dass Ailas Liebe sich erfüllen würde.

Ob es Zufall war, dass die Frauen in ihrer Familie durch die Zeit reisten? Oft schon hatte sie darüber nachgedacht, ohne eine Antwort auf diese Frage zu finden. Die Tür öffnete sich und Rana kam herein, um das Essen vorzubereiten. Sie kochte einen ihrer köstlichen Eintöpfe, mit Dinkel, Wurzeln und großen Stücken Schweinefleisch. Aila weigerte sich, etwas zu essen. Die Sehnsucht nach Dave drückte ihr den Magen zu. Traurig starrte sie in die Flammen. Nur wenn sie den sorgenvollen Blick ihrer Mutter spürte, zwang sie sich zu einem Lächeln und gab vor, erschöpft von den hinter ihr liegenden Anstrengungen zu sein.

Ira erhob sich. Es war spät geworden, sicher würde ihr Mann ärgerlich sein, weil sie ihn solange warten ließ. Doch sie hatte es nicht fertig gebracht, früher zu gehen. Eine unbegreifliche, geheimnisvolle Welt hatte sich bei Ailas Worten vor ihr aufgetan, und ein Schauer nach dem anderen war ihr über den Rücken gelaufen. Es gab keinen Zweifel: Aila war von den Göttern auserwählt.

*

Als Calach von der Jagd zurückkehrte, flog Aila in seine Arme. Die vertraute Geborgenheit, als seine starken Arme sie umfingen, tat ihr gut. Sie schloss die Augen, und der wohlbekannte Geruch nach Schweiß und Leder stieg in ihre Nase. Für einen Moment war sie wieder das kleine Mädchen, dem nichts auf der Welt etwas anhaben konnte. Calach versuchte seine Rührung zu verbergen. Er hatte große Angst gehabt, dass er seine Tochter für immer verloren haben könnte, aber darüber hatte er mit niemandem gesprochen.

»Gut, dass du wieder da bist«, sagte er mit rauer Stimme.

Miriam sah ihn liebevoll an. Nach außen hin war er der große Feldherr, der Kraft und Stärke ausstrahlte, doch sie wusste, wie verletzlich er sein konnte, vor allem, wenn es um seine Tochter ging. Er setzte sich ans Feuer und ließ sich von Rana eine Schale mit Eintopf und einen Becher Wein reichen. Miriam erzählte ihm in kurzen Worten, was geschehen war. Nur von dem jungen Arzt erzählte sie ihrem Mann nichts. Sie wollte ihrer Tochter Zeit geben, sich über ihre Gefühle klar zu werden, und sie dachte mit Sorge an Verico, der sich an der Suche nach Aila beteiligt hatte und jeden Tag den Göttern opferte, damit sie ihm Aila zurückbrachten. Für ihn stand fest, dass er Aila heiraten würde, und auch Calach mochte den jungen Mann, der härter für die Prüfungen trainierte als alle anderen. Für ihn war er der Sohn, den sie ihm nie geboren hatte.

»Wo befindet sich der heilige Reif jetzt?«, wollte Calach wissen.

Aila blickte vom Feuer auf. Ihre Gedanken wurden von der Sehnsucht nach dem Geliebten beherrscht, und sie hatte nicht weiter über den Reif nachgedacht. »Als ich zu mir gekommen bin, war er nicht mehr in meinen Händen, aber der Rabe war dort und hat zu mir gesprochen.« Sie wiederholte die Worte des Raben, die sich fest in ihr Herz gebrannt hatten. Die Anwesenden hingen gebannt an ihren Lippen.

Calach trank seinen Wein aus und erhob sich. »Ich werde in den Versammlungsraum gehen, wo die Männer des Rates mich schon erwarten. Morgen reiten wir zum heiligen Hain, um den Göttern zu opfern und ihnen für deine Rückkehr zu danken.«

Miriam schickte Rana aus dem Haus. Sie wollte mit ihrer Tochter allein sein.

»Du hast dich in den Arzt verliebt, nicht wahr? Ich habe es deiner Stimme angehört, als du von ihm gesprochen hast. Möchtest du mit mir darüber reden?« Liebevoll sah sie ihre Tochter an.

»Ich bin müde und würde lieber schlafen«, wich Aila ihrer Mutter aus.

Miriam ließ sich nicht anmerken, dass sie enttäuscht war. Aila hatte bisher keine Geheimnisse vor ihr gehabt. »Ist schon gut, mein Kleines.« Sie drückte ihr noch einen Kuss auf die Wange und deckte sie sorgfältig zu, bevor sie sich zu ihrer Bettstelle begab, die sich im hinteren Teil des Raumes befand. Sie würden noch genügend Zeit zum Reden haben. Das Wichtigste war, dass Aila wieder bei ihnen war. Sie schloss die Augen und dachte an ihr altes Leben. Sie hatte es nie bereut, es gegen ihre große Liebe eingetauscht zu haben, und es kam ihr vor wie ein längst vergangener Traum.

2

Aila lag mit geschlossenen Augen auf ihrer Bettstelle. Ihre Gedanken eilten zu dem Geliebten. Sie sehnte sich nach ihm und seinen zärtlichen Berührungen und wünschte sich, dass er bei ihr sein könnte. Ein Teil von ihr war bei ihm geblieben. Es würde nie wieder so sein wie vorher, und sie fühlte sich einsam wie noch nie in ihrem Leben. Ob es ihr möglich sein würde, zu Dave zurückzukehren, jetzt, wo sie den goldenen Reif zurückgebracht hatte? Sie musste eine Möglichkeit finden, ihn wieder zu sehen, und beschloss, so bald wie möglich mit Mog Ruith darüber zu sprechen. Es dämmerte schon, als sie endlich in einen unruhigen Schlaf sank.

Die schwermütigen Klänge aus Barcos Dudelsack rissen sie am nächsten Morgen aus ihrem Schlummer. Noch halb verschlafen setzte Aila sich auf und lauschte der Melodie, die durch den Raum schwang und ihr Herz berührte. Der Barde war so versunken in seine Musik, dass er nicht bemerkte, dass sie aufgewacht war. Erst nach einer ganzen Weile drehte er sich um und sah ihr in die Augen. Sein Blick erinnerte Aila an den des Raben, der zum Mann geworden war, und sie hatte das Gefühl, dass er in ihren Gedanken las. Ein feines Lächeln zog über das Gesicht des Barden, der ihr ein ebenso guter Freund geworden war wie ihrer Mutter.

»Wie ich sehe, ist aus dir eine Frau geworden«, sagte er sanft. Aila errötete vor Verlegenheit. Konnte es sein, dass der Barde wusste, dass sie keine Jungfrau mehr war?

»Ich möchte mit Mog Ruith sprechen, kannst du mir sagen, wo er sich befindet?«

»Mog Ruith wird zu dir kommen, wenn er etwas zu sagen hat, das weißt du doch«, wurde sie sanft von Barco ermahnt, dem die stürmische Ungeduld in ihrer Stimme nicht entgangen war.

Aila erhob sich und zog ihren Umhang über das Untergewand. Dann lief sie, begleitet von Caru, zum Fluss, um sich zu waschen. Plötzlich trat Verico hinter einem Strauch hervor. Sein halblanges braunes Haar hing ihm offen über die Schulter. Der kurzärmelige Kittel, den er über seiner Hose trug, gab den Blick auf seine muskulösen Oberarme frei. Er hatte Aila bereits ungeduldig erwartet. Aila rief ihm einen Gruß zu und wollte an ihm vorbeieilen, doch er verstellte ihr den Weg. Seine Augen wanderten besitzergreifend über ihren schmalen Körper.

»Ich war in großer Sorge um dich, doch das ist jetzt vorbei, und ich werde den Göttern für deine Rückkehr danken und ihnen opfern. Der Tag, an dem die Prüfungen beginnen, ist nicht mehr fern, und danach wirst du meine Frau werden, denn ich werde der Beste sein«, sagte er mit stolzgeschwellter Brust.

Aila sah ihn erschrocken an. Sie hatte geahnt, dass Verico in sie verliebt war, sich aber weiter keine Gedanken darüber gemacht. Mit Entsetzen dachte sie an die Prüfungen und das Vorrecht der jungen Männer, die in die Reihen der Krieger aufgenommen werden würden, sich eine Frau aus dem Dorf auszusuchen. Das galt auch für sie, obwohl sie die Tochter des Gaufürsten war.

Verico warf ihr einen brennenden Blick aus seinen tiefblauen Augen zu und legte besitzergreifend einen Arm um ihre Schulter. Aila drehte den Kopf zur Seite und versuchte sich aus der Umklammerung zu befreien, doch es gelang ihr nicht.

»Lass mich sofort los«, fauchte sie. »Ich werde niemals deine Frau werden.«

Verico starrte sie ungläubig an. Damit hatte er nicht gerechnet. Er war so überzeugt von seiner Liebe, dass es ihm nicht in den Sinn gekommen war, dass Aila sie nicht erwidern könnte. Ein Gedanke durchzuckte ihn, der ihm überhaupt nicht gefiel, und seine Augen verengten sich zu schmalen Schlitzen. »Gibt es etwa einen anderen Mann, von dem ich nichts weiß?« Sein Griff wurde fester. Misstrauisch sah er sie an. »Rede schon! Ich will sofort wissen, wer es wagt, dich auch nur anzusehen.«

Rasende Eifersucht erfüllte ihn. Mit einer blitzschnellen Bewegung warf er Aila auf den Boden und legte sich auf sie. Seine Hände fuhren unter ihr Gewand, und er griff so fest nach ihren Brüsten, dass Aila vor Schmerz aufschrie. »Du gehörst mir, ich werde nicht zulassen, dass ein anderer Mann dich bekommt«, schrie Verico außer sich vor Eifersucht. Caru begann drohend zu knurren. »Sag dem Köter, er soll verschwinden, sonst bringe ich ihn um.« Er warf dem großen Hund einen hasserfüllten Blick zu.

Aila bekam es mit der Angst zu tun. Verico war so außer sich, dass sie ihm alles zutraute. »Ist schon gut, Caru«, beruhigte sie den Hund. Voller Verachtung drehte sie den Kopf zur Seite. Sie konnte es nicht ertragen, Verico länger anzusehen und von ihm berührt zu werden. »Ich werde meinem Vater erzählen, dass du es gewagt hast, mir Gewalt anzutun, und ich werde weder dich noch sonst jemanden aus unserem Dorf heiraten.« Ihre Stimme klirrte vor Verachtung.

Verico wusste, dass er einen Fehler begangen hatte. »Du bist schuld daran, dass es so weit gekommen ist«, sagte er trotzig und ließ sie los. »Calach wird Verständnis dafür haben, dass ich für einen Moment die Beherrschung verloren habe. Du wirst meine Frau, ob du es willst oder nicht. Wenn ich erst Krieger bin, habe ich ein Anrecht darauf.«

Er stand auf und lief zurück ins Dorf. Aila sah ihm wütend nach. Verico war ein gut aussehender Mann, und es gab einige junge Mädchen, die gern seine Frau werden würden, allen voran Divita, die älteste Tochter des Schmieds, die ihn fast mit ihren Blicken verschlang, wenn sie ihm begegnete. Warum musste er sich ausgerechnet in sie verlieben? Sie zweifelte nicht einen Moment daran, dass er die Prüfungen bestehen würde, aber bis dahin war sie erst einmal vor ihm sicher. Sie beschloss mit ihrem Vater zu reden. Vielleicht konnte sie ihn davon überzeugen, dass sie noch zu jung zum Heiraten war.

Ihre Gedanken glitten zu Dave. Er war ganz anders als die jungen Männer in ihrem Dorf. Nicht so stürmisch und jähzornig. Im Gegenteil, er war zärtlich, sanft und höflich und würde niemals etwas tun, was sie nicht wollte. Sie dachte an die Nacht, in der sie sich geliebt hatten, und ihr wurde ganz heiß vor Sehnsucht. Ihr Vater durfte niemals erfahren, dass sie keine Jungfrau mehr war. Frauen, die ihre Ehre wegwarfen, wurden im Moor versenkt, so lautete das Gesetz.

Doch hatte sie wirklich ihre Ehre fortgeworfen? Konnte etwas so Schönes und Vollkommenes wie die Nacht mit Dave überhaupt ehrlos sein? Sie war in der anderen Welt gewesen, und dort hatten die Menschen andere Sitten und Gebräuche, wie sie selbst festgestellt hatte. Dave hätte niemals etwas getan, was sie in Gefahr bringen würde, und auch Mrs. MacLish hätte auf sie geachtet und sie vor möglichen Gefahren gewarnt. Sie schloss daraus, dass es dieses Gesetz in Daves Welt nicht gab.

Begleitet von Caru lief sie zu ihrer Wiese und ließ sich in

das noch feuchte Gras fallen. Hoffnungsvoll starrte sie in den Himmel, an dem dunkle Wolken dahinzogen. Dann schloss sie die Augen und wünschte sich den Nebel herbei, der sie zu dem Geliebten bringen würde. Doch nichts geschah. Sie rief sich jeden einzelnen Moment mit ihm in Erinnerung, und Tränen der Sehnsucht liefen ihr über die Wangen. Sie würde Dave niemals vergessen und sich lieber selbst im Moor versenken, als einen anderen Mann zu heiraten.

Die Gedanken, die ihr durch den Kopf gingen, machten ihr Angst, und sie setzte sich erschrocken auf. Kein Caledonier würde jemals Hand an sich legen, um sich seinem Schicksal zu entziehen, es sei denn, er wäre so krank, dass er eine Belastung für seine Angehörigen wäre, oder seine Ehre wäre aufs tiefste verletzt. Was war nur los mit ihr?

Sie stand auf und lief zum heiligen Hain. Lange stand sie dort unter den mächtigen Eichen, die Hände zu den Göttern erhoben. Sie bemerkte den Regen nicht, der ihre Haare und ihr Gewand durchnässte, und flehte die Götter an, ihr zu helfen. Es war schon dunkel, als sie sich endlich auf den Weg zurück ins Dorf begab.

Miriam nahm sie zärtlich in die Arme und zog sie ans Feuer. Ihr kleines Mädchen war eiskalt und nass. Sie half ihr aus dem Gewand und zwang sie, einen Teller heiße Suppe zu essen. Dann schickte sie Rana und Goba aus dem Haus.

»Willst du mir nicht erzählen, was dich bedrückt?«, wandte sie sich an Aila. »Mein Herz tut weh, wenn ich mit ansehen muss, wie unglücklich du bist.«

Aila sah ihre Mutter an. Sie sah das Verständnis und die Liebe in ihren Augen. Sie wusste, dass sie ihrer Mutter vertrauen konnte. Niemals würde sie zulassen, dass ihr etwas geschehen würde. Trotzdem zögerte sie, ihr von Dave zu erzählen. Ihre Eltern liebten sich, und sie hatten keine Geheimnisse voreinander. Sie wusste, ihre Mutter lehnte die alten Gesetze ab, konnte aber nichts dagegen tun.

Nein, sie brachte es einfach nicht fertig, ihre Mutter zu beunruhigen, und so zwang sie sich zu einem Lächeln. »Es geht mir gut. Ich brauche nur eine Weile, um über meine Erlebnisse in der anderen Welt nachzudenken«, log sie.

Miriam glaubte ihr kein Wort, doch sie wusste, dass es keinen Sinn machen würde Aila weiter zu bedrängen. Sie konnte so stur sein wie ihr Vater. Es blieb nichts anderes übrig, als abzuwarten, bis Aila von selbst zu ihr kam.

Am nächsten Tag ging Aila in die Nähstube und setzte sich an den Webstuhl. Während ihre Hände sich in langsamem Rhythmus bewegten, waren ihre Gedanken bei Dave. Mit bleichem Gesicht saß sie da und beachtete die anderen Frauen und Mädchen nicht, die ihr immer wieder neugierige Blicke zuwarfen. Sie strahlte eine solche Unnahbarkeit aus, dass niemand es wagte, sie anzusprechen. Von diesem Tag an, sah man sie nur noch mit bleichem Gesicht und großen traurigen Augen durch das Dorf laufen. Die Dorfbewohner begannen, über sie zu reden und ihr aus dem Weg zu gehen. Aila strahlte etwas aus, dass ihnen Angst machte. Es hatte sich wie ein Lauffeuer herumgesprochen, dass sie in der anderen Welt gewesen war. Niemand war bisher von dort zurückgekommen. Verico ließ sie ebenfalls in Ruhe, aber Aila spürte seine brennenden Blicke, wenn sie ihm begegnete, und versuchte ihm aus dem Weg zu gehen, so gut sie es vermochte. Jeden Tag lief sie zum heiligen Hain und rief Mog Ruith, doch er blieb ebenso stumm wie die Götter, die sie anrief.

Ihre Sehnsucht und ihre Verzweiflung wuchsen, und Miriam machte sich große Sorgen um ihre Tochter. Sie sprach mit Calach darüber, der sie zu beruhigen versuchte.

»Sie hat unser Heiligtum zurückgeholt. Die Aufgabe, die sie bewältigen musste, hat viel Kraft gekostet. Sie wird schon wieder zu sich kommen, und sie ist stärker, als du glaubst. Immerhin ist sie meine Tochter«, setzte er stolz hinzu.

Doch Calachs Worte konnten Miriam nicht beruhigen. Sie dachte daran, wie zerrissen sie sich damals gefühlt hatte, als sie von Calach getrennt worden war. »Wir sollten ihr Zeit lassen mit dem Heiraten«, begann sie vorsichtig, »jedenfalls so lange, bis sie sich wieder ganz erholt hat.«

Calach sah überrascht auf. »Ich glaube nicht, dass Verico so lange warten wird. Er trainiert hart, und ich wüsste nicht, wie ich ihm unsere Tochter verweigern könnte, wenn er die Prüfungen bestanden hat. Vielleicht ist es sogar gut, wenn Aila so schnell wie möglich heiratet. Verico ist sehr stürmisch und wird sie von ihren Grübeleien ablenken. Einen besseren Mann für unsere Tochter könnten wir nicht finden.«

Miriam war nicht sehr überzeugt. »Was ist denn, wenn Aila ihn gar nicht heiraten möchte?«

Calach sah Miriam erstaunt an. »Wie kommst du denn darauf? Verico ist bei den jungen Mädchen äußerst beliebt, und ich wüsste keinen meiner Männer, dem ich sie lieber zur Frau geben würde.«

Am nächsten Morgen sprach Miriam mit Ira darüber und fragte sie, welche Möglichkeiten es für Aila gab, einer ungewollten Ehe zu entgehen. Sie war davon überzeugt, dass Aila sich in den jungen Arzt verliebt hatte und niemals einen anderen Mann heiraten würde. Außerdem sah sie Verico mit anderen Augen als Calach. Für ihren Geschmack war er zu unbeherrscht und zu sehr von sich und seinen Fähigkeiten eingenommen.

Ira überlegte einen Moment. Sie sah ihrer Freundin an, wie sehr sie sich mit dieser Frage beschäftigte. Aber so sehr sie auch überlegte, es fiel ihr nichts ein, womit sie Miriam helfen konnte. Die Mädchen hatten ihren Eltern bei der Wahl des Ehemannes zu gehorchen. Sie selbst hatte großes Glück gehabt, den Mann heiraten zu dürfen, den sie liebte. Doch auch die Mädchen, die dieses Glück nicht hatten, waren oftmals zufrieden mit der Wahl ihrer Eltern gewesen und hatten sich rasch an ihre Männer gewöhnt. »Du machst dir zu viele Sorgen«, versuchte sie die Freundin zu trösten. »Aila und Verico werden sicher gesunde und gut gewachsene Kinder bekommen.«

Miriam war nicht bereit, sich mit dieser Antwort zufrieden zu geben. »Es muss einfach eine Möglichkeit geben«, sagte sie nachdenklich. »Wir könnten eine Krankheit erfinden. Vielleicht will Verico sie dann gar nicht mehr zur Frau.«

Ira starrte Miriam erschrocken an. Sie beobachtete wieder diesen Ausdruck im Gesicht der Freundin, der ihr Angst machte. Sorgfältig wählte sie ihre Worte. »Du bist sehr klug, aber du darfst nicht vergessen, dass in diesem Fall auch kein anderer Mann mehr bereit sein wird, sie zu heiraten. Dann muss sie ihr Leben lang allein bleiben.«

Allein der Gedanke daran war entsetzlich. Unverheiratet zu bleiben war eine Schande, deren dunkler Schatten über die gesamte Familie fallen würde. Caratacus, sie selbst und ihre Kinder gehörten mit zu Calachs Familie. Ira bewunderte Miriam, die viel klüger war als sie, und liebte sie seit dem Tag, an dem sie Calach davor bewahrt hatte, sich in sein Schwert zu stürzen. Trotzdem hatte sie sich in den langen Jahren ihrer Freundschaft nie an die oft seltsamen, fast aufrührerischen Einfälle und Gedanken gewöhnen können, die einer Frau nicht zustanden. Wenn Miriam sich erst einmal in eine Idee verrannt hatte, konnte nichts und niemand mehr sie davon abbringen.

Voller Angst beobachtete sie Miriams Reaktion auf ihre Worte. Es schien, als hätte die Freundin ihr gar nicht zugehört. Mit einem zufriedenen Lächeln lehnte sich Miriam zurück. Kranke konnten auch irgendwann wieder gesund werden. Jedenfalls hatte sie eine Lösung gefunden, mit der ihre Tochter Zeit gewinnen konnte. Doch sie behielt ihre Gedanken für sich. Ira würde es nicht verstehen, und sie wollte sie auf keinen Fall beunruhigen.

Als ihre Blicke sich für eine Sekunde trafen, bemerkte sie die Bestürzung und die Angst in Iras Gesicht. Sie kannte Ira lange genug und hätte wissen müssen, dass es besser war, über solche Dinge nicht mit ihr zu reden, und sie beschloss einzulenken.

»Ich weiß, dass unverheiratete Frauen eine Schande für die Familie sind, und ich verspreche dir, dass Aila heiraten wird, aber nicht sofort. Bist du jetzt zufrieden?«

Ira war erleichtert, obwohl ein Rest von Unbehagen blieb. Es war nicht typisch, dass Miriam so rasch nachgab.

3

Die Tage waren kürzer geworden, und heftige Stürme kündigten die dunkle Jahreszeit an. Sobald der Mond voll war, würden die Prüfungen beginnen. Die jungen Männer, die den Sommer über in den Wäldern gelebt und sich dort selbst versorgt hatten, waren längst wieder ins Dorf gezogen. Gemeinsam mit den anderen unverheirateten Kriegern lebten sie in den Häusern am Ende des Dorfes. Sie trainierten ihre Körper hart, doch sobald es dunkel geworden war, verbrachten sie ihre Zeit mit Würfeln oder Streiten, wobei sie einen Krug Bier nach dem anderen hinunterstürzten. Aus den Streitereien wurden regelmäßig Handgreiflichkeiten, die nicht selten mit schweren Verletzungen oder auch mit dem Tod von einem der Männer endeten.

Miriam hatte sich trotz der langen Jahre nie an diese gewalttätigen Auseinandersetzungen gewöhnen können, die für die anderen Dorfbewohner zum Alltag gehörten. Die Caledonier hatten keine Angst vor dem Tod. Warum auch, Tod bedeutete lediglich den Übergang in eine andere Welt. Es waren die wenigen Momente, in denen Miriam schmerzlich bewusst wurde, dass sie aus einer anderen Kultur stammte, doch sie hatte ihre Entscheidung getroffen und gewusst, dass es für sie kein Zurück geben würde.

Der Tote wurde jedes Mal mit vollen Ehren bestattet, und da die Männer, als sie in Calachs Bund eingetreten waren, jegliche Verbindungen zu ihren Familien abgebrochen hatten, brauchten auch keine Entschädigungen an die Familien gezahlt zu werden.

*

Drei Tage später war es endlich so weit. Während die Frauen Unmengen von Fleisch brieten, Nüsse rösteten und Brot für das drei Tage andauernde Fest buken, bereiteten die jungen Männer sich auf ihre große Stunde vor. Sie rieben ihre Körper mit Waid ein, bis die gesamte Haut blau leuchtete, und schmierten sich Kalklauge in die Haare, die sie anschließend zu einer kunstvollen Frisur flochten. Die Druiden waren in der Nacht gekommen und hatten den Tag gemeinsam mit Calach und dem Rat im Versammlungsraum verbracht.

Als die Abenddämmerung hereinbrach, führte Mog Ruith die Dorfbewohner gefolgt von den anderen Druiden zum heiligen Hain. Sobald sie die dunkle Schattenkühle erreicht hatten, verstummten die Gespräche der Menschen, und ehrfürchtiges Schweigen breitete sich aus. Die jungen Krieger waren allesamt nackt und trugen nur ihren Schild und einen Haselnussstecken von der Länge ihres Unterarmes. Sie bildeten einen Kreis um die Druiden, die vor dem dreibeinigen Kessel der Wiedergeburt standen. Mog Ruith gab unter Anrufung der Götter die am sechsten Tag nach Neumond geschnittenen Misteln in das heiße Wasser. Als das Wasser zu kochen begann, fügte er Bienenwachs hinzu und erhob seine Arme zum sternenklaren Himmel, um die rituellen Worte zu sprechen.

»In diesem Urgrund der Wesen gibt es ein einzigartiges Zeichen, das formlos ist und von eigener Prägung. In der leiblichen Welt gibt es andere Zeichen, die mit den unbeschreiblichen Eigenschaften des Jenseits die Symbole weit übertreffen.« Seine Stimme wurde mahnend, als er sich an die wartenden Männer wandte. »Unterwerft euren Geist nicht den unermesslichen Grenzen der Erde, denn der Baum der Wahrheit wächst nicht auf ihr. Sammelt auch keine Orakelsprüche, um die Wege der Sonne zu bestimmen und den raschen Lauf des Mondes; stets dreht er sich, von der Notwendigkeit getrieben. Auch die Fortbewegung der Sterne wurde nicht um euretwillen geschaffen. Der himmlische Flug der Raben ist stets in sich vollendet.«

Das Wasser hatte sich während seiner Rede etwas abgekühlt. Mog Ruith beugte sich über den Kessel, um in dem Gemisch aus Wachs und Misteln nach Zeichen zu suchen. Einzeln rief er die Männer zu sich und nannte ihre Namen. Dann fügte er den geheimen Namen hinzu, den jeder von jetzt an tragen und den nur die Eingeweihten erfahren würden. Verico Gwernen, Eiche. Ronan Corwynt, Wirbelwind. Kamon Gwaed, Blut. Nemed Barugg, Frost. Myrddin Gobaith, Hoffnung. Peredur Saeth, Pfeil. Wer seinen neuen Namen erhalten hatte, trank aus einem kostbar verzierten Rinderhorn, das mit Blut und Kräutern gefüllt war.

Trommeln ertönten und schallten, begleitet von den Klängen der Hörner, durch den nächtlichen Wald. Im Schein des hellen Mondes stiegen Verico, Peredur und Kamon in eine hüfttiefe Grube. Verico warf dem dunkelblonden Kamon, dem vor Aufregung Schweißperlen auf der Stirn standen, einen verächtlichen Blick zu. Er war ein Schwächling und ein Versager. Für einen Moment schloss er die Augen, sog die feuchtkühle Nachtluft ruhig und gleichmäßig in seine Lungen und konzentrierte sich auf seine Sinne, wie Calach es ihn gelehrt hatte. Unter halb geschlossenen Lidern beobachtete er jede Bewegung der neun Krieger, die in wenigen Augenblicken aus kurzer Distanz gleichzeitig ihre tödlichen Speere auf sie werfen würden.

Die Trommeln wurden schneller und mit ihnen der Herzschlag aller, der sich mit den Trommelschlägen zu einem gemeinsamen Rhythmus verband, der die Erde erbeben ließ, in die Wipfel der Eichen hinaufstieg und die Götter erreichte, wo er eins mit ihnen wurde. Die Spannung steigerte sich, bis sie unerträglich wurde; dann setzten die Trommeln abrupt aus. In der plötzlichen Stille konnte Verico seinen eigenen Atem hören. Sein Griff schloss sich fester um seinen Schild. Mit angewinkeltem Ellbogen erwartete er den Angriff. Als das leise Zischen der heranschnellenden Speere an sein Ohr klang, wirbelte er mit gestrecktem Oberkörper herum und peitschte den Haselnussstecken durch die Luft.

Neben ihm sank Kamon getroffen zu Boden. Vor Scham schlug er die Hände vors Gesicht, als zwei der Männer an den Rand der Grube traten und zwei andere hineinsprangen, um ihn herauszuziehen. Die Götter hatten ihn verlassen, obwohl er ihnen das Kostbarste geopfert hatte, das er besaß: das silberne, halbmondförmige Amulett seines Vaters, das dieser ihm beim Abschied um den Hals gelegt hatte. Es sollte ihn vor allem Unheil bewahren. Er hätte es nicht opfern dürfen, doch es war sein größter Wunsch, endlich in die Reihen der Männer aufgenommen zu werden, um Ancasta, die Tochter des Wagenbauers, heiraten zu können. Jetzt hatte er sie für immer verloren. Niemals würde ihr Vater seine Tochter einem Versager zur Frau geben.

Die Männer hoben ihn auf eine Bahre und trugen ihn zu den Frauen, damit diese seine Wunde versorgten. Verzweifelt starrte er in den sternenklaren Himmel. Die Prüfungen gingen indessen weiter. Verico und Peredur waren jetzt nur noch zu zweit, was den Kampf erschwerte. Nicht der kleinste Kratzer durfte auf ihrer Haut zu sehen sein, so lautete das Gesetz. Gemeinsam gelang es ihnen noch zweimal, die tödlichen Speere abzuwehren, und dann ließen sie sich unter den lautstark gebrüllten Glückwünschen der Umstehenden aus der Grube ziehen.

Vericos Blick streifte über die Frauen und Kinder, die etwas abseits standen und mit gespannten Blicken die Prüfungen verfolgten. Er suchte Aila, die Tag und Nacht in seinen Gedanken war. Er begehrte sie mehr als alles andere und konnte es kaum erwarten, ihren Körper in Besitz zu nehmen. Sie war anders als die anderen Mädchen im Dorf: temperamentvoll, stark und leidenschaftlich. Ihm wurde heiß, wenn er an ihren festen, biegsamen Körper dachte und an die vollen Brüste, die seine Hände für einen Moment umschlossen hatten. Jede Nacht stellte er sich vor, wie sie sich unter ihm winden würde, bis seine Männlichkeit sie zum Schluss besiegen würde. Wenn sie erst einmal sein Weib war, würde sie ihn schon lieben und ihm genauso sehnsuchtsvolle Blicke zu werfen, wie Divitia es tat, die ihn ständig verfolgte.

Doch zu seiner Enttäuschung konnte er Aila nirgends entdecken. Es machte ihn rasend, dass sie ihm aus dem Weg ging, wann immer sie konnte. Doch er kam nicht mehr dazu, weiter darüber nachzudenken. Die Trommeln setzten wieder ein, und die nächste Gruppe junger Männer stieg in die Grube. Einige wurden leicht verletzt, doch die, die es geschafft hatten, erwarteten mit stolzgeschwellter Brust und voller Spannung die nächste Prüfung, den Lauf der Krieger. Verico ließ sich noch einmal das Horn reichen und nahm einen großen Schluck. Er spürte, wie sein Blut heiß wurde und die Spannung in ihm stieg, bis sie unerträglich wurde.

Die Trommeln verstummten. Dann erschallte endlich das Horn, und es wurde still um ihn herum. Wie ein Pfeil schnellte er vom Boden und spürte die Verfolger hinter sich, die sich gleichzeitig mit ihm in Bewegung gesetzt hatten. Geschmeidig und kraftvoll wie eine Raubkatze überwand er durch einen riesigen Satz das erste Hindernis, einen Ast in Höhe seiner Augenbrauen, und wand sich hinter der nächsten Biegung unter einem kniehohen Weidengeflecht hindurch, ohne seine Frisur in Unordnung zu bringen, wie es das Gesetz vorschrieb. Nur der Mond erleuchtete den Boden unter ihm. Alle seine Sinne waren angespannt. Mit weit ausholenden Sprüngen jagte er lautlos durch den Wald, sodass seine Füße den weichen Waldboden kaum berührten. Kein Ast durfte unter ihm zerbrechen, und auch das leiseste Knacken würde ihn verraten und das Bestehen der Prüfung verhindern. Voller Genugtuung stellte er fest, dass sich der Abstand zu seinen Verfolgern vergrößert hatte. Vor ihm tauchte die mächtige Eiche auf, gleich hatte er es geschafft. Er schlug Haken, wie er es von den Hasen gelernt hatte, um zu verhindern, dass ihn der Speer eines seiner Verfolger traf.

Dann hatte er sein Ziel erreicht. Sein blau glänzender, muskulöser Körper war von Schweißperlen überzogen, doch sein Atem ging ruhig. Triumphierend warf er die Arme hoch und stieß einen schrillen, animalisch klingenden Siegesschrei aus. Nun hatte er nur noch eine Prüfung abzulegen, bevor er in die Reihen der Krieger aufgenommen werden würde, und es war die Prüfung, der alle jungen Männer am meisten entgegenfieberten: Jeder von ihnen musste den Kopf eines Feindes erbeuten.

Aila stand etwas abseits von den Frauen und Kindern an einen Baum gelehnt und sehnte das Ende des Festes herbei. Miriam, die alle Hände voll zu tun hatte, um für einen reibungslosen Ablauf des Festes zu sorgen, trat für einen Moment zu ihr. »Es gibt nichts Schlimmeres, als von dem Menschen, den man liebt getrennt zu werden. Ich kann mich noch zu gut daran erinnern, wie ich mich gefühlt habe, als dein Vater und ich vom Schicksal auseinander gerissen wurden und ich annehmen musste, dass er in der großen Schlacht gefallen wäre.« Tröstend strich sie Aila über die Wange. »Ich werde alles tun, was in meiner Macht steht, um dir zu helfen, mein Kleines. Sag mir, was ich tun kann, um dich wieder zum Lachen zu bringen.«

Aila sah sie aus ihren schönen Augen an. »Ich muss mit Mog Ruith reden, er ist der Einzige, der mir helfen kann, in deine Welt zurückzukehren.«

Miriam war bestürzt über die Worte ihrer Tochter. »Du würdest tatsächlich gehen und mich hier zurücklassen? Wir würden uns niemals wiedersehen, und allein der Gedanke daran ist für mich schwer zu ertragen.«

Aila gab ihrer Mutter einen Kuss. »Solange mein Vater lebt, wirst du niemals allein sein. Wir werden uns in der anderen Welt wiedersehen. Ich wünsche mir nichts mehr, als mit dem Mann, den ich liebe, zusammenleben zu dürfen, und es ist mir egal, wo das sein wird. Kannst du das nicht verstehen?«

Miriam senkte beschämt den Kopf. Aila hatte Recht. Sie hatte nur an sich selbst gedacht und nicht an das Glück ihrer Tochter. »Ich werde dir helfen, wenn ich kann, und dich gehen lassen, solltest du eine Möglichkeit finden, zu deinem Arzt zurückzukehren. Ich werde versuchen, mit Mog Ruith zu sprechen. Es muss einen Grund dafür geben, dass die Frauen in unserer Familie durch die Zeit reisen, und es ist seit langer Zeit mein Wunsch, ihn danach zu fragen. Warte hier auf mich, ich bin gleich wieder bei dir.«

Sie drehte sich um und hielt nach Ira Ausschau, die wie gebannt den nächsten Lauf der Krieger verfolgte. »Bitte kümmere dich an meiner Stelle um die Leibeigenen, ich habe noch etwas zu erledigen«, bat sie die Freundin, die sich nur ungern von dem Schauspiel losriss. Miriam drehte sich um und lief zu den Druiden, die unter den Eichen standen und von dort aus die Prüfungen überwachten. Sie hatte beschlossen, Mog Ruith nicht gehen zu lassen, bevor sie eine Antwort auf ihre und Ailas Fragen erhalten hatte.

Mog Ruith schien ihren Blick zu spüren, denn er löste sich aus dem Kreis der ihn umringenden Druidenschar und begab sich, ohne sich noch einmal umzudrehen, tiefer in den Wald. Miriam folgte ihm mit klopfendem Herzen. Lautlos liefen sie eine Weile den schmalen Pfad entlang, der immer dunkler zu werden schien. Das dichte Blätterdach ließ nur wenig von dem Mondlicht hindurch, und es wurde mit jedem Schritt kälter. Der Weg war Miriam fremd, und sie hätte später nicht mehr sagen können, wie lange sie gelaufen war. Kräftige Windböen bliesen ihr die salzige, kühle Meeresluft ins Gesicht, und von weitem hörte sie das Rauschen der Wellen, die gegen die Klippen schlugen.

Vor ihr ging Mog Ruith aus dem Wald auf eine versteckt liegende Sandbucht zu, die auf zwei Seiten von großen Felsen umgeben und nur nach vorne hin offen war. Der Druide drehte sich langsam um und erwartete sie mit ausgestreckten Händen. Miriam legte vertrauensvoll ihre Hände in die seinen, wie sie es vor langer Zeit schon einmal getan hatte. Vor ihnen lag das endlose Meer. In ewiger Bewegung und eigenem Rhythmus ließ es gleichmütig zu, dass der Mond sich in seiner wogenden Oberfläche widerspiegelte, umgeben von funkelnden Sternen.

Mog Ruith hielt Miriams fragenden Blick fest. Seit ihrer letzten Begegnung schien er kaum gealtert. Seine dunklen Augen zogen sie fest in ihren Bann. Das Meer vor ihr und der Himmel über ihr begannen zu verschwimmen. Es wurde schwarz um sie herum, und die unheimliche Schwärze zog sie tiefer in sich hinein. Ein helles Licht erschien am Himmel und senkte sich, begleitet von den Schlägen mächtiger Schwingen, auf sie herab. Das Licht wurde unerträglich hell, und Miriam schloss geblendet die Augen.

Als sie ihre Augen wieder öffnete, sah sie den Raben, der vor ihren Augen zum Mann wurde. Der Rabenmann erhob seine Hände flehend zum Himmel, und sie konnte die Einsamkeit und Hoffnungslosigkeit spüren, die von ihm ausging, als er sich nach endlos langer Zeit umdrehte und zwischen den Klippen verschwand.

Miriam kam wieder zu sich. Sie sah in die Augen des Druiden, der plötzlich schwankte, und hielt seine Hände fest, um ihm von ihrer Kraft abzugeben. Seine Stirn war umwölkt von tiefer Trauer, die ihr beinahe das Herz zerriss, und seine Stimme klang brüchig, als er die mahnenden Worte sprach. »Strebe nicht danach, mehr als dies zu wissen, denn es liegt jenseits deiner Erkenntniskraft. Vergangenheit und Zukunft sind für immer ineinander verwoben. Eines kann ohne das andere nicht sein. Drei Nächte, die außerhalb aller Nächte liegen, drei Leben, die anders sind, zwei werden geboren, in der dritten Mondfinsternis, um zusammenzufügen, was auseinander gerissen war.« Mog Ruith gab ihre Hände frei und wandte sich von ihr ab. »Geh jetzt, und lass mich allein.«

Wie im Traum lief Miriam den schmalen Pfad zurück. Sie verstand die Worte des Druiden nicht, doch sie wusste jetzt, dass alles so kommen würde, wie es seit Anbeginn der Zeiten festgelegt war. Diese Sicherheit half ihr, den Sturm ihrer Gefühle unter Kontrolle zu halten. Was blieb, war die nagende Angst um Aila. Mit beängstigender Klarheit spürte sie, dass ihre Tochter ein Teil dieses festgelegten Plans war. Ihre Schritte wurden schneller, und obwohl sie das Gefühl hatte, eine Ewigkeit fort gewesen zu sein, stand Aila noch in der gleichen Stellung an den Baum gelehnt wie vorher.

Miriams Blick wanderte über die Dorfbewohner bis hin zu den Druiden, deren weiße Gewänder im Mondlicht leuchteten. Mog Ruith befand sich in ihrer Mitte. Verwirrt strich Miriam sich mit der Hand über die Stirn. Hatten die Trommeln sie in Trance versetzt, wie die meisten der Dorfbewohner, und war alles, was sie glaubte erlebt zu haben, nur ein Traum gewesen? Sie schloss die Augen und horchte in sich hinein. Drei Nächte, die außerhalb aller Nächte liegen, drei Leben, die anders sind, zwei werden geboren, in der dritten Mondfinsternis, um zusammenzufügen, was auseinander gerissen war. Sie spürte, dass in den Worten des Druiden, die Antwort auf ihre Fragen lag.

Von dunklen Vorahnungen ergriffen, zog sie ihre Tochter in ihre Arme und begann sie wie ein Kind hin und her zu wiegen. Sie sprach leise, wie zu sich selbst. »Ich weiß nicht, welches Schicksal uns bevorsteht, aber ich fühle, dass etwas auf uns zukommt, was wir nicht beeinflussen können, und das macht mir Angst. Es hat etwas mit unserer Familie zu tun und mit dem goldenen Reif.« Sorgenvoll sah sie Aila an. »Ich werde dich immer lieben, vergiss das nie. Egal, was geschehen wird, du wirst für immer in meinem Herzen sein.«

Aila schmiegte sich enger an ihre Mutter. »Werde ich Dave wiedersehen?«, fragte sie leise. In ihrer Stimme lag etwas so Flehendes, dass es Miriam beinahe das Herz zerriss.

»Ich kann es dir nicht sagen, aber ich war bei Mog Ruith,

und er hat zu mir gesprochen und mich an seiner Vision teilhaben lassen.«

Aila sah ihre Mutter ungläubig an, dann huschte ein feines Lächeln über ihr Gesicht. »Du hast mit ihm gesprochen, und doch warst du die ganze Zeit über hier, ich habe dich neben den Eichen stehen sehen.« Sie legte eine kleine Pause ein, bevor sie fortfuhr. »Die Götter sind mitten unter uns, ich kann sie spüren. Sie werden immer bei uns sein. Ich bin so glücklich, weil ich jetzt weiß, dass ich Dave wiedersehen werde, und ich bin bereit, jeden Preis dafür zu bezahlen.« Sie drückte ihrer Mutter einen Kuss auf den Mund. »Du brauchst dir niemals Sorgen um mich zu machen. Vor lauter Trauer und Selbstmitleid habe ich alles um mich herum vergessen. Ich habe den Himmel nicht mehr gesehen und den Gesang der Vögel nicht an meine Ohren gelassen. Doch das ist jetzt vorbei, und ich bin bereit, mein Schicksal anzunehmen.«

Mutter und Tochter warfen sich einen innigen Blick zu. Aila war erwachsen geworden. Nachdenklich und nur wenig beruhigt begab Miriam sich zurück an ihre Arbeit und sorgte dafür, dass alle Dorfbewohner genügend zu essen und zu trinken gereicht bekamen. Aila war wie verwandelt. Mit glänzenden Augen beteiligte sie sich an den Gesprächen, feuerte die jungen Männer an und tröstete diejenigen, welche die Prüfungen nicht bestanden hatten. Sie war nie schöner gewesen als an diesem Abend. Wie eine Königin schwebte sie durch die Menge der feiernden Menschen, verfolgt von den glühenden Blicken Vericos, der einen Becher Bier nach dem anderen herunterstürzte.

Divitia hatte Verico den ganzen Tag nicht aus den Augen gelassen und ihn wie einen Schatten verfolgt, doch Verico beachtete sie nicht und behandelte sie, als wäre sie überhaupt nicht da, obwohl er sie längst bemerkt haben musste. Er hatte nur Augen für Aila. Die verlangenden Blicke, mit denen er der Fürstentochter nachsah, wann immer sie in seine Nähe kam, waren Divitia nicht entgangen, und sie wurde ganz krank davon. Eifersucht schoss wie eine Flamme in ihr hoch. Aila war schön, aber sie liebte Verico nicht und ging ihm aus dem Weg, wann immer sie konnte. Auch wenn sie die Tochter des Fürsten war, hatte sie kein Recht, ihr, Divitia, den Mann wegzunehmen, den sie liebte, seit sie denken konnte. Sie hatte ihn jeden Moment beobachtet, als er nackt und blauglänzend in der Grube stand und kraftvoll und geschmeidig wie eine Raubkatze den Lauf der Krieger hinter sich gebracht hatte. Der wilde Siegesschrei, den er ausgestoßen hatte, ließ sie vor Sehnsucht bis ins Innerste erzittern. Sein muskulöser Körper war der eines Gottes, und ihr war ganz heiß vor Verlangen nach ihm. Sie konnte an nichts anderes mehr denken.

Er hatte die Prüfungen bestanden und würde, sobald das Fest beendet war, aufbrechen, um einen Kopf zu erbeuten. Sie wusste, dass ihr nur noch wenig Zeit blieb, um ihn doch noch für sich zu gewinnen, und sie hatte sich längst einen Plan zurechtgelegt. Zufrieden beobachtete sie, wie er einen Becher Bier nach dem anderen in sich hineinschüttete. Der Alkohol würde ihr helfen und Vericos Gehirn vernebeln. Verico war ein Mann der Leidenschaften, und sie würde diese Leidenschaft zu nutzen wissen. Sie warf ihm noch einen sehnsüchtigen Blick zu, dann zog sie sich zurück, um sich auf ihren Auftritt als Tänzerin vorzubereiten, der Teil ihres Planes war.

Als der Vollmond am höchsten stand, versammelten sich Männer, Frauen und Kinder um das große Feuer in der

Mitte des heiligen Hains. Die Barden griffen nach ihren Instrumenten, und die ausgewählten Jungfrauen begannen zu Ehren der Fruchtbarkeitsgöttin vor den Kriegern zu tanzen. Langsam bewegten sie sich in Drehungen und Windungen mit dem Sonnenlauf. Unmerklich wurden die Bewegungen der Tänzerinnen schneller, bis ihre Körper sich wie in Ekstase wanden und zuckten. Abgesehen von einem Schleier waren sie nackt. Divitia hob sich wie eine Göttin aus einer anderen Welt von den anderen Mädchen ab. Jede ihrer Bewegungen war genau geplant. Sie hatte ihren Körper so lange mit Fett eingerieben, bis er glänzte. Ihr langes blondes Haar floss in geringelten Strähnen bis zu ihren Hüften herab. Sie hatte es nicht hochgesteckt wie die anderen Mädchen, sondern sich lediglich zwei silberne Zweige hineingeflochten und auf einen Schleier ganz verzichtet. Die jungen Männer starrten sie bewundernd an, als sie mit wiegenden Hüften vor sie trat. Ihre Bewegungen waren eine einzige Herausforderung, ihr Mund sinnlich gebogen.

Sie tanzte genau vor Verico und registrierte zufrieden, wie sein Blick gierig über ihren Körper glitt. Wie schön er war, wie stark, wie männlich. Ihr sollte er gehören und nicht der Fürstentochter, die ihn nicht einmal liebte und auch nicht verdient hatte. Lockend bog sie ihm ihren Körper entgegen, sodass er ihre vollen Brüste zum Greifen nah vor sich sah, um sich dann von ihm zu wenden und das Spiel zu wiederholen.

Die Männer waren mittlerweile so betrunken, dass die Frauen ihre älteren Töchter ins Haus schickten, um sie vor ihnen in Sicherheit zu bringen. Lediglich die Tänzerinnen nahmen noch an dem Fest teil. Nach und nach zogen sich auch die Frauen mit ihren mittlerweile schlafenden Kindern zurück und überließen die Männer ihrem Rausch.

Verico stierte Davitia mit glasigen Augen an. Die Bilder verschwammen vor seinen Augen, und er sah Aila vor sich tanzen, schön wie eine Göttin. Als die Tänzerinnen sich zurückzogen und die Barden mit ihrem Gesang über die Heldentaten der Krieger begannen, erhob Verico sich wankend, um Divitia zu folgen, die er in seinem Rausch für Aila hielt. Divitias Augen blitzten triumphierend auf. Sie verlangsamte ihren Schritt, um den Abstand zu den anderen Mädchen zu vergrößern. Als sie weit genug von ihnen entfernt war, verließ sie den Pfad, der ins Dorf zurückführte, und stellte voller Genugtuung fest, dass Verico ihr folgte.

Sie verbarg sich hinter einem Strauch und beobachtete, wie er stehen blieb und sich suchend umsah. Ihr Herz begann zu flattern. In wenigen Augenblicken würde sie ihr Ziel erreicht haben. Lautlos schlich sie sich hinter ihn und ließ ihre Hände schmeichelnd über seine Hüften gleiten.

Bei dem Versuch, sich umzudrehen, geriet Verico ins Stolpern und riss Divitia mit sich zu Boden. Ihre Augen leuchteten triumphierend auf, als er sich stöhnend auf sie stürzte und sie seine Hände auf ihrem Körper spürte. Er war genauso wild und leidenschaftlich, wie sie es sich erträumt hatte. Mit Ailas Namen auf den Lippen kam er zum Höhepunkt. Abrupt schob Divitia ihn von sich. Der Schock war zu groß. Während seiner Umarmungen hatte sie geglaubt, dass er sie liebte, und gespürt, wie sehr er sie begehrte. Ihre Augen füllten sich mit Tränen der Enttäuschung, die sich mit Wut und Scham mischten.

»Ich bin nicht Aila, wage es nie mehr, ihren Namen in meiner Anwesenheit auszusprechen.«

Verico starrte sie erschrocken an. Träge liefen die Gedanken durch sein vom Alkohol benebeltes Gehirn. Er begriff nicht, wieso Divitia plötzlich bei ihm war. Wie war sie überhaupt hierher gekommen? Suchend sah er sich um, doch von Aila war nichts zu sehen. Sein Blick wanderte über Divitias nackten Körper, und langsam kam ihm die Erkenntnis. Sein Blick wurde hart, als ihm klar wurde, dass er Divitias Körper in seinen Händen gehalten hatte und nicht, wie er geglaubt hatte, Aila. Er war jetzt fast wieder nüchtern. Divitia hatte seinen Rausch ausgenutzt, um ihn an sich zu binden.

»Wenn du glaubst, dass ich dich heirate, liegst du falsch. Ich werde Aila heiraten und keine Hure, die sich ohne jede Scham an mich heranmacht.« Seine Stimme klirrte vor Kälte, und ein grausamer Zug legte sich um seinen Mund. Divitia zuckte zusammen. Wie Peitschenhiebe prasselten seine nächsten Worte auf sie herab. »Ich werde dir zeigen, wie ich mit Huren wie dir umgehe, und dir geben, was du verdienst. Er packte so fest ihre Haare, dass sie vor Schmerz aufschrie. Dann spuckte er ihr ins Gesicht, biss sie in die Brüste und den Hals, um danach aufzustehen und ihr noch einen verächtlichen Blick zuzuwerfen. Er ging, ohne sich noch einmal nach ihr umzudrehen. Weinend blieb Divitia liegen. Sie fühlte sich beschmutzt und gedemütigt, doch das Schlimmste war die Verachtung, die Verico ihr entgegengebracht hatte.

Am nächsten Morgen war Divitia verschwunden. Die ausgesandten Suchtrupps kehrten erfolglos zurück. Zwei Wochen später entdeckte einer der Männer ihre Leiche im Fluss. Mit aufgetriebenem Bauch trieb sie auf dem Wasser. Von ihrer einstmaligen Schönheit war nichts mehr übrig geblieben. Die Frau des Schmieds warf sich weinend über sie. Miriam und die anderen Frauen waren entsetzt. War die Tochter des Schmieds einem Verbrechen zum Opfer gefallen oder hatte sie einen Unfall erlitten? Der Einzige, der diese Frage hätte beantworten können, war Verico, doch der tat so, als würde ihn das alles nichts angehen, obwohl ihm bei dem Gedanken an Divitias Körper das Blut in die Lenden schoss.

4

Doktor Dave Bennett verließ den Operationssaal und sah noch einmal nach seinen Patienten, bevor er sich in sein Zimmer begab, um sich umzuziehen. Vierzehn Stunden Arbeit lagen hinter ihm, in denen er nur einmal eine kurze Pause eingelegt hatte, um etwas zu essen. Er strich sich müde über die Stirn. Dann zog er seinen Kittel aus und hängte ihn an den Haken. Seitdem Aila fort war, hatte er sich noch mehr in seine Arbeit gestürzt und sich regelrecht darin vergraben. Er fühlte sich leer und ausgebrannt. Am schlimmsten waren die Nächte, in denen die Sehnsucht nach Aila ihn nicht zur Ruhe kommen ließ.

Jeden Samstag nach dem Golfspielen fuhr er zu Mrs. MacLish, um sie zu besuchen und mit ihr über Aila zu reden. Mrs. MacLish bemühte sich, ihn zu trösten und ihm ein wenig Hoffnung zu machen. Es tat ihr weh, wie sehr der junge Arzt sich quälte.

»Helen hat mit ihrem Mann bis zu dessen Tod zusammengelebt, und Miriam ist es gelungen, zu Calach zurückzukehren. Aila wird ebenfalls einen Weg finden, du wirst schon sehen«, sagte sie, als sie gemeinsam in der Küche saßen und Tee tranken. Sie stand auf und kam mit einem Teller Gebäck zurück. »Jetzt iss erst einmal etwas, du bist viel zu dünn geworden. Ich habe den Kuchen extra für dich gebacken.«

Dave Bennett tat ihr den Gefallen. Obwohl er nicht sehr hungrig war, nahm er ein Stück von dem Gebäck. »Das Schlimmste für mich ist, dass es nichts gibt, was ich tun könnte. Ich kann nur dasitzen und abwarten. Wenn ich wenigstens um Aila kämpfen könnte oder es irgendetwas anderes geben würde, was ich unternehmen kann, um sie wiederzusehen ...« Ratlos sah er die alte Dame an. »Es ist nicht leicht für mich, das alles zu verstehen, und noch weniger, es zu akzeptieren. Ich würde um die ganze Welt reisen, sogar zu Fuß, wenn es keine andere Möglichkeit geben würde, Aila zu finden, aber wie kann ich in eine andere Zeit gelangen? Soll ich den Himmel anflehen oder den Mond bitten, herunterzukommen? Manchmal laufen mir die verrücktesten Gedanken durch den Kopf, und ich habe Angst davor, selbst irgendwann verrückt zu werden.«

Mrs. MacLish sah ihn mitfühlend an. »Das wird nicht geschehen. Ich weiß noch, wie verzweifelt ich war, als mein Mann gestorben ist. Er war noch so jung, und ich dachte eine Zeit lang, dass ich ohne ihn nicht weiterleben könnte, aber irgendwie ging es immer weiter. Heute habe ich mich mit meinem Schicksal ausgesöhnt, und durch Miriam und Aila ist mir die Hoffnung geblieben, ihn nach meinem Tod wiederzusehen. Du darfst niemals die Hoffnung aufgeben. Geh raus in die Natur, dort wirst du dich Aila näher fühlen.«

Dave Bennett erhob sich. »Es tut gut, mit Ihnen zu reden, und dafür möchte ich Ihnen danken. Sie sind der einzige Mensch, mit dem ich über all das sprechen kann, und Sie haben Recht, ein Spaziergang würde mir bestimmt nicht schaden.«

Mrs. MacLish begleitete ihn zur Tür. »Du kannst wiederkommen, wann immer du willst.« Sie sah zu, wie er in seinen Wagen stieg und davonfuhr. Dann schloss sie nachdenklich die Tür und grübelte den Rest des Tages darüber nach, ob es nicht doch eine Möglichkeit gab, Dave zu helfen.

Walter Scott trommelte mit den Fingern nervös auf seinen Schreibtisch. Er hatte gerade ziemlich lustlos eine Story über eine ältliche Schauspielerin geschrieben, die seiner Meinung nach längst auf dem absteigenden Ast war. Doch sein Chef, der sie im Gegensatz zu ihm sehr verehrte, hatte darauf bestanden, dass er über sie schrieb, und so war ihm nichts anderes übrig geblieben. Aila ging ihm nicht mehr aus dem Kopf, und es gab Tage, da wurde er fast wahnsinnig, weil er in dieser Sache nicht weiterkam.

Mittlerweile ging es ihm auch nicht mehr nur um die Story. Der Gedanke an die Möglichkeit einer Zeitreise faszinierte ihn immer mehr, je länger er darüber nachdachte. Alice hatte ihm von dem jungen Arzt erzählt, der bei Mrs. MacLish gewesen war. Es war ein Leichtes für sie gewesen, seinen Namen und seine Anschrift herauszubekommen, nachdem sie sich sein Autokennzeichen notiert hatte. Von einer Nachbarin hatte sie erfahren, dass Mrs. MacLish weder krank noch mit ihm verwandt war. Es musste einen anderen Grund geben, warum er sie besuchte. Walter Scott überlegte, wie er es anfangen sollte, an ihn heranzukommen. Er wusste nicht einmal, ob es eine Verbindung zwischen Aila und dem Arzt gab, aber er hatte nicht mehr allzu viele Möglichkeiten, wenn er überhaupt weiterkommen wollte. Falls dieser junge Arzt irgendetwas mit Aila zu tun hatte oder etwas über sie wusste, würde er aller Wahrscheinlichkeit nach auf Journalisten genauso reagieren wie die alte Lady. Es musste einen anderen Weg geben. Die Anrufe bei Professor Williams waren ebenfalls ohne Ergebnis gewesen. Langsam wurde er wütend. Alle hatten sich gegen ihn verschworen, und er war nicht bereit, das hinzunehmen.

Er begann damit, die Namen aller Beteiligten in wechselnder Reihenfolge auf ein Blatt zu schreiben und die Verbindungen zwischen ihnen durch dünne Linien zu markieren. Diese Methode hatte ihm schon des Öfteren geholfen. Wenn man die Dinge aus einer anderen Perspektive betrachtete, kam man leichter auf neue Gedanken.

Plötzlich hatte er eine Idee, die mehr und mehr Gestalt in seinem Kopf annahm. Zufrieden stand er auf und steckte sein Handy ein. Er konnte niemanden zwingen, mit ihm zu reden, aber dieser arrogante Ron McLeod konnte es für ihn tun. Es würde nicht schwer sein, den Kriminalbeamten davon zu überzeugen, dass ein Verbrechen geschehen sein musste. Durch die anschließenden Vernehmungen würden Mrs. MacLish, der Galeriebesitzer und auch Professor Williams unter Druck geraten, und Menschen, die unter Druck standen, ließen sich erfahrungsgemäß leichter dazu hinreißen, Fehler zu machen.

Zwanzig Minuten später klopfte er an Ron McLeods Türe. Ron McLeods sah nicht eben erfreut aus, als Walter Scott sein Büro betrat. Er begrüßte den Journalisten knapp und forderte ihn nicht einmal auf, sich zu setzen. Walter Scott ließ sich davon nicht beirren.

»Ich möchte eine Vermisstenanzeige aufgeben. Aila ist vor einigen Tagen in einer Galerie in Aberdeen verschwunden und seitdem nicht mehr aufgetaucht. Mrs. MacLish war zu diesem Zeitpunkt bei ihr, und ich liege doch richtig mit meiner Annahme, dass sie das Mädchen bisher nicht als vermisst gemeldet hat, wie es ihre Pflicht gewesen wäre?«, kam er sofort zur Sache und beobachtete jeden Gesichtsmuskel seines Gegenübers, während er sich unaufgefordert auf einen der beiden Stühle sinken ließ, die vor Ron McLeods Schreibtisch standen.

Doch der Beamte zeigte keinerlei Regung. »Wie kommen

Sie überhaupt an diese Informationen?«, fragte er zurück, um Zeit zu gewinnen, und unterdrückte den aufsteigenden Ärger. Er hatte sich ganz auf Mrs. MacLish verlassen, die ihm versprochen hatte, sich zu melden, sobald sie nähere Informationen über das Mädchen haben würde. Es war ein Fehler gewesen, die Angelegenheit nicht weiter zu verfolgen, gestand er sich ärgerlich ein. Doch zwei seiner Kollegen waren bei einer Schlägerei in einem Pub schwer verletzt worden und die Wache war personell hoffnungslos unterbesetzt. In dieser Woche hatte er schon mehr Überstunden geleistet als sonst in einem Monat, und jetzt sah es ganz danach aus, als würde noch mehr Arbeit auf ihn zukommen.

»Meine Kollegin befand sich zufällig zu dem Zeitpunkt, als das Mädchen verschwunden ist, ebenfalls in der Galerie, weil sie dort für unser Blatt recherchiert hat«, sagte Walter Scott selbstzufrieden. Der aufsteigende Ärger des Kriminalbeamten, der mit zusammengepressten Lippen vor ihm saß, war ihm nicht entgangen. Er nahm seinen Block aus der Tasche seines Jacketts und schrieb Ron McLeod den Namen und die Adresse der Galerie auf. Dann riss er die Seite heraus und legte sie ihm auffordernd auf den Schreibtisch. »Ich hoffe doch, dass Sie die Presse informieren, wenn Sie herausgefunden haben, ob es sich um ein Verbrechen handelt oder nicht«, sagte er. Eine leise Drohung schwang in seiner Stimme mit, was Ron McLeod wütend zur Kenntnis nahm.

»Ich werde selbstverständlich meiner Pflicht nachkommen und die Presse informieren«, gab er steif zur Antwort.

Walter Scott erhob sich. »Wenn Sie meine Meinung hören wollen, versuchen bestimmte Leute Ihnen und auch mir etwas zu verschweigen, und es würde mich brennend interessieren, was es ist.« Seine Stimme hatte einen verschwörerischen Ton angenommen. Erwartungsvoll sah er Ron McLeod in die Augen. Doch der Beamte dachte nicht daran, sich mit dem Journalisten zusammenzutun. Er setzte eine gelangweilte Miene auf und zog eine Akte aus dem Stapel, der sich vor ihm auf dem Schreibtisch auftürmte. Das war eine deutliche Aufforderung, das Büro zu verlassen.

Walter Scott wusste, dass er verloren hatte. Trotzdem wartete er noch einen Moment, ob Ron McLeod es sich vielleicht doch noch anders überlegen würde. Liebend gern hätte er sich mit ihm verbündet, aber seine Abneigung gegen den Kriminalbeamten schien zu seinem Bedauern auf Gegenseitigkeit zu beruhen.

Ron McLeod sah ihm wortlos nach, als er sein Büro verließ. Obwohl er Walter Scott nicht besonders mochte, musste er zugeben, dass der lästige Journalist Recht hatte. Er beschloss, noch heute Mrs. MacLish aufzusuchen, um Klarheit in der Sache zu erhalten. Er konnte nicht glauben, dass Mrs. MacLish etwas Unrechtes tun würde, und hoffte sehr, dass Scott sich geirrt hatte.

Mrs. MacLish erschrak, als sie Ron McLeod vor ihrer Türe stehen sah. Höflich bat sie ihn herein, während sie verzweifelt überlegte, was sie dem Kriminalbeamten erzählen sollte. Ron McLeod kam sofort zur Sache, nachdem sie an dem kleinen Küchentisch Platz genommen hatten. »Ich möchte mich nach dem Mädchen erkundigen. Ist Aila noch hier?«, fragte er und beobachtete Mrs. MacLishs Reaktion. Der Schrecken in ihrem Gesicht, als er so unvermutet vor ihrer Türe gestanden hatte, war ihm nicht entgangen.

Mrs. MacLish sah ihn ein wenig hilflos an. Sie brachte es nicht über sich ihn zu belügen. »Nein, Aila ist nicht mehr hier, sie ist zurück nach Hause gegangen«, sagte sie wenig überzeugend.

»Dann können Sie mir ja sicher ihre Adresse geben«, sagte Ron McLeod und lehnte sich entspannt zurück. Er war erleichtert darüber, dass anscheinend doch alles in bester Ordnung war.

Doch seine Hoffnung wurde mit den nächsten Worten der alten Schulleiterin bereits wieder zunichte gemacht. »Ich kann Ihnen die Adresse nicht geben, weil ich sie nicht habe«, sagte sie leise und sah ihn an, um zu sehen, wie er reagieren würde.

»Wir hatten vereinbart, dass das Mädchen bei Ihnen bleibt, bis ihre Herkunft geklärt ist, und jetzt wollen Sie mir weismachen, dass Sie mir nicht sagen können, wo sich das Mädchen befindet?« Seine Stimme wurde schärfer. »Ich möchte auf der Stelle wissen, was hier los ist.« Er beugte sich ein wenig vor und fixierte Mrs. MacLish, die sich sichtlich unwohl fühlte, mit scharfem Blick. Dieser aufdringliche Journalist scheint tatsächlich Recht zu haben, dachte er bei sich, während er ungeduldig auf die Antwort wartete.

Mrs. MacLish stieß einen tiefen Seufzer aus. »Ich denke, mir bleibt nichts anderes übrig, als Ihnen die Wahrheit zu sagen. Aila stammt in Wirklichkeit aus dem ersten Jahrhundert nach Christus und ist wieder dorthin zurückgegangen.« Sie wartete einen Moment, um dem Kriminalbeamten Zeit zu geben, ihre Worte zu verdauen.

Ron McLeod starrte sie an, als wäre sie verrückt geworden. »Sie erwarten doch sicher nicht von mir, dass ich Ihnen diese Geschichte abnehme?«, fragte er.

»Ich kann Sie nicht zwingen, mir zu glauben, aber es ist die Wahrheit«, sagte Mrs. MacLish mit fester Stimme und sah ihm direkt in die Augen.

Ron McLeod war sich nicht sicher, wie er reagieren sollte, und beschloss, der alten Dame noch einige Fragen zu stellen, wie er es immer tat, wenn er Zeit gewinnen wollte. »Heute Morgen war einer dieser Journalisten in meinem Büro und hat behauptet, Aila wäre zuletzt in einer Galerie in Aberdeen gesehen worden. Er hat auch behauptet, dass Sie ebenfalls in dieser Galerie waren. Es würde mich brennend interessieren, was Sie beide dort gemacht haben.«

»Aila war auf der Suche nach einem goldenen Reif, dem Heiligtum ihres Stammes, der gestohlen worden war. Wir haben erfahren, dass sich der Reif in dieser Galerie befindet, und sind dorthin gefahren, um ihn zurückzuholen. Als Aila ihn in ihren Händen gehalten hat, erschien plötzlich ein merkwürdiger Nebel in dem Büro des Galerieinhabers. Einige Zeit später hat sich der Nebel wieder aufgelöst – und Aila mit ihm. Sie ist vor unseren Augen verschwunden und mit ihr der goldene Reif. Mr. Johnson, der Inhaber dieser Galerie wird Ihnen meine Worte bestätigen, wenn Sie mir nicht glauben. Im Übrigen kann ich Ihnen nicht mal böse sein, wenn Sie mir nicht glauben, denn was an diesem Tag geschehen ist, war auch für mich unbegreiflich .«

Ron McLeod dachte eine Weile über ihre Worte nach. Vor seinen Augen tauchte das hilflose Gesicht von Aila auf. Sie hatte nicht den Eindruck einer gerissenen Betrügerin auf ihn gemacht, aber selbst er konnte sich auch einmal täuschen. War es möglich, dass das Mädchen sie alle hereingelegt und in Wirklichkeit eine Trickbetrügerin war?

»Wir hatten eine Vereinbarung, und es wäre Ihre Pflicht gewesen, mich sofort über den Vorfall zu informieren. Hat denn dieser Mr. Johnson bei den Kollegen Anzeige wegen des Schmuckstücks erstattet?«, wollte er wissen.

»Für den goldenen Reif bin ich aufgekommen, und aus

diesem Grund hat Mr. Johnson auf eine Anzeige verzichtet. Ich weiß, dass es meine Pflicht gewesen wäre, mich bei Ihnen zu melden, aber ich war damit beschäftigt, über diese wirklich unglaubliche Geschichte nachzudenken, und habe Sie ehrlich gesagt darüber ganz vergessen. Ich hoffe sehr, dass Sie mir das nicht nachtragen.«

Ron McLeod starrte auf die altmodische Küchenuhr an der Wand und beobachtete eine Weile, wie der Zeiger der Uhr sich in gleichmäßigem Takt vorwärts bewegte. Er war betroffen über das, was er gerade gehört hatte, und obwohl jede Vernunft dagegen sprach, war er gewillt, der alten Schulleiterin zu glauben.

»Ich habe schon viel erlebt, aber so etwas ist mir bisher nicht zu Ohren gekommen«, sagte er schließlich kopfschüttelnd. »Wenn ich über das, was Sie mir gerade erzählt haben, einen Bericht schreibe – was meine Pflicht wäre –, werden meine Vorgesetzten mich für verrückt erklären. Jetzt ist mir auch klar, warum dieser aufdringliche Journalist so scharf darauf ist, mehr über das Mädchen zu erfahren. Wahrscheinlich wittert er die Story seines Lebens. Er war es, der mir mitgeteilt hat, dass Aila verschwunden ist, und ihm haben Sie auch meinen Besuch zu verdanken. Ich möchte mir gar nicht vorstellen, was geschehen würde, wenn die Sache an die Öffentlichkeit gelangen würde. Wissenschaftler, Pseudowissenschaftler und Tausende von Esoterikern und Spinnern würden in unsere kleine Stadt einfallen und sie auf den Kopf stellen. Bevor ich meine Entscheidung dazu treffe, würde ich gern alles erfahren, was Sie wissen.«

Mrs. MacLish kam seiner Aufforderung nach und erzählte ihm, was sie über Aila, ihre Mutter Miriam und deren Mutter Helen wusste. Ron McLeod lauschte gebannt ihren

Worten. Er hatte viele menschliche Abgründe kennen gelernt und gab sich keinen großen Illusionen mehr hin, was die Charaktereigenschaften von Menschen betraf. Doch die Geschichte der drei Frauen, die aus Liebe unbeirrt ihren Weg gegangen waren, faszinierte ihn. Mr. MacLish berichtete ihm auch, wie die Presse damals Helens Haus umlagert hatte und wie sie versucht hatte, Aila vor den Journalisten zu schützen.

Als Mrs. MacLish mit ihrer Geschichte fertig war, atmete der Polizist tief durch. »Sie haben richtig gehandelt, und wenn ich das alles vorher gewusst hätte, hätte ich niemals Ailas Bild in den Zeitungen veröffentlichen lassen. Immerhin kenne ich jetzt ihren Nachnamen – McCarthy. Ich werde ihn in die Akten eintragen und sie als vermisst melden. Dann werde ich diesbezüglich eine kleine Pressemitteilung abgeben und erklären, dass es sich unseren Ermittlungen nach wohl nicht um ein Verbrechen handelt. Die Presse wird sich – abgesehen von Walter Scott – nicht sonderlich dafür interessieren und die ganze Angelegenheit auf sich beruhen lassen. Es geschieht einfach zu häufig, dass Menschen verschwinden, und die meisten tauchen ja auch früher oder später wieder auf.«

Er erhob sich und reichte Mrs. MacLish die Hand. »Ich danke Ihnen für Ihre Offenheit. Sollten Sie wider Erwarten noch irgendetwas über Aila erfahren, dann rufen Sie mich bitte an.« Mrs. MacLish versprach es ihm. Sie war erleichtert über die Wendung, die das Gespräch genommen hatte. Ron McLeod war ein besonnener, äußerst korrekter Mann, und sie war sehr froh darüber, dass sie auf ihn getroffen war.

Als Ron McLeod an diesem Abend nach Hause kam, betrachtete er seine Frau genauer. Ob sie ebenfalls den Mut der McCarthy-Frauen aufgebracht hätte und ihm überallhin gefolgt wäre? Sie hatte immer zu ihm gehalten und seine ständigen Überstunden als gegeben hingenommen, wozu längst nicht jede Frau bereit war. Die Scheidungsquote bei seinen Kollegen war überdurchschnittlich hoch, und ihm wurde plötzlich klar, dass seine Frau ihn weitaus mehr lieben musste, als es ihm bewusst war. Eigentlich hatte er das nie besonders geschätzt.

Er beugte sich zu ihr hinüber und gab ihr einen Kuss. Lächelnd sah sie ihn an. »Gibt es einen besonderen Grund für deinen Kuss, oder hast du ausnahmsweise einmal keinen Ärger gehabt?«

»Nein, mir ist nur heute klar geworden, dass ich eine wundervolle Frau an meiner Seite habe und aus diesem Grunde ein glücklicher Mann bin.«

Der Gedanke an Aila, Miriam und Helen begleitete ihn an diesem Abend bis in seine Träume. Am nächsten Morgen trug er Ailas vollständigen Namen in die Akte ein und gab eine kurze Pressemitteilung heraus. Als Alice Walter Scott die kurze Notiz auf den Schreibtisch legte, fluchte er laut.

»Das ist doch zum Haareausraufen«, stieß er hervor, knüllte wütend das Papier zusammen und zielte auf den Papierkorb, den er nicht traf, was ihn noch wütender machte. »Dieser arrogante Pinsel von einem Polizisten glaubt wohl, er kann uns auf den Arm nehmen. Nicht mit mir!« Er sah Alice an, die ihn schweigend beobachtet hatte. »Wir haben immer noch diesen Arzt«, setzte er trotzig hinzu. »Ich werde diese Geschichte aufklären, und wenn es das Letzte ist, was ich tun werde.«

Alice seufzte. Sie hatte gehofft, dass Walter nach dieser Pressemitteilung endlich aufgeben und sich wieder seiner normalen Arbeit widmen würde. Er hatte sich so in diese

Story verrannt, dass es ihn irgendwann seine Stellung kosten würde. Im Gegensatz zu ihr hatte er nicht einmal bemerkt, dass er nicht mehr auf die aktuellen Geschehnisse angesetzt wurde, sehr zur Freude einiger Kollegen, die ihm seinen Erfolg seit langer Zeit neideten. Sie hatte sich vorgenommen, mit ihm zu reden, um ihn wieder zur Vernunft zu bringen, doch nach einem Blick in sein ärgerlich verzogenes Gesicht, wusste sie, dass es sinnlos war. Sie stieß noch einen tiefen Seufzer aus und begab sich zurück an ihre Arbeit.

5

Aila war voller Hoffnung. Jeden Morgen nach dem Waschen lief sie mit Caru zum heiligen Hain und opferte den Göttern. Die jungen Männer, die ihre Prüfungen bestanden hatten, würden am nächsten Tag aufbrechen, um einen Kopf zu erbeuten und endlich in die Reihen der Krieger aufgenommen zu werden. Verico hatte sie seit dem Fest in Ruhe gelassen, und sie hatte die stille Hoffnung, dass er sich die Sache mit der Hochzeit anders überlegt hatte.

Doch ihre Hoffnung wurde enttäuscht. Am nächsten Morgen, kurz vor seinem Aufbruch, fing er sie erneut am Fluss ab. Noch bevor Carus Knurren sie warnen konnte, stand er plötzlich vor ihr. Erschrocken starrte sie ihn an. Keiner der anderen Dorfbewohner befand sich in der Nähe. Sie sah den entschlossenen Zug um seinen Mund und überlegte verzweifelt, wie sie sich gegen ihn zur Wehr setzen könnte, doch zu ihrer Erleichterung unternahm Verico nicht den geringsten Versuch, sich ihr zu nähern. Aus schmalen Augen sah er sie an. »Bereite dich auf unsere Hochzeit vor, ich werde bald zurück sein.«

Aila stand wie erstarrt. Sie erschauerte unter seinem Blick, der mit beinahe unerträglicher Langsamkeit über ihren Körper glitt, auf ihren Brüsten verweilte und dann weiter zu ihren schlanken Beinen wanderte. Hilflose Wut stieg in ihr hoch und trieb ihr die Tränen in die Augen. Die unverhohlene Gier in seinem Gesicht gab ihr das Gefühl, nackt zu sein, und sie fühlte sich gedemütigt und beschmutzt.

Als sie glaubte, es nicht einen Moment länger ertragen zu können, ohne sich schreiend auf ihn zu stürzen, wandte er sich ab und lief mit weit ausholenden Schritten zurück ins Dorf. Zitternd blieb Aila noch eine ganze Weile stehen, während ihr alle möglichen Gedanken durch den Kopf jagten, die sie schaudern ließen. Die Vorstellung, seine gierigen Hände auf ihrem Körper zu spüren, löste blankes Entsetzen in ihr aus. Sie beschloss, sofort mit ihrer Mutter zu reden. Lieber würde sie fortgehen, als Vericos Frau zu werden.

Sie fand Miriam auf dem Dorfplatz, wo sie der Frau des Schmiedes Trost zusprach, die sich nur schwer mit dem Verlust ihrer Tochter abfinden konnte. Der eisige Ostwind, der über den Platz fegte, ließ Aila frösteln, als sie höflich wartete, bis Miriam sich ihr zuwandte.

»Ich muss mit dir reden, Mutter.« Miriam legte den Arm um ihre Schulter und zog sie mit ins Haus, wo das knisternde Feuer sie wärmte. Aila setzte sich nah ans Feuer und streckte ihre Beine aus. Der vertraute Geruch der weichen Felle, auf denen sie saß, beruhigte sie ein wenig. Miriam sah den Schmerz und die Verletzlichkeit in ihren Augen. Es tat ihr weh, ihr kleines Mädchen so zu sehen. Zärtlich legte sie eine Hand an ihre Wange. Sie wollte Aila trösten und in den Armen wiegen, wie damals, als sie klein war.

Abrupt setzte Aila sich auf. Ihre Augen begannen zu blitzen. »Ich liebe Dave und kann keinen anderen Mann heiraten, ich würde es nicht ertragen«, stieß sie leidenschaftlich hervor. Hilfesuchend sah sie ihre Mutter an. »Verico hat mich am Fluss abgefangen und gesagt, ich solle mich schon einmal auf unsere Hochzeit vorbereiten.«

Miriam streichelte ihr mit wehem Herzen über das Haar. Die Entscheidung, die sie gerade getroffen hatte, war ihr nicht leicht gefallen, bedeutete sie doch, dass sie das erste Mal das uneingeschränkte Vertrauen ihres Mannes missbrauchen musste. »Ich habe lange darüber nachgedacht. Dein Vater würde es nicht verstehen, er hält große Stücke auf Verico. Es gibt nur eine Möglichkeit, um Zeit zu gewinnen. Wir müssen eine langwierige Krankheit erfinden. Vielleicht überlegt Verico es sich dann anders und nimmt eines der anderen Mädchen zur Frau. Ich weiß, dass es dir schwer fallen wird, über längere Zeit im Haus bleiben zu müssen, doch es ist die einzige Möglichkeit, die wir haben.«

Voller Dankbarkeit fiel Aila ihr um den Hals und drückte ihr einen Kuss auf die Wange. »Ich werde alles tun, damit er mich in Ruhe lässt. Und wenn ich mein ganzes Leben in diesem Haus verbringen muss, ist es immer noch besser, als diesen Angeber zu heiraten.« Sie starrte in die Flammen und kuschelte sich tiefer in die weichen Felle. Ihre Gedanken eilten zu dem Geliebten. Wann würde sie ihn endlich wiedersehen?

Miriam beobachtete ihre Tochter, sah, wie ihre Gesichtszüge weich wurden, und wusste sofort, an wen sie dachte. Sie wünschte nichts sehnlicher, als dass ihre Tochter genauso glücklich werden würde wie sie. Die Liebe, die sie selbst mit Calach verband, war in den letzten Jahren immer inniger geworden und umhüllte sie bei jedem Atemzug, den sie tat, wie ein warmer Mantel. Nicht einen Moment hatte sie sich nach den modernen Errungenschaften ihrer Zeit zurückgesehnt, und es erfüllte sie mit großem Stolz, die Früchte ihrer eigenen Arbeit zu sehen. Das fruchtbare Land schenkte ihnen Unabhängigkeit und gab ihnen alles, was sie zum Leben brauchten. Darüber hinaus konnten sie die feine Wolle und das daraus gewebte Tuch an die Händler verkaufen, die sie mehrmals im Jahr aufsuchten. Miriam hatte schon vor Jahren festgestellt, dass die Wolle der Hochlandschafe besonders begehrt bei den Händlern war, und deshalb hatte sie die Unfreien angewiesen, sich verstärkt auf die Schafzucht zu konzentrieren. Sie konnten die Vliese und Wollballen gegen Salz und Gewürze eintauschen, aber auch gegen Weihrauchkörner, Seide oder immer ausgefeiltere Werkzeuge aus Eisen, die manch harte Arbeiten erleichterten.

Schon bald nach ihrer Hochzeit mit Calach hatte sie angefangen sich für die Arbeiten der Unfreien zu interessieren und von ihnen zu lernen. Sie überwachte die Ernte und ihre Weiterverarbeitung bis hin zur Lagerung ebenso wie die Viehzucht und das Scheren der Schafe, das Rösten der Nüsse und das Räuchern und Pökeln des erlegten Wildes. Durch ihren Ehrgeiz und ihr Organisationstalent war es ihr gelungen, den Wohlstand in ihrem Dorf zu mehren. Jede Arbeit, die verrichtet wurde, trug dazu bei, das Überleben der Dorfbewohner zu sichern, und es war die Gemeinschaft, die die Menschen hier stark machte. Es gab ihr einen Stich, als sie daran dachte, dass ausgerechnet jetzt, wo ihre einzige Tochter sie wirklich brauchte, die alten Gesetze zwischen ihr und Calach stehen sollten. Es war das erste Mal, dass sie sich wirklich nicht einigen konnten, und ihr wurde schmerzlich bewusst, dass sie sich vielleicht doch etwas vorgemacht hatte, als sie gedacht hatte, ihre Liebe könnte die Kluft zwischen ihrer und Calachs Zeit auf Dauer überwinden. Ohne dass es ihr bewusst geworden war, hatte sie Aila dazu erzogen, frei zu denken und eigene Entscheidungen zu treffen. Niemals würde ihre Tochter sich zu der Heirat mit Verico zwingen lassen. Calach dagegen würde keine Wahl haben, weil die herrschenden Gesetze für alle Dorfbewohner galten, und zwar ohne Unterschiede. Voller Sorge dachte sie daran, dass Calachs starker Gerechtigkeitssinn, auf den sie immer so stolz gewesen war, ihrer Tochter zum Verhängnis werden könnte.

Verico und seine Begleiter waren westwärts geritten. Wenige Tage später, stießen sie auf eine einzelne Gruppe von Römern. Es handelte sich um einen Erkundungstrupp, der ausgeschickt worden war, um sich einen Eindruck von der Größe der Viehherden und Kornvorräte zu verschaffen, von denen jedes Jahr ein Teil als Tribut eingefordert wurde. Der Centurio fühlte sich sicher. Es hatte in den letzten Jahren kaum noch Aufstände gegeben, und auch wenn sie bei der einheimischen Bevölkerung nicht gerade beliebt waren, wagte niemand es, Hand an sie zu legen. Auch von den gefürchteten *fionna*, den Jungmännerbünden, war um diese Jahreszeit nichts zu befürchten. Sie hatten sich längst in die Dörfer zurückgezogen. Er konnte nicht wissen, dass die Gebräuche im Norden sich von denen im Süden unterschieden.

Je weiter sie sich von den großen Städten entfernten, desto unheimlicher wurde die Gegend. Der grauhaarige Centurio, der den Trupp anführte, war ein erfahrener Mann und der Einzige unter ihnen, der sich in den langen Jahren seines Aufenthalts in Britannien an die fremden, dunklen Wälder gewöhnt hatte. Die jüngeren Legionäre hingegen zuckten jedes Mal zusammen, sobald ein Vogel aufflog oder fremde Tierstimmen ertönten. Spöttisch beobachtete der Centurio Gaius Caninius und Marcus Rebilus, die beiden verwöhnten Senatorensöhne, die sich in seinem Trupp befanden und vor Angst ständig pinkeln mussten. Sicher hatten sie sich das Abenteuer Britannien ganz anders vorgestellt, als sie in weiche Togen gehüllt auf ihren Tribünen die Spiele in den Arenen verfolgt hatten und sich dabei an gebratenen Wachteln und gewürztem Wein gestärkt hatten. Er würde schon noch richtige Männer aus ihnen machen, bevor er sie ihren Vätern nach Beendigung ihrer Ausbildung nach Rom zurückschickte.

Sie hatten einen ziemlich scharfen Ritt hinter sich, und sein Pferd zeigte erste Ermüdungserscheinungen. Er parierte es zum Schritt durch und gab sich seiner Lieblingsbeschäftigung hin, den Gedanken an seine Zukunft. An den Iden der neunten Lunation würde sein Militärdienst enden, und obwohl er gern Soldat war, machten ihm die Spuren des Alters mehr und mehr zu schaffen, vor allem in den kalten, feuchten Wintern. Er träumte von einem Haus am Rande der Stadt Rom, umgeben von einem sonnendurchfluteten Garten, und von hübschen jungen Sklavinnen, die sich um sein Wohlergehen kümmern würden. Als seine Gedanken bei den Sklavinnen angekommen waren, legte sich ein verträumter Ausdruck über seine ansonsten eher strengen Gesichtszüge. Er bevorzugte die hellhäutigen, blonden Mädchen, auch wenn sie etwas teurer waren.

Verico, der der Gruppe keltischer Krieger vorangeritten war, parierte sein Pferd durch. Lauschend hob er den Kopf. Dann legte er warnend einen Finger an seinen Mund. Das Klappern der Rüstungen war jetzt deutlich zu hören und verriet ihm, das sich eine Gruppe der verhassten römischen Legionäre näherte. Aus dem Schutz der Sträucher heraus beobachteten sie, wie die Legionäre sorglos an ihnen vorüberritten. Der Trupp umfasste nur wenige Männer mehr als sie, und sie würden den Vorteil der Überraschung auf ihrer Seite haben. Ein triumphierendes Grinsen legte sich über sein Gesicht, und seine blauen Augen begannen vor Freude zu funkeln, als er seine Begleiter aufforderte, sich zu verteilen und die Römer von allen Seiten zu umzingeln. Endlich hatte er sein Ziel erreicht.

Auf sein Zeichen hin brachen sie gleichzeitig aus den Büschen und preschten in mörderischem Tempo auf die völlig überraschten Römer zu, die für einen kurzen Moment wie gelähmt vor Entsetzen waren. Dieser Moment reichte Verico und seinen Kriegern. Der Centurio brüllte Befehle, doch es gelang ihm nicht mehr, seine Männer zu formieren. Im Kampf Reiter gegen Reiter hatten die Römer in ihren schweren Rüstungen nicht die geringste Chance. Die ersten Köpfe flogen von den Schultern, unter ihnen die von Gaius Caninius und Marcus Rebinus, deren Hände vor Angst und Entsetzen zu zittern begannen, als eine Horde wild aussehender Krieger wie Dämonen aus der Unterwelt direkt auf sie zupreschten. Nur der grauhaarige Centurio weigerte sich aufzugeben und kämpfte mit dem Mut der Verzweiflung. Es gelang ihm, den ersten Angreifer mit einem blitzschnellen Schwerthieb vom Pferd zu stoßen, doch sofort kamen zwei weitere nach. Ströme von Schweiß rannen ihm über das Gesicht, als er nach zwei Seiten kämpfte. Lange würde er diese Anstrengung nicht mehr durchhalten. Die jungen Krieger ritten tänzelnd und johlend um ihn herum, als wäre der Kampf für sie nur ein Spiel. Eine Lanze traf ihn mit voller Wucht in den Rücken und riss ein Loch in seinen Schienenpanzer. Er verlor das Gleichgewicht und stürzte schwer vom Pferd. Als er sich mühsam wieder aufgerichtet hatte, hörte er das tödliche Zischen eines Eisenschwertes. Es war das Letzte, was er hörte, bevor er zu Boden stürzte.

Der abgetrennte Kopf des Centurios rollte über den weichen Waldboden und knallte gegen eine Birke, drehte sich noch einmal um sich selbst und blieb dann mit dem Gesicht nach oben liegen. Der Kampf war vorbei. Die jungen

Caledonier sprangen von ihren Pferden und befreiten die abgeschlagenen Köpfe von den Reiterhelmen, bevor sie sie johlend und kreischend an ihren Pferden befestigten. Dann sammelten sie die Waffen und die erbeuteten Pferde ein und begaben sich vergnügt und mit stolzgeschwellter Brust auf den Rückweg. Die gefledderten Übereste der römischen Legionäre ließen sie achtlos zurück.

Als die jungen Krieger einige Tage später unversehrt ins Dorf zurückkehrten und voller Stolz die erbeuteten Köpfe vorzeigten, wurden sie wie Helden gefeiert und offiziell in die Reihen der Krieger aufgenommen. Aila und Miriam waren nicht auf dem Dorfplatz erschienen, um die Rückkehr der jungen Männer zu feiern. Miriam konnte den Anblick der abgetrennten Köpfe nicht ertragen, und Aila lag bleich und matt auf ihrer Schlafstätte. Schon seit Tagen wurde sie von Übelkeit und Erbrechen geplagt. Miriam hatte ihr verschiedene Tees mit Heilkräutern zubereitet, die alle ihre Wirkung verfehlt hatten. Sie fing an, sich ernstlich um ihre Tochter zu sorgen, doch Aila versicherte ihr, dass sie abgesehen von der Übelkeit keine Beschwerden oder Schmerzen hatte. Ailas morgendliche Brechanfälle ließen nicht nach, und in Miriam stieg ein leiser Verdacht hoch, der sich mehr und mehr verstärkte. Konnte es möglich sein, dass ihr kleines Mädchen schwanger war? Das wäre eine Erklärung für die Übelkeit. Ihr wurde ganz mulmig, als sie an die Folgen dachte, falls sich ihr Verdacht bestätigen sollte. Sie musste es genau wissen und beugte sich über Aila, die erschöpft auf ihrer Schlafstätte lag. Tiefe Schatten lagen unter ihren Augen, und Miriam strich ihr zärtlich eine ihrer langen Haarsträhnen aus dem Gesicht.

»Ich muss dich etwas fragen, was dich und Dave betrifft,

und es ist wichtig, dass du mir meine Frage beantwortest«, sagte sie leise. »Wie nah seid ihr euch gekommen?«

Ailas Gesicht überzog sich mit feiner Röte. Verlegen wandte sie sich ab und starrte auf die gegenüberliegende Wand. Es fiel Miriam nicht leicht, weiter zu drängen, doch sie hatte keine Wahl. »Besteht die Möglichkeit, dass du schwanger bist?«

Aila wandte ihren Blick von der Wand ab und sah ihre Mutter schockiert an. Auf den Gedanken, dass die Nacht mit dem Geliebten Folgen haben könnte, war sie noch nicht gekommen. Schuldbewusst senkte sie den Blick. Für eine Weile schwiegen sie beide.

Dann stand Miriam auf.

»Ich werde einen Spaziergang machen und nachdenken. Wenn du tatsächlich schwanger bist, darf es niemand erfahren, selbst Ira nicht«, sagte sie eindringlich und blickte ihre Tochter ernst an.

»Habe ich unrecht gehandelt?«, fragte Aila leise. »Ich habe gespürt, dass es unser letzter Abend war, und wollte die Erinnerung an diese eine Nacht für immer in meinem Herzen bewahren. In deiner Zeit gibt es andere Gesetze. Dave würde niemals etwas tun, was mir schaden könnte«, setzte sie zu ihrer Verteidigung hinzu.

Miriam sah sie liebevoll an. Sie war froh darüber, dass Aila ihr vertraute. »Nein, du hast nicht unrecht gehandelt, mein Schatz, doch wir werden sehr genau überlegen müssen, wie es jetzt weitergehen soll. Ruh dich ein bisschen aus, bis ich wieder zurück bin.« Sie nahm ihren Umhang und verließ das Haus.

Ich werde ein Kind haben, dachte Aila immer wieder. Sie schloss die Augen und versuchte sich vorzustellen, wie es wohl aussehen würde.

Der Wind war noch eisiger geworden, doch Miriam achtete nicht darauf. Sie wollte Aila nicht zeigen, wie aufgewühlt und ratlos sie war. Würde sie sich zwischen ihrer Tochter und ihrem Mann entscheiden müssen? Allein der Gedanke daran brach ihr beinahe das Herz. Ohne dass es ihr bewusst wurde, hatte sie den Weg zum heiligen Hain eingeschlagen. Die großen geschnitzten Götterstatuen mit den übergroßen Geschlechtsteilen wirkten in der grauen Dämmerung seltsam leblos. Wütend starrte sie die an den Bäumen baumelnden Skelettreste der Opfer an, die sich im Wind bewegten und leise klapperten. Manche von ihnen waren bis zur Unkenntnis zernagt und blieben zur Abschreckung und Warnung an den Ästen hängen, bis sie irgendwann zu weißem Staub zerfielen. Warum hatte sie überhaupt diesen Ort aufgesucht, der ihr die Kluft zwischen ihrer und Calachs Zeit noch deutlicher vor Augen führte? Es war das erste Mal, dass sie allein hierher gekommen war. Voller Abscheu betrachtete sie die stummen Zeugen vergangener Rituale, die den düsteren Ort beherrschten, und musste plötzlich an die stille, lichte Schönheit der Kirche von Inverurie denken, in die ihre Mutter sie als Kind jeden Sonntag mitgenommen hatte. Damals war sie noch voller Vertrauen gewesen und ihre kleine Welt in Ordnung.

Ihre Mutter hatte nicht so viel Glück gehabt wie sie, und es waren ihr nur wenige Jahre mit dem Mann vergönnt gewesen, den sie liebte. Helen war geflohen, um das Leben ihrer Tochter zu retten, und bis zu ihrem Tod nie wieder glücklich geworden. Würde sich das Schicksal auch in diesem Punkt wiederholen? Sie würde alles tun, um Aila zu beschützen. Der rasende Schmerz, der sich bei dem Gedanken an eine Trennung von Calach in ihrem Körper ausbreitete, ließ sie weinend zu Boden sinken. Sie schlug die Hände vor ihr Gesicht und schrie ihren Schmerz in die einsetzende Dunkelheit.

Die Klänge von Barcos Dudelsack waren hell und leicht wie Schmetterlingsflügel. Schmeichelnd schlichen sie sich an ihr Ohr und in ihr Bewusstsein. Als sie den Blick hob, sah sie ihren langjährigen Freund auf einem der verwitterten Steine sitzen. Seine Augen versuchten sie zu beruhigen, während er weiter seine wunderschöne Melodie spielte. Miriam setzte sich neben ihn und lauschte eine Weile seiner Musik. Sie spürte, wie sie ruhiger wurde. Als die letzten Klänge verhallt waren, legte Barco seinen Dudelsack zur Seite und sah sie wieder an. »Erinnerst du dich noch, wie wir einander begegnet sind? Ich war auf der Suche und wusste nicht einmal genau, wonach ich gesucht habe. Jetzt weiß ich es, und auch du wirst es eines Tages wissen.«

Miriam hatte ihm gar nicht richtig zugehört. »Wo sind die Götter, und was haben sie mit uns vor, wenn es sie überhaupt gibt?«, fragte sie verzweifelt und wies auf die hölzernen Statuen. »Sie sind grausam und bringen nur Tod und Gewalt. Ich hasse sie«, brach es aus ihr heraus.

Barco dachte einen Moment lang über ihre Worte nach. »Du hörst die Töne, die ich spiele, aber du kannst sie nicht sehen, so wie du den Wind in deinem Gesicht spürst und ihn nicht sehen kannst. Trotzdem ist beides vorhanden, genauso wie die Götter um uns herum. Ich kann sie spüren, auch wenn ich sie nicht sehen kann. Sie sind nicht grausam, das sind nur die Menschen. Das Schicksal wird seinen Lauf nehmen, und niemand kann es ändern. Aus diesem Grund brauchst du dir auch keine Sorgen um deine Tochter zu machen. Sie wird den ihr vorbestimmten Weg gehen.« Seine Stimme klang schmeichelnd wie seine Musik.

Miriam dachte über seine Worte nach. »Aus dem fröhlichen jungen Barco von damals ist ein weiser Mann geworden, der anscheinend meine Gedanken lesen kann. Was weißt du noch? Kannst du mir nicht sagen, was geschehen wird?« Ihre Stimme wurde drängend. »Bitte, sag mir, was du noch weißt.«

Barco schüttelte den Kopf. »Ich kann dir deine Fragen nicht beantworten, und ich kann auch nicht in deinen Gedanken lesen. Es ist etwas anderes, vielleicht ein Geschenk der Götter. Unsere Schicksale sind ineinander verschlungen und unsere Seelen auf seltsame Weise verbunden. Immer wenn dein Gesicht oder das von Aila vor meinem inneren Auge auftaucht, weiß ich, dass ihr nach mir ruft. Es ist meine Aufgabe, den Menschen Trost und Hoffnung zu bringen.«

Miriam sah Barco flehend in die Augen. »Es wird mir das Herz brechen, wenn ich mich von Calach trennen muss, und doch werde ich es tun, wenn ich keinen anderen Weg finde, um Aila zu schützen. Wie kann ich Calach davon überzeugen, dass die alten Gesetze keinen Sinn machen? Es wird eine Zeit kommen, da werden die alten Götter verschwunden sein, weil die Menschen nicht mehr an sie glauben. Und mit ihnen werden ihre grausamen Gesetze verschwinden.«

Barco nahm seinen Umhang und legte ihn sanft um Miriams Schulter. Er hatte bemerkt, wie kalt ihr war. »Vor langer Zeit hat dein Glaube an die Liebe dich hierher gebracht. Verliere ihn nicht, und gib niemals die Hoffnung auf. Aila braucht dich, es ist besser, wenn du jetzt zu ihr gehst.« Er begleitete sie zurück ins Dorf.

Als Miriam sich noch einmal nach ihm umdrehte, war der Barde verschwunden.

6

Aila hatte ihre Mutter schon sehnsüchtig erwartet. Sie hatte sich in den hinteren Teil des Raumes zurückgezogen, als Calach hereingekommen war. Sie brachte es nicht fertig, ihrem Vater in die Augen zu sehen, und gab vor zu schlafen. Rana und Goba servierten gerade einen köstlich duftenden Wildschweinrücken, der über dem Feuer gegrillt worden war. Miriam setzte sich neben ihren Mann und sah ihm zu, wie er sich hungrig über den Schweinebraten hermachte.

Goba stellte ihr ein Tablett mit Braten hin. »Ich habe keinen Hunger«, sagte Miriam und forderte Goba auf, das Tablett wieder fortzunehmen. Calach sah von seinem Essen auf. »Du machst dir zu viele Sorgen, meine Schöne«, sagte er und zwinkerte ihr aufmunternd zu. »Aila wird schon wieder gesund. Vielleicht ist sie nur aufgeregt wegen der Hochzeit«, setzte er gut gelaunt hinzu. »Weißt du noch, wie sehr wir beide uns danach gesehnt haben, endlich Mann und Frau zu sein?« Er lächelte bei der Erinnerung und bedachte ihren Busen mit einem verlangenden Blick. Dann wandte sich wieder seinem Braten zu. Für ihn war die Welt in Ordnung. Die Jagd war erfolgreich gewesen, das Essen war gut, und neben ihm saß die Frau, die er liebte.

Er winkte Rana, ihm noch einmal den Becher zu füllen. »Verico hat sich heute schon wieder nach Aila erkundigt. Er kann es kaum erwarten, sie zur Frau zu nehmen, und möchte wissen, wann die Hochzeit endlich stattfindet.« Er wischte sich mit dem Handrücken über den Mund, bevor er sich ein weiteres Stück von dem Braten nahm.

Miriam starrte ins Feuer. Calach würde sich nicht von der

Hochzeit abbringen lassen. Für ihn war sie beschlossene Sache, und was noch schlimmer war, er hatte Verico sein Wort gegeben, und das würde er niemals brechen. Wenn sie nur wüsste, wie er auf Ailas Schwangerschaft reagieren würde! Immerhin waren die Voraussetzungen andere gewesen, als es normalerweise der Fall war. Aila war in einer anderen Welt gewesen, und die Dorfbewohner brachten ihr seit ihrer Rückkehr beinahe ebenso viel Ehrfurcht entgegen wie Mog Ruith. Wenn die jungen Leute sich zueinander hingezogen fühlten, wurde meistens schnell geheiratet, und Miriam vermutete, dass es einige heimliche Möglichkeiten gab, das alte Gesetz zu umgehen, auch wenn darüber nie gesprochen wurde. Seitdem sie hier lebte, war das todbringende Gesetz noch nicht zur Anwendung gekommen, doch sie durfte kein Risiko eingehen. Verico hatte bei den Kriegern an Einfluss gewonnen, und sie wusste, dass es nichts Tödlicheres gab als verletzten Ehre und Eitelkeit, vor allem bei einem Hitzkopf wie Verico.

Während sie noch darüber nachdachte, was sie unternehmen könnte, um Aila vor dem jungen Krieger zu bewahren, wurde die Türe aufgerissen, und Verico trat mit schwankenden Schritten ans Feuer. Seine Augen blickten glasig. »Ich möchte nach meiner Braut sehen, um mir selbst ein Bild von ihrer Krankheit zu machen.« Er sah sich in dem großen Raum um und entdeckte Aila auf ihrer Schlafstätte. Miriam sprang auf und stellte sich schützend zwischen ihn und ihre Tochter, noch bevor Verico sie erreichen konnte. Zornig sah sie ihn an.

»Geh zur Seite, Fürstin«, sagte der junge Mann grob und machte Anstalten, Miriam zur Seite zu stoßen. »Ich habe eine Recht darauf, mit meiner Braut zu sprechen.« Seine Stimme klang unsicher, aber er war fest entschlossen.

Calach war mit drei großen Schritten bei ihm und packte ihn hart am Arm. »Wage es nie wieder, meine Frau auch nur zu berühren. Du befindest dich in meinem Haus, und dein Benehmen verletzt die einfachsten Regeln der Höflichkeit. Geh jetzt und schlaf deinen Rausch aus«, sagte er scharf.

Verico starrte Calach abschätzend an. Der Fürst und Feldherr besaß den Respekt aller, und der Ruhm von seinen Taten war durchs ganze Land geeilt. Doch das war schon eine Weile her, und bald würde er, Verico, Calachs Platz einnehmen und die Römer aus dem Land jagen, ebenso wie die anderen fremden Völker, die von überallher nach Britannien strömten. Er konnte es kaum erwarten, endlich Krieg zu führen. Calach hatte den Höhepunkt seiner Männlichkeit und Kraft überschritten, und er war sicher, dass es ein Leichtes für ihn sein würde, den Rat bei einer der nächsten Wahlen davon zu überzeugen, dass er sich besser zum Vergobretos eignete als Calach. Ein letzter Rest von Vernunft sagte ihm, dass es besser war, jetzt nachzugeben, und er riss sich zusammen, obwohl es ihm schwer fiel. Wankend verließ er das Haus und begab sich zurück in das Junggesellenhaus, wo die anderen während seiner Abwesenheit kräftig weitergetrunken hatten.

Seine Freunde hatten ihn durch spitze Bemerkungen zu dem Besuch bei seiner Braut angestachelt, und er war wütend darüber, dass er keinen Erfolg gehabt hatte. Der rothaarige Ambicatus grinste ihm spöttisch entgegen, als er zu ihnen trat und sich neben ihm am Feuer niederließ. »Das war aber ein kurzer Besuch. Hat die schöne Fürstentochter dich nicht hereingelassen?« Sein Blick schweifte beifallheischend durch die Runde. Die jungen Männer nickten zustimmend und grinsten. Voller Vorfreude warteten sie ab, was weiter geschehen würde. Ambicatus ließ keine Gelegenheit aus, um Verico zu reizen, und das ließ die Vermutung aufkommen, dass er selbst gerne Aila zur Frau gehabt hätte.

Verico reagierte so, wie sie es sich erhofft hatten. Wütend sprang er auf und stürzte sich auf Ambicatus, der seinen Angriff schon erwartete. Mit einer raschen Bewegung wich er dem Angriff aus, und Verico stürzte ins Leere. Der Alkohol vernebelte seine Sinne genauso wie die tödliche Wut, die ihn beherrschte. Ambicatus grinste spöttisch. Er wusste, dass er Verico in diesem Moment überlegen war, und genoss es, ihn vor seinen Freunden lächerlich zu machen. Verico setzte zum nächsten Angriff an, doch der endete genauso kläglich wie der erste, und er blieb für einen Moment benommen auf dem Boden liegen. Das Gelächter seiner Freunde dröhnte in seinen Ohren, und der Hass, der in ihm hochstieg, verlieh ihm ungeahnte Kräfte. Ein Messer blitzte im flackernden Schein des Feuers auf, als er sich ohne Vorwarnung auf Ambicatus stürzte, dem das Grinsen im Gesicht erstarb. Mit unglaublicher Wucht stieß er seinem Gegner das Messer bis zum Heft in die Brust.

Ambicatus schrie schmerzerfüllt auf. Verico zog den Dolch wieder heraus, und Blut schoss aus der Wunde und spritzte auf Vericos Tunika. Ambicatus öffnete den Mund, um zu schreien, doch es kam kein Wort mehr heraus. Sein Gesicht wurde fahl, dann stürzte er zu Boden, wo er tödlich getroffen liegen blieb. Er atmete noch, doch das Leben strömte schon aus seinem Körper.

Verico trat ihm in die Rippen und wandte sich ab. Ein grausamer Zug lag um seinen Mund. »Er war ein Feigling«, sagte er verächtlich und ließ sich wieder auf seinem Platz nieder. Die Männer waren verstummt. Die unglaubliche

Brutalität, mit der Verico auf Ambicatus losgegangen und ihn ohne Zögern getötet hatte, erschreckte sie, erfüllte sie aber gleichzeitig mit Bewunderung.

»Los, bring mir ein Bier«, befahl Verico dem neben ihm sitzenden Segovesus, der sich beeilte, seinem Wunsch nachzukommen.

Der herablassende Ausdruck in Vericos Augen, als er vor Calach gestanden hatte, war Miriam nicht entgangen. Es beunruhigte sie, dass der junge Krieger anscheinend den Respekt vor seinem Kriegsherrn und Fürsten verloren hatte. Ob Calach es ebenfalls bemerkt hatte? Sie reichte ihm einen Becher Wein und sah ihn nachdenklich an. Calach sah noch genauso gut aus wie damals, als sie ihm das erste Mal begegnet war. Nur um seine grauen Augen hatten sich einige Fältchen gebildet, die verrieten, dass die vergangenen Jahre nicht spurlos an ihm vorübergezogen waren.

Schon seine nächsten Worte zeigten ihr, wie sehr Calach von Verico eingenommen war. Er deutete ihr Schweigen falsch und glaubte, dass sie wütend auf den jungen Krieger war. »Er hat zu viel getrunken«, versuchte er das Verhalten des jungen Mannes zu entschuldigen. »Du siehst, er liebt unsere Tochter wirklich und kann es kaum erwarten, sie endlich zu heiraten.«

Miriam runzelte ärgerlich die Stirn. »Verico liebt nur sich selbst. Er ist so von sich eingenommen, dass er nie in der Lage sein wird, auf einen anderen Menschen einzugehen. Aila ist für ihn nur eine Trophäe, die er für seine Eitelkeit braucht. Sie ist das schönste Mädchen im Dorf und außerdem die Tochter des Fürsten.« Ihre Stimme klang schärfer als beabsichtigt; immerhin ging es hier um ihre Tochter.

Calach sah sie erstaunt an. Was war nur in seine Frau gefahren? Noch nie hatte sie in diesem Ton mit ihm gesprochen; die Sorge um Aila musste sie dazu getrieben haben. Er legte einen Arm um sie und versuchte sie zu beruhigen. »Junge Männer sind eben ungeduldig«, sagte er. »Aila wird sich schon noch an ihn gewöhnen.« Damit war für ihn das Thema abgeschlossen. Er verstand einfach nicht, was Miriam gegen Verico hatte und warum sie sich über Dinge aufregte, die sich nicht ändern ließen. Die beiden waren einander versprochen und würden ein schönes Paar abgeben. Alles andere würde sich im Laufe der Zeit regeln.

Er beugte sich zu ihr hinüber und küsste sie zart auf den Hals, so wie sie es liebte, doch Miriam ließ sich nicht beruhigen. »Hast du gesehen, wie dein wunderbarer Verico dich eben angesehen hat? Es sah so aus, als wollte er sich jeden Moment auf dich stürzen. Ich habe nicht das geringste Anzeichen von Respekt in seinem Gesicht gesehen.«

Calach verlor langsam die Geduld. »Aila wird Verico heiraten, und er wird mein Nachfolger, da ich keinen eigenen Sohn habe. Er ist stark und ein guter Kämpfer. Seine jugendliche Ungeduld wird sich mit den Jahren legen, und er wird lernen, die Verantwortung eines Anführers zu übernehmen, doch das sind Männerangelegenheiten, aus denen Frauen sich heraushalten sollten.«

Miriam merkte, dass sie zu weit gegangen war. Nie zuvor hatte es Streit zwischen ihr und Calach gegeben. Ohne dass es ihr bewusst geworden war, hatte sich eine Kluft zwischen ihr und ihrem geliebten Mann gebildet. Sie versuchte die aufsteigenden Tränen zu unterdrücken, und rutschte näher an Calach heran. Zufrieden zog er sie auf ihre gemeinsam Schlafstätte. Er war froh darüber, dass Miriam sich anscheinend wieder beruhigt hatte.

Calach war längst eingeschlafen, als Miriam immer noch

verzweifelt überlegte, wie sie Aila vor Verico schützen könne. Erst gegen Morgengrauen sank sie in einen unruhigen Schlaf und träumte von nackten jungen Mädchen mit kahl rasierten Schädeln, die unter den Augen aller der schmatzenden, schwarzen Erde übergeben wurden.

Am nächsten Morgen war sie müde und hatte Kopfschmerzen. Als Rana durch eine ungeschickte Bewegung einen Krug zerbrach, wies sie die Leibeigene so heftig zurecht, dass diese in Tränen ausbrach. Noch nie hatte sie ihre Herrin, die sie sehr verehrte, so unbeherrscht erlebt. Miriam merkte sofort, dass sie zu weit gegangen war, und wurde wütend auf sich selbst.

Aila fühlte sich an diesem Morgen etwas besser. Die Übelkeit hatte nachgelassen, und ihre Wangen schimmerten rosig und frisch. Obwohl ihre Mutter versuchte, sich ihre Angst nicht anmerken zu lassen, entging Aila nicht, wie angespannt Miriam war. Unbekümmert wie sie war, machte sie sich weiter keine Gedanken darüber. Sie glaubte an ihr vorherbestimmtes Schicksal und vertraute den Göttern. Rana hatte ihr einen Eimer Wasser vom Brunnen geholt. Nachdem Aila sich die Haare gewaschen hatte, half Rana ihr beim Kämmen. Sie nahm das Brot aus dem Lehmofen und reichte Aila ein großes Stück und dazu eine Schale mit Ziegenmilch. Mit großem Appetit aß Aila von dem frisch gebackenen Brot. Sie liebte es, das Brot in die Milch zu tunken, bis es sich voll gesogen hatte und ganz weich geworden war.

Nach dem Frühstück fühlte sie sich unternehmungslustig wie lange nicht mehr und überlegte, wie sie den Tag verbringen sollte. Calach war schon im Morgengrauen zur Jagd aufgebrochen, und Miriam kümmerte sich um die Verteilung des eingebrachten Heus und achtete darauf, dass es erst gelagert wurde, wenn es trocken genug war. Die Leibeigenen gingen ebenfalls ihrer Arbeit nach, und Aila begann sich zu langweilen. Sie öffnete die Tür einen Spalt breit und spähte sehnsüchtig nach draußen. Der Himmel war klar; es würde ein schöner Herbsttag werden. Am liebsten hätte sie den Tag im Wald verbracht, doch sie musste im Haus bleiben und die Kranke spielen. Alles nur wegen diesem eingebildeten Verico.

Sie griff nach ihrer Näharbeit, um sich abzulenken. Doch das Nähen beruhigte sie nicht, wie sie es gehofft hatte. Sie schloss die Augen und dachte an Dave. Ob er sie ebenso vermisste wie sie ihn? Sein schönes Gesicht mit den klaren Gesichtszügen tauchte vor ihr auf. Sie dachte an seine liebevollen Küsse und seine zärtlichen Hände, die ihren Körper berührt hatten, bis er vor Leidenschaft glühte. Das Kind, das in dieser unvergesslichen Nacht entstanden war, würde sie für immer verbinden. Zärtlich streichelte sie über ihren noch flachen Bauch.

Miriam ließ das Heu wenden, das noch nicht trocken genug war. Dann lief sie mit Ira durch die Ställe und sah nach dem Vieh. Ihre Gedanken waren bei Aila und Calach, und sie hatte Mühe, sich auf ihre Arbeit zu konzentrieren. Auf dem Dorfplatz und am Fluss gingen die Unfreien ihrer Arbeit nach. Sie wuschen Wolle, gerbten Leder, walkten und färbten Tuch, andere brauten Bier. In der Nähstube wurde die gerupfte Schafwolle auf den Handspindeln aus gebranntem Ton gesponnen und anschließend an den Webstühlen zu Tuch gewebt. Frauen und Mädchen schwatzten und kicherten bei der Arbeit, wie sie es immer taten. Die Menschen waren alle fleißig, und es gab keinen Grund, unzufrieden mit ihrer Arbeit zu sein, doch die ganz normale Alltäglichkeit zerrte an Miriams Nerven. Sie ließ sich für einen Moment am Brunnen nieder und genoss die wärmenden Sonnenstrahlen.

Eine dunkle Wolke schob sich vor die Sonne. Sie hob ihren Blick und sah in den Himmel. Er war wolkenlos. Die Wolke gab es nur in ihrer Einbildung, wie ein Schatten, der sich über ihre Seele gelegt hatte. Bisher war es ihr gelungen, alle Probleme selbst zu lösen. Was war nur geschehen? Warum war jetzt alles so kompliziert geworden? Sie dachte an ihre erste Begegnung mit Calach, an den Moment, als ihre Augen sich trafen und ihre Seelen eins wurden. Calach, der schönste und stärkste aller Männer, hatte sie zu seiner Frau erwählt. Die Erinnerungen wirbelten durch ihren Kopf. Ihr Freund Malcolm, den sie, ohne es zu wollen, verletzt hatte, und Brian, der ihr wehgetan hatte. Sein Gesicht war nur noch undeutlich in ihrer Erinnerung zu erkennen. Helen, ihre wunderschöne, zärtliche Mutter, die sie viel zu früh verlassen hatte. Calach hatte sie ersetzt, er hatte ihr alles gegeben, was sie zum Glücklichsein brauchte. Doch jetzt war ihre kleine Familie in Gefahr. Bedroht durch alte Götter und Gesetze, die in ihrer Zeit längst in Bedeutungslosigkeit versunken waren.

Wütendes Gekläff ertönte und riss sie unsanft aus ihren Gedanken. Eine Horde Hunde von unterschiedlicher Farbe und Größe stürmte gefolgt von den Kindern an ihr vorbei zum Tor. Die Menschen sahen neugierig von ihrer Arbeit auf. Sie wurden nicht enttäuscht. Einer der wenigen Händler, die den mühevollen Weg ins Hochland nicht scheuten, fuhr mit voll bepackten Wagen und einigen bewaffneten Reitern auf die Mitte des Dorfplatzes zu. Er war eine willkommene Abwechslung für die Dorfbewohner, die sofort ihre Arbeit niederlegten und ihn erwartungsvoll umringten. Er tauschte seine Waren gegen die feinen Wollvliese, die nur die Schafe im Hochland hergaben. Bei den sonnenverwöhnten Römern, die in Britannien oft froren, war diese Wolle besonders beliebt, und sie zahlten einen hohen Preis dafür.

Der Händler, ein kleiner dunkelhaariger Mann mit zerzaustem Bart und Wuschelkopf, begrüßte die Dorfbewohner gutmütig. Er trug eine dicke langärmelige Tunika mit bunten Streifen über einer blauen Seidenhose, die besonders von den Frauen bewundert wurde. Er stammte aus dem fernen Syrien und war mit Leib und Seele Kaufmann. Es machte ihm nichts aus, ständig unterwegs zu sein, solange die Wege halbwegs sicher waren. In den langen Jahren des Herumziehens hatte er viele unterschiedliche Völker kennen gelernt und sich seine eigene Meinung über Leben, Tod, Menschen und Götter gebildet. Die Dorfbewohner überschütteten ihn mit Fragen, während seine Begleiter damit begannen, die mitgebrachten Waren auszupacken und auszubreiten. Hauchdünne, farbige Stoffe, veredelte Häute von unbekannten Tieren, Pelze, Satteldecken, kunstvoll verzierte Metallbeschläge für Gürtel, Schmuck aus Gold, Silber, Elfenbein, und kostbare Steine wie Lapislazuli, Karneol, Jaspis, Onyx und sogar einige Smaragde in der Größe von Haselnüssen. Dazu kamen Leinensäcke und geflochtene Körbe, gefüllt mit seltenen Gewürzen wie Safran, Kurkuma, Muskat, Nelken und kleinen Tongefäßen mit Duftölen, von denen ein einziger Tropfen einen derart starken Duft verströmte, dass es schon fast an ein Wunder grenzte. Die Frauen bestaunten die vor ihnen liegende Ware. Aelius führte Miriam stolz eine federnde Bügelschere mit zwei Klingen vor, eine Neuerung, die vom Festland stammte und das Scheren der Schafe erleichtern sollte. Miriam erkannte sofort, dass damit das anstrengende Rupfen der Wolle ein Ende haben würde, und tauschte ein ganzes Dutzend davon ein.

Aelius war kaum überrascht, dass sie so selbstverständlich mit diesem Wunderding umzugehen wusste. Die Gaufürstin war eine kluge Frau. Sie hatte etwas an sich, was er sich nicht erklären konnte. Obwohl sie scheinbar dazugehörte, hob sie sich doch von den anderen Dorfbewohnern ab, und er hatte seit ihrer ersten Begegnung des Öfteren darüber nachgedacht, was ihr Geheimnis sein könnte. Er hoffte, dass sich später noch eine Gelegenheit zu einem Gespräch mit ihr ergeben würde.

Zufrieden begutachtete er die feine Wolle, die Miriam ihm zum Tausch anbot. Die Wolle war von ausgezeichneter Qualität, und er würde ein Vermögen damit verdienen. Er winkte seinen Männern, die Wein- und Salzfässer abzuladen, die Miriam gegen ihre Wolle eintauschte, und wandte sich wieder den Dorfbewohnern zu, um mit ihnen zu handeln und sie mit den unglaublichsten Geschichten zu unterhalten, so wie es von ihm erwartet wurde.

Als er seine Geschäfte abgeschlossen hatte, lud Miriam ihn und seine Begleiter in ihr Haus ein und ließ Fleisch, Obst und Wein auftragen. Caratacus, Miriams Schwager und einige Männer aus dem Rat nahmen ebenfalls an dem Mahl teil. Nachdem Aelius gegessen hatte, ließ er sich noch einmal seinen Becher mit Wein füllen. Das war der Augenblick, auf den alle Anwesenden gewartet hatten. Jetzt würden sie endlich erfahren, was es an Neuigkeiten in der Welt gab. Rana und Goba standen mit glühenden Wangen hinter den Besuchern, um ihnen jeden Wunsch zu erfüllen, bemüht, sich keines der Worte des Händlers entgehen zu lassen.

Aelius sah in die erwartungsvollen Augen der Männer

um ihn herum, die alle auf ihn gerichtet waren. Er konnte nicht verstehen, was diese Bauern daran fanden, ihr ganzes Leben in der Einsamkeit des Hochlandes zu verbringen, weit entfernt von dem pulsierenden Leben in den Städten, das von den unterschiedlichsten Kulturen geprägt war. Jedes Mal, wenn er hierher kam, stellten sie ihm die gleichen Fragen, und es gab nur wenige Dinge, die sie wirklich interessierten.

»Was gibt es Neues von den Römern?«, wollte Caratacus wissen. »Ist ihre Gier nach Land gesättigt oder streben sie bald wieder nach Krieg?« Aelius überlegte eine Weile, bevor er die Frage beantwortete. Krieg schien das Wichtigste für diese Barbaren zu sein, die nicht begreifen wollten, dass es in Friedenszeiten allen Menschen besser ging.

»Die Römer geben sich momentan mit den Grenzen zufrieden, die sie gezogen haben. Das liegt aber nur daran, dass ihnen das Geld für weitere Legionen ausgegangen ist und sie damit beschäftigt sind, die Unruhen in den Provinzen auf dem Festland niederzukämpfen. Solange der Vorrat in den Kupfer-, Silber und Zinnminen nicht erschöpft ist, werden sie nichts unternehmen. Die Römer sind vorerst keine Gefahr für euch. Schlimmer sind die fremden Stämme, die von überallher nach Britannien strömen und die Wege unsicher machen. Sie haben von euren unermesslichen Bodenschätzen erfahren und sind gierig nach Metall. Wenn das so weitergeht, werden die Fremden noch bis in eure Einsamkeit vordringen, weil das Land langsam knapp wird.«

Aila lag im hinteren Teil des Raumes auf ihrer Bettstelle und lauschte wie alle anderen gespannt den Worten des Mannes. Der Händler ließ sich noch einmal seinen Becher füllen, während die Mitglieder des Rates überlegten, ob man sich nicht mit den fremden Stämmen verbünden könnte, um die Römer endgültig aus Britannien zu vertreiben. Er behielt seine Gedanken für sich. Wann würden diese Barbaren endlich die Größe und die damit verbundene Macht des Römischen Reiches begreifen, von der sie nur eine vage Vorstellung hatten?

Er seufzte laut und vernehmlich und wandte sich an Miriam, die schweigend zugehört hatte. »Ich habe noch ein Geschenk für dich, mit dem du auch deinen Mann erfreuen kannst.« Er zog eines von den kleinen Tonfläschchen hervor und reichte es ihr. Miriam öffnete den Verschluss, und sofort breitete sich ein betörender Duft nach Sandelholz und Lavendel aus. »Du brauchst nur einen Tropfen davon auf deiner Haut zu verreiben, und du wirst einen Duft ausstrahlen wie eine Göttin«, fügte er erklärend hinzu.

Miriam bedankte sich höflich und nahm das Fläschchen an sich. Der Händler schenkte ihr noch eine Kette aus verschiedenen Steinen für Aila und einen kostbaren Dolch mit Elfenbeingriff für Calach. Sie hätte sich gern weiter mit dem Mann unterhalten, doch die Gespräche der Männer wurden mit jedem Becher Wein hitziger, und schon hatte sich der Rat in zwei Parteien geteilt. Miriam war froh, als Calach hereinkam. Er allein war in der Lage, weitere Streitigkeiten zu verhindern. Es war spät, als die Männer endlich ihr Haus verließen und Calach sie in seine Arme zog.

Am nächsten Morgen verließ der Händler das Dorf, und das Leben nahm seinen gewohnten Gang. Aila fiel es immer schwerer, im Haus zu bleiben, und sie begann damit, nachts heimlich das Haus zu verlassen, wenn alle Dorfbewohner schliefen. Dann suchte sie den heiligen Hain auf. Sie fürchtete die Geräusche der Unterwelt nicht und ließ sich in die lautlose Dunkelheit sinken. Die Anwesenheit der Götter tröstete sie und gab ihr die Kraft, die sie brauchte, um ihr Schicksal zu erfüllen. Erst im Morgengrauen schlich sie vorsichtig zurück ins Dorf.

Miriam wurde mit jedem Tag angespannter. Ailas Schwangerschaft würde sich nicht mehr lange verbergen lassen, und der Tag der Wahrheit rückte unerbittlich näher. Sie schlief unruhig; Vergangenheit und Gegenwart begannen sich in ihren Träumen zu vermischen. Sie wusste, dass es ihre Pflicht war, Calach die Wahrheit zu sagen, und doch schob sie das Gespräch immer wieder hinaus. Sie fühlte sich unsicher und einsam. Zu viel stand auf dem Spiel, und sie konnte es sich nicht leisten, eine falsche Entscheidung zu treffen.

Es war die innige Gemeinsamkeit mit Calach, die ihr all die Jahre über geholfen hatte, sich an das fremdartige Leben in dem Dorf zu gewöhnen und alle Probleme zu meistern. Doch die Eintracht hatte einen Riss bekommen, und so sehr Miriam sich auch bemühte, diese Tatsache zu verdrängen, es gelang ihr nicht.

Aila sorgte sich weit weniger als sie, und sie wusste nicht genau, ob sie darüber froh sein sollte. Ihre Tochter war mit den alten Göttern aufgewachsen und glaubte an sie. Dieser Glaube gab ihr die Sicherheit, die sie brauchte. Fast beneidete sie Aila darum. Es war ihr in den langen Jahren gelungen, ein Teil der Dorfgemeinschaft zu werden, und doch fühlte sie sich jetzt beinahe wieder so fremd wie damals, als sie im Dorf angekommen war. Sie erkannte plötzlich, dass sie in den vergangenen Jahren in einer Scheinwelt gelebt hatte und sich geweigert hatte, die Realität zu sehen. Die Regeln und Gesetze der Menschen, mit denen sie lebte, hatte sie nie wirklich akzeptiert. Sie hatte sich lange eingeredet, es zu tun. Doch jetzt, wo sie selbst davon betroffen war, sträubte sich alles in ihr dagegen.

Es war nicht fair Calach und den anderen Dorfbewohnern gegenüber, doch ihr blieb keine Wahl, wenn sie Aila schützen wollte. Verico wurde mit jedem Tag ungeduldiger. Calach hatte ihm Aila versprochen, und er wollte nicht mehr länger mit der Hochzeit warten. Seit dem Abend, als er Ambicatus getötet hatte, verhielten sich seine Männer ihm gegenüber anders als sonst. Wann immer sie konnten, gingen sie ihm aus dem Weg, und er fürchtete schon, ihren Respekt zu verlieren. Auf den Gedanken, dass seine Unbeherrschtheit und Grausamkeit der Grund für ihr Verhalten sein könnte, kam er nicht.

7

Die Tage waren kürzer geworden, und Verico lief ziellos durchs Dorf. Ohne dass es ihm bewusst wurde, stand er plötzlich vor Calachs Haus. Er zögerte nur einen Moment, dann öffnete er die Tür. Aila saß am Feuer und ließ sich von Rana die Haare kämmen und die letzten Neuigkeiten erzählen. Sie hatte sich nie sonderlich für den Dorfklatsch interessiert, aber die Geschichten der Leibeigenen lenkten sie von ihrer Langeweile ab. Rana hatte ihr gerade von einem Streit zwischen Luisa und Marta erzählt, und sie musste lachen, als sie hörte, wie Luisa Marta das halb gerupfte Huhn an den Kopf geworfen hatte.

Ihr helles Lachen erstarb, als sie Verico im Türrahmen stehen sah. Seine Augen waren hart, und ein grausamer Zug legte sich um seinen Mund, als er Aila fröhlich lachend auf dem Hocker sitzen sah. Er fühlte sich betrogen und spürte, wie sein Blut zu kochen begann. Seine Braut sah ganz und gar nicht aus, als wäre sie krank, sondern eher wie das blühende Leben selbst. Sie war nie schöner gewesen. Ihre Wangen waren leicht gerötet, und bevor sie ihn entdeckte, hatten ihre Augen noch übermütig geblitzt.

Jetzt stand Angst in ihnen, was ihn unwillkürlich erregte. Sein Blick wanderte gierig über ihren Körper und blieb auf ihrer voller gewordenen Brust hängen. Glühendes Verlangen schoss in seine Lenden. Seine Augen verengten sich zu schmalen Schlitzen.

»Verschwinde, wir brauchen dich nicht mehr«, befahl er der Leibeigenen grob. Rana sah unsicher zu Aila, die ihr unmerklich zunickte. Immer noch zögernd, machte sie sich daran, seinem Befehl zu folgen. Ihr war nicht entgangen, wie wütend der junge Mann war. Konnte sie es wirklich verantworten, ihre Herrin mit ihm allein zu lassen? Sie schlug einen Bogen um Verico und drehte sich noch einmal um. Aila bedeutete ihr mit einer kurzen Handbewegung, sich zu beeilen, und endlich begriff sie, dass sie Hilfe holen sollte.

Verico, der Aila beobachtet hatte, bemerkte, dass er beinahe einen Fehler begangen hätte. Mit einem Satz war er an der Tür und verstellte Rana den Weg.

»Ich habe es mir anders überlegt, du bleibst hier«, sagte er spöttisch. Das erleichterte Aufatmen Ailas, als er Rana befohlen hatte, das Haus zu verlassen, war ihm nicht entgangen. Rana wäre sofort zur Fürstin gelaufen und hätte sie zu Hilfe geholt. Er packte Rana an den Schultern und schleuderte sie brutal zur Seite. Sie flog über eines der kleinen Tischchen und knallte mit dem Kopf gegen die Bank an der hinteren Wand, wo sie benommen liegen blieb.

Aila war aufgesprungen und starrte Verico wütend an. »Was fällt dir ein, hier hereinzukommen? Verlass sofort unser Haus.« Sie holte aus, um ihm ins Gesicht zu schlagen, doch bevor sie ihn erreichen konnte, packte er ihre Handgelenke und hielt ihre zu Fäusten geballten Hände fest. Seine Augen wurden dunkel vor Erregung. »Du hast mich belogen und vor meinen Männern lächerlich gemacht«, stieß er hervor. Sein Atem ging schneller, als er sie mit einer ruckartigen Bewegung zu sich heranzog und Ailas Bluse mit einem kräftigen Ruck zerriss. »Ich nehme mir nur, was mir zusteht«, murmelte er und versuchte Aila zu küssen. Doch sie wehrte sich mit all ihren Kräften. Er trat einen Schritt zurück und brachte sie damit aus dem Gleichgewicht. Blitzschnell drückte er sie zu Boden und warf sich auf sie. In ihren Augen stand blanke Panik, was ihn noch mehr erregte. Als sie ihm in die Hand biss, schlug er ihr wütend ins Gesicht.

Er war so mit Aila beschäftigt, dass er nicht bemerkte, dass Rana wieder zu sich gekommen war. Voller Sorge um ihre Herrin griff sie nach einem der großen Krüge und zerschlug ihn auf Vericos Hinterkopf. Bewusstlos sackte er auf Ailas entblößter Brust zusammen.

Aila verzog angeekelt das Gesicht. Sie rollte den schweren Körper des Mannes zur Seite und sah Rana dankbar an. »Das werde ich dir nie vergessen«, sagte sie zu der älteren Frau, die mit schlotternden Knien vor ihr stand. Sie war noch nie besonders mutig gewesen, doch die Angst um ihre Herrin hatte ihr ungeahnte Kräfte verliehen. Aila bemerkte, wie die Leibeigene zitterte. Sie schäumte vor Wut, als sie Verico auf dem Boden liegen sah. Am liebsten hätte sie ihm ein Messer in die Brust gestoßen, um zu verhindern, dass er ihr jemals wieder Gewalt antat. Ohne weiter darüber nachzudenken trat sie zu den Regalen und griff nach einem Fleischmesser. Rana würde bestätigen, dass sie ihn aus reiner Notwehr erstochen hatte, um ihre Ehre zu verteidigen. Rana beobachtete sie ängstlich, als sie sich mit dem Messer in der Hand über den verhassten Mann beugte. Sie holte aus und war gerade im Begriff zuzustoßen, als Verico stöhnend die Augen öffnete. In seinem Blick lag die Hilflosigkeit eines Kindes, das nicht verstand, was mit ihm geschah.

Aila hielt für einen Moment inne. Doch dieser Moment genügte Verico, um wieder zu sich zu kommen. Blitzschnell packte er ihr Handgelenk und entriss ihr das Messer. Obwohl sein Schädel noch von dem schweren Schlag dröhnte, begriff er, dass seine Braut ihn beinahe getötet hätte. Sein Blick war voller Hass, als er sich mühsam erhob und auf Aila zutrat. Niemand durfte es wagen, ihn zu betrügen oder zu hintergehen. Aila wich erschrocken vor ihm zurück. Dann drehte sie sich blitzschnell um und rannte aus dem Haus. Verico setzte ihr mit großen Sprüngen nach. Er hatte sie beinahe erreicht, als die ersten Dorfbewohner auf sie aufmerksam wurden. Aila stand nur wenige Meter von dem Haus des Schmiedes entfernt, der gerade vors Haus getreten war, um für einen Moment frische Luft zu schnappen. Mit einem Blick erfasste er die Situation und stellte sich schützend vor die Fürstentochter, die versuchte, ihre nackte Brust mit den Händen zu bedecken.

»Nicht so stürmisch, junger Mann«, sagte er in strengem Ton. »Bis zur Hochzeit wirst du schon noch warten müssen.« Er mochte den jungen Krieger nicht, dem seine wunderschöne Tochter auf so schamlose Weise nachgelaufen war, und er war bis heute das Gefühl nicht losgeworden, dass Verico irgendetwas mit ihrem Tod zu tun hatte. Zu seinem Bedauern hatte er keinen einzigen Beweis dafür. Langsam bildete sich eine Menschentraube um sie herum, die rasch größer wurde. Mit offener Neugier starrten die Menschen auf Aila. Das Mädchen wirkte gesund und munter und nicht, wie sie alle gedacht hatten, schwer krank. Was hatte das zu bedeuten? Miriam, die von Rana aus den Ställen geholt und von ihr über die Ereignisse informiert worden war, bahnte sich einen Weg durch die Menge. Außer Atem stürzte sie auf Aila zu und zog sie in ihre Arme. Sie warf Verico, der unschlüssig dastand, einen wütenden Blick zu.

»Wage es nie wieder, auch nur in die Nähe meiner Tochter zu kommen«, zischte sie ihm zu. Obwohl die Schmerzen in seinem Kopf unerträglich waren, konnte Verico es nicht dulden, dass eine Frau in aller Öffentlichkeit so zu ihm sprach, auch wenn sie die Frau des Fürsten war. Er wandte sich an die umherstehenden Menschen.

»Wie ihr alle sehen könnt, ist Aila nicht krank. Sie ist so gesund wie ihr. Die Fürstin und meine Braut haben versucht, mich zu betrügen. Aila ist mir versprochen, und ich werde sie noch vor dem nächsten Mond zur Frau nehmen.« Er sah Miriam drohend an. »Ich hoffe für euch, dass Calach ebenso von euch getäuscht worden ist wie ich.«

Miriam bemerkte, wie einige der Männer Zustimmung nickten. Wollte sich die Fürstentochter tatsächlich der Hochzeit entziehen? So etwas war bisher noch nicht vorgekommen. Welchen Grund mochte sie wohl dafür haben? Verico war ein stattlicher Mann, die beiden würden ein schönes Paar abgeben. Oder war es vielleicht das, wovor sie Angst hatte? Einige der jüngeren Männer begannen schlüpfrige Bemerkungen von sich zu geben, die lachend kommentiert wurden. Ailas Gesicht überzog sich mit flammender Röte.

Die Frauen starrten Miriam neugierig an. Sie waren gespannt, was sie zu den Vorwürfen des jungen Kriegers sagen würde. Miriam sah Schadenfreude, Misstrauen und Sensationslust in ihren Gesichtern, und plötzlich waren die Menschen ihr wieder so fremd wie damals, als sie in das Dorf gekommen war. Zu ihrem großen Entsetzen wurde ihr bewusst, in welcher Gefahr Aila schwebte. Ohne ein Wort zu sagen, zog sie Aila hinter sich her ins Haus und verschloss die Tür.

Aila merkte jetzt erst, wie erschöpft sie war. Sie ließ sich auf eine der Bänke fallen und erzählte Miriam, was geschehen war. »Verico ist widerlich und gemein, ich will ihn nie wieder sehen. Warum habe ich ihn nicht getötet, als ich die Chance dazu hatte?«, stieß sie leidenschaftlich hervor.

Miriam streichelte ihr beruhigend über die aufgelösten Haare. »Wir müssen uns bald etwas einfallen lassen. Wenn

Verico bemerkt, dass du schwanger bist, wird er alles unternehmen, um dich zu vernichten.«

Calach kehrte an diesem Tag mit reicher Beute zurück. Er war zufrieden. Die erlegten Tiere würden den Fleischvorrat für die nächsten Wochen sichern.

Es hatte den ganzen Tag über geregnet. Seine Kleider waren klamm vor Feuchtigkeit, und er freute sich auf das wärmende Feuer, das ihn in seinem Haus erwartete. Er sprang vom Pferd und drückte einem der Leibeigenen die Zügel in die Hand.

Da sah er Verico mit finsterem Blick auf sich zu kommen. Der junge Krieger hatte getrunken, wie Calach an seinem unsicheren Gang erkannte. Drohend blieb er vor ihm stehen, das Gesicht zornig gerötet. Calach blickte ihn auffordernd an, doch Verico wich seinem Blick aus und sah an ihm vorbei. Die ernste Anteilnahme des Fürsten verunsicherte ihn für einen Moment. Doch dann siegte die Wut, und die Worte brachen nur so aus ihm heraus.

»Du hast mich betrogen und dein Wort gebrochen. Deine Tochter ist nicht krank, wie du behauptet hast. Ich habe mich selbst davon überzeugt.«

Calach spürte, wie der Zorn in ihm hochstieg. Noch nie hatte jemand es gewagt, sein Wort anzuzweifeln. »Du solltest deine Worte sorgfältiger wählen«, versuchte er den jungen Krieger zu beschwichtigen. »Ich habe noch nie mein Wort gebrochen und werde es auch nicht tun. Aila wird deine Frau, sobald sie sich von ihrem Lager erheben kann.«

Doch Verico ließ sich nicht beruhigen. Das Bier, das er den Nachmittag über in sich hineingeschüttet hatte, ließ jegliche Hemmungen und Vorsicht schwinden. »Ihr habt mich belogen, du und auch die Fürstin! Ich habe mit eigenen Augen gesehen, wie meine Braut gesund und lachend auf einem Hocker saß und sich die Haare kämmen ließ.«

Calach runzelte die Stirn. Miriams warnende Worte fielen ihm ein; Verico schien tatsächlich keinen Respekt mehr vor ihm zu haben, sonst würde er es nicht wagen, ihn der Lüge zu bezichtigen. Ohne weiter nachzudenken, holte er aus und schlug dem jungen Krieger die geballte Faust ins Gesicht. Verico machte taumelnd einen Schritt nach hinten. Calach sah ihn scharf an. »Du hast Glück, dass wir allein sind und du der Sohn für mich bist, den ich nie hatte. Geh jetzt, und schlaf deinen Rausch aus. Wir reden morgen weiter.«

Er wandte sich ab und ließ ihn stehen. Verico rieb sich die schmerzende Stelle im Gesicht und starrte Calach wütend nach, der mit großen Schritten auf sein Haus zulief. Der Feldherr hatte ihn wie einen dummen Jungen behandelt und nicht wie einen Krieger. In seine Augen trat tödlicher Hass. Er vergaß ganz, dass er es gewesen war, der Calach beleidigt hatte.

Miriam bemerkte sofort, wie erregt Calach war. Besorgt erhob sie sich und trat auf ihn zu. Auf seiner Stirn zeigte sich eine steile Falte, die seinen nur mühsam beherrschten Zorn verriet. »Du sagst mir jetzt sofort, was hier los ist«, befahl er, kaum dass er zur Tür hereingekommen war. Sie sah den kalten Argwohn in seinen Augen, und er tat ihr weh. »Ist meine Tochter tatsächlich krank oder hat sie gelogen, wie Verico behauptet hat?«

Miriam sah ihn ruhig an, obwohl sie vor Aufregung innerlich zitterte. »Bitte setz dich, ich hätte schon früher mit dir reden sollen, doch ich hatte Angst, du würdest es nicht verstehen.«

Calach fluchte laut. Sein Gesicht wurde finster. »Verico hatte also Recht. Was habe ich getan, dass meine Frau und meine Tochter mich hintergehen?« Der Zorn ging mit ihm durch. »Unsere Gesetze gelten für jeden von uns und damit auch für euch. Ich habe Verico mein Wort gegeben. Er wird Aila heiraten.«

Miriam senkte den Blick. Sie wusste, dass Calach unter großem Druck stand. Es musste ihr gelingen, ihn zu beruhigen, bevor sie ihm die ganze Wahrheit erzählte.

»Sag mir, warum!« Seine Augen wurden schmal, als sie schwieg. Unbeherrscht packte er sie an den Haaren und riss ihren Kopf zurück. Sie stöhnte auf, als sein Griff fester wurde. Calach bemerkte, wie ihr Gesicht alle Farbe verlor. Abrupt ließ er sie los und trat einen Schritt zurück. Er sah sie an, als wäre sie eine Fremde. In seinen Augen standen Wut und verletzter Stolz, und Miriam spürte seine Kälte wie eine Wand.

Ihre Augen brannten von ungeweinten Tränen. Sie hatte Angst. Angst um Aila und um ihre Liebe.

Aila verfolgte entsetzt die Szene, die sich vor ihren Augen abspielte. Es war das erste Mal, dass sie ihre Eltern streiten sah. Bevor Miriam es verhindern konnte, wandte sie sich an ihren Vater. Hoch aufgerichtet und stolz stand sie vor ihm. Ihre Augen funkelten ihn an. »Ich kann Verico nicht heiraten, weil ich bereits einen Mann habe. Ich trage sein Kind unter dem Herzen.«

Calach wurde blass. Damit hatte er nicht gerechnet. Es dauerte einen Moment, bevor er die ganze Tragweite ihrer Worte begriff. Er blickte Aila an, als würde er sie das erste Mal sehen. Seine Augen wurden hart.

»Du hast deine Ehre fortgeworfen und mit ihr die Ehre unserer Familie. Du kennst unsere Gesetze und weißt, was dich erwartet.« Sein Gesicht war schmerz- und zornverzerrt.

Miriam versuchte verzweifelt, zu ihm durchzudringen. »Aila war in einer anderen Welt, und dort gelten andere Gesetze. Mog Ruith hat sie dorthin gesandt, um dein Volk zu retten.« Hatte er ihr überhaupt zugehört? Sie spürte seinen Schmerz hinter der Kälte. Es zerriss ihr beinahe das Herz. Wortlos drehte Calach sich um und verließ das Haus. Miriam sah ihm mit tränenblinden Augen nach. Sie unterdrückte das Verlangen, ihm zu folgen. Es hatte keinen Sinn. Mit zitternden Händen begann sie, einige Sachen zusammenzupacken. »Wir müssen das Dorf verlassen, wenn wir dich retten wollen«, sagte sie zu Aila und schluckte die aufsteigenden Tränen hinunter. Sie versuchte ihre Gedanken darauf zu konzentrieren, was sie am dringendsten brauchen würden, aber am Ende packte sie einfach nur wahllos einige Sachen ein und reichte Aila ein großes Bündel.

»Hilf mir, es auf die Pferde zu packen.« Sie packte ein zweites Bündel und sah sich noch einmal in dem Haus um, in dem sie so viele glückliche Jahre mit Calach verbracht hatte.

Würde sie jemals wieder hierher zurückkehren können? Das Haus war ihr Zuhause, Calach war ihr Zuhause. Wie sollte sie nur ohne ihn leben?

Aila war zurückgekommen und sah ihre Mutter fest an. Ihre Lippen waren zusammengepresst, und sie strahlte tiefe Entschlossenheit aus. »Deine Aufgabe ist es, hier im Dorf zu bleiben, bei meinem Vater. Ich werde allein gehen. Bitte versuch nicht, mich daran zu hindern.«

Miriam starrte entsetzt in das entschlossene Gesicht ihrer Tochter in dem nichts Kindliches mehr lag. Sie dachte nicht daran, sich ihrem Willen zu beugen, obwohl sie wusste, dass es nicht leicht sein würde, sich gegen sie durchzusetzen. Wenn Aila sich einmal etwas in den Kopf gesetzt hatte, war sie nur schwer davon abzubringen.

»Ich werde dich auf keinen Fall allein gehen lassen; denk doch an das Kind. Was willst du tun, wenn dir etwas passiert? Du bist doch noch so jung«, sagte sie verzweifelt.

»Die Götter werden mich beschützen, sie haben diesen Weg für mich gewählt. Ich habe eine Aufgabe zu erfüllen. Es ist mein Schicksal. Du kannst mir nicht helfen.« Ailas Augen wurden weit und sahen durch die Mutter hindurch in eine andere Welt.

Mit leiser Stimme begann sie zu sprechen: »Nach einer dritten Sonnenfinsternis wird der Adler schwanken. Die Raben werden den Fluch des Einen mit Vergangenheit und Gegenwart in Tränen vereinen.«

Ein Schauer lief durch Miriams Körper. Es war nicht die Stimme ihrer Tochter, die da zu ihr gesprochen hatte. Es war fast so wie damals, als sie bei Mog Ruith gewesen war.

Aila kehrte zu ihr zurück, ihre Augen wurden wieder klar. Sie sah ihre Mutter an. »Ich muss fort, bitte lass mich gehen.« Miriam umarmte sie verzweifelt und strich ihr immer wieder über das feine Haar. Der Gedanke, ihre Tochter allein einer ungewissen Zukunft auszuliefern, war unerträglich für sie.

Aila befreite sich sanft aus ihren Armen. »Du brauchst dich nicht zu sorgen, die Götter werden bei mir sein.« Sie versuchte, ihrer Stimme einen sorglosen Klang zu geben, doch Miriam war nicht so leicht zu täuschen. Ihr Herz war schwer, als sie Aila aufs Pferd half. Mit tränenblinden Augen lief sie neben ihr her und öffnete das Tor. Dann sah sie ihrer Tochter nach, bis die Dunkelheit sie und Caru, der wie ein

Schatten neben ihr aufgetaucht war, verschluckte. Sie schloss das Tor und taumelte zurück ins Haus. Sie hatte sie beide verloren. Erst Calach und jetzt auch noch Aila. Weinend schlug sie die Hände vors Gesicht und ließ sich neben dem Feuer auf den mit Stroh bedeckten Boden sinken.

Lange saß sie so, und ihre Gedanken drehten sich immer wieder um die eine Frage: Warum? Obwohl das Feuer brannte, war es in ihrem Innern eiskalt. Die Kälte breitete sich in ihrem Körper aus und schloss sich wie eine Kralle um ihr Herz. War das der Preis für das Glück, das sie in den vergangenen Jahren hatte erfahren dürfen? Ihr wohlgeordnetes Leben war ihr entglitten und lag wie ein Scherbenhaufen vor ihr. Deprimiert starrte sie in das flackernde Feuer, ohne es wirklich wahrzunehmen. Ihre Gedanken wurden dunkler, als sie mit fast schon selbstzerstörerischer Genauigkeit damit begann, eine Bestandsaufnahme von ihrem Leben zu machen.

Sie befand sich in einem primitiven Steinhaus, umgeben von Menschen, die voller Aberglauben waren und sich davor fürchteten, dass ihnen der Himmel auf den Kopf fallen könnte. Der Mann, für den sie die moderne Zivilisation verlassen hatte, verachtete sie und hatte sie ihrem Schicksal überlassen. Ihre schwangere Tochter war auf der Flucht, und von ihrem einzigen Freund Barco war weit und breit nichts zu sehen.

Sie griff nach einer der kleinen Götterstatuetten, die Aila manchmal aus Lehm formte und neben dem Feuer trocknen ließ, und warf sie wütend gegen die Wand. Das Köpfchen der Figur brach ab und rollte über den Boden. Sofort stiegen grässliche, lange verdrängte Erinnerungen in ihr hoch. Der Anblick des über den Boden rollenden Köpfchens war zu viel für sie. Von Selbstmitleid übermannt, warf sie sich auf ihre Bettstelle und zog sich die Decke über den Kopf. Die Zukunft lag wie eine schwarze Wand vor ihr, böse und undurchdringlich. Sie weinte sich in den Schlaf und träumte von Calach, der mit vorwurfsvollen, kalten Augen durch sie hindurchsah, als wäre sie überhaupt nicht vorhanden.

8

Aila spürte, dass sie richtig gehandelt hatte. Nachdem sie das Dorf verlassen hatte, war sie eine Weile scharf galoppiert, dann hatte sie die Stute zu einem ruhigen, gleichmäßigen Trab durchpariert und war schließlich, als das Tier erste Müdigkeit zeigte, zum Schritt übergegangen. Sie ließ die Zügel lang und gab sich ihren Gedanken hin, die unweigerlich bei Dave landeten. Sie sah sein Gesicht vor sich, spürte seinen liebevollen Blick und seine unendliche Zärtlichkeit. Wie immer, wenn sie an den Geliebten dachte, überkam sie heiße Sehnsucht, süß und bitter zugleich, und es gab keine größere Versuchung, als sich in diese Traumwelt aus längst vergangenen, kostbaren Momenten hineinfallen zu lassen und darin zu schwelgen, bis es wehtat. Ein heller Streifen erschien am Horizont und durchbrach das diffuse Grau, das sie umgab. Immer wieder nutzte sie die kleinen Bäche und Flüsse, die sich überall durch das Land zogen, um die Spuren ihres Pferdes zu verwischen. Sie hatte sich noch keine Gedanken darüber gemacht, wohin sie reiten sollte, und wollte nur so weit fort von Verico, wie es möglich war. Wenn sie erst einmal sicher vor ihm war, konnte sie sich immer noch überlegen, wohin sie eigentlich wollte.

Am späten Vormittag stieß sie auf Wagenspuren, die sich deutlich sichtbar in den weichen Boden eingegraben hatten. Sie sahen aus, als wären sie noch ganz frisch. Rechts und links neben den Riefen entdeckte Aila verschiedene Hufspuren. Sie zügelte ihr Pferd. Ob sie auf die Spuren des Händlers gestoßen war? Die Hufspuren neben den Riefen sprachen jedenfalls dafür. Sie überlegte nur einen Moment.

Ihr Aufbruch war unüberlegt und allzu schnell gewesen, und sie hatte nur wenige Vorräte mitgenommen. Aber bei Aelius würde sie alles finden, was sie für die nächste Zeit dringend brauchte.

Sie trieb ihr Pferd zu einem schnellen Galopp an. Der scharfe Wind ließ ihre Augen tränen und vertrieb ihre Müdigkeit. Kurze Zeit später stellte sie erfreut fest, dass sie mit ihrer Vermutung Recht gehabt hatte. Vor ihr tauchte der voll beladene Wagen von Aelius auf, der nur langsam vorankam. Als die Männer das Hufgeklapper hinter sich hörten, wendeten sie ihre Pferde und griffen nach ihren Schwertern. Aila wechselte aus dem Galopp in einen langsameren Trab und dann in Schritt über. Aelius' Begleiter steckten die Schwerter zurück in die Scheide, als sie Aila erkannten. Die Tochter des Gaufürsten war keine Gefahr für sie. Der Händler begrüßte sie freundlich. Neugierige Erwartung lag in seinem runden Gesicht, und seinen flinken Augen entgingen weder die Schatten unter Ailas Augen noch die tiefe Traurigkeit, die sie umgab. Es musste etwas Außergewöhnliches geschehen sein, denn es sah ganz danach aus, als wäre sie allein unterwegs, was mehr als ungewöhnlich war. Gespannt wartete er darauf, was sie zu sagen hatte.

Aila sah ihn bittend an. »Ich brauche so viel von deinen Vorräten, wie du entbehren kannst, da ich noch einen weiten Weg vor mir habe. Wirst du mir helfen, obwohl ich nichts bei mir trage, womit ich sie bezahlen kann?« Aila versuchte gar nicht erst, ihm etwas vorzumachen, sondern kam direkt zur Sache. Er spürte, dass sie in Schwierigkeiten war. Gern hätte er den Grund dafür erfahren, doch Aila schien nicht gewillt, mit ihm darüber zu sprechen. Er gab seinen Begleitern einen Wink, woraufhin zwei von ihnen von ihren Pferden sprangen. Dann befahl er ihnen, geräuchertes Fleisch, Salz, doppelt gebackenes Brot, geröstete Nüsse und einen Schlauch Wein zusammenzupacken.

»Kann ich dir sonst noch irgendwie behilflich sein?«, fragte er ruhig. Aila sah ihn dankbar an. »Nein, du kannst mir nicht helfen«, sagte sie leise, »das können nur die Götter. Trotzdem danke ich dir für deine Großzügigkeit und wünsche dir und deinen Begleitern eine gute Reise.« Bevor sie ihr Pferd wendete, hob sie grüßend die Hand. Dann schien sie es sich anders überlegt zu haben, denn sie kam noch einmal zurück. Sie hatte den Schmuck, den sie trug, ganz vergessen. Was mochte der Händler wohl von ihr denken? Er war mehr als großzügig zu ihr gewesen. Andere Händler hätten ihre Situation ausgenutzt und wahrscheinlich ihren gesamten Schmuck für die Vorräte verlangt. Sie nahm einen breiten, kostbar verzierten, goldenen Armreif von ihrem Handgelenk und reichte ihn dem Händler.

»Den Schmuck hatte ich ganz vergessen«, sagte sie entschuldigend. »Bitte nimm ihn«, fügte sie hinzu, als er abwehrend die Hand hob. Prüfend musterte sie ihn. Ob sie ihm vertrauen konnte? Sie musste es zumindest versuchen. »Eine Bitte habe ich noch an dich: Erzähle niemandem, dass du mich getroffen hast.«

Der Händler nahm den Reif entgegen. Ihre Blicke trafen sich. »Es wird kein Wort über meine Lippen kommen«, versprach er. Nachdenklich sah er ihr nach, bis sie hinter einer Biegung des Weges verschwunden war. Die Fürstentochter war zu einer schönen stolzen Frau herangewachsen. Eine geheimnisvolle Aura umgab sie wie ein durchsichtiger Umhang. Sie würde schon wissen, was sie tat. Trotzdem hätte er gern erfahren, was geschehen war. Es sah beinahe so aus, als wäre sie auf der Flucht, und es war besser sich da herauszuhalten. Die Männer im Hochland waren unbeherrscht und aufbrausend. Wenn es um ihre Frauen ging, verstanden sie keinen Spaß. Er tröstete sich damit, dass er im nächsten Jahr wiederkommen würde. Vielleicht würde er dann mehr Glück haben und erfahren, was geschehen war. Seufzend trieb er die Pferde an, die sich willig in Bewegung setzten.

Aila war zufrieden. Sie hatte alles, was sie für die nächste Zeit brauchte. Jetzt war es nur noch wichtig, einen Ort zu finden, an dem sie vor ihren Verfolgern sicher sein würde. Sie zwang sich, die Gedanken an Dave zur Seite zu schieben und sich auf das Notwendige zu konzentrieren. Die Sonne, die sie eben noch gewärmt hatte, verschwand hinter einer dicken, grauen Wolkenschicht, und bald begann es zu regnen. Der Regen wurde heftiger und machte die Wege rutschig. Er würde alle Spuren verwischen, dachte Aila und hatte somit auch etwas Gutes.

Gegen Mittag erreichte sie einen dunklen Nadelwald, in den kaum Tageslicht eindrang. Es roch nach Moder und Fäulnis. Der Boden war von einem dichten Belag aus Tannennadeln überdeckt, der ihre Schritte verschluckte. Beinahe geräuschlos bewegte sie sich durch den riesigen Wald, der kein Ende zu nehmen schien. Sie kam jetzt schneller voran, da der Boden weniger rutschig war. Aila verlor jedes Zeitgefühl. Das dichte Flechtwerk aus Zweigen versperrte den Blick nach oben, und sie konnte nicht erkennen, wie spät es war.

Nach einiger Zeit verwandelte sich der Tannenwald in einen Mischwald, doch es wurde nicht heller. Aila saß mit zusammengepressten Lippen auf ihrem Pferd. Sie war erschöpft von dem anstrengenden Ritt und sah sich schon eine ganze Weile nach einem geeigneten Platz zum Rasten um. Sie fand ihn schließlich unter einer Baumgruppe, die von hohen Farnen und Sträuchern umgeben war. Die Äste der mächtigen Eichen waren so ineinander verschlungen, dass sie ein natürliches Dach bildeten, durch das nur wenige Regentropfen hindurchschlüpfen konnten. Müde ließ sie sich von ihrer Stute sinken. Sie nahm den schweren Sattel vom Rücken des Tieres, das ebenso erschöpft war wie sie, und band ihm die Vorderbeine fest, damit es grasen, aber nicht weglaufen konnte. Ihren völlig durchnässten Umhang hängte sie zum Trocknen an einen Ast und legte sich stattdessen eine Decke um ihre Schultern. Dann breitete sie eine zweite Decke auf dem weichen, mit Flechten und Moos überzogenen Boden aus, und ließ sich darauf nieder. Sie war so müde, dass sie keinerlei Hunger verspürte. Gedankenverloren starrte sie in die mächtige Baumkrone über ihr, bis ihr die Augen zufielen.

Nachdem er aus seinem Haus gestürmt war, ließ Calach sich gegen die Hauswand sinken und schloss die Augen. »Ich habe bereits einen Mann und trage sein Kind unter dem Herzen.« Ailas Worte hämmerten in seinem Gehirn, bis er glaubte, es nicht mehr auszuhalten. Er war wie vor den Kopf geschlagen.

Der Zorn schoss in ihm hoch wie eine vom Sturm gepeitschte Welle und verhinderte jeden klaren Gedanken. Er hatte das Gefühl, keine Luft mehr zu bekommen, und wollte nur noch fort. Die kalte Nachtluft, die ihm entgegenschlug, verschaffte ihm nur wenig Erleichterung. Er starrte auf den verlassenen Dorfplatz, ohne ihn wirklich wahrzunehmen. Es dauerte eine Weile, bis seine Augen sich an die Dunkelheit gewöhnt hatten. Sein Zorn ebbte nur langsam ab und wandelte sich in Ratlosigkeit, als ihm die ganze Tragweite klar wurde, die Ailas Schwangerschaft besaß. Noch nie war er einer Schlacht aus dem Weg gegangen, voller Vertrauen auf die Götter hatte er sich jedem seiner Feinde entgegengestellt. Doch jetzt gab es niemanden, gegen den er kämpfen konnte. Ohnmächtiger Zorn stieg erneut in ihm hoch und verhinderte jeden weiteren Gedanken. Er stand jetzt vor dem Versammlungshaus und wusste nicht einmal, wie er dorthin gekommen war. Feuchte Kälte und der Geruch von kaltem Qualm schlugen ihm entgegen, als er die Türe öffnete und eintrat. Die große Feuerstelle lag verlassen in der Mitte des dunklen Raumes. Wütend trat er gegen einige verkohlte Holzstücke, die in hohem Bogen durch die Luft flogen und an die gegenüberliegende Wand knallten, wo sie splitternd zerbrachen. Er spürte, wie seine Wut etwas nachließ, und kickte noch einige weitere Holzstücke gegen die Wand. Er trug nur dünne Lederschuhe, aber den Schmerz in seinem Fuß nahm er gar nicht wahr, als er mit voller Wucht wieder und wieder gegen das Holz trat. Als keine Holzscheite mehr da waren, begann er mit großen Schritten auf und ab zu gehen. Langsam gelang es ihm wieder, einen klaren Gedanken zu fassen. Aila war schwanger, und er wusste noch nicht einmal, wer es gewagt hatte, ihr zu nahe zu treten. Er sah ihr feines Gesicht vor sich. Furchtlos hatte sie ihm die Worte entgegengeschleudert, nachdem er Miriam gegenüber die Beherrschung verloren hatte. Sie hatten ihn hintergangen. Seine Familie, für die er jederzeit bereit war zu sterben, hatte ihm das Schlimmste angetan, das er sich überhaupt vorstellen konnte. Er, Calach, Feldherr und Vergobretos, war gezwungen sein Wort zu brechen. Die Situation begann ihn zu überfordern. Gern hätte er mit Miriam darüber gesprochen, wie er es oft schon getan hatte, wenn es Probleme gab oder Entscheidungen zu treffen waren. Doch mit dem Gedanken an seine Frau kam der Zorn zurück. Seine Hände ballten sich zu Fäusten.

»Was habe ich euch getan, ihr Götter, dass ihr euer Spiel mit mir treibt?«, brüllte er unbeherrscht in die Stille. Der große Raum begann ihn zu erdrücken.

Das Bedürfnis mit Miriam zu reden wurde übermächtig. Er musste einfach wissen, warum sie ihm das alles angetan hatte. Sie war es ihm einfach schuldig. Mit großen Schritten lief er zu seinem Haus zurück und riss die Tür auf. Das Feuer brannte noch, doch von Miriam und Aila war nichts zu sehen. Ob sie bei seiner Schwägerin waren? Er rannte zum Haus seines Bruders, doch dort war alles dunkel. Ira hob verschlafen den Kopf, als sie jemanden an der Tür hörte. Als sie im Licht der Talglampen Calach erkannte, erhob sie sich von ihrem Lager und trat auf ihren Schwager zu. Selbst in dem schwachen Licht konnte sie erkennen, dass es ihm nicht gut ging.

»Was ist geschehen?«, fragte sie beunruhigt. Sie warf einen Blick auf Caratacus, doch der schlief tief und fest.

»Miriam und Aila sind nicht im Haus. Ich habe gedacht, sie wären vielleicht hier.« Seine Stimme klang gepresst, und sein Atem ging so schnell, als hätte er einen langen Lauf hinter sich. Eine böse Ahnung beschlich ihn. Wenn sie nicht hier waren, konnte das nur bedeuten, dass sie fortgelaufen waren. Er musste es genau wissen. Scharf sah er seine Schwägerin an, die sich sichtlich unwohl unter seinem Blick fühlte. »Du warst doch ihre Freundin. Hast du gewusst, dass Aila Schande über unsere Familien gebracht hat?«

Ira starrte ihn fassungslos an. Sie verstand nicht ganz,

was Calach meinte. Wenn Aila Schande über ihre Familien gebracht hatte, konnte das nur bedeuten, dass sie schwanger war. Wie war das möglich, Miriam hatte doch alles unternommen, um sie von Verico fern zu halten! Ob der junge Krieger ihr Gewalt angetan hatte? Hatte sie deshalb die Krankheit von Aila vorgetäuscht? Aber wenn Aila schwanger war, musste sie erst recht so schnell wie möglich heiraten. Ira verstand gar nichts mehr. Ratlos erwiderte sie den Blick ihres Schwagers, der voller Ungeduld auf eine Antwort von ihr wartete. Er sah aus, als wollte er sich jeden Moment auf sie stürzen, um eine Antwort aus ihr herauszupressen.

Instinktiv wich sie einen Schritt zurück. »Ich verstehe das alles nicht«, sagte sie lahm. »Geht es um die Hochzeit mit Verico?«

Calach packte sie hart an den Schultern. »Hat Miriam mit dir darüber geredet? Was hat sie dir noch erzählt? Sag es mir, ich muss es unbedingt wissen.«

Ira starrte ihn erschrocken an. Warum hatte sie nicht den Mund gehalten? Jetzt war es zu spät, Calach würde keine Ruhe geben, bis er alles von ihr erfahren hatte, was sie wusste. Der Druck seiner Hände wurde stärker.

Ira verzog schmerzhaft das Gesicht. »Miriam hat Ailas Krankheit erfunden. Ich weiß aber nicht, warum sie es getan hat. Ich habe es nicht verstanden, doch sie hatte sicher einen guten Grund, weshalb sie die Hochzeit verschieben will«, versuchte sie die Freundin in Schutz zu nehmen.

»Das ist alles, was sie dir erzählt hat?« Enttäuscht ließ er sie los. Ira griff nach dem Krug, der vor ihr auf dem Tischchen stand, und goss einen Becher Wein ein. Sie reichte ihn Calach.

»Trink etwas, es wird dich beruhigen.« Calach stürzte

den Becher in einem Zug hinunter. Dann drehte er sich um und verließ ohne ein weiteres Wort das Haus. Hier würde er nichts mehr erfahren.

Er lief zu den Ställen, die im Dunkeln lagen Das überraschte Schnauben seines Hengstes beachtete er nicht. Er zündete eine Öllampe an und stellte erstaunt fest, dass nur Ailas Stute fehlte. Ob Aila ohne ihre Mutter fortgeritten war? Doch wo war Miriam? Er musste es genau wissen und schlug erneut den Weg zu seinem Haus ein. Mit einem Ruck riss er die Türe auf und stellte erleichtert fest, dass Miriam auf ihrer Bettstelle lag und schlief. Die Decke, die sie über sich gezogen hatte, war zur Seite gerutscht und gab ihr Gesicht frei. Ihre Wangen waren noch feucht von den Tränen, die sie vergossen hatte. Für einen kurzen Moment war Calach versucht, sie in seine Arme zu ziehen und ihr die Tränen fortzuwischen, doch dann holte ihn die Wut ein. Er packte sie heftiger bei den Schultern, als er vorgehabt hatte, und rüttelte sie so fest, dass sie erschrocken die Augen aufschlug. Als sie ihn erkannte, schwand ihre Angst und wandelte sich in Erleichterung. Benommen setzte sie sich auf. Ihre Augen suchten seinen Blick. Doch alles, was sie darin las, war Enttäuschung und Wut. Merkte er nicht, wie sehr er sie damit verletzte? Sie legte eine Hand auf seine Schulter, in der Hoffnung, die alte Vertrautheit zwischen ihnen zurückzuerlangen, doch er schüttelte sie so unwillig ab, als wäre sie ein lästiges Insekt.

Miriam war nicht bereit kampflos aufzugeben. »Ich habe das, was geschehen ist, nicht gewollt, und auch Aila wollte dich nicht verletzen«, begann sie, in der Hoffnung, dass Calach ihr endlich zuhören würde. Doch ihre Hoffnung erfüllte sich nicht. Sein Gesicht hatte sich bei ihren Worten zusehends verfinstert. Sie sah den kalten Argwohn in seinen Augen, aber auch die Verzweiflung über die aussichtslose Situation, in der sie sich befanden.

»Ich will sofort wissen, wo Aila ist.«

Miriam hob den Kopf und sah ihn aus tränenfeuchten Augen an. »Ich kann es dir nicht sagen. Sie hat gesagt, dass sie eine Aufgabe zu erfüllen hat.« Calachs Gesicht war bleich geworden, und die Wut verhinderte jeden klaren Gedanken in ihm.

»Willst du damit sagen, dass sie geflohen ist, um sich aus der Verantwortung zu stehlen und sich unserem Gesetz zu entziehen?« Die Kälte in seiner Stimme und seinen Augen tat ihr weh. »Sie ist meine Tochter, hast du das vergessen?«

»Und du bist mein Mann«, sagte sie zittrig.

»Dann erinnere dich an dein Versprechen mir zu gehorchen. Wo ist Aila jetzt?«

»Ich weiß es nicht, und wenn ich es wüsste, würde ich es dir nicht sagen.« Sie hatte keine Kraft mehr zum Diskutieren. Er fluchte wieder, und seine Stimme wurde noch heftiger. »Kannst du mir erzählen, was ich den Männern sagen soll? Meine Tochter hat zugelassen, dass man ihre Ehre genommen hat, sie hat Schande über unsere Familien gebracht und mich gezwungen, mein Wort zu brechen – und du nimmst sie noch in Schutz?« Jetzt schrie er fast. »Durch dein Schweigen verrätst du mich.«

Vor seinen Augen wurde es rot. »Du stehst zwischen mir und der Gerechtigkeit.« Er schlug sie, bevor er seine Hand bremsen konnte. Im gleichen Moment bereute er schon, sie geschlagen zu haben, doch sein Wut ließ keine Entschuldigung zu.

Miriam zitterte am ganzen Körper, ihre Augen waren von ungläubigem Schmerz geweitet. »Ich will dich nicht mehr sehen, bis du mir sagst, wo Aila ist.« Er drehte sich um und ließ Miriam weinend zurück. Weit konnte sie noch nicht gekommen sein. Wenn er sofort aufbrach, würde er sie einholen. Ihre Flucht kam einem Schuldeingeständnis gleich. Kalte Wut stieg in ihm hoch. Miriam hatte ihn verletzt und hintergangen, doch damit würde sie nicht durchkommen. Er würde Aila finden, um Rechenschaft von ihr zu verlangen, und wenn er bis ans Ende der Welt reiten müsste. Er zäumte den Hengst auf und führte ihn aus dem Stall bis zum Tor. Dann schwang er sich auf seinen Rücken und galoppierte in die Nacht. Das Tor hinter ihm blieb weit geöffnet stehen. Er hatte sich nicht die Mühe gemacht, es wieder zu schließen und war nur von einem Gedanken beseelt: Mog Ruith. Der Druide musste die Götter für ihn befragen, und er konnte nur hoffen, dass er durch ihn erfahren würde, was die Götter von ihm verlangten. Trotz allem, was Aila ihm angetan hatte, blieb die leise Hoffnung, sie bei dem Druiden zu finden.

Der heilige Hain lag verlassen in der Dunkelheit, als er ihn erreichte. Er band sein Pferd fest und ging das letzte Stück zu Fuß. Unzählige glitzernde Augen beobachteten jede seiner Bewegungen. Ein Schauer lief ihm über den Rücken, als er in die geheimnisvolle Atmosphäre der unsichtbaren Welt mit den Geistern der Vorfahren und anderen Schattenwesen eintauchte, und er fühlte sich wie ein Eindringling. Ehrfürchtig lauschte er in die Stille. Kein Laut drang an seine Ohren, und doch wusste er, dass er nicht allein war. Die Druiden lebten mit ihren Schülern verborgen im Wald. Sie riefen die Götter an, brachten ihnen Opfer und untersuchten den Sternenhimmel auf Vorzeichen, während ihre Schüler den größten Teil des Tages damit beschäftigt waren die heiligen Verse auswendig zu lernen. Das Leben in der

Männergemeinschaft war hart, und nur wenige der jungen Männer hielten die zwanzig Jahre dauernde Ausbildung durch. Die meisten Schüler gaben bereits im ersten Jahr wieder auf und gingen zurück zu ihren Familien.

Calach setzte sich unter die heiligen Eichen und wartete. Obwohl es ihm als Stammesfürst erlaubt war, Mog Ruith zu jeder Zeit aufzusuchen, verspürte er das Bedürfnis, eine Weile mit den Geistern seiner Vorfahren allein zu sein. Der Zwiespalt, in dem er sich befand, verwirrte ihn mehr, als er es sich jemals eingestehen würde.

Er sah Miriams Gesicht vor sich und stöhnte leise auf. Wie hatte sie ihm das antun und ihn so verraten können? Er konnte den Gedanken nicht ertragen, Miriam zu verlieren. Die Zukunft seiner kleinen Familie lag in den Händen der Götter. Ob er ihnen vertrauen konnte? Schon einmal hatte er an ihnen gezweifelt, doch das war lange her. Er war immer noch Vergobretos und hatte vor jeder Entscheidung das letzte Wort. Würde er wirklich in der Lage sein, die ihm anvertraute Macht zu missbrauchen, um seine Tochter zu retten? Er wusste es nicht und bemühte sich verzweifelt darum, klare Gedanken zu fassen. Die vielen Gespräche mit Miriam hatten seine Denkweise beeinflusst, ohne dass er es bemerkt hatte. Er war zu aufgewühlt, um dem Druiden sofort gegenüberzutreten.

Lange saß er da und spürte, wie seine Gedanken nach einer Weile leichter wurden und aufhörten, ihn zu beherrschen. Ein heller Streifen erschien am Horizont und kündigte den neuen Tag an.

Mog Ruith lehnte am Stamm einer Moorbirke und schloss für einen Moment die Augen. Er befand sich bei den weißen Stuten, die verborgen vor den Augen der Menschen in der Nähe des heiligen Hains lebten, und hielt stumme

Zwiesprache mit ihnen. Nur die Priester und ihre Gehilfen durften sich ihnen nähern. Da sie niemals Fleisch verzehrten, war ihre Ausdünstung rein und beunruhigte die Pferde nicht. Er sehnte sich danach, in die andere Welt zu gehen, um ganz bei den Göttern zu sein, doch sie ließen es nicht zu. Er hatte sich wochenlang in sich selbst versenkt und gespürt, wie die Kräfte seines Körpers schwächer wurden und sein Geist stark. Das Schnauben der Stuten hatte ihm verraten, dass der Tag der Entscheidung nicht mehr fern lag.

Die Leitstute rieb immer wieder ihren schönen Kopf an seiner Wange. Es war fast so, als wollte sie ihn trösten. Mit sanfter Hand fuhr der alte Druide ihr über die weichen Nüstern. Das Tier folgte ihm bis zum Gatter und schenkte ihm zum Abschied ein helles Wiehern, das wie eine Verheißung klang. Mit müden Schritten machte er sich auf den Weg zu seinen Schülern.

Barco, der schon vor einiger Zeit das Unterrichten der Schüler übernommen hatte, löste sich aus dem Kreis der jungen Männer und kam Mog Ruith mit ausgestreckten Armen entgegen. Er brachte dem Mittler zwischen Göttern und Menschen großen Respekt entgegen. Immer häufiger hatte Mog Ruith ihn schon an seinen Visionen teilhaben lassen, und obwohl er wusste, dass es Mog Ruiths größter Wunsch war, endlich in die andere Welt gehen zu können, tat es ihm weh, zu sehen, wie der Körper des alten Mannes verfiel. Eine durchscheinende, faltige Hülle, viel zu groß für die dünnen, spitzen Knochen, die sie umgab. Mog Ruith sah ihm in die Augen. Sein Blick war Mahnung und vergnügtes Schmunzeln zugleich. Der Schmerz, den er eben noch beim Anblick des Druiden empfunden hatte, verschwand, und Barco erkannte, dass es seine eigene Angst war, die ihn ausgelöst hatte. Seit er bei Mog Ruith angekommen war, spürte er jeden Tag, wie er seiner eigenen Bestimmung näher kam. Die heilige Weisheit, die den Druiden umgab, hüllte ihn weich und warm ein, wie die Arme seiner Mutter es vor langer Zeit einmal getan hatten. Von dem Druiden und Barco angeführt, setzten sich die Schüler in Bewegung, um wie jeden Morgen bei Sonnenaufgang den Göttern zu opfern und die Rituale durchzuführen.

Calach erhob sich, als die Männer den heiligen Hain betraten. »Ich brauche deinen Rat, Druide«, sagte er ohne Umschweife.

Mog Ruith bemerkte den Aufruhr in der Stimme des Fürsten. Er gab Barco einen Wink, mit dem morgendlichen Ritual zu beginnen. Die Schüler erhoben ihre Arme und Stimmen zu den Göttern. Ein monotoner Sprechgesang ertönte, während die weiß gewandete Gruppe sich langsam im Kreis bewegte. Mog Ruith wandte sich an Calach und sah ihm ruhig in die Augen. Calach konnte seinen Blick nur schwer ertragen. Es fiel ihm nicht leicht, ihm von der Schande, die seine Tochter über ihn gebracht hatte, zu berichten.

»Ich habe einem meiner Männer meine Tochter versprochen. Doch ich kann mein Wort nicht halten, weil Aila ihre Ehre fortgeworfen hat. Meine Frau und meine Tochter haben mich verraten«, stieß er mit zusammengepressten Lippen hervor. Es war gesagt. Schwer hingen die Worte in der Luft, bis ihr Klang schwächer wurde und langsam verhallte. Wie Speere durchbrachen die goldenen Strahlen der aufgehenden Sonne die dichten Baumwipfel über ihnen und ließen jedes einzelne Blatt in seinem eigenen Licht erglühen. Calach achtete nicht auf das prächtige Farbenspiel und die Vögel, die ihr Morgenlied zwitscherten. In angespannter Bereitschaft wartete er auf das, was der Druide ihm zu sagen hatte.

Mog Ruith hob seine Hände mit den Handflächen nach oben. Die Vögel um sie herum verstummten. Calach hörte sein Herz klopfen, laut und dumpf. Es war eine fremde Stimme, die sich tief aus dem Inneren des Druiden erhob und an sein Ohr drang. »Du musst Aila finden und zurückholen. Der Tag, an dem sich das Schicksal der Raben erfüllen wird, ist nicht mehr fern. Alles Sichtbare und Unsichtbare ist miteinander verbunden und ein Teil von dem, was früher einmal ein Ganzes war. Wir müssen zusammenfügen, was getrennt wurde.«

Die Stimme des Druiden klang trocken wie Knochen und Pergament. Er sah, wie Calach sich bemühte, seine Worte zu verstehen, und lächelte ihm auf eine seltsame, unergründliche Weise zu. »Es ist an der Zeit, zu handeln, mein Freund. Schon bald wirst du die Worte der Götter verstehen.«

Mog Ruith wandte sich ab. Er wirkte müde, als er mit langsamen Schritten in den Kreis seiner Schüler trat. Die Blicke der Männer wurden starr und sahen in eine andere Welt. Sie strahlten unendliche Ruhe und Frieden aus. Der gleichmäßige Rhythmus ihrer Bewegungen war der eines Einzigen, und er spürte die Kräfte, die von den magischen Worten herbeigerufen wurden. Der auffrischende Wind kühlte sein Gesicht, als er in schnellem Galopp den Weg zur Quelle einschlug. Er war sicher, dass er Aila dort finden würde. Die Worte des Druiden ließen stille Hoffnung in ihm aufsteigen. Die Wege der Götter waren unergründlich. Vielleicht hatten sie ihn doch nicht verlassen, wie er befürchtet hatte? Er konnte nicht ahnen, was sich hinter seinem Rücken zusammenbraute.

9

Der Hass auf Calach übertönte den dumpfen Schmerz in Vericos Kopf. Obwohl er einen Becher Weizenbier nach dem anderen in sich hineingeschüttet hatte, war es ihm nicht gelungen, die herablassende Geringschätzung zu vergessen, durch die sein Fürst ihn gestraft hatte.

Mühsam öffnete er die Augen. Das grelle Licht der Sonne verstärkte den Schmerz in seinem Kopf noch. Er erhob sich, legte seinen Schwertgurt um und begab sich zum Brunnen, um seinen Kopf mit einem Eimer Wasser zu kühlen. Die Frauen standen wie jeden Morgen mit großen Krügen in den Händen am Brunnen und tauschten Neuigkeiten aus, während eine nach der anderen einen Eimer Wasser heraufzog. Als sie Verico bemerkten, traten sie rasch zur Seite, um ihn vorbeizulassen. Seine unbeherrschten Gewaltausbrüche hatten sich längst herumgesprochen. Jeder im Dorf wusste, dass Verico der Nachfolger ihres Fürsten werden würde, und sie konnten nur hoffen, dass dieser Tag noch weit von ihnen entfernt lag.

Calach hatte ihren Respekt und ihre unumschränkte Bewunderung durch sein verantwortungsvolles Handeln und seine Gerechtigkeit verdient, doch für Verico hatten sie nur Verachtung übrig.

Goba hatte gerade den Eimer heraufgezogen, als Verico zu ihr trat und ihr den Eimer aus der Hand nahm. Schweigend ließ sie es geschehen. Die Gespräche verstummten. Verstohlen beobachteten die Frauen, wie Verico den Eimer nahm und ihn über seinem Kopf ausleerte. Das tat gut, endlich ließ der Schmerz ein wenig nach. Er schüttelte sein nasses Haar aus, dass die Tropfen umherflogen, und begab sich zurück ins Männerhaus, ohne die Frauen auch nur eines einzigen Blickes zu würdigen.

Sofort setzten die Gespräche wieder ein. »Was haben wir den Göttern getan, dass sie uns mit einem solchen Nachfolger unseres klugen Fürsten strafen?« Severa, die Frau des Schmiedes, sprach ohne jeden Respekt aus, was alle anderen nur dachten. »Der Junge ist noch feucht hinter den Ohren, und sein Verstand ist leider weit hinter seiner Kraft zurückgeblieben. Man sollte ihm einige Stockhiebe geben anstelle eines Schwertes.« Beifallheischend sah sie in die Runde. Einige der älteren Frauen nickten zustimmend. Der Brunnen war für den Moment vergessen.

Goba ergriff das Wort. »Ich habe euch ja erzählt, wie brutal er Rana behandelt hat, als sie versucht hat, Aila vor ihm zu schützen. Wie ein wildes Tier hat er sich auf sie gestürzt, um ihr Gewalt anzutun.«

»Wir können nur hoffen, dass die Götter ein Einsehen mit uns haben und wir von ihm verschont bleiben.« Severa spuckte voller Verachtung auf den Boden.

»Er sieht aus wie ein Gott, und er ist so stark«, flüsterte Gina ihrer Freundin zu. Die beiden Mädchen begannen zu kichern. Gina war Ronan, dem Sohn des Töpfers, versprochen, einem blassen jungen Mann, der selten lachte und eines Tages die Töpferei seines Vaters übernehmen würde. »Wenn ich an Ailas Stelle wäre, würde ich mich Verico gegenüber anders verhalten. Bei mir müsste er keine Gewalt anwenden.« Sie verdrehte verzückt die Augen und stellte sich vor, wie es wäre, seinen kraftvollen Körper zu fühlen.

Severas Augen funkelten zornig auf. Sie hatte Ginas Worte gehört, obwohl sie leise gesprochen waren. »Meine schöne Divita hat sich ebenfalls von seinem Aussehen blenden lassen, und was hatte sie davon?«, wandte sie sich an das junge Mädchen. »Du bist ein dummes Ding und kannst froh sein, dass du einem Mann wie Ronan versprochen bist. Geh jetzt an deine Arbeit, sonst werde ich mit deiner Mutter reden, damit sie dir die Flausen austreibt.« Gina errötete unter den unverhohlenen Blicken der älteren Frauen. So schnell sie konnte, füllte sie ihren Krug und lief damit zur Töpferei zurück. Verico war ein Gott für sie, egal, was die alten Frauen sagten.

Die Frauen wandten sich wieder dem Brunnen zu, als Rana mit wehendem Rock auf sie zugerannt kam. Die Wangen in ihrem runden Gesicht waren vor Aufregung gerötet. »Aila ist verschwunden«, stieß sie atemlos hervor. Sie genoss die Aufmerksamkeit der Frauen, die jetzt auf sie gerichtet war, und schnappte einige Male nach Luft, bevor sie fortfuhr. »Calach hat ebenfalls das Dorf verlassen. Ich war schon bei Ira. Caratacus ruft gerade den Rat zusammen. Der Fürst hat niemandem gesagt, wohin er geritten ist.«

Die Frauen brauchten einem Moment um diese Neuigkeit zu verdauen. Dann begannen sie Rana mit Fragen zu bestürmen und stellten allerlei Mutmaßungen an. Sie verehrten Miriam, die jederzeit für sie da war, wenn Probleme auftauchten, genauso wie Calach. Die schöne Fürstentochter war seit ihrer Rückkehr ein wenig merkwürdig geworden, manchmal schon fast unheimlich. Trotzdem liebten die Frauen sie und brachten ihr großen Respekt entgegen, weil sie Dinge sehen konnte, die allen anderen verborgen blieben.

Peredur trat zu Verico, der finster vor sich hin brütete. »Caratacus hat den Rat zusammengerufen. Deine Braut ist heute Nacht verschwunden. Calach ist ebenfalls fort. Caratacus vermutet, dass er ihr gefolgt ist.«

Verico sprang auf. Er spürte, wie der Zorn in ihm hochstieg. Dann wurde ihm plötzlich klar, was für eine Chance die Götter ihm zugespielt hatten. Seine Augen verengten sich zu schmalen Schlitzen, und sein Blick wurde hart. »Ruf sofort die *fionna* zusammen«, befahl er. »Keiner der Männer darf fehlen. Sie sollen vor dem Versammlungshaus auf mich warten.«

Mit großen Schritten stürmte er auf den Versammlungsraum zu. Die alten Männer waren schon da und hatten ihrem Rang entsprechend um das Feuer herum Platz genommen. Er betrachtete sie voller Verachtung. Die meisten von ihnen konnten nur noch mit Worten kämpfen, die Jahre hatten ihnen die Kraft für das Schwert geraubt. Fest hielten sie die Macht in ihren Händen und sträubten sich dagegen, sie an die Jungen und Starken zu übergeben. Nur Kinder und Schwachsinnige kamen auf die Idee, die Zeit festzuhalten. Es nützt euch doch nichts, dachte er grimmig. Früher oder später werdet ihr diese Welt verlassen und Platz für mich machen, und dann werde ich endlich mein Ziel erreichen.

Voller Genugtuung bemerkte er, dass ihre Gespräche bei seinem Eintreten verstummt waren, genau wie bei den Weibern am Brunnen. Er spürte die Macht, die er über sie besaß. Diesmal war Calach nicht da. Endlich konnte er sich an ihm rächen und ihm heimzahlen, was er ihm angetan hatte. Sie hatten ihn nicht gerufen, aber er hatte ein Recht darauf, hier zu sein. Seine Braut war vor ihm geflohen, und Calach hatte sein Wort gebrochen und damit sein Gesicht verloren.

Caratacus saß auf dem Platz, der bald seiner werden würde. Verico musterte ihn unter halb geschlossenen Lidern. Er war groß und hager, seine Wangen waren in den letzten Jahren immer mehr eingefallen. In seinem schwarzen, gekräuselten Bart ließen sich zahlreiche weiße Haare bereits deutlich erkennen. Er hatte den unwilligen Ausdruck bemerkt, der sich bei seinem Erscheinen über Caratacus' Gesicht gelegt hatte, und wusste, dass er Caratacus aus dem Weg räumen musste, wenn er den Rat auf seine Seite ziehen wollte. Doch er hatte sich längst einen Plan zurechtgelegt.

Er gab sich große Mühe, den aufsteigenden Triumph zu verbergen, während er darauf wartete, dass Caratacus als Ranghöchster im Rat das Wort ergriff. Caratacus ließ ihn warten. Seinen klugen Augen waren weder die Ungeduld noch der unterschwellige Triumph Vericos entgangen. Er spürte die Gefahr, die von dem jungen Krieger ausging, und hatte nie verstanden, warum sein Bruder ihm so viel Zuneigung entgegengebracht hatte. Es musste daran liegen, dass er keinen eigenen Sohn hatte.

Vericos Selbstsicherheit geriet für einen Moment ins Wanken. Feine Schweißperlen überzogen seine Stirn. Er wurde wütend. Wenn diese alten Männer sich einbildeten, ihn wie einen dummen Jungen behandeln zu können, hatten sie sich geirrt. Mit Genuss würde er jeden von ihnen töten, der sich weigerte, ihm den nötigen Respekt entgegenzubringen.

Seine Hand fuhr unwillkürlich zu der ledernen Schwertscheide an seiner Seite und umschloss den Griff. Das kalte Metall ließ ihn sofort ruhiger werden und gab ihm seine Sicherheit zurück.

Doch Caratacus ließ sich nicht so leicht täuschen. Lange schon hatte er Verico durchschaut und mit wachsender Sorge seine fast krankhafte Gier nach Geltung und Macht beobachtet. »Was ist so dringend, dass du unsere Versammlung unterbrichst?« In seiner Stimme lag deutliche Verachtung.

Verico unterdrückte den Ärger, der in ihm hochschoss, und zwang sich dazu, mit ruhiger und höflicher Stimme zu antworten. »Es liegt mir fern, den Rat zu stören, doch die Ereignisse haben mir keine andere Wahl gelassen. Meine Braut hat das Dorf verlassen, und Calach ist ihr gefolgt. Man versucht, mich um meine Braut zu betrügen. Calach hat sein Wort gebrochen, indem er mir Aila vorenthält. Den Gerüchten zufolge ist Ailas Umfang gewachsen, und das lässt nur einen Schluss zu.« Sein Blick glitt durch die Runde. Voller Genugtuung stellte er fest, dass die Augen der Anwesenden gebannt an seinen Lippen hingen. Er schoss seine nächsten Worte ab, wie tödliche Pfeile. »Aila hat ihre Ehre fortgeworfen und sich wie eine Hure benommen.« Kalt sah er Caratacus in die Augen. »Nach unserem Gesetz hat sie die Ehre ihrer Familie und ebenso die ihrer Verwandten beschmutzt.«

Caratacus wurde blass. Verico nahm die ratlosen Blicke der Ratsmitglieder triumphierend zur Kenntnis. Eine Weile unterbrach nur das Knistern des Feuers die Stille.

»Das ist eine schwer wiegende Behauptung. Hast du Beweise dafür?« Caratacus war nicht bereit, ihm ohne weiteres zu glauben.

»Calach und Aila haben das Dorf verlassen. Wie feige Hasen versuchen sie, sich unseren Gesetzen zu entziehen. Welche Beweise brauchst du noch?« Vericos Stimme nahm einen zynischen Klang an. Er bedachte Caratacus mit einem höhnischen Blick. »Ich hatte für einen Moment ganz vergessen, dass du ebenfalls mit Calach verwandt bist.« Er sah an Caratacus vorbei und richtete seinen Blick demonstrativ auf die neben ihm sitzenden Männer, um die Wirkung seiner Worte zu verstärken. »Ich bitte den Rat um die Erlaubnis, Aila zurückzuholen, um der Gerechtigkeit Genüge zu tun.«

Caratacus sank betroffen in sich zusammen. Er hatte Verico unterschätzt. Mit dem hinterlistigen Instinkt eines Fuchses nutzte er gnadenlos jede Schwäche seiner Gegner aus.

Nach einem raschen Blick auf seinen Freund Caratacus ergriff der grauhaarige Vindex das Wort. »Wir werden darüber beraten und dir unsere Entscheidung mitteilen.«

Zufrieden wandte Verico sich um und verließ das Langhaus. Seine Männer waren seinem Befehl gefolgt und saßen abwartend auf dem Platz vor dem Versammlungshaus. Die anderen Dorfbewohner beobachteten die schwer bewaffneten Krieger misstrauisch. Irgendetwas braute sich da zusammen, und sie hätten zu gern mehr darüber gewusst. Dass Aila und Calach verschwunden waren, hatte sich längst herumgesprochen, doch niemand kannte den genauen Grund.

Ira hatte die ganze Nacht kein Auge mehr zugetan. Ihre Sorge wuchs, als sie sah, wie die *fionna,* zu deren Anführer Calach Verico ernannt hatte, sich auf dem Dorfplatz traf. Es konnte nichts Gutes bedeuten, der Rat hatte sich gerade erst versammelt und konnte unmöglich schon zu einer Entscheidung gekommen sein. Rasch rief sie eine der Leibeigenen zu sich und forderte sie auf, den Männern des Rates Bier zu bringen. Sie selbst nahm einen Krug und ging voran.

Ungehindert gelangten sie in den Versammlungsraum. Während die Leibeigene herumging und die Becher füllte, trat Ira rasch zu Caratacus. »Verico hat seine *fionna* draußen versammelt«, flüsterte sie ihm zu. »Sie sind alle bewaffnet. Ich wollte nur, dass du es weißt.« Damit verschwand sie nach draußen, um nicht noch mehr Aufsehen zu erregen.

Von Rana hatte sie erfahren, dass Miriam sich in ihrem Haus befand, und sie beeilte sich, um zu ihr zu kommen. Sie war erleichtert darüber, dass Miriam im Dorf geblieben und nicht mit Aila fortgeritten war, wie Calach geglaubt hatte.

Miriam hatte lange gebraucht, um sich wieder zu beruhigen und einen klaren Gedanken zu fassen. Wie zerbrechlich das Glück doch war. Von einem Moment auf den anderen hatte sich alles geändert. Calach würde ihr sicher niemals verzeihen, dass sie Aila zur Flucht verholfen hatte. Jetzt hatte er vor seinen Männern das Gesicht verloren. Ob er genauso litt wie sie? Bisher hatte sie nur über sich und ihre Gefühle nachgedacht, doch Calach hatte auf einen Schlag seine Tochter und den Respekt seiner Männer verloren. Wie würde er damit umgehen?

Plötzlich bekam Miriam Angst um ihn. Er hatte schon einmal vorgehabt, sich in sein Schwert zu stürzen: nach der großen Schlacht, als er fest davon überzeugt war, nie wieder laufen zu können. Sie hatte es in letzter Sekunde verhindert. Jetzt war sie nicht einmal bei ihm, um ihm Mut zuzusprechen. Die ganze Situation war verfahren, und sie wusste nicht mehr, was richtig war oder falsch. Ihre Gedanken begannen sich wieder im Kreis zu drehen, und sie war beinahe erleichtert, als Ira hereinkam, mit weit aufgerissenen Augen und deutlich sichtbarer Erregung. Rasch berichtete sie Miriam, was geschehen war. Miriam sprang auf. Die Sorge um Aila ließ den Streit mit Calach in den Hintergrund treten.

»Glaubst du, dass Verico es tatsächlich wagen wird sich dem Rat zu widersetzen?«, fragte sie die Freundin.

Ira sah sie beunruhigt an. »Ich weiß es nicht, aber er ist so grausam. Viele Frauen fürchten sich vor ihm und haben Angst vor dem Tag, an dem er Calachs Platz einnehmen wird.«

Miriam begann unruhig auf und ab zu gehen, während sich die Gedanken in ihrem Kopf überschlugen. »Ich hatte Recht. Verico geht es nur um die Macht. Ich habe mehrmals versucht, mit Calach darüber zu reden, doch er wollte nichts davon wissen. Für ihn ist Verico der Sohn, den er niemals hatte. Ich kann nur hoffen, dass es nicht zu spät sein wird, wenn Calach endlich begreift, welche Gefahr dieser grausame und kaltherzige Krieger für uns alle darstellt.« Sie fuhr sich mit den Händen durch ihr Haar, um es zu ordnen, und griff nach ihrem Umhang. »Lass uns zum Versammlungshaus gehen, ich möchte selbst sehen, was geschieht.«

Caratacus starrte Ira entsetzt nach. Er konnte kaum glauben, was er gerade gehört hatte. Verico hatte die Entscheidung des Rates gar nicht erst abgewartet. Ob er ebenso dreist gewesen wäre, wenn Calach das Dorf nicht verlassen hätte?

Vindex wandte sich an die Männer. »Ich halte es für keine gute Idee, Vericos Bitte zu folgen, er ist zu unbeherrscht und aufgeregt«, sagte er ruhig. »Doch auf der anderen Seite wüsste ich nicht, mit welcher Begründung wir ihm seine Bitte abschlagen könnten. Die Fürstentochter ist ihm nun einmal versprochen, und es ist sein gutes Recht, seine Braut zurückzuholen, um Rechenschaft von ihr zu verlangen.«

Caratacus hatte sich mittlerweile etwas gefasst. »Verico

hat seine *fionna* auf dem Platz versammelt. Sie sind alle bewaffnet und aufbruchbereit. Wenn wir ihm die Erlaubnis verweigern, Aila zurückzuholen, wird er ohne unser Einverständnis ihre Verfolgung aufnehmen.«

Der Ältestenrat schwieg bestürzt. Vericos Verhalten war eine offene Drohung und eine Respektlosigkeit gegenüber dem Rat, die es in der Form noch nicht gegeben hatte.

»Ich habe gedacht, es geht ihm um Gerechtigkeit«, sagte Vindex nachdenklich. »Doch ich habe mich geirrt, es geht ihm um die Macht. Dieser junge Krieger ist ehrgeizig und grausam. Calach hat einen Fehler gemacht, als er ihn zum Anführer der *fionna* ernannte. Doch das ist nicht mehr zu ändern. Wenn wir ihm jetzt keine Grenzen setzen, wird er uns das als Schwäche auslegen, und wir wissen nicht, wie weit er noch gehen wird.« Er sah in die Runde. Die Männer begannen zustimmend zu nicken. »Ich schlage vor, wir warten mit einer Entscheidung, bis Calach ins Dorf zurückgekehrt ist. Damit gewinnen wir Zeit. Verico wird es nicht wagen, sich gegen unseren Fürsten zu erheben.«

Bei der folgenden Abstimmung wurde Vindex' Vorschlag einstimmig angenommen. Vindex wandte sich an Clodius. »Ruft Verico herein, damit wir ihm unseren Beschluss mitteilen können.«

Clodius begab sich nach draußen, um den Befehl auszuführen. Verico saß etwas erhöht inmitten seiner Krieger. Immer wieder warf er ungeduldige Blicke zum Versammlungshaus. Er konnte es kaum erwarten, endlich aufzubrechen. Als er sah, dass sich die Tür des Versammlungshauses öffnete, erhob er sich und ging Clodius selbstbewusst entgegen. Er lief an ihm vorbei, ohne ihn eines Blickes zu würdigen und trat mit erhobenem Kopf vor den Rat.

Vindex sah den jungen Krieger scharf an. Sein Blick enthielt eine unmissverständliche Warnung. »Der Rat hat Verständnis dafür, dass du dich um deine Braut sorgst. Doch wir haben beschlossen, Calachs Rückkehr abzuwarten, um von ihm selbst zu erfahren, was geschehen ist.«

Unter den Worten des Älteren zuckte Verico zusammen. Er kam sich vor wie ein getretener Hund. Wütend sah er an ihm vorbei, während er überlegte, was er jetzt tun sollte. Diese alten Krähen wagten es tatsächlich, seine Forderung abzulehnen. Es war richtig gewesen, die Männer draußen zu versammeln. Er musste sofort aufbrechen, um zu verhindern, dass seine Krieger von der Entscheidung des Rates erfuhren und ihm womöglich die Gefolgschaft verweigerten. Der Gedanke an Aila machte ihn rasend und ließ auch die letzten Hemmungen schwinden. Ohne ein weiteres Wort drehte er sich um und verließ den Raum. »Wir reiten sofort los!«, brüllte er über den Platz und sprang mit einem mächtigen Satz auf sein Pferd, das nervös zu tänzeln begann. Die Entscheidung war gefallen, und es gab kein Zurück mehr.

Das ungeduldige Trommeln der Hufe, vermischt mit dem erwartungsvollen Schnauben der Pferde, übertönte jedes Gespräch, als sich fast fünfzig Männer gleichzeitig auf ihre Pferde schwangen. Verico drückte seinem Hengst die Fersen in die Seite und galoppierte ohne Rücksicht auf die Hühner über den großen Platz aus dem Dorf. Zurück blieb eine Wolke aus aufgewirbelten Federn und Staub, dann wurde es wieder still.

Die Männer des Rates sahen sich erschrocken an. Damit hatten sie nicht gerechnet. »Er hat sich unseren Befehlen widersetzt, das ist Verrat! Wir müssen sofort Calach benachrichtigen.«

Vindex wandte sich an Caratacus. »Stell einen Trupp

Männer zusammen, und versucht, Calach zu finden, bevor Verico es tut.« Sorgenvoll hob er seinen Blick zum Himmel. Eine schwarze Wolkenwand schob sich bedrohlich näher und legte sich wie ein dunkler Schatten über das Dorf. Es war ein Zeichen der Götter, das nichts Gutes zu bedeuten hatte. Caratacus ließ die Pferde holen und verließ kurze Zeit später mit vier Männern das Dorf. Der Schmied befand sich unter ihnen. Er hatte seine schwere Schürze abgelegt und darauf bestanden, mitzureiten.

Caratacus schlug den Weg zum heiligen Hain ein. Verico war ebenfalls dorthin aufgebrochen, wie man unschwer an den vielen Hufspuren sah. Doch als sie dort ankamen, war niemand zu sehen.

Caratacus und seine Begleiter ritten den ganzen Tag und legten nur kurze Pausen ein. Trotzdem gelang es ihnen nicht, Verico und seine *fionna* einzuholen.

Am späten Nachmittag setzte ein sintflutartiger Regen ein, der alle Spuren verwischte und die Wege rutschig werden ließ. Sie kamen jetzt nur noch langsam voran. Caratacus drängte immer wieder zur Eile. Er wusste, dass Calach ihm vertraute, und die Verantwortung lastete schwer auf seinen Schultern. Erst als die Pferde am Ende ihrer Kräfte waren, beschloss er, eine Pause einzulegen. Die Stimmung unter seinen Männern war nicht die beste. Ihre Kleider waren bis auf die Haut durchnässt, und sie hatten in der Eile nur Brot und geräuchertes Fleisch mitgenommen. Sie lagerten in der Nähe des Flusses, und es gab weit und breit keine Bäume, die ihnen Schutz vor dem andauernden Regen geben konnten. Die Männer wickelten sich schweigend in ihre Decken und versuchten, ein wenig Schlaf zu finden. Doch Caratacus gönnte ihnen nur wenige Stunden. Noch bevor der neue Tag anbrach, weckte er seine Begleiter und drängte sie zur Eile.

Der Regen hatte etwas nachgelassen, doch der stürmische Wind ließ ihre Augen tränen und die Ohren schmerzen. Es blieb ihm keine andere Möglichkeit, als weiter in die Richtung zu reiten, die Verico am Vortag eingeschlagen hatte, so lange, bis sie wieder auf seine Spuren stoßen würden. Am späten Vormittag stießen sie endlich auf frische Hufabdrücke und konnten die Verfolgung wieder aufnehmen.

10

Ärgerlich ließ Verico immer wieder seine Krieger ausschwärmen, in der Hoffnung, Calachs Spuren wiederzufinden, die der heftige Regen verschluckt hatte. Auch er behielt die eingeschlagene Richtung bei und trieb seine Männer immer wieder zur Eile an. Seine blauen Augen glühten vor Entschlossenheit, und der wütende Zug um seine zusammengepressten Lippen verhinderte jeden Widerspruch. Nur Elitovius ließ sich nicht davon beeindrucken. Er spürte die Unsicherheit, die sich hinter Vericos Wut verbarg. Obwohl er nur wenig älter als Verico war, war er sehr besonnen und machte sich seine eigenen Gedanken zu dem Geschehen, die er allerdings hinter einem gleichmütigen Gesichtsausdruck verbarg. Doch jetzt ging Verico zu weit. Sie mussten dringend rasten, wenn sie die Pferde nicht verlieren wollten. Selbst Verico musste das einsehen, ob es ihm passte oder nicht.

Er lenkte sein Pferd neben ihn. »Warum diese Eile?«, sagte er ruhig. »Wenn du dieses Tempo beibehältst, wird es nicht mehr lange dauern, bis die ersten Pferde zusammenbrechen. Gönn ihnen und uns eine Pause. Wenn wir ausgeruht sind, werden wir die verlorene Zeit schnell wieder aufholen.«

Verico musterte Elitovius aus zusammengekniffenen Augen. Wollte der Kerl ihm etwa Vorschriften machen? Doch Elitovius sah ihn nur gleichmütig an, und Verico musste widerwillig zugeben, dass er Recht hatte. Vor ihnen tauchten die von Unkraut und Sträuchern überwucherten Ruinen eines verlassenen Dorfes auf, das dem Feuer zum Opfer gefallen war. Dort würden sie Schutz vor dem Regen finden und konnten in Ruhe überlegen, welche Möglichkeiten es für Aila und ihre Mutter gab, sich vor ihnen zu verstecken. Von einem der größeren Steinhäuser stand noch ein Teil des Daches. Verico ließ ein großes Feuer in der Ruine errichten und großzügig von dem mitgebrachten Bier ausschenken. Die Stimmung seiner Krieger stieg, wie er zufrieden feststellte.

Als alle Männer bis auf die Wachen sich um das wärmende Feuer versammelt hatten, wandte er sich mit erhobener Stimme an sie. »Wir sind Calachs Spuren gefolgt und den ganzen Tag in Richtung Sonnenaufgang geritten. Es gibt in dieser Gegend kaum Siedlungen, und ich frage mich, was Calach vorhat und welches Ziel er eigentlich verfolgt. Kann mir jemand von euch vielleicht etwas dazu sagen?« Er warf einen fragenden Blick in die Runde, doch niemand wusste eine Antwort. Elitovius, der zu den ältesten Kriegern der *fionna* gehörte, schwieg. Unter halb geschlossenen Lidern beobachtete er Verico, der einen Becher Bier nach dem anderen in sich hineinschüttete. Er glaubte, Calachs Ziel zu kennen. Er war noch ein kleiner Junge gewesen, als es Calach gelungen war, einen Großteil der Gaufürsten unter sich zu vereinigen, um gegen den römischen Feldherrn Gnaeus Iulius Agricola in die Schlacht zu ziehen. Doch die Götter waren ihnen nicht wohlgesonnen gewesen. Sie hatten die Schlacht verloren und große Verluste hinnehmen müssen. Die Römer hatten alle Dörfer und Siedlungen im weiten Umkreis niedergebrannt, und die Menschen waren in die Einsamkeit des hohen Nordens geflüchtet, um dort neue Dörfer zu errichten.

Sie waren nicht sehr weit von dem Ort der damaligen Schlacht entfernt, und Elitovius konnte sich noch gut an die heilige Quelle erinnern, zu der sein Vater ihn vor der

Schlacht mitgenommen hatte, um wie alle anderen die Hilfe der Götter zu erflehen. Doch irgendetwas ließ ihn zögern, Verico von der Quelle zu erzählen, und er dachte darüber nach, was es sein könnte. Sie waren aufgebrochen, ohne sich vom Rat zu verabschieden. Als sie den heiligen Hain erreicht hatten und dort niemanden antrafen, waren sie sofort weitergeritten. Verico hatte es nicht einmal für nötig befunden, den Göttern zu opfern und sie um ihre Hilfe zu bitten. Sein Gefühl sagte ihm, dass Verico ihnen etwas verschwieg, und er musste herausfinden, was es war.

Sein Blick wanderte durch die lauter werdende Runde. Es war Verico gelungen, sich in kürzester Zeit den Respekt aller zu verschaffen, und niemand wagte es, sich gegen seine Befehle aufzulehnen. Doch es war ein Respekt ohne Bewunderung. Die unerklärliche Unruhe, die ihn ergriffen hatte, blieb, und er ließ den Tag noch einmal an sich vorüberziehen.

Dann wusste er plötzlich, was Verico getan hatte. Es war die einzige Erklärung für sein Handeln, und die Erkenntnis raubte ihm den Atem: Verico hatte es tatsächlich gewagt, gegen die Entscheidung des Rates das Dorf zu verlassen, und war in aller Eile aufgebrochen, um zu verhindern, dass der Rat etwas gegen ihn unternahm. Sie alle waren ihm blind gefolgt wie Schafe ihrem Leithammel. Nachdenklich glitt sein Blick über die vom Alkohol geröteten Gesichter der Männer, während er überlegte, wer von ihnen den Mut aufbringen würde, sich gegen Verico zu stellen. Er war so in Gedanken versunken, dass er nicht einmal bemerkte, wie er Verico anstarrte.

Verico schien seinen Blick zu spüren, denn er unterbrach das Gespräch mit seinem Nachbarn und sah sich suchend um. Für einen Moment trafen sich die Blicke der beiden

Männer, und obwohl Elitovius rasch seine Augen niederschlug und darum bemüht war, gleichmütig zu wirken, spürte Verico mit dem sicheren Instinkt des Verfolgten, dass er durchschaut war.

Ein harter Zug legte sich um seinen Mund. Er musste verhindern, dass Elitovius sein Wissen weitergab. Der Kerl war ihm noch nie ganz geheuer gewesen. Langsam dämmerte ihm, dass er Elitovius unterschätzt hatte. Er war zu einer Bedrohung für ihn geworden, die alle seine Pläne zunichte machen konnte.

Sein Blick wurde lauernd. Er musste sofort etwas unternehmen. »Du übernimmst die nächste Wache«, befahl er in einem Ton der keinen Widerspruch duldete. Elitovius erhob sich, ohne eine Regung zu zeigen, und begab sich zu den Pferden.

Verico ließ noch einmal für alle Bier ausschenken, bevor er ihm mit finsterer Miene folgte. Drohend baute er sich vor Elitovius auf, den er um einen ganzen Kopf überragte. »Es gefällt mir nicht, wie du mich ansiehst«, sagte er scharf, »und ich möchte sofort wissen, was du ausheckst. Falls du vorhast, mir meine Führerschaft streitig zu machen oder die *fionna* zu entzweien: Sieh dich vor. Niemand durchkreuzt meine Pläne.« Seine Stimme war noch schärfer geworden. Er hatte sich regelrecht in Rage geredet.

Elitovius sah ihn ruhig an. »Ich habe mir tatsächlich Gedanken gemacht und mir überlegt, ob du uns vielleicht gegen den Willen des Rates hierher geführt hast, weil du es so eilig mit dem Aufbruch hattest, dass du nicht einmal gewartet hast, bis der Rat uns verabschiedet hat.«

Verico war blass geworden. Fieberhaft überlegte er, was er jetzt tun sollte. Sein Schweigen zeigte Elitovius, dass er mit seiner Vermutung ins Schwarze getroffen hatte. »Die

Männer haben ein Recht darauf zu erfahren, dass der Rat nicht mit der Verfolgung deiner Braut einverstanden ist«, bemerkte er kühl.

Wilder Hass schoss in Verico hoch. Vermischt mit seinem verletzten Stolz und der Unsicherheit, die er niemals zugeben würde, wurde er zu einer tödlichen Bedrohung. Mit einem lauten Wutschrei zog er sein Schwert und stürzte sich wie ein Rasender auf Elitovius, der mit dem unbeherrschten Ausbruch nicht gerechnet hatte. Erschrocken versuchte er ihm auszuweichen, aber er war nicht schnell genug. Die Spitze des Schwertes bohrte sich in seine Schulter, und der plötzliche Schmerz trieb ihm die Tränen in die Augen.

Einige Männer waren aufgeschreckt von Vericos Wutschrei aufgesprungen, um nachzusehen, was geschehen war. Verico stand mit gezücktem Schwert über Elitovius, bereit, es ihm ins Herz zu stoßen. Im letzten Moment gelang es Elitovius, sich zur Seite zu rollen. Die umherstehenden Krieger drangen langsam durch den Wutschleier in sein Bewusstsein und retteten Elitovius das Leben. Widerwillig steckte Verico sein Schwert zurück in die Scheide. Elitovius hatte keine Waffe in seiner Hand und unternahm nicht den geringsten Versuch, sich zu wehren. Er konnte es nicht wagen, ihn vor den Augen der Männer zu töten.

Elitovius erhob sich, sein Gesicht war schmerzverzerrt. »Verico hat euch etwas mitzuteilen«, sagte er mit kühler Stimme. Verico warf ihm einen hasserfüllten Blick zu. Eines Tages würde er Gelegenheit haben, es ihm heimzuzahlen. Elitovius hatte ihn in diese Situation gebracht, und das würde er ihm niemals verzeihen. Er konnte nur hoffen, dass es ihm gelingen würde, die Männer davon zu überzeugen, dass er im Recht war.

Die Augen aller waren auf ihn gerichtet. Schweigend warteten die Männer der *fionna,* was ihr Anführer ihnen zu sagen hatte. Elitovius war für seine Gutmütigkeit bekannt, und sie waren neugierig darauf, zu erfahren, wie er es geschafft hatte, ihren Anführer so in Zorn zu versetzen, dass er ihn beinahe umgebracht hätte. Der Mond schob sich langsam hinter einer dichten Wolkenschicht hervor. Verico schluckte seine Wut hinunter und wählte seine Worte sehr genau. Sein Leben lang war es ihm gelungen, anderen die Schuld für seine Fehler zuzuschieben, ohne dass es ihm überhaupt bewusst wurde. Er war immer so sehr davon überzeugt gewesen, im Recht zu sein, dass sich die anderen ebenfalls davon überzeugen ließen. Er holte noch einmal tief Luft. »Der Rat hat beschlossen, Calachs Rückkehr abzuwarten, bevor er mir die Erlaubnis erteilen wollte, meine Braut zurückzuholen.« Sofort setzte aufgeregtes Gemurmel ein, und die Männer sahen sich erschrocken an. Niemand hatte es bisher gewagt, sich gegen den Rat zu stellen, allein der Gedanke daran war Verrat.

Mit einer herrischen Bewegung unterbrach Verico das aufgebrachte Stimmengewirr. »Der Beschluss des Rates ist gegen unser Gesetz«, brüllte er mit lauter Stimme. »Es ist mein Recht, die Fürstentochter zurückzuholen, so wie es das Recht eines jeden Kriegers der *fionna* ist. Calach hat versucht, mich um meine Braut zu betrügen, und ich frage euch, wer von uns beiden die Gesetze missachtet.«

Er legte eine bedeutungsvolle Pause ein, um seine Worte wirken zu lassen. Dann erhob er noch einmal seine Stimme. »Ich versichere euch, dass wir Aila, sobald wir sie gefunden haben, zurückbringen und vor den Rat stellen werden, damit dieser die Entscheidung treffen kann, wie es unsere Gesetze verlangen.« Seine letzten Worte hatten die meisten der Männer etwas beruhigt. Auch wenn einige unter ihnen seine grobe Art ablehnten, konnten sie nicht umhin, ihren Anführer für seinen Mut und seine Stärke zu bewundern. Verico stellte nach einem Blick in die Gesichter zufrieden fest, dass seine Worte Eindruck auf die Männer gemacht hatten, und war überzeugt davon, die Gefahr gebannt zu haben. Im Stillen dankte er den Göttern dafür, dass sie ihm die richtigen Worte auf die Zunge gelegt hatten, und er beschloss, Taranis bei nächster Gelegenheit ein Opfer zu bringen.

Sein Blick traf sich mit dem von Elitovius, und seine Gesichtszüge verhärteten sich. Er hatte diesen feigen Hund besiegt. Trotzdem würde er nie vergessen, in welche Situation Elitovius ihn beinahe gebracht hatte. Bei der nächsten sich bietenden Gelegenheit würde er es ihm heimzahlen. Der Triumph, der in ihm hochstieg, erregte ihn, und er dachte an Ailas weichen Körper. Er sah ihr schönes Gesicht vor sich, als er sich ans Feuer begab und noch einige Becher Bier trank. Die Männer beeilten sich, ihm nachzuschenken und ihm ihre Loyalität zu versichern.

Verico schwelgte in seinem Triumph und achtete nicht auf die kleine Gruppe Krieger, die sich neben der Ruine um Elitovius versammelt hatte. Sie waren zu fünft, und ihre Mienen waren ernst, als sie leise miteinander sprachen. Erst spät begaben sie sich zu ihrem Lager.

Die meisten der Männer schliefen noch, als sich der Himmel verdunkelte und ein Sturm von bisher unvorstellbaren Ausmaßen wie ein bösartiges Raubtier über sie hereinbrach. Äste, Sättel und Körbe wurden emporgehoben und flogen durch die Luft wie Federn. Die Pferde stoben in Panik auseinander, als hühnereigroße Hagelkörner auf sie herabprasselten. Verico versuchte vergeblich, Ordnung in das Gewirr von Menschen und Tieren zu bringen. Er brüllte Befehle, die in dem gewaltigen Lärm untergingen. Einem Mahnmal gleich riss der Sturm eine breite Schneise in die Landschaft.

Endlich ebbte das Unwetter ab. Die Männer sahen sich verunsichert und entsetzt an. Wie durch ein Wunder war keiner von ihnen ernsthaft verletzt worden. Doch die Warnung der Götter war unübersehbar, und viele der Männer überlegten, ob es ein Fehler gewesen war, Verico gegen den Willen des Rates zu folgen. Verico spürte die aufgewühlte Stimmung seiner Männer, die sich leicht gegen ihn richten konnte. Er bannte die Gefahr, indem er Befehl um Befehl brüllte und ihnen dadurch jede Gelegenheit zum Nachdenken nahm. Obwohl er wusste, dass es sinnlos sein würde, ließ er einige Männer ausschwärmen, um nach Calachs Spuren zu suchen. Andere fingen die Pferde ein und suchten die verstreut herumliegenden Vorräte zusammen.

Als wieder einigermaßen Ordnung in dem Lager herrschte, ließ er großzügig Bier und Fleisch verteilen und sprach sogar hier und da ein Lob aus, was bei ihm selten vorkam. Die Stimmung beruhigte sich langsam, und Verico beschloss, sofort aufzubrechen. Der Ritt verlief ereignislos, wenn man davon absah, dass eines der Pferde so unglücklich über einen Stein stolperte, dass es sich ein Bein brach. Am späten Nachmittag erreichten sie eine große Lichtung, und Verico gab den Befehl das Nachtlager zu errichten.

Als Calach die heilige Quelle erreicht hatte, stellte er enttäuscht fest, dass sie verlassen war. Er war fest davon überzeugt gewesen, dass Miriam Aila geraten hatte, hierher zu reiten. Sorgfältig untersuchte er den Boden nach Spuren, konnte aber nicht den geringsten Hinweis darauf finden, dass jemand hier gewesen war. Er tröstete sich mit dem Gedanken, dass er Aila trotz ihres Vorsprunges überholt haben könnte. Doch ein leiser Zweifel blieb. Wo sollte er nach ihr suchen, wenn sie nicht auf dem Weg zur Quelle, sondern ganz woanders hingeritten war? Die Dämmerung zog langsam herauf, und das sinkende Licht ließ die Früchte der Misteln in den mächtigen Eichen wie kleine Monde aufleuchten. Der Regen hatte etwas nachgelassen, und nur das leise Rauschen des Windes mischte sich mit einigen Tierlauten.

Calachs Herz war schwer, als er von seinem Hengst stieg und ihm die Vorderbeine zusammenband, damit er grasen konnte. Hier an diesem heiligen Ort hatte er Miriam das erste Mal getroffen. Es kam ihm vor, als wäre es in einem anderen Leben gewesen. Sein Blick fiel auf die großen, grauen Menhire, die wie Wächter neben der Quelle standen, und seine Gedanken wanderten zurück in die Vergangenheit. Er sah Miriams vor Eifer glänzendes Gesicht vor sich, als sie die fremden Zeichen in die Steine ritzte, um ihren Freunden eine Nachricht zu senden, wie sie es ihm erklärt hatte. Geduldig hatte er mit seiner kleinen Tochter gewartet, bis Miriam ihre Arbeit vollendet hatte. Wie sorglos und glücklich waren sie damals gewesen. Sollte jetzt alles vorbei sein? Er trat zu der Quelle, nahm einen seiner schweren goldenen Armreife ab und ließ ihn in das langsam kreisende Wasser sinken.

Grimmig sah er zu, wie das kostbare Schmuckstück auf den Grund sank. »Taranis, Gott der himmlischen Feuer, kannst du mich hören? Ich möchte meine Familie zurückhaben«, brüllte er von tiefer Trauer übermannt in den dunkel gewordenen Himmel hinauf. Er ließ sich auf den von

Flechten und Moosen überzogenen, weichen Boden sinken. Dass er völlig durchnässt war, bemerkte er nicht einmal. Lange starrte er in den Himmel, der still und leblos wirkte. Nicht das kleinste Himmelslicht war zu sehen. Seine Augen waren bemüht, die Dunkelheit zu durchdringen, doch er konnte keine Zeichen entdecken, weder von Taranis noch von den anderen Göttern. Sie spielten ein grausames Spiel mit ihm, indem sie sich vor ihm verbargen. Obwohl er mit aller Macht gegen die Müdigkeit ankämpfte, die ihn zu überfallen drohte, sank er irgendwann in einen unruhigen Schlaf.

Der Schatten eines mächtigen Adlers verdunkelte den Himmel über ihm. Der Adler flog von Eiche zu Eiche und begann, mit spitzem Schnabel eine Mistel nach der anderen aufzupicken. Als er auch die letzte Mistel im Land verschlungen hatte, erhob er sich und flog der Sonne entgegen. Seine Unheil bringenden Schwingen legten sich über die Sonne und verdeckten sie. Sofort wurde es dunkel und kalt auf der Erde. Frauen und Kinder begannen vor Angst und Entsetzen zu weinen, aber der Adler kannte kein Erbarmen. Als es kaum noch Hoffnung zu geben schien, kamen die Raben und eilten der Sonne zu Hilfe. Gemeinsam stürzten sie sich auf den Adler und rissen ihm eine Feder nach der anderen aus, bis er wie ein Stein vom Himmel herabstürzte. Gleißendes Licht strahlte auf die Erde und vertrieb die Dunkelheit. Eingehüllt in das Licht stand eine Frau, die ihm merkwürdig vertraut war. Seine Augen waren geblendet von der Helligkeit, und ein stechender Schmerz schoss in sein Gehirn, als er sich mit aller Kraft darum bemühte, ihr Gesicht zu erkennen. Das Licht wurde noch strahlender, und die Frau löste sich vor seinen Augen darin auf. Verzweifelt ver-

suchte er aufzuspringen, um sie festzuhalten, doch er war unfähig, sich zu bewegen. Ein lautloser Schrei entrang sich seinem Mund, als er hilflos zusehen musste, wie ihm das Liebste genommen wurde, das er besaß. Dann wachte er schweißgebadet auf.

Der höhnische Schrei einer Eule durchbrach die Stille um ihn herum. Es klang, als würde sie ihn verspotten. Immer noch benommen setzte Calach sich auf. Er brannte jedes einzelne Bild aus dem Traum in sein Gedächtnis. Nichts davon durfte verloren gehen, damit Mog Ruith den Traum später für ihn deuten konnte.

Aila hatte den ganzen Abend geschlafen und fühlte sich erfrischt und ausgeruht. Die Nacht war kühl und trieb Aila dazu, trockene Wurzeln und Äste zu sammeln, um sich ein Feuer zu machen. Sie wählte eine kleine Kuhle als Feuerstelle aus, damit der Schein des Feuers nicht schon von weitem zu sehen war. Im Schutz des Waldes fühlte sie sich sicher.

Als das Feuer brannte, nahm sie Brot und geräuchertes Fleisch aus dem Vorratskorb und schnitt großzügig davon ab. Dankbarkeit erfüllte sie, als sie die feinen Datteln entdeckte, die der Händler ihr hatte einpacken lassen. Sie teilte ihr Mahl mit Caru, der ihr dankbar die Hand leckte und sich dann zufrieden neben ihr ausstreckte, die Ohren wachsam aufgestellt Das erste Mal an diesem Tag nahm sie die frische, würzige Waldluft wahr, die von der Feuchtigkeit noch verstärkt wurde.

Als sie satt war, legte sie ihren Kopf auf Carus Rücken und beschloss sich auszuruhen, bis es heller geworden war. In der Dunkelheit durch den Wald zu reiten war gefährlich, es gab keine Wege hier und ihr Pferd konnte über eine der vielen Wurzeln stolpern und sich verletzen.

Ein krachendes Geräusch über ihr ließ sie erschrocken hochfahren. Instinktiv rollte sie sich zur Seite und entging nur knapp einem Ast, der so dick war wie ein Männerarm und direkt neben ihr auf dem Boden aufschlug. Ein neuer Tag war angebrochen, aber der Himmel hatte sich schwarz verfärbt. Der aufkommende Wind steigerte sich in wenigen Sekunden zu einem Sturm, wie Aila ihn noch nicht erlebt hatte.

Erschrocken sprang sie auf. Der Lärm um sie herum wurde unerträglich. Die Wipfel der Bäume bogen sich unter der unsichtbaren Macht, und das Heulen und Knacken um sie herum wurde mit jedem Moment lauter.

Die Stute wieherte ängstlich, als große Hagelkörner ihren Weg durch das dichte Geäst der Baumkronen fanden und auf sie herunterprasselten. Ihre aufgerissenen Augen und die weit geblähten Nüstern verrieten, dass sie kurz davor war, in Panik auszubrechen. Aila erkannte die Gefahr und lief zu ihr, um sie zu beruhigen. Sie konnte es sich nicht leisten, das Pferd zu verlieren. Sie zog die Stute ganz nah an einen der dicken Baumstämme heran, um sie vor dem Hagel zu schützen, und befestigte die Zügel an einem tiefer hängenden Ast. Dann lief sie zu den Körben, die sie von dem Händler erhalten hatte, und nahm einige Datteln und etwas Brot heraus. Sie brach kleine Stücke von dem Brot und den Früchten ab und fütterte das verängstigte Pferd damit, um es von dem Unwetter abzulenken. Beruhigend sprach sie auf die Stute ein und tätschelte ihr immer wieder den Hals.

Am späten Vormittag hatte das Unwetter seinen Höhepunkt überschritten. Der Wald dampfte vor Feuchtigkeit, und die plötzliche Stille hallte in ihren Ohren wider. Einzelne Nebelschwaden stiegen vom Boden auf und verliehen dem Wald etwas Geheimnisvolles.

Aila erhob ihre Arme zum Himmel und dankte den Göttern für den Schutz, den sie ihr gewährt hatten. Der Sturm war eine unübersehbare Mahnung, aber sie war sicher, dass sie nicht ihr gegolten hatte.

Sie sattelte ihr Pferd und ritt in den dichter werdenden Nebel. Die weiße Stille verschluckte jedes Geräusch und legte sich wie ein schützender Umhang über den verwüsteten Wald, als könnte sie den Anblick der Zerstörung nicht ertragen. Es dauerte lange, bis der Nebel sich auflöste und Aila das ganze Ausmaß der Zerstörung erkennen konnte, die der Sturm hinterlassen hatte. Überall lagen abgerissene Äste und umgeknickte Bäume, um die sie herumreiten musste.

Die Dämmerung senkte sich langsam herab, als der Wald lichter wurde. Vor ihr lag ein Tal, dass ihr irgendwie bekannt vorkam. Sie überlegte, ob sie schon einmal hier gewesen war, konnte sich jedoch nicht mehr genau erinnern. Auf der Suche nach einem geeigneten Lager für die Nacht entdeckte sie eine kleine Hütte aus Weidengeflecht und Lehm mit tief hängendem Strohdach, die sich eng an den hinter ihr liegenden Felsen schmiegte. Die Hütte wirkte verlassen, aber sie hatte etwas Anheimelndes, und Aila beschloss, sie als Nachtlager zu nutzen. Sie stieg vom Pferd und trat auf die Holztür zu, die so niedrig war, dass sie sich bücken musste, um sich nicht den Kopf an dem darüber liegenden Balken zu stoßen.

Die Hütte war leer bis auf einige Holzscheite, die neben der Feuerstelle in der Mitte des Raumes lagen. Die kleine Öffnung an einer der lehmverputzten Wände ließ nur wenig Licht herein, aber immerhin war es warm und trocken. Aila sattelte die Stute ab und schaffte ihre Vorräte in die Hütte. Dann führte sie das Tier zu dem nahe gelegenen Bach und ließ es ausgiebig trinken. Als sie das Pferd versorgt hatte, breitete sie ihre Kleider zum Trocknen neben dem Feuer aus und aß mit großem Appetit Brot und Fleisch. Caru sah sie auffordernd aus seinen treuen Augen an. »Du bekommst auch etwas«, sagte sie und warf ihm ein Stück Fleisch hin, das er gierig verschlang. Sie gab ihm noch etwas Brot, auf dem er lustlos herumkaute, nicht ohne ihr vorher einen vorwurfsvollen Blick zuzuwerfen. »Wenn du mehr Fleisch willst, werden wir morgen etwas jagen müssen«, sagte sie und streichelte dem großen Tier zärtlich über den Kopf. Sie war froh, dass Caru bei ihr war. Durch seine Anwesenheit fühlte sie sich weniger einsam. Die Blicke des Hundes folgten ihr, als sie aufstand und sich einen Becher von dem Wein des Händlers eingoss. Als sie den Wein getrunken hatte, breitete sich eine angenehme Wärme in ihrem Körper aus.

Unter einem Teil des Daches war ein offener Speicher angebracht, in dem sich noch einige Strohballen befanden. Aila überlegte, wie sie an das Stroh gelangen konnte. Als sie sich genauer umsah, entdeckte sie, dass in einem der Stützbalken Einkerbungen waren. Sie kletterte daran hoch und nahm so viel von dem Stroh, wie sie für ein bequemes Nachtlager brauchte.

Die Hütte gab ihr ein Gefühl von Geborgenheit. Hier konnte sie endlich zur Ruhe kommen.

Plötzlich spürte sie eine Bewegung in ihrem Bauch. Es fühlte sich an wie ein zaghaftes Klopfen. Sie war so erstaunt, dass sie im ersten Moment nicht begriff, was es bedeutete. Als ihr klar wurde, dass das Kind in ihr sich bewegte, hielt sie vor lauter Glück den Atem an. Sie legte beide Hände auf ihren Bauch und stellte sich vor, dass es Daves Hände wären. Was würde sie dafür geben, wenn er jetzt bei ihr sein könnte!

»Wir werden uns wiedersehen«, flüsterte sie. Und mit dem Gedanken an Dave schlief sie ein.

11

Als sie erwachte, fühlte sie sich frisch und ausgeruht. Das Feuer war heruntergebrannt, und ihr war kalt. Sie erhob sich, um ihren Umhang zu holen, und stellte erleichtert fest, dass er trocken war. Es würde nicht mehr lange dauern, bis die wärmere Jahreszeit begann. Doch noch war es vor allem in den Nächten empfindlich kalt. Caru folgte ihr auf dem Fuß, als sie vor die Tür trat, um nach der Stute zu sehen.

Fröhliches Vogelgezwitscher empfing sie. Die Stute stand mit gesenktem Kopf nicht weit von der Hütte entfernt und knabberte an den würzigen Gräsern. Aila löste ihre Fesseln und nahm sie mit zum Bach. Während das Tier trank, zog sie sich trotz der Kälte aus, um sich ausgiebig zu waschen. Zitternd legte sie anschließend ihre Kleider wieder an und beschloss sich ihre Umgebung näher anzusehen. Das Tal war an zwei Seiten von Felsen umgeben. Der Boden schien ausgesprochen fruchtbar zu sein, wovon die üppige Vielfalt der Bäume, Sträucher, Blumen und Kräuter zeugte. Aila wanderte den ganzen Vormittag über durch das Tal. Dann stand ihr Entschluss fest, vorläufig hier zu bleiben. Sie hob die Arme und betete zu den Göttern. Lange stand sie regungslos da. Ihr Geist wanderte in die andere, unsichtbare Welt und wurde eins mit allen Lebewesen um sie herum.

Als sie aus ihrer Trance erwachte, war sie erschöpft und hungrig. Die Sonne stand schon tief, als sie zur Hütte zurücklief. Unterwegs sammelte sie trockene Äste, um genügend Brennholz für die Nacht zu haben. Caru, der vorgelaufen war, spitzte die Ohren und begann leise zu knurren.

Erschrocken sah Aila sich um, konnte aber niemanden sehen. Dichtes Gestrüpp versperrte ihr die Sicht. Carus Knurren wurde lauter, und Aila duckte sich, um nicht entdeckt zu werden.

Plötzlich wedelte der Hund aufgeregt mit dem Schwanz und verschwand zwischen den Sträuchern. Das konnte nur eines bedeuten: Calach oder Miriam war hier. Seufzend folgte sie Caru. Sie hoffte, dass es Miriam war, die ihr aus Sorge gefolgt war, und nicht ihr Vater. Sie fühlte sich zu müde für eine Auseinandersetzung oder Streit.

Doch ihre Hoffnung wurde enttäuscht. Als sie zwischen den Sträuchern hervortrat, sah sie ihren Vater neben seinem gesattelten Hengst stehen.

Und plötzlich wusste sie, warum ihr das Tal so bekannt vorkam. Vor langer Zeit war sie mit ihren Eltern schon einmal hier gewesen.

Calach hatte nicht mehr daran geglaubt, Aila an der Quelle zu finden. Es würde ihm nichts anderes übrig bleiben, als zurückzureiten und an einem anderen Ort nach seiner Tochter zu suchen. Er hatte gerade seine Sachen zusammengepackt, als Caru auf ihn zustürmte. Finster starrte er Aila, die dem großen Hund in einigem Abstand gefolgt war, entgegen. »Mog Ruith hat mir aufgetragen, dich zurückzuholen«, sagte er ohne ein Wort der Begrüßung. Sein Blick streifte ihren leicht gewölbten Bauch und verdüsterte sich noch mehr. Es gelang ihm nur mühsam, sich zu beherrschen.

»Sag mir, dass du keine Hure bist, sonst bin ich gezwungen, dich wie eine zu behandeln«, forderte er seine Tochter auf.

Aila erwiderte trotzig seinen Blick. »Ich habe Dave in

Mutters Welt kennen gelernt. Er ist mein Mann, und mit Hilfe der Götter werde ich zu ihm zurückkehren.«

Calach presste seine Lippen zu einem dünnen Strich zusammen. Er spürte, wie der Zorn in ihm hochstieg. »Wie konntest du mir das antun, du warst Verico versprochen.« Aila spürte die unterdrückte Wut in seiner Stimme, als er fortfuhr. »Ich werde mein Wort nicht halten können und den Respekt meiner Männer verlieren. Ist es das, was du gewollt hast?«

Aila richtete sich stolz auf. Sie fühlte sich im Recht, und sie war keine Hure. Wenn sie unrecht gehandelt hätte, würde sie es wissen, und sie würde es bereuen, Dave geliebt zu haben. Wollte ihr Vater sie nicht verstehen oder konnte er es nicht?

»Nicht ich habe es gewollt, es war der Wille unserer Götter. Mog Ruith hat mich in die andere Welt geschickt, um unser Heiligtum zurückzuholen.«

»Hat er dir auch aufgetragen, zur Hure zu werden?« Es gelang ihm nicht länger, seinen Zorn zurückzuhalten. Unbeherrscht packte er seine Tochter an den Schultern und schüttelte sie. Ailas Augen begannen zu glühen. Mit einem heftigen Ruck schüttelte sie die Hände ihres Vaters ab. Sie erhob die Arme zum Himmel und rief die Götter an. Nebelschwaden stiegen vom Boden auf und hüllten sie schützend ein.

Calach musste an seinen Traum denken, und sein Zorn verflog. Ein überzeugenderes Zeichen konnte es nicht geben. Wenn die Götter seiner Tochter Schutz gewährten, musste er sich ihrem Willen beugen. Er streckte seiner Tochter beide Hände entgegen. »Es war falsch von mir, dich zu verurteilen«, sagte er leise.

Der Nebel verschwand ebenso schnell, wie er gekommen

war. Ailas Augen waren leer. Sie hatte ihm gar nicht zugehört. Schweigend wartete er, bis sie aus ihrer Trance erwachte, dann zog er sie sanft in seine Arme. »Es ist nicht immer leicht, den Willen der Götter zu verstehen. Lass uns zurückreiten, um dem Rat zu berichten.« Er hob Aila auf seinen Hengst. Man konnte ihr die Erschöpfung deutlich ansehen. Mit letzter Kraft wies sie ihm den Weg zur Hütte. Die Sonne ging in einem atemberaubenden Farbenspiel hinter den Felsen unter und es wurde rasch dunkler. Calach trug seine Tochter in die Hütte und legte sie auf ihr Lager. Es war zu spät, um heute noch zurückzureiten. Er versorgte die Tiere und entzündete das Feuer. Dann ließ er sich neben Aila nieder und beobachtete, wie sie schlief.

Als der neue Tag heraufzog, weckte er Aila und sattelte die Pferde. Der Himmel war grau und von schwarzen Wolken überzogen. Sie beeilten sich, um vor dem einsetzenden Regen den schützenden Wald zu erreichen.

Verico wusste, dass er Calachs Spuren endgültig verloren hatte, und überlegte, was er jetzt tun sollte. Er konnte unmöglich ohne Aila ins Dorf zurückreiten. Er brauchte sie, um seinen unerlaubten Aufbruch vor dem Rat zu rechtfertigen. Die Männer hatten die Vorräte gepackt und saßen aufbruchbereit auf ihren Pferden. Verico blieb nichts anderes übrig, als ebenfalls auf sein Pferd zu steigen. Er ritt an die Spitze und gab den Männern das Zeichen ihm zu folgen.

Gegen Mittag ereichte Caratacus die Ruine, an der Verico sein Nachtlager errichtet hatte. Die Spuren waren noch frisch, und er hatte keine Mühe, ihnen zu folgen. Verico schien es nicht mehr besonders eilig zu haben, und Caratacus überlegte, was der Grund dafür sein könnte. Er drängte zur Eile, und es gelang ihm, Vericos Vorsprung zu verkürzen. Am Nachmittag hatte er ihn endlich eingeholt.

Verico fluchte innerlich, als er Caratacus entdeckte, der zu ihm an die Spitze ritt. »Der Rat schickt mich, um dich aufzufordern, sofort zurückzukehren.«

Verico musterte ihn aus leicht zusammengekniffenen Augen. Caratacus hat es nicht einmal für nötig gehalten, mehr als vier Männer mitzunehmen, dachte er spöttisch. Er sah in die Gesichter seiner Krieger, die mit Spannung seine Antwort erwarteten.

»Ich werde dem Rat gehorchen, aber erst nachdem ich meine Braut gefunden habe.« Es klang endgültig, und Caratacus wusste, dass er vorsichtig sein musste. Schon einmal hatten sie ihn unterschätzt. Verico konnte es nicht wagen, ihn offen anzugreifen, doch er war unberechenbar, und ein Grund für einen Zweikampf war nur zu schnell gefunden.

Vericos Hengst begann unruhig zu tänzeln. Der Anblick des temperamentvollen Tieres verstärkte das prachtvolle Bild, dass der Anführer der *fionna* abgab. Seine harten Muskeln drückten sich durch das Hemd und vermittelten den Eindruck von ungebändigter Kraft. Das ungestüme Feuer der Jugend sprühte aus seinen Augen und lenkte von dem kalten Ausdruck in seinem Gesicht ab. Caratacus ließ sich nicht von solchen Äußerlichkeiten blenden. Ein dunkle Aura der Gewalt ging von Verico aus und beunruhigte ihn. Es war die unbeirrbare, sture Entschlossenheit, mit der er an seinem Vorhaben festhielt, welche die Männer beeindruckte und die Schwächeren unter ihnen förmlich zu ihm hinzog. Für den Moment blieb ihm nichts anderes übrig als nachzugeben, obwohl es ihm nicht leicht fiel.

Scheinbar gleichmütig wies er auf seine Begleiter. »Wir werden mit euch reiten und euch bei der Suche nach der Tochter unseres Fürsten behilflich sein«, sagte er. Verico schoss einen wütenden Blick auf ihn ab. Geschickt hatte dieser hinterhältige Caratacus den Fürsten ins Spiel gebracht. Das erste Mal in seinem Leben dämmerte ihm, welche Macht in harmlos ausgesprochenen Worten liegen konnte und dass sie so gefährlich waren wie ein scharfes Schwert. Unbeherrscht stieß er seinem Hengst die Fersen in die Seiten. Das Tier machte einen mächtigen Satz nach vorn und galoppierte erschrocken los. Die Krieger der *fionna* folgten ihm und mit ihnen Caratacus.

Sie waren noch nicht lange geritten, als zwei Pferde auf sie zukamen. Sie zogen eine Wolke aus Staub und aufgewirbelter Erde hinter sich her. Ein Raunen ging durch die Reihen der Männer, als sie Calach erkannten. Die Frau neben ihm war Aila. Im Stillen dankte Caratacus den Göttern, dass er Verico erreicht hatte, bevor dieser auf Calach gestoßen war. Verico riss den linken Arm hoch und brüllte einen Befehl. Sofort brachten die Männer ihre Pferde zum Stehen. Knisternde Spannung lag in der Luft, als Calach und Aila näher kamen. Verico hatte nur Augen für Aila, die hoch aufgerichtet und stolz auf ihrem Pferd saß. Sein Herz begann unruhig zu hämmern. Obwohl ihre Kleider ebenso wie ihr Gesicht von Staub überzogen waren, kam sie ihm noch schöner vor als bei ihrer letzten Begegnung. Die starke Anziehungskraft, die sie auf ihn ausübte, ärgerte ihn. Er wollte sie hassen und konnte doch nicht verhindern, dass ihm das Blut bei ihrem Anblick in die Lenden schoss. Er begehrte sie mehr, als er jemals eine Frau begehrt hatte. Die Gefühle für Aila hatten ihn so überwältigt, dass er alles andere um sich herum vergaß.

Die Stille wurde nur durch das vereinzelte Schnauben und Stampfen einiger Pferde unterbrochen. Jetzt erst wurde ihm bewusst, dass er beobachtet wurde. Die Augen der Männer wanderten abwechselnd zu ihrem Fürsten und ihrem Anführer. Widerwillig wandte er seinen Blick von Aila, die an ihm vorbeigesehen hatte, als wäre er gar nicht vorhanden. Calach musterte ihn so scharf, dass ihm der Schweiß ausbrach. So hatte er sich die Begegnung mit Aila nicht vorgestellt. Er hatte gehofft, sie in seine Gewalt bringen zu können, um ihr seine Macht und seine Überlegenheit zu beweisen. Sie sollte ihm hilflos ausgeliefert sein, wenn er sich für die Demütigungen, die sie ihm angetan hatte, an ihr rächen würde.

Calach unterbrach seine Gedanken. »Ich bin überrascht, euch hier zu sehen, und noch mehr erstaunt mich eure schwere Bewaffnung. Gegen wen wollt ihr in den Krieg ziehen? Ich habe seit Jahren keine Römer mehr hier oben gesehen, und mit unseren Nachbarn leben wir in Frieden.«

Der Spott in seiner Stimme traf Verico wie ein Peitschenschlag. Es gelang ihm nicht, Calachs Blick standzuhalten. Trotzdem war er nicht bereit aufzugeben.

»Wir sind ausgezogen, um meine Braut zurückzuholen«, stieß er trotzig hervor.

»So viele Männer für eine einzige Frau?« Calachs Stimme troff vor Ironie. Die Herablassung in seiner Stimme war für Verico kaum zu ertragen. Einige der Männer senkten beschämt den Blick, andere begannen voller Vorfreude zu grinsen. Eine offene Auseinandersetzung war das Letzte, was Verico gewollt hatte. Doch es gab keine Möglichkeit mehr für ihn, ihr aus dem Weg zu gehen. Abschätzend musterte er Calach. Der Feldherr war immer noch eine imposante Erscheinung. Seine scharf geschnittenen Gesichtszüge und die blitzenden grauen Augen faszinierten Männer wie Frauen. Doch er sah auch die kleinen Fältchen, die sich in seinem Gesicht eingegraben hatten, und die Anzeichen von Müdigkeit. Calach hatte lange nicht mehr gekämpft und nahm sich weit weniger Zeit zum Trainieren seines Körpers, als er es früher getan hatte. In einem Zweikampf wäre er ihm überlegen und würde gleichzeitig alle seine Probleme auf einen Schlag lösen.

Allein der Gedanke an einen Sieg über Calach, den großen und berühmten Vergobretos, löste eine Euphorie in ihm aus, der er nicht widerstehen konnte. Er sah kurz zu Aila hinüber, die verächtlich ihren Mund verzog, als sie seinen Blick bemerkte. Seine Augen begannen tückisch zu glitzern. Sein Ziel war zum Greifen nahe vor ihm, und er brauchte nur zuzupacken, um es zu erreichen. Außerdem hatte er keine andere Wahl. Wenn er jetzt nicht kämpfte, war alles, wovon er jemals geträumt hatte, vorbei.

Er bemühte sich, seiner Stimme Festigkeit zu geben, obwohl er innerlich vor Aufregung zitterte. »Du hast dein Wort gebrochen und zugelassen, dass deine Tochter Schande über dich und deine Familie gebracht und meine Ehre verletzt hat. Ihre Flucht ist der Beweis, dass sie feige versucht hat, sich unseren Gesetzen zu entziehen. Wir werden Aila vor den Rat stellen, vor dem auch du zur Verantwortung gezogen wirst.«

Die Adern auf Calachs Stirn schwollen vor Zorn an. Miriam hatte Recht gehabt, was Verico anging. Sie hatte die Gefahr erkannt, die von ihm ausging, während er sich geweigert hatte, ihn so zu sehen, wie er tatsächlich war: eiskalt und ohne jedes Gefühl. Caratacus sah, wie Calach nach seinem Schwert griff. Schon öffnete er den Mund, um Verico herauszufordern. Merkte er nicht, dass der junge Krieger es nur darauf anlegte, ihn zu reizen? Caratacus wollte den Zweikampf verhindern und fiel ihm ins Wort, noch bevor Calach sprechen konnte.

»Der Rat hat mich beauftragt, die *fionna* zurückzuholen. Er allein wird alle weiteren Entscheidungen treffen«, sagte er ruhig.

Verico warf ihm einen bösen Blick zu. Caratacus war ihm schon lange ein Dorn im Auge, und er war seinem Ziel so nah. Calach dachte einen Moment über die Worte seines Bruders nach. Verico sah, wie es in ihm arbeitete. Er durfte keine Zeit verlieren und musste sofort handeln.

»Unser großer Feldherr ist nicht mehr in der Lage, seine Entscheidungen selbst zu treffen, und versteckt sich hinter dem Rat«, höhnte er. Das war zu viel. Die Männer hielten den Atem an. Vericos Anklagen hingen schwer in der Luft. Kein Mann konnte sie auf sich sitzen lassen, ohne sein Gesicht zu verlieren.

Calach sprang vom Pferd und reichte Aila die Zügel. Dann zog er sein Schwert und wartete ruhig auf Verico. Der Junge hatte ihm keine Wahl gelassen. Sein Zorn war verflogen, und es gab ihm einen Stich, als er in das vor Aufregung gerötete Gesicht des Kriegers sah, der es kaum erwarten konnte, in einem tödlichen Zweikampf gegen ihn anzutreten. Mit väterlicher Liebe hatte er ihm alles beigebracht, was er konnte. Nie hätte er gedacht, dass Verico das Gelernte eines Tages gegen ihn richten würde.

Die Männer bildeten einen Kreis. Verico hörte sein Herz schlagen, als er ebenfalls vom Pferd sprang und das Schwert zog, das Calach ihm nach Bestehen der Prüfungen geschenkt hatte. Lauernd umkreiste er Calach, der ruhig dastand und seinen Angriff erwartete. Die Ruhe, die Calach ausstrahlte, irritierte ihn. Seine Nerven waren zum Zerreißen gespannt. Keinen Moment länger würde er die Spannung ertragen.

Mit einem heiseren Schrei griff Verico an. Sein Schwertstoß kam mit irrsinniger Kraft. Calach duckte sich nach links, schoss nach vorne, wirbelte dann blitzschnell herum und ließ seine Faust auf Vericos Helm krachen. Der Helm beulte sich ein. Verico begann zu taumeln und fiel auf die Knie. Angstvoll beobachtete Aila den tödlichen Kampf. Verico war größer und kräftiger als ihr Vater. Lautlos bewegten sich ihre Lippen zum Gebet. Calach trat in die Mitte des Kreises zurück und wartete.

»Mach ihn fertig!« Die Männer um ihn herum begannen zu schreien, um ihn anzufeuern, doch Calach achtete nicht auf sie.

Verico kam wieder hoch. Sein Atem ging stoßweise. Noch bevor sein Kopf richtig klar war, holte er erneut mit dem Schwert aus. Die Männer verstummten. Vericos Schwerthiebe kamen schnell und heftig. Man hörte nur noch das harte Schlagen der Klingen. Einige Augenblicke lang war keiner der beiden Kämpfer im Vorteil. Dann wich Calach einem Streich aus und rammte seine Schulter in die seines Gegners, dass er zurückstolperte. Schon hatte er ihn auf den Knien. Verico rollte zur Seite und sprang mit einem Satz wieder auf. Sein Schwert blitzte. Calach taumelte zurück. Auf seiner Brust färbte sich die Tunika rot. Die Männer hielten den Atem an. Mit einem wilden Triumphschrei holte Verico zu einem tödlichen Schlag aus. Calach sprang in einer einzigen Bewegung zurück und wieder vor. Seine Faust explodierte auf Vericos Brustbein. Verico stolperte, blieb aber stehen. Calach versetzte ihm den nächsten Schlag. Der junge Krieger stürzte wie ein gefällter Baum und schnappte nach Luft. Reglos lag er auf dem Boden. Aila stieß einen Seufzer der Erleichterung aus und dankte im Stillen den Göttern.

Kein Laut war zu hören. Voller Spannung warteten die Männer, was weiter geschehen würde. Calach wandte sich ab und steckte sein Schwert zurück in die Scheide. Er hob seinen Blick zum Himmel. Er hatte Verico eine Lehre erteilt, die er sein Leben lang nicht vergessen würde, und er war froh darüber, dass er ihn nicht hatte töten müssen.

Plötzlich ertönte aufgeregtes Gemurmel. Dann ging alles so schnell, dass niemand Zeit hatte zu reagieren. Verico, der wie tot am Boden gelegen hatte, war mit einem Satz wieder auf die Beine gekommen und hatte sein Schwert ergriffen. Schon war er hinter Calach und erhob den Arm zum tödlichen Streich. Der Schmied reagierte als Erster. Blitzschnell griff er nach seiner Lanze und schleuderte sie kraftvoll nach dem jungen Krieger. Die Lanze bohrte sich durch Vericos Brust. Blut schoss aus seinem Mund, als er röchelnd zu Boden sank. Calach drehte sich um und bemerkte jetzt erst die tödliche Gefahr, in der er sich befunden hatte. Er ging in die Knie und beugte sich über Verico. Sein Atem ging schwach, aber er lebte.

»Warum hast du mir das angetan, ich habe dich geliebt wie einen Sohn!« Vericos Blick wanderte an ihm vorbei und traf auf den Schmied, der hinter Calach getreten war. Seine Augen waren voller Hass. »Deine Tochter ist eine Hure«, stieß er röchelnd hervor. Der Schmied schob Calach zur Seite und versetzte dem Sterbenden einen Tritt in die Rippen. »Ich habe immer gewusst, dass du etwas mit ihrem Tod zu tun gehabt hast«, sagte er.

»Sie hat sich mir angeboten wie eine Hure«, wiederholte Verico. Seine Sinne begannen zu schwinden. Er spürte nicht mehr, wie der Schmied in wahnsinniger Wut auf ihn einschlug. Als die Männer ihn von ihm wegzogen, war er längst tot. Tränen standen in den Augen des Schmiedes, als er laut die Götter anrief, um ihnen dafür zu danken, dass der Mörder seiner Tochter seine gerechte Strafe erhalten hatte. Calach gab den Befehl, Verico auf sein Pferd zu binden. Dann ritten sie zurück ins Dorf.

12

Als sie den heiligen Hain erreichten, ließ er die Männer anhalten und begleitete seine Tochter zu dem Druiden. Mog Ruith schien sie schon erwartet zu haben, denn er kam ihnen entgegen.

»Du hast deinen Auftrag erfüllt, und dafür danke ich dir«, sagte er zu Calach. Dann wandte er sich an Aila. »Ich werde dir zeigen, wo du dich ausruhen kannst.« Aila folgte ihm bereitwillig. Eine tiefe Ruhe erfüllte sie, als er sie weiter in die dunkle Schattenkühle führte. Calach ritt mit seinen Männern zurück ins Dorf. Obwohl es schon spät war, traten die Frauen aus ihren Häusern, um ihre Männer zu begrüßen. Caratacus und Calach begaben sich zum Versammlungshaus, das sich rasch füllte. Calach erstattete mit kurzen Worten Bericht, und Caratacus war erleichtert, als er hörte, dass Aila unter dem Schutz der Götter stand. Keines der Ratsmitglieder zweifelte an den Worten des Fürsten, obwohl sie es merkwürdig fanden, dass die Tochter des Fürsten ein Kind erwartete, ohne einen Mann zu haben.

Als Calach sein Haus betrat, war Miriam längst eingeschlafen. Müde ließ er sich neben sie sinken. Am nächsten Morgen beobachtete sie ihn vorsichtig, den Kopf voller Fragen. Es sah aus, als hätte er sich wieder beruhigt. Es gab viele Fragen, auf die sie eine Antwort suchte, und es fiel ihr schwer, darauf zu warten, bis er endlich zu reden begann.

Calach bemerkte ihr Ungeduld. Er sah ihr so tief in die Augen, dass ihr Herz zu flattern begann. Sie hatte nie aufgehört, Calach zu lieben. Er nahm ihre Hand und streichelte sie zärtlich. »Verico ist tot. Du hast Recht gehabt, was ihn angeht«, sagte er leise.

Miriam stieß einen erleichterten Seufzer aus. Doch sofort bekam sie ein schlechtes Gewissen. Hatte sie sich den Menschen, mit denen sie lebte schon so weit angepasst, dass sie sich über den Tod eines jungen Mannes freuen konnte? Sie beruhigte sich damit, dass sie seinen Tod nicht gewollt hatte, trotzdem war sie froh darüber, dass er keine Bedrohung mehr für ihre Tochter darstellte.

»Was ist mit Aila, hast du sie gefunden?« Ihre Stimme zitterte leicht, und Calach zog sie beruhigend in den Arm.

»Du brauchst dich nicht zu sorgen, meine Schöne. Ich habe Aila an der Quelle gefunden und zum heiligen Hain gebracht, wie Mog Ruith es bestimmt hat.« Miriam war erleichtert und rutschte enger an ihn heran. Sie hatte die Hoffnung, dass sich alles noch zum Guten wenden könnte, fast aufgegeben und war glücklich wie schon lange nicht mehr. Eine Weile saßen sie nebeneinander und genossen die Nähe des anderen.

Miriam bemerkte, dass Calach irgendetwas bedrückte. Endlich rückte er damit heraus. »Ich bin froh darüber, dass Aila nicht vor den Rat gestellt wird, aber ich billige nicht, was sie getan hat. Wo ist der Mann, der zu ihr gehört? Wird er eines Tages auftauchen oder wird Aila zu ihm zurückgehen?«

Er hatte gehofft, dass Miriam ihm eine Antwort auf seine Fragen geben könnte, doch sie schüttelte nur bedauernd den Kopf. »Ich würde es selbst gern wissen, aber wer kann schon in die Zukunft sehen? Es wird uns nichts anderes übrig bleiben als abzuwarten, was geschehen wird.«

Glücklich begab sich Miriam am nächsten Morgen an ihre Arbeit. Selbst die grauen Wolken und der heftige Regen konnten ihrer gehobenen Stimmung keinen Abbruch tun.

Als sie in den Ställen ihre Freundin Ira traf, fiel sie ihr glücklich um den Hals. »Calach hat sich wieder beruhigt, und zwischen uns ist wieder alles wie vorher. Aila ist bei dem Druiden, und Calach hat gesagt, dass es ihr gut geht«, sprudelte es aus ihr hervor.

»Ich freue mich für dich«, sagte Ira leise. Miriam war so glücklich wie lange nicht mehr, und sie wollte ihr das Glück nicht nehmen. Sie war schon früh am Brunnen gewesen und hatte die Gespräche der Frauen mit angehört, die sich ihre eigene Meinung über die Geschehnisse gebildet hatten. Sie beruhigte sich damit, dass es nur der übliche Klatsch war, der schon bald von neuen Ereignissen abgelöst werden würde.

Doch es kam ganz anders. Als Miriam ihren üblichen Rundgang machte, spürte sie, dass sich zwischen den Frauen und ihr eine Kluft aufgetan hatte. Eine unsichtbare Wolke aus Misstrauen schlug ihr entgegen. Als sie bei Marta hereinschaute und die kleine Iceni auf sie zuwackelte und ihr auffordernd die ausgestreckten Ärmchen entgegenhielt, bemerkte sie den ängstlichen Blick von Marta. Sie warf Marta einen fragenden Blick zu, dem die junge Frau verlegen auswich. Vor dem Haus traf sie auf Morrigan, die den Arm voller Wäsche hatte. Ihr Mund stand selten still, und sie nutzte jede sich bietende Gelegenheit, um ein Schwätzchen zu halten. An diesem Morgen eilte sie an Miriam vorbei, ohne sie auch nur anzusehen.

Miriam verstand nichts mehr. Welchen Grund konnten die Frauen für ihr ungewöhnliches Verhalten haben? Oder bildete sie sich vielleicht nur ein, dass ihr Benehmen mehr als seltsam war? Als sie die Nähstube betrat, unterbrachen die Frauen sofort ihre Gespräche und starrten sie abweisend, fast schon feindlich an. Betroffen lief Miriam zurück in ihr Haus. Als sie Calach am Abend von dem merkwürdigen Benehmen der Frauen erzählte versuchte er sie zu beruhigen. »Du siehst Schatten, wo keine sind. Niemand hat etwas gegen dich.«

Doch die Vorfälle häuften sich. Elitas Baby wurde tot geboren. Es war ihr erstes Kind. Weinend rannte sie auf den Dorfplatz und raufte sich in ihrem Schmerz verzweifelt die Haare aus. Sie war kaum zu beruhigen, und ihr Mann hatte große Mühe, sie ins Haus zurückzuholen. In den nächsten Tagen erkrankten einige Dorfbewohner an einem merkwürdigen Durchfall, der von Fieberschüben begleitet wurde. Doch niemand schickte nach Miriam, um sie zu sich zu rufen und einen Rat von ihr zu erbitten. Bald erkrankten immer mehr Dorfbewohner, darunter auch viele Kinder. Miriam sprach mit Ira darüber, doch die wich ihr aus.

Langsam verlor Miriam die Geduld. »Ich möchte wirklich wissen, was hier los ist!« Ira zögerte, doch als sie in Miriams zornblitzende Augen sah, gab sie nach.

»Ich wollte dich nicht beunruhigen, aber es hat sich herumgesprochen, dass deine Tochter sich geweigert hat, den Mann zu heiraten, dem sie versprochen war. Aila ist von den jungen Mädchen bewundert worden, und die Frauen fürchten, dass ihre Töchter es ihr gleichtun könnten und sich ebenfalls gegen den Willen ihrer Eltern stellen. Auch das merkwürdige Verhalten von Aila seit ihrer Rückkehr aus der anderen Welt hat sie verunsichert; sie können es einfach nicht verstehen.«

Ira schwieg für einen Moment, doch Miriam bat sie, weiterzureden. »Sprich weiter, ich möchte alles hören, was du weißt.«

Ira sah sie bittend an. »Du darfst das nicht falsch verstehen, die meisten der Frauen sind froh über Vericos Tod. Sie hatten große Angst vor dem Tag, an dem er Calachs Platz einnehmen würde. Aber auch Calachs Verhalten hat sie beunruhigt, und dass deine Tochter schwanger ist und bei Mog Ruith Schutz vor unseren Gesetzen sucht, gefällt ihnen nicht.«

Wieder legte sie eine Pause ein. Miriam spürte, dass Ira ihr etwas verschwieg. »Bitte erzähl mir alles. Du bist meine Freundin, und ich kann nur etwas unternehmen, wenn ich weiß, was los ist.«

»Der Sturm – sie geben dir und Aila die Schuld an dem Sturm. Sie behaupten, er wäre eine Warnung der Götter. Ich habe versucht, es ihnen auszureden, aber sie wollten nicht auf mich hören.«

Miriam schloss die Augen, als die schrecklichen Bilder vor ihr auftauchten. Der Sturm war ohne jede Vorwarnung über sie hinweggefegt, hatte Dächer abgedeckt und Panik unter Menschen und Tieren ausgelöst. Sie hatten großes Glück gehabt, dass niemand ernsthaft verletzt worden war, doch es würde noch eine ganze Weile dauern, bis die Männer die wütenden Spuren des Sturmes beseitigt hatten, und noch länger, bis die Dorfbewohner den Schock und die Angst überwunden hatten.

Miriam hatte lange gebraucht, um sich an den Aberglauben der Menschen zu gewöhnen. Sie spürte, wie der Zorn in ihr hochstieg. Sie hatte wirklich andere Probleme, als sich mit solchen Lächerlichkeiten abzugeben. Was hatte sie nicht alles für die Dorfbewohner getan, um ihnen das Leben zu erleichtern. Immer und zu jeder Zeit war sie für jeden erreichbar gewesen, hatte geholfen und getröstet, wo sie nur konnte. Und was war der Dank dafür? Ablehnung und Misstrauen.

Ihr Mund verzog sich bitter.

»Wahrscheinlich geben sie mir auch die Schuld an dem Tod von Elitas Baby und dem Durchfall.«

Ira starrte traurig vor sich hin. »Es ist zu viel in allzu kurzer Zeit geschehen. Du darfst es den Frauen nicht verübeln. Sie kennen dich nicht so gut wie ich, sonst würden sie wissen, dass du ihnen nie etwas Böses wünschen würdest.« Prüfend sah sie Miriam an. Konnte sie es wagen, ihr von ihren eigenen Zweifeln zu erzählen? Miriam konnte sehr aufbrausend werden, doch genauso schnell beruhigte sie sich wieder, und sie vertraute ihr.

Sie gab sich einen Ruck. »Findest du es denn nicht merkwürdig, dass so viel Unglück über uns hereinbricht, seitdem Aila schwanger ist?«

Sprachlos sah Miriam die Freundin an. Ira senkte verlegen den Blick. Miriam wollte schon aufbrausen, doch dann gewann die Verzweiflung in ihr die Oberhand. Hilflos zuckte sie die Achseln, während ihr die Tränen über die Wangen liefen. »Sag mir, was ich tun soll! Was kann ich gegen den Aberglauben und die Unwissenheit in euren Köpfen tun? Ich kann das Wissen nicht in euch hineinstopfen, schon gar nicht gegen euren Willen. Niemand auf der Welt kann den Wind beeinflussen, und ein Sturm entsteht durch kalte und warme Luftströme, die aufeinander stoßen. Die Götter haben nichts damit zu tun. Ich könnte dir auch erklären, wie Blitz und Donner entstehen, aber du würdest es mir doch nicht glauben, weil du es nicht glauben willst.« Sie warf Ira einen vorwurfsvollen Blick zu. »In meiner Welt gibt es für fast alles eine wissenschaftliche Erklärung. Der Fortschritt lässt sich nicht aufhalten, und es macht mich oft wahnsinnig, wenn ich sehe, wie abergläubisch ihr seid. In allem seht ihr einen Wink der Götter. Wie kann man aus dem Flug der Vögel die Zukunft lesen? Vögel haben eine feste Flugbahn, der sie folgen. Und der Himmel wird euch auch nicht auf den Kopf fallen, weil er nur aus dünnen Gasen besteht.« Sie hatte sich in Rage geredet und ihre Verzweiflung für den Moment vergessen.

Ira sah sie erschrocken an. Dann musste sie wider Willen lachen. »Du erzählst mir immer merkwürdige Dinge, die ich kaum glauben kann. Aber du erzählst sie so überzeugend, dass ich sie in dem Moment, wo du sie erzählst, doch glaube. Erst wenn ich anschließend darüber nachdenke, kommen mir wieder Zweifel. Doch was die Götter angeht, so denke ich, dass sie dich sehr lieben müssen, weil sie zulassen, dass du ihre Macht anzweifelst.« Sie wurden durch Rana unterbrochen, die zur Tür hereinstürzte. Ihre faltigen Wangen waren hochrot vor Aufregung. »Die Pferde sind krank, sie werden sterben«, schrie sie aufgeregt.

Miriam und Ira sprangen auf und folgten ihr in den Stall. Calachs Hengst und auch ihre Stute lagen auf dem Stroh und wanden sich vor Schmerzen. Miriam sah die Qual in ihren schönen Augen. Sie beugte sich über die Tiere und stellte fest, dass ihre Bäuche aufgebläht und hart waren. »Hol sofort ein paar Männer!«, rief sie Rana zu, während sie sich verzweifelt bemühte, ihre Stute am Schweif hochzuziehen. Wenig später kamen die Männer und gemeinsam gelang es ihnen, den Pferden auf die Beine zu helfen. »Sie müssen laufen, achtet darauf, dass sie auf keinen Fall stehen bleiben.«

Der Stute knickten mehrmals die Hinterbeine weg. Miriam rief zwei Unfreie zu sich und befahl ihnen, sie zu stützen. Nach langen Stunden gleichmäßigen Schrittgehens schien es den Tieren besser zu gehen. Begleitet von lauten und zischenden Geräuschen entwich immer wieder Luft aus ihrem Darm. Es war eindeutig eine Kolik, unter der sie litten. Miriam bat Ira, nach den Pferden in den anderen Ställen zu sehen. Sie wollte wissen, ob irgendetwas mit dem Futter nicht in Ordnung war. Doch außer ihren Pferden waren alle Tiere in Ordnung.

Miriam lief zurück zu ihrem Stall. Es war schon merkwürdig, dass zwei Pferde gleichzeitig eine Kolik bekamen. Das konnte kein Zufall sein. Suchend glitt ihr Blick über den Stallboden, doch es war schon zu dunkel, um etwas zu erkennen. Sie suchte sich eine Lampe und entzündete sie. Zwischen dem Stroh lagen einige Krümel. Sie nahm sie und zerdrückte sie zwischen den Fingern. Das Brot war noch frisch, und jedes Kind wusste, dass Pferde kein frisch gebackenes Brot vertragen konnten. Irgendjemand musste den Pferden das Brot mit Absicht gegeben haben. Doch wer konnte das sein? Wer von den Dorfbewohnern hasste sie so sehr, dass er nicht einmal davor zurückschreckte, unschuldigen Tieren ein Leid anzutun, um ihr zu schaden? In Gedanken ging sie alle Dorfbewohner durch, doch ihr fiel niemand ein, der ernsthaft in Frage kam. Sie sprach mit Calach darüber, doch auch er konnte ihr nicht weiterhelfen.

Am nächsten Morgen lag ein toter Rabe im Brunnen. Mit bleichen Gesichtern standen die Frauen um den Brunnen und unterhielten sich flüsternd. Raben waren heilige Tiere, und ein toter Rabe konnte nur Unglück bedeuten. Calach gab den Befehl, den toten Vogel sofort herauszufischen. Einer der jungen Krieger holte ein Netz, das an einem langen Holzstab befestigt war, und zog den Raben heraus. Als er den Vogel aus dem Brunnen geholt hatte, tauchte plötzlich der verweste Kadaver einer jungen Katze darunter auf und trieb an die Oberfläche. Jetzt haben wir die Ursache für den Durchfall, dachte Miriam grimmig, die ebenfalls zum Brunnen gekommen war. Ihr Blick traf sich mit dem von

Calach. Er dachte das Gleiche wie sie. Miriam trat einen Schritt zurück und beobachtete aufmerksam die Gesichter der Menschen. Sie sah Angst, Hilflosigkeit und Entsetzen in ihnen. Obwohl der Leichnam der Katze stark aufgequollen war, konnte jeder sehen, dass es sich um ein junges Tier handelte. Ein Jungtier aber konnte unmöglich allein auf den hohen Brunnenrand gesprungen sein. Dazu kam, dass der Kadaver unter Wasser gelegen haben musste, und das konnte nicht mit rechten Dingen zugehen, weil tote Tiere immer an der Wasseroberfläche schwammen.

Die Dorfbewohner wussten, dass das Wasser im Brunnen für lange Zeit vergiftet sein würde und sie von nun an den weiteren Weg zum Fluss gehen mussten, wenn sie Wasser brauchten. Miriam sprach mit Calach. »Lass jeden der Dorfbewohner einen Eimer Wasser hochziehen, sodass genügend sauberes Grundwasser nachlaufen kann. Und dann schärfe ihnen ein, dass sie bis zum nächsten Vollmond, das Wasser, das sie trinken und zur Nahrungsbereitung nehmen, vorher in einem Kessel abkochen. Dann wird auch niemand mehr krank werden.«

Tatsächlich erkrankte niemand mehr an Durchfall, doch dass Misstrauen legte sich wie ein dunkler Schatten über das Dorf, und die Menschen waren überzeugt, dass sie sich den Zorn der Götter zugezogen hatten. Wenn Miriam durch das Dorf lief, riefen die Mütter ihre Kinder zu sich, damit sie ihr nicht zu nahe kamen. Eisiges Schweigen schlug ihr entgegen, wohin sie auch kam. Miriam bemühte sich, die fast schon feindselige Haltung zu ignorieren. Mit hoch erhobenem Kopf und fest zusammengepressten Lippen ging sie wie gewohnt ihrer täglichen Arbeit nach. Die Einzige, die in dieser schweren Zeit zu ihr hielt war Ira. Obwohl auch sie durch die düsteren Ereignisse verunsichert war, überwog das Vertrauen zu ihrer Freundin. Calach bekam sie in dieser Zeit nur selten zu Gesicht. Die Vorräte waren in den langen Wintermonaten fast vollständig aufgebraucht, und die Männer befanden sich oft tagelang auf der Jagd und beim Fischfang.

Der Nachtfrost hatte nachgelassen, und die ersten Felder wurden für die Aussaat vorbereitet. Normalerweise liebte Miriam diese Jahreszeit, die voller Hoffnung war, doch diesmal wurde sie ihr zur Qual. Die Menschen verbrachten wieder mehr Zeit vor ihren Häusern, und es war schwer, ihnen aus dem Weg zu gehen. Miriams Nerven waren zum Zerreißen gespannt. Die Leibeigenen bereiteten mit gesenkten Köpfen das Essen zu, aber wenn sie sich unbeobachtet glaubten, tuschelten sie leise miteinander.

Am nächsten Morgen lag der abgetrennte Kopf eines Schafes auf der Mitte des Dorfplatzes, und jede Haustür war mit seltsamen Zeichen aus Blut beschmiert. Der überwiegende Teil der Männer befand sich auf der Jagd. Miriam sah die Angst und das Entsetzen in den Augen der Frauen, aber auch die stumme Anklage, die in ihren Gesichtern lag, und sie verlor endgültig die Geduld über so viel Unwissenheit und Dummheit. Glaubten diese Menschen tatsächlich, dass ein böser Geist das Schaf getötet und sein Blut an die Haustüren geschmiert hatte? Zornig funkelte sie die Dorfbewohner an. »Derjenige von euch, der – aus welchem Grund auch immer – versucht, Angst und Schrecken unter uns zu verbreiten, muss ein großer Feigling sein, weil er seine Taten heimlich und hinter unserem Rücken begeht.« Sie sah in die Runde, doch die Menschen senkten ihren Blick. Miriam spürte, wie der Zorn mit ihr durchging; sie war nicht mehr länger in der Lage, sich zu beherrschen. »Seht mich gefälligst an, wenn ich mit euch rede! Anstatt vor Angst zu erstarren, solltet ihr euch lieber auf die Suche nach dem Übeltäter machen, der mit allen Mitteln versucht, euch Angst einzujagen. Es gibt keine Fremden im Dorf, also muss es einer von uns sein.«

Laute Schreie unterbrachen ihre Rede. »Feuer!«, schrie jemand. »Das Versammlungshaus brennt!« Miriam drehte sich um. Hinter ihr stieg der Rauch in den Himmel. Schon fraßen sich die ersten Flammen durch das Dach. »Holt eure Krüge, wir brauchen Wasser«, befahl sie. Die Dorfbewohner eilten in ihre Häuser und kamen mit Krügen in den Händen zurück. Am Brunnen bildeten sie eine Kette und reichten die gefüllten Krüge von Hand zu Hand.

Miriam beteiligte sich nicht an der Löschaktion. Einem Gefühl folgend, betrat sie das brennende Versammlungshaus. Sie musste herausfinden, wer hinter den Anschlägen steckte. Dichter Rauch schlug ihr entgegen, und ihre Augen brauchten einen Moment, um sich an das Halbdunkel im Inneren zu gewöhnen. An der Feuerstelle in der Mitte des großen Raumes sah sie durch den dichter werdenden Qualm eine Bewegung. Ohne auf die Gefahr zu achten, lief sie weiter. Über ihr begann es bedrohlich zu knacken. Die Hitze und der Rauch machten ihr das Atmen schwer. Als sie näher trat, konnte sie durch den Rauch ein junges Mädchen erkennen. Den Blick nach oben gerichtet, stand sie an der Feuerstelle. Sie sah schrecklich aus. Ihre nackten Arme und Beine waren mit Blut beschmiert, und über den Schultern trug sie als einziges Kleidungsstück das Vlies des toten Schafes. Ihr Gesicht war schwarz vor Ruß. Durch das Knistern und Knacken drangen einige Wortfetzen an Miriams Ohr.

»Brennen sollst du, verfluchtes Haus, brennen.« Plötzlich wandte das Mädchen seinen Blick von der Decke und sah sich suchend um, als würde sie spüren, dass sie nicht länger allein war. Das Knacken wurde lauter, und ein schwarzverkohlter Balken verfehlte die junge Frau nur um wenige Zentimeter. Krachend schlug er auf dem Boden auf. Das Mädchen zuckte nicht einmal mit der Wimper. Sie schien sich der Gefahr nicht einmal bewusst zu sein. Miriam wusste, es war höchste Zeit, das Haus zu verlassen. Der Balken war nur eine Warnung gewesen. Das Dach brannte jetzt lichterloh und würde jeden Moment auf sie herunterstürzen. Doch sie konnte sich nicht bewegen. Wie gelähmt starrte sie dem Mädchen entgegen, das mit weit aufgerissenen Augen auf sie zukam und das sie jetzt erst erkannte.

Gina bewegte sich mit der Geschmeidigkeit einer Katze, und ihr Gang hatte etwas Tänzelndes. Als sie Miriam erkannte, stürzte sie sich mit einem gellenden Schrei auf sie und krallte ihre Fingernägel in Miriams Arme. Sie hat den Verstand verloren, dachte Miriam und versuchte, sich aus dem Griff des Mädchens zu befreien. In den dunklen Augen, die sich voller Hass in ihre bohrten, stand der Wahnsinn.

»Wir müssen sofort hier raus«, schrie Miriam, doch Gina hielt sie mit eisernem Griff fest. Der Hass verlieh ihr ungeheure Kräfte. »Brennen, alles Böse muss brennen«, zischte sie und spuckte Miriam ins Gesicht. Voller Ekel wandte Miriam den Kopf zur Seite. Die ersten Balken lösten sich und stürzten in einem Wust von brennendem Stroh auf sie herab. Die Hitze wurde unerträglich. Miriams Augen begannen zu tränen, und sie hatte Mühe, Luft zu bekommen. Von Panik gejagt, trat sie Gina mit aller Kraft gegen das Schienbein.

Ginas Griff lockerte sich für einen Moment. Dieser Moment genügte Miriam, um sich zu befreien. Sie versetzte Gina einen heftigen Schlag gegen die Schläfe, durch den das Mädchen halb besinnungslos wurde, und packte sie an den Haaren. Mit letzter Kraft schleifte sie das Mädchen aus dem Haus. Ihre Lungen schmerzten, und sie war kurz davor, das Bewusstsein zu verlieren.

Vor dem Haus sank sie erschöpft auf die Knie und rang verzweifelt nach Luft. Die Dorfbewohner starrten Gina an, als wäre sie ein böser Geist. Sie war kaum wiederzuerkennen und bot einen furchterregenden Anblick, wie sie blutverschmiert in dem ungereinigten Vlies vor ihnen stand. Sie war wieder zu sich gekommen. Ihre Augen glühten wild auf. »Wir müssen das Böse aus unserer Mitte entfernen«, schrie sie mit schriller Stimme. Anklagend wies sie auf Miriam. »Die Fürstin und ihre Tochter sind schuld am Zorn der Götter. Die Geister der Unterwelt werden über uns kommen und uns alle vernichten. Sie allein tragen die Schuld an Vericos Tod.« Ihre Stimme brach, als der Name des heimlich Geliebten über ihre Lippen kam. Sie begann zu taumeln, doch niemand kam ihr zu Hilfe. Ihre weit aufgerissenen Augen flackerten unruhig. Für einen Moment sah es aus, als wollte sie sich erneut auf Miriam stürzen, doch dann überlegte sie es sich anders. Sie sah in die erschrockenen Gesichter der Menschen. »Ich verfluche euch, euch und alle eure Nachkommen!«, schrie sie voller Hass. Mit einem schrillen Schrei wandte sie sich um und rannte zurück in das brennende Haus. Im gleichen Moment brach das Dach ein und stürzte mit lautem Getöse herunter.

Miriam kam mühsam wieder auf die Beine. Sie wollte Gina folgen, um sie aus dem brennenden Haus zu holen, doch mehrere Arme hielten sie fest. Schweigend beobachteten die Menschen, wie das Feuer alles gierig verschlang.

Ira musste Miriam stützen. In ihrem Gesicht standen Grauen und Entsetzen über das, was gerade geschehen war.

»Lass uns zurück ins Haus gehen.« Sie sprach so leise, dass Miriam Mühe hatte, sie zu verstehen. Miriam schüttelte den Kopf. Obwohl sie sich kaum auf den Beinen halten konnte, löste sie sich von Ira und griff nach einem Krug mit Wasser. Ihr Kopf dröhnte, und ihre Kehle war so trocken wie Pergament. Sie ließ etwas von dem Wasser über ihr Gesicht laufen und trank einen großen Schluck. Dann schüttete sie den Rest Wasser, der sich in dem Krug befand in das Feuer.

Das war das Signal. Die Menschen lösten sich aus ihrer Erstarrung und löschten gemeinsam den Brand. Sie sprachen wenig und arbeiteten den ganzen Tag. Irgendwann war die Gefahr gebannt und einer nach dem anderen ließ sich erschöpft auf den Boden sinken. Sie hatten großes Glück, dass nur ein schwacher Wind wehte und das Feuer nicht auf die anderen Häuser übergegriffen hatte. Doch die Windrichtung konnte sich rasch ändern, und Miriam hatte darauf bestanden, die Dächer der umliegenden Häuser mit Wasser zu begießen.

Langsam wurde auch dem Letzten der Dorfbewohner klar, dass sie ihrer Fürstin zu Unrecht misstraut hatten. Außerhalb von Miriams Hörweite steckten die Frauen die Köpfe zusammen und begannen aufgeregt miteinander zu tuscheln. Woher hätten sie auch wissen können, dass Gina aus Liebe zu Verico den Verstand verlieren würde? Es war eine verbotene Liebe, die von den Göttern bestraft worden war. Hatte die Angst jetzt ein Ende? Oder war das erst der Anfang noch größerer Schrecken? Und was war mit der Fürstentochter? Würde es ihr genauso ergehen? Trotz der Hitze, die über den Trümmern des ehemaligen Versammlungshauses lag, begannen die wenigen im Dorf verbliebenen Männer, nach Ginas Leiche zu suchen. Der entsetzliche Fluch, den sie ausgestoßen hatte, ließ sie die Hitze vergessen. Sie mussten sofort handeln und Gina begraben, noch bevor sie sich in der Dunkelheit mit den Geistern der Unterwelt vereinen konnte.

Endlich fanden sie, was sie suchten. Ginas Leiche sah schrecklich aus; sie war bis auf die Knochen verbrannt. Die Männer wickelten ihre sterblichen Überreste in eine Decke und trugen sie aus dem Dorf. In aller Eile wurde ein tiefes Loch gegraben, das mit schweren Steinen ausgelegt wurde. Bevor sie die Leiche hineingaben, trennten sie den Schädel von den Schultern und legten ihn mit dem Gesicht nach unten auf Ginas Schoß. Dann bedeckten sie alles mit mehren Lagen aus schweren Steinen, die es ihr unmöglich machen sollten, sich jemals wieder aus dem Grab zu erheben. Mittlerweile war es restlos dunkel und die Männer arbeiteten schneller. Der Schweiß rann in Strömen über ihre Gesichter, doch sie achteten nicht darauf. Sie entzündeten Fackeln und stachen Grassoden aus, die sie über das Grab legten, um es für die Oberwelt unsichtbar zu machen. Nichts sollte mehr an Gina erinnern, und ihr Name würde aus dem Gedächtnis der Menschen gelöscht und nie mehr ausgesprochen werden. Noch vor Mitternacht waren sie fertig und begaben sich erleichtert zurück ins Dorf.

13

Mog Ruith hatte Aila zu einer schlichten Holzhütte geführt, die ein Stück abseits von den Unterkünften der Schüler lag. In der Hütte befand sich nur eine schmale Bettstelle mit einigen Decken darauf. Es gab keinen Tisch und auch keine Hocker, doch Aila war zufrieden. Sie war erschöpft und sehnte sich nach Ruhe. Dreimal am Tag brachte ihr einer der Schüler etwas zu essen, und wenn sie Durst hatte, konnte sie Wasser aus einem der kleinen Bäche trinken. Sie stand jeden Morgen bei Sonnenaufgang auf und rief die Götter an. Oft versank sie in stundenlange Trance, und Mog Ruith musste sie mehrmals in ihre Hütte tragen, weil sie anschließend vor Erschöpfung bewusstlos zusammengesunken war. Er mahnte sie, mit ihren Kräften behutsam umzugehen und sich mehr Ruhe zu gönnen.

Der Umfang ihres Leibes wuchs mit jedem Tag, und sie spürte voller Glück das Leben, das in ihr heranwuchs. Visionen und Träume begannen sich unmerklich zu vermischen, ohne dass es ihr wirklich bewusst wurde. Es war, als würde sie in einer Zeit leben, die sich außerhalb der Zeit befand, doch sie machte sich weiter keine Gedanken darüber. Sie aß, trank und ließ die Bilder in ihrem Kopf an sich vorüberziehen, und sie träumte von Dave. Sie war fest davon überzeugt, ihn wiederzusehen, und diese Gewissheit gab ihr die Kraft, die sie brauchte. Der kleine Rabe, der sie in ihrer Kindheit aufgesucht hatte, besuchte sie jede Nacht. In ihren Träumen sprach sie mit den Geistern der Ahnen und anderen Wesen, die ihr Schutz versprachen. Weit weg von allem, fühlte sie sich geborgen und sicher wie ein Kind an der Brust seiner Mutter.

Von den dunklen Vorzeichen, die sich wie ein riesiger Schatten über das Land legten, spürte sie nicht das Geringste. Mog Ruith beobachtete sie voller Sorge. Der Tag der Entscheidung rückte näher, und er wies seine Schüler an, sich durch Gebete und strenges Fasten darauf vorzubereiten.

Nach dem Ausbruch des Feuers wurde es wieder ruhiger im Dorf, und das Leben ging seinen gewohnten Gang. Miriam war erleichtert darüber, dass die Frauen bereits nach wenigen Tagen wieder mit ihr redeten und zu ihr kamen. Es war beinahe wieder wie früher. Calach war aufmerksam und zärtlich zu ihr; nur manchmal schweiften seine Gedanken fort. In solchen Momenten fühlte Miriam sich einsamer und verlorener, als wenn sie ganz allein gewesen wäre. Sie wusste, dass er in diesen Momenten an Aila dachte. Über ihre Schwangerschaft war im Dorf nie wieder ein Wort gesprochen worden. Sie hatte schon mehrmals den heiligen Hain aufgesucht, um nach Aila zu sehen, doch sie hatte sie jedes Mal in Trance vorgefunden.

Mog Ruith beruhigte sie. »Aila steht unter dem Schutz der Götter, es ist nicht nötig, dass du dich um sie sorgst.« Aus tief in den Höhlen liegenden Augen sah er sie an. Seine Haut war weiß und durchscheinend wie die Mistelbeeren an den Eichen. Er wird nicht mehr lange unter uns weilen, dachte Miriam, als sie zurück ins Dorf ging. Der Gedanke daran, Mog Ruith zu verlieren, machte sie traurig, und sie redete mit Barco darüber, der sie manchmal in ihrem Haus besuchte.

Barco tröstete sie. »Es ist seit langem sein Wunsch, zu gehen, doch er wurde ihm bisher verwehrt. Die Nacht der Entscheidung ist nicht mehr fern und wirft ihre Schatten bereits voraus.« Miriam lauschte ihm voller Spannung.

Barco sah sie prüfend aus seinen leicht schräg stehenden Augen an. »Hast du die Zeichen nicht bemerkt?« Miriam schüttelte den Kopf. »Das Flüstern der Bäume und das leise Grollen der Erde, begleitet von den Flügelschlägen der Raben. Alles ist miteinander verbunden und ein Teil dessen, was früher einmal ein Ganzes war. In dieser Nacht, die außerhalb aller Nächte liegt, muss alles wieder miteinander vereint werden. Öffne deine Sinne, und hör zu, wie du es nie zuvor getan hast.«

III

1

Walter Scott saß an der in teurem Teakholz gehaltenen Bar des Golfclubs und nippte missmutig an seinem Whisky. Es kam ihm vor, als hätte das Glück ihn an dem Tag verlassen, als er von Aila erfahren hatte. Vor zwei Wochen hatte er eine Story verbockt, weil er sich einfach nicht konzentrieren konnte, und sein Chef hatte ihm nahe gelegt, eine Weile Urlaub zu machen und auszuspannen. Nun saß er schon den dritten Samstag hintereinander hier und grübelte.

Seine Stimmung war auf dem Nullpunkt angelangt. Er stürzte den Rest Whisky in einem Zug hinunter und hielt dem Barmann auffordernd das Glas entgegen. Seine letzte Hoffnung war der junge Arzt, doch der war nicht einmal hier erschienen, obwohl er immer noch Mitglied war und normalerweise jeden Samstag hier aufkreuzte, um Golf zu spielen. Wenn er wenigstens mit Alice reden könnte! Er vermisste ihre fröhliche, unkomplizierte Art, mit der sie es immer wieder geschafft hatte, ihn aufzumuntern. Ob er sie anrufen sollte? Einen Vorwand zu finden wäre kein Problem. Er konnte sich erkundigen, wie es im Büro lief und wie sein Vertreter sich machte, dieser arrogante Brad, der schon seit längerem versuchte, ihn aus seinem Job als Chefredakteur zu drängen, und keine Gelegenheit ausließ, ihm das Leben zu erschweren.

Mit Alice zu reden wäre schön; es war genau das, was er jetzt brauchte.

Plötzlich trat jemand von hinten an ihn heran und klopfte ihm freundschaftlich auf die Schulter. Seitdem er hier war, kamen und gingen die Mitglieder des Clubs, ohne dass er sie beachtete. Doch das Schulterklopfen konnte er schlecht ignorieren. Ärgerlich über die Störung wandte er sich um und sah direkt in das lachende Gesicht seines alten Freundes Malcolm, den er noch aus seiner Studienzeit kannte.

»Das ist ja eine Überraschung! Wie geht es dir, alter Junge? Ich wusste gar nicht, dass du Mitglied in diesem ehrenwerten Club bist. Muss am Alter liegen, wir sind ja schließlich nicht mehr die Jüngsten«, setzte er grinsend hinzu. Erwartungsvoll sah er Walter an, der sich in Schweigen hüllte. Doch Malcolm ließ nicht locker.

»Jetzt erzähl schon, was du so getrieben hast seit damals.« Malcolm schien sich ehrlich zu freuen, ihn zu sehen. Er war braun gebrannt und hatte unerträglich gute Laune. Dazu kam, dass er in dem teuren, legeren Anzug geradezu unverschämt gut und erfolgreich aussah. Wie aus einem Modejournal entsprungen, dachte Walter mit einem Anflug von Bitterkeit. Einen größeren Gegensatz konnte es nicht geben. Er verzog missmutig das Gesicht und gab immer noch keine Antwort. Malcolm ließ sich dadurch nicht beirren. Er bestellte zwei Whisky bei dem Barmann und ließ sich auf dem Hocker neben Walter nieder. Walter verspürte nicht die geringste Lust, über alte Zeiten zu plaudern. Mürrisch starrte er auf die goldgelbe Flüssigkeit in seinem Glas. Malcolms Fröhlichkeit störte ihn in seinem Selbstmitleid, in das er immer öfter verfiel.

Endlich begriff Malcolm, dass sein alter Freund ernsthafte Probleme zu haben schien. Sein Gesicht wurde ernst und strahlte Anteilnahme aus. »Kopf hoch, alter Junge, wenn du Probleme hast, kann ich dir vielleicht helfen. Oder steckt eine Frau dahinter?« Er warf ihm einen aufmunternden Blick zu und bestellte noch einen Whisky für Walter, der sein Glas in einem Zug geleert hatte. Er selbst war erst seit drei Tagen zurück aus den Vereinigten Staaten. Die Geschäfte gingen blendend, und auch privat lief alles bestens bei ihm. Walter Scott schien im Moment weniger Glück zu haben. Obwohl er ein schwieriger Mensch war, hatte er ihn immer gemocht. Er besaß eine eigene Art von Humor, mit der allerdings nicht jeder zurechtkam. Sein scharfer Verstand hatte ihn damals schon zu einem interessanten Gesprächspartner gemacht, und sie hatten nächtelang über dieses und jenes philosophiert und diskutiert. Es tat ihm Leid, seinen alten Kumpel jetzt so deprimiert zu sehen, und er beschloss, zu bleiben, bis er den Grund dafür in Erfahrung gebracht hatte.

Er musste eine ganze Weile warten, bevor Walter sich endlich zu einer Antwort bequemte. »Es steckt tatsächlich eine Frau hinter meinen Problemen, besser gesagt ein junges Mädchen, aber es ist nicht so, wie du jetzt vielleicht denkst.« Malcolm wartete darauf, dass er weitersprach. Sein aufrichtiges Interesse tat Walter gut. Vielleicht würde es ihm ja besser gehen, wenn er sich einmal alles von der Seele redete.

Er nahm noch einen Schluck Whisky. Dann sah er Malcolm direkt ins Gesicht. Seine Augen blitzten auf. »Du willst also wissen, warum ich nicht so strahlend herumlaufe wie du, doch ich muss dich warnen: Die Geschichte, die ich dir jetzt erzähle, wird dich aus den Socken hauen. Vielleicht wirst du mich danach auch für durchgeknallt oder verrückt halten, doch ich kann dir versichern, dass jedes Wort wahr ist. Ich habe sogar Beweise dafür.«

Malcolm zwinkerte ihm vergnügt zu. »Jetzt leg schon los, sonst platze ich noch vor Neugier.« Schon nach den ersten Worten begannen Erinnerungen in ihm hochzusteigen an eine Zeit, in der es ihm nicht besser gegangen war als Walter jetzt. Aufgeregt beugte er sich vor, um ja kein Wort zu verpassen.

Als Walter geendet hatte, war er unter seiner Sonnenbräune blass geworden. Was hatte das alles zu bedeuten? Eigentlich war es nur ein Zufall gewesen, der ihn in den Golfclub geführt hatte, oder war es vielleicht doch kein Zufall? Die Vergangenheit wird uns immer einholen, dachte er, und die lange vergessenen Worte des alten Druiden klangen an sein Ohr. »Wir können dem Schicksal nicht entkommen, es nicht lenken wie einen Wagen und ebenso wenig beeinflussen wie den Lauf der Sonne oder den Willen der Götter. Die ewige Folge der Zeit ist unabänderlich.« Ohne dass es ihm bewusst wurde, sprach er die Worte laut aus.

Walter starrte ihn aus seinen vom Whisky mittlerweile geröteten Augen verblüfft an. Er runzelte unwillig die Stirn. »Was hat denn das wieder zu bedeuten? Wenn du vorhast, dich über mich lustig zu machen, kündige ich dir die Freundschaft.« Ein wenig beleidigt wandte er sich ab und drehte Malcolm den Rücken zu.

Malcolm winkte dem Barkeeper und bestellte Tee. »Bitte bringen sie uns den Tee an einen der Tische«, bat er. Die Vergangenheit, von der er geglaubt hatte, sie wäre endgültig vorbei, war mit voller Wucht über ihn hereingebrochen und löste eine Welle von Gefühlen in ihm aus, die er nicht für möglich gehalten hätte. Er zog Walter von der Theke zu einem der runden Tische, die von bequemen Sesseln umgeben waren, und setzte sich neben ihn.

Nachdem der Kellner den Tee serviert hatte, legte er eine Hand auf Walters Schulter. Er war so aufgewühlt, dass er nicht recht wusste, wo er anfangen sollte. Doch dann sprudelten die Worte nur so aus ihm hervor. »Es war kein Zufall, dass wir uns hier getroffen haben, und ich zweifle auch nicht an dem, was du mir gerade erzählt hast. Du wirst dich gleich besser fühlen oder auch nicht, denn das, was ich dir jetzt erzähle, wird dir den Rest geben.«

Er erzählte ihm die ganze Geschichte von dem Tag an, als er mit Miriam und Willie ins Hochland aufgebrochen war, um das Geheimnis von Miriams Mutter zu ergründen, und wie sie zu dritt in die Vergangenheit gerissen wurden. Als er mit seiner Erzählung fertig war, wirkte Walter fast wieder nüchtern. Er setzte mehrmals zum Sprechen an, doch es kam nur ein Stottern aus ihm heraus. Endlich hatte er sich so weit beruhigt, dass er wieder einigermaßen klar denken konnte.

»Es ist kaum zu fassen. Da jage ich wochenlang allen möglichen Leuten hinterher und versuche mit allen Tricks, etwas aus ihnen herauszubekommen, und dann tauchst du wie aus dem Nichts auf und präsentierst mir des Rätsels Lösung auf einem Silbertablett. Ich kann es einfach nicht glauben.« Im Überschwang seiner Gefühle sprang er auf und drückte Malcolm einen Kuss auf die Wange. »Du glaubst gar nicht, wie glücklich du mich machst. Ich habe schon gedacht, ich wäre dabei, den Verstand zu verlieren.«

Der Barkeeper sah pikiert zu den beiden Männern hinüber. Manche Menschen wissen einfach nicht, wie man sich zu benehmen hat, dachte er bei sich. Er hasste Menschen, die ihre Gefühle nicht unter Kontrolle hatten.

Eine Weile hingen Malcolm und Walter ihren Gedanken nach. Was sie gerade voneinander erfahren hatten, war einfach zu fantastisch. Walter fasste sich als Erster. Eine Idee hatte von ihm Besitz ergriffen, die ihn nicht mehr losließ. Aufgeregt sah er Malcolm an. »Ich muss unbedingt zu dieser Quelle. Kannst du mir den Weg dorthin zeigen?« Er packte Malcolm bei den Schultern, als dieser nicht sofort antwortete. »Wirst du es tun?« Malcolm zwinkerte ihm vergnügt zu. »Warum nicht, ein Ritt durch unser grandioses Hochland ist ein unvergessliches Erlebnis und bringt einen dazu, sich wieder auf die wichtigen Dinge im Leben zu besinnen.« Sie wirkten beide wie zwei kleine Jungen, die durch ein gemeinsames Geheimnis untrennbar miteinander verbunden waren und es kaum erwarten konnten, sich in das vor ihnen liegende Abenteuer zu stürzen. »Ich werde mit meiner Amy reden und Willie anrufen. Ich glaube nicht, dass es Probleme geben wird, ich habe noch zwei Wochen Urlaub«, versprach er. »Ich melde mich bei dir, sobald ich alles geklärt habe.« Fröhlich sah er Walter an. »Kannst du überhaupt reiten?«

»Es ist schon eine Weile her, seitdem ich das letzte Mal auf einem Pferd gesessen habe, aber irgendwie wird es schon gehen.«

»Vergiss nicht, dir wetterfeste Kleidung einzupacken, du weißt ja, wie wechselhaft das Wetter im Hochland sein kann.« Malcolm zog einen Geldschein aus seiner Brieftasche und legte ihn auf den Tisch. Dann erhob er sich und reichte Walter die Hand. Sein Gesicht war ernst. »Ich werde das Gefühl nicht los, dass es tatsächlich kein Zufall war, der uns hier zusammengeführt hat. Es muss einen Grund dafür geben, und ich bin schon sehr gespannt darauf, ihn zu erfahren.«

Walter sah Malcolm nach, bis er verschwunden war. Dann lehnte er sich zufrieden zurück. Das Glück hatte ihn doch noch nicht ganz verlassen, wie er für eine Weile geglaubt hatte. Das erste Mal seit langer Zeit blickte er wieder voller Optimismus in die Zukunft. Gut gelaunt bestellte er ein Taxi. Während der Fahrt zu seiner Wohnung überlegte er, ob er Alice anrufen und ihr alles erzählen sollte. Sie hatte die ganze Zeit über zu ihm gehalten, obwohl er zum Schluss den Eindruck hatte, dass sie es nur noch ihm zuliebe und ohne rechte Überzeugung getan hatte. Doch jetzt musste sie ihm einfach glauben, dass er Recht gehabt hatte, an der Geschichte festzuhalten.

Malcolm stieg in seinen Rover und fuhr nach Hause. Er fuhr nicht besonders schnell, trotzdem hatte er Mühe, sich auf den Verkehr zu konzentrieren. Immer mehr Bilder aus der Vergangenheit tauchten vor ihm auf, und er sah Miriams schönes Gesicht wieder vor sich. Er hatte lange gebraucht, um sich mit dem Verlust seiner großen Liebe abzufinden, doch irgendwann war es ihm gelungen, und Amy, die eines Tages völlig unerwartet in sein Leben getreten war, hatte ihm dabei geholfen. Miriams Bild war mit der Zeit verblasst, doch jetzt, nach fast zwanzig Jahren, war es wieder da und mit ihm die Gefühle, von denen er dachte, sie gehörten endgültig der Vergangenheit an.

Amy öffnete die Haustür, noch bevor er seinen Schlüssel aus der Tasche gezogen hatte. Sie schien auf ihn gewartet zu haben und fiel ihm überschwänglich um den Hals, froh darüber, Malcolm nach den langen Wochen seines Auslandsaufenthalts endlich wieder bei sich zu haben. Auch Malcolm genoss es, wieder zu Hause zu sein. Amy und er lebten in einem hübschen, gepflegten Einfamilienhaus mit Garten, das er ursprünglich für Miriam geplant hatte. Malcolm gab Amy einen Kuss und schob sie ein Stück von sich, um ihr in die Augen sehen zu können. An einem stürmischen Novembertag war sie ihm blind vor Tränen vors Auto gelaufen, und er hatte erst im letzten Moment bremsen können. Ihr Mann, ein Kriegsreporter, war wenige Tage zuvor von feindlichen Rebellen erschossen worden. Sie hatten sich zusammengetan und lange und gute Gespräche geführt, die sie einander näher gebracht hatten. Aus der Vertrautheit, die sich zwischen ihnen entwickelt hatte, wurde irgendwann Liebe, und sie führten eine gute Ehe. Amy war das Gegenteil von Miriam. Sanft und zurückhaltend, strahlte sie ernsthafte Nachdenklichkeit aus, ohne dabei traurig zu wirken. Er genoss ihre unaufdringliche Anteilnahme an allem, was ihn berührte.

Liebevoll strich er ihr über die hellblonden Haare, die sie zu einem lockeren Knoten hochgesteckt trug. Er liebte ihre goldbraunen Augen, in denen er ihre Gefühle lesen konnte wie in einem Buch. Der Tisch war wie immer einladend gedeckt, und Amy hatte zur Feier des Tages eine Flasche Rotwein geöffnet. Beim Abendessen erzählte er ihr von Walter und dass er für einige Tage mit ihm ins Hochland aufbrechen würde, um wieder einen klaren Kopf zu bekommen. Amy spürte, dass er ihr etwas verschwieg, doch sie brachte es nicht fertig, weiter in ihn zu dringen. Er hatte ihr nie einen Anlass gegeben, ihm zu misstrauen, und sie war sicher, dass er ihr eines Tages erzählen würde, was wirklich hinter diesem Ausflug stand.

Malcolm wirkte den Rest des Abends abwesend und zerstreut. Amy war ihm eine gute Frau, und er liebte sie aufrichtig. Trotzdem konnte er nicht verhindern, dass Miriams Gesicht an diesem Abend immer wieder vor ihm auftauchte. Am nächsten Tag setzte er sich ins Auto und fuhr zu Willie, den er seit ihrem damaligen Ausflug nicht mehr gesehen hatte. Anfangs hatte er sich des Öfteren vorgenommen, ihn zu besuchen, doch jedes Mal war es bei dem Vorsatz geblieben. Als er durch die sanft ansteigende Landschaft fuhr überfiel ihn prickelnde Erwartung, und er fühlte sich beinahe wieder so jung wie zu der Zeit, als er mit Miriam und

Willie ins Hochland aufgebrochen war. Die Sonne schob sich hinter einer dunklen Wolkenschicht hervor und ließ den Asphalt matt glänzen.

Eine halbe Stunde später fuhr er in die lang gezogene Einfahrt des Gestüts. Die Anlage wirkte gepflegt und blitzte vor Sauberkeit. Er stieg aus dem Wagen und sah sich um. Es war kein Mensch zu sehen, als er durch das grün gestrichene Hoftor ging. Im Hof traf er auf Elizabeth. Sie begrüßte ihn so freundlich, wie er es erwartet hatte, aber ihre Freundlichkeit wirkte aufgesetzt und nicht so herzlich wie früher. Sie hatte einen Teil ihrer Fröhlichkeit eingebüßt, und unter ihren vom Weinen geröteten Augen lagen dunkle Schatten.

»Willie ist in den hinteren Ställen«, sagte sie und ging höflich voraus, um ihm den Weg zu zeigen. Malcolm der Elizabeth vom ersten Tag an ehrliche Sympathie entgegengebracht hatte, warf ihr immer wieder verstohlene Blicke zu. Er hätte zu gern erfahren, was der Grund für ihre Traurigkeit war, doch ihr Gesicht wirkte so verschlossen, dass er davor zurückscheute, sie direkt darauf anzusprechen.

Die Stalltür stand offen. Elizabeth trat zur Seite, um Malcolm vorbeizulassen, und rief nur »Besuch für dich!« in die Stallgasse. Dann drehte sie sich ohne ein weiteres Wort um und ließ Malcolm stehen.

Malcolms freudige Erwartung wandelte sich in Unbehagen. Er fühlte sich wie ein Störenfried. Abwartend stand er in der Stallgasse und wartete darauf, dass Willie auftauchen würde. Seine Augen brauchten einen Moment, um sich an das Halbdunkel im Inneren des weiträumigen Stalles zu gewöhnen. Dann entdeckte er Willie, der in gebückter Haltung neben einem Schimmel stand. Das Tier scharrte unruhig mit den Hufen und warf immer wieder seinen Kopf hoch. Malcom trat langsam näher, um den Schimmel nicht noch mehr zu beunruhigen. »Hallo, alter Freund«, begrüßte er Willie und blieb zwei Meter vor dem Pferd stehen. Jetzt erst sah Willie auf. Sein Gesicht war aufgedunsen und von ungesunder Blässe. Er sah aus, als hätte er tagelang nichts anderes getan als zu trinken. Willie verdrehte die Augen, als ihre Blicke sich trafen. »Nicht schon wieder. Könnt ihr die Vergangenheit nicht endlich ruhen lassen oder zumindest mich damit verschonen? Die ganze Geschichte hat mir nichts als Ärger eingebracht, und ich habe langsam die Nase voll davon. Außerdem ist mein Knecht letzte Woche gestorben, und ich weiß nicht, wie ich die Arbeit allein bewältigen soll.« Seine Stimme triefte geradezu von Selbstmitleid; er schien wieder einmal der ganzen Welt die Schuld an seinem Unglück zu geben. Ob er sich jemals ändern wird?, dachte Malcolm. Er glaubte jetzt den Grund für Elizabeths Tränen zu kennen und war erleichtert, dass nicht mehr dahinter steckte.

»Kann ich dir irgendwie helfen?«, bot er an, ohne auf Willies Fragen einzugehen. »Du könntest Grannus festhalten, damit ich seine Wunde versorgen kann«, kam die knappe Antwort. Malcolm trat zu dem Pferd und streichelte beruhigend über die weichen Nüstern, während er mit der anderen Hand nach dem Halfter griff. Jetzt erst entdeckte er eine lange Schnittwunde, die sich quer über den Hals des Pferdes zog. Die Wunde klaffte einen halben Zentimeter auseinander, und helles Blut tropfte in das weiße Fell.

»Wäre es nicht besser, einen Tierarzt hinzuzuziehen?«, fragte er. »Die Wunde sieht aus, als ob sie geklammert werden müsste.«

»Viel zu teuer«, murmelte Willie, während er ein Desinfektionsspray nahm und auf die Wunde richtete. »Wenn ich anfange zu sprühen, musst du ihn gut festhalten. Er hasst das Geräusch von Sprühflaschen.«

Tatsächlich veranlasste das Zischen der Sprühflasche den Schimmel, den Kopf wild nach oben zu werfen. Beinahe hätte er Malcolm das Halfter aus der Hand gerissen. Malcolm nahm seine andere Hand zu Hilfe und schaffte es tatsächlich, das sich heftig sträubende Tier zu halten. Sobald das Sprühgeräusch aufhörte, beruhigte sich der Hengst wieder. Malcolm beobachtete, wie Willie mit geübtem Griff die Wunde zusammendrückte und sie mit einem langen Pflaster fest verklebte. »Das Pflaster wird nicht lange halten, und es wird sicher auch eine Narbe zurückbleiben, aber Grannus wird nur noch zum Decken gebraucht; er ist schon ein alter Herr und braucht nicht mehr gut auszusehen.« Willie führte das Pferd zurück in seine Box und wischte sich den Schweiß von der Stirn. »Ich glaube, ich brauche jetzt erst einmal was zu trinken.«

Malcolm folgte Willie in die Küche, die sofort weitere Erinnerungen in ihm hervorrief. Willie nahm eine Flasche aus dem Regal über dem Kühlschrank und goss großzügig daraus ein. Er stellte Malcolm ein Glas auf den Küchentisch und trank seines in einem Zug leer.

»Das war gut.« Willie wischte sich mit dem Ärmel über den Mund und füllte sein Glas erneut. Dann setzte er sich an den Küchentisch und sah Malcolm misstrauisch an. »Bitte erzähl mir jetzt nicht, dass du ein Pferd brauchst und zu dieser grässlichen Quelle reiten willst. Es bringt nichts als Ärger, in der Vergangenheit herumzustochern, und ich für meinen Teil möchte nichts, absolut gar nichts mehr damit zu tun haben.«

Malcolm bemerkte die tiefe Unzufriedenheit in Willies

Stimme und beschloss, der Sache auf den Grund zu gehen. »Was ist eigentlich los mit dir? Als wir uns das letzte Mal gesehen haben, warst du glücklich mit deiner Elizabeth und ich hatte den Eindruck, dass es euch ausgesprochen gut ging«, beantwortete er die Frage mit einer Gegenfrage.

»Die Zeiten ändern sich eben«, stieß Willie missmutig hervor. Er verspürte nicht die geringste Lust, Malcolm davon zu erzählen, dass er den Goldreif an sich genommen hatte, was ihm kein Glück gebracht hatte. Er griff erneut nach der Whiskyflasche.

»Glaubst du, der Whisky löst deine Probleme?« Malcolm nahm ihm die Flasche aus der Hand. »Ich bin bereit, gemeinsam mit dir nach einer Lösung für deine Probleme zu suchen, aber ich werde dir nicht helfen, wenn du weiter so viel trinkst.«

Willie warf ihm einen mürrischen Blick zu. »Mir kann niemand helfen. Einmal Versager, immer Versager, das hat schon mein Vater gesagt, und er hat Recht gehabt.«

Malcolm überhörte das Selbstmitleid in Willies Stimme. Ob er jemals erwachsen werden würde? Sein alter Schulfreund tat ihm Leid, und er beschloss spontan, ihm zu helfen. Warum sollte er nicht etwas Geld in die Pferdezucht und dieses Gut investieren? Amy war eine leidenschaftliche Reiterin gewesen, bevor ihr Mann ermordet worden war, und wäre sicher begeistert. Durch seine vielen geschäftlichen Auslandsaufenthalte war sie oft allein, und es gab nur wenig Abwechslung in einem Ort wie Inverurie. Sie hatte sich nie beklagt, aber er wusste, dass sie sich nach einer neuen Aufgabe sehnte. Sie hätte genügend Zeit, sich mit um die Pferde zu kümmern, und am Wochenende könnten sie gemeinsam ausreiten. Es war erholsam und entspannend und genau das Richtige nach den langen Arbeitstagen im Büro. Er war so begeistert von seiner Idee, dass er den eigentlichen Grund seines Besuches vergessen hatte. Er beschloss noch heute mit Amy darüber zu reden.

»Was hältst du davon, wenn ich bei dir einsteige? Mir gefällt das Gestüt, obwohl ich nicht viel von der Pferdezucht verstehe.« Willie starrte ihn an. Hatte er gerade geträumt oder gab es tatsächlich noch Hoffnung für das Gestüt?

Malcolm beobachtete, wie sich der Gesichtsausdruck seines Freundes veränderte. »Meinst du das im Ernst?« Willie hielt vor Aufregung den Atem an.

»Ich müsste natürlich die Größenordnung deiner Probleme erfahren und mit Amy darüber reden. Eine Bedingung würde ich allerdings stellen.« Er legte eine kleine Pause ein. Willie sah ihn erwartungsvoll an. »Ich erwarte, dass du deinen Whiskykonsum einschränkst.«

Ein breites Grinsen zog über Willies Gesicht. Er wirkte erleichtert. »Das ist alles? Ich muss sofort mit Elizabeth reden.« Er sprang auf und stürmte zur Tür, doch Malcolm hielt ihn zurück. »Ich werde jetzt nach Hause fahren. Such schon mal deine Unterlagen zusammen. Ich komme morgen wieder, sobald ich mit Amy gesprochen habe.«

Willie sah ihm nach, als er in den eleganten Wagen einstieg und davonbrauste. Dann drehte er sich um und suchte Elizabeth. Er fand sie im Hof, wo sie dabei war, die Wäsche aufzuhängen. Er nahm ihr den Wäschekorb aus der Hand und stellte ihn mit Nachdruck auf den Boden. »Ich habe tolle Neuigkeiten. Es gibt doch noch gute Menschen auf dieser Welt. Malcolm will mit in das Gestüt einsteigen. Er ist ein cleverer Geschäftsmann und hat genügend Geld. Damit wären unsere Probleme gelöst. Wir könnten einen neuen Knecht einstellen und endlich den Tierarzt und die Bank bezahlen. Was sagst du dazu?«

Elizabeth sah ihn traurig an. »Ich glaube nicht, dass wir unsere Probleme mit Geld lösen können. Ich habe lange über uns nachgedacht. Es geht einfach nicht mehr, ich bin am Ende meiner Kräfte und habe beschlossen, mich von dir trennen.«

Willie starrte sie an, als wäre sie verrückt geworden. Jetzt, wo es ganz danach aussah, als würde es endlich wieder aufwärts gehen, wollte Elizabeth ihn verlassen? Das konnte sie ihm doch nicht antun! Er brauchte sie und wollte sie nicht verlieren. Das erste Mal seit langer Zeit betrachtete er sie aufmerksam. Er sah die Traurigkeit in ihren geröteten Augen und auch die Kummerfalten, die sich in ihre Stirn gegraben hatten. Schlagartig wurde ihm bewusst, was für ein Trottel er die ganze Zeit über gewesen war. Als er sie kennen gelernt hatte, war es für ihn wie ein Wunder gewesen, dass Elizabeth sich in ihn verliebt hatte. Doch im Laufe der Jahre hatte der Alltag alles so selbstverständlich werden lassen, und er hatte nur noch sich und seine Probleme gesehen. Er hatte viel nachgedacht, seitdem der alte Knecht gestorben war, der ihm ein väterlicher Freund gewesen war, und wenn ihm die Gedanken zu viel geworden waren, hatte er so lange getrunken, bis sie im Alkoholnebel untergingen. Er hatte Elizabeth die Schuld an allen Problemen gegeben, weil sie die Einzige war, die noch da war, und weil es bequemer war, als sich die eigenen Fehler einzugestehen. Die ganzen Jahre über hatte sie seine Ungerechtigkeiten und seine schlechte Laune ohne zu klagen hingenommen. Er konnte ihr nicht einmal verübeln, dass sie ihn verlassen wollte.

Aber für ihn wäre es eine Katastrophe. Eine bessere Frau konnte kein Mann finden. Die Angst, sie endgültig verloren zu haben, krallte sich um sein Herz. Er war jetzt siebenundvierzig Jahre alt und hatte das Gefühl, zum ersten Mal in seinem Leben klar zu sehen.

Er sah Elizabeth bittend an. »Gib mir noch eine Chance. Du wirst es nicht bereuen. Ich habe lange gebraucht, aber ich glaube, dass ich jetzt endlich einige Dinge verstanden habe.« Elizabeth sah den tiefen Ernst in seinen Augen. Sie spürte, dass eine Veränderung in ihm vorgegangen war, wenn sie auch nicht genau wusste, was sie ausgelöst hatte. Trotzdem zögerte sie. Sie sah, wie sich seine Augen vor Trauer verdunkelten, als sie ihm nicht sofort antwortete.

»Ich will es versuchen, aber es ist das letzte Mal«, sagte sie leise.

»Du wirst es nicht bereuen«, versprach Willie. Es klang so ernst, dass Elizabeth schmunzeln musste. Er war und blieb ein großer Junge, dem man einfach nicht böse sein konnte. Sie bückte sich nach dem Wäschekorb, doch Willie kam ihr zuvor. »Ich helfe dir«, sagte er und grinste über ihr überraschtes Gesicht. Gemeinsam hängten sie die Wäsche auf die Leine und schmiedeten Zukunftspläne. Willie half ihr sogar beim Abwasch, was er in all den Jahren nicht ein einziges Mal getan hatte. Er konnte den nächsten Tag kaum erwarten.

2

Malcolm hatte Amy von seinen Plänen erzählt und voller Genugtuung beobachtet, wie ihre Augen vor Freude zu strahlen begannen. Ihre Wangen waren vor Aufregung leicht gerötet, als sie ihm alle möglichen Fragen über das Gestüt und die Pferde stellte. Am nächsten Morgen fuhren sie gemeinsam zu dem Gestüt, um ihre Pläne in die Tat umzusetzen.

Willie hatte die nötigen Unterlagen herausgesucht und auf dem Wohnzimmertisch ausgebreitet, während Elizabeth in der Küche Kuchen backte. Mit Spannung erwarteten sie den Besuch von Malcolm und Amy. Die beiden Frauen waren sich auf Anhieb sympathisch. Gemeinsam folgten sie Willie, der sie durch die Anlage führte und ihnen die Pferde zeigte.

Dem verstorbenen Knecht war es zu verdanken, dass sich das Gestüt in einem einigermaßen guten Zustand befand. Am Dach müssten einige Reparaturen durchgeführt werden, und auch ein Anstrich konnte nicht schaden, dachte Malcolm. Amy war begeistert. Sie hatte sich auf Anhieb in einen etwa dreijährigen Rappen verliebt, auf dessen Stirn sich ein sichelförmiges Mal befand. Als sie später die Unterlagen durchgingen, stellte Malcolm erleichtert fest, dass die Schulden bei der Bank nicht so hoch waren, wie er es insgeheim befürchtet hatte. Im Kopf legte er sich einen groben Kostenplan zurecht und überlegte, wie viel sie alles in allem investieren mussten.

Plötzlich hatte er eine Idee. Willie hatte ungefähr zehn Pferde, die zu alt für Turniere, aber auch für die Zucht waren. »Was hältst du davon, wenn wir regelmäßige Ausritte durch die Highlands anbieten würden? Es gibt noch mehr überarbeitete Büroleute und gestresste Manager, denen ein solcher Ausritt gut bekommen würde. Dazu kommen die vielen Touristen, die extra nach Schottland reisen, um das Hochland kennen zu lernen. Es würde die Pferde nicht überfordern, sondern wäre im Gegenteil eine angenehme Abwechslung für sie. Gleichzeitig wäre es eine Werbung für das Gestüt und würde Geld einbringen.«

Willie sah ihn erstaunt an. Die Idee war gut, und sie lag nahe. Warum war er eigentlich noch nicht selbst darauf gekommen? Elizabeth trug den Kuchen auf, während sie gemeinsam weitere Pläne schmiedeten. Der Nachmittag verging wie im Flug, und es war schon spät, als Amy und Malcolm aufbrachen. Im Auto gab sie ihm einen Kuss. »Eigentlich müsste ich dir böse sein, dass du mir deine Freunde so lange vorenthalten hast. Aber ich habe beschlossen, dir noch einmal zu verzeihen, weil du mir eine so große Freude gemacht hast. Ich kann es kaum erwarten, morgen zum Gestüt zu fahren und endlich wieder einen Pferderücken unter dem Hintern zu spüren.«

Amy fuhr fast jeden Tag zum Gestüt. Malcolm hatte ihr ein kleines Auto gekauft, damit sie unabhängiger war. Elizabeth und sie wurden rasch Freundinnen, und Elizabeth blühte richtig auf. Es war schön, nach all den Jahren nur mit Willie und dem Knecht, endlich mal wieder eine Frau zum Reden zu haben. Sie lachten und schwatzten, schmiedeten Pläne und bereiteten gemeinsam das Essen zu.

Willie hielt Wort. Er hatte sich geschworen die Finger für immer vom Whisky zu lassen und trank nur noch ab und zu ein Bier zum Essen. Schon einmal hatte er geglaubt, seine andauernde Pechsträhne überwunden zu haben: damals, als Miriam ihm das viele Geld gegeben hatte, damit er sie zur Quelle begleitete. Doch er hatte seine Chance nicht genutzt und alles verspielt, und das würde ihm nicht noch einmal passieren. Das Gefühl, erwachsen geworden zu sein, stärkte sein Selbstbewusstsein, und er war fest entschlossen, seiner Verantwortung dem Gestüt und besonders Elizabeth gegenüber nachzukommen. Elizabeth warf ihm immer wieder verstohlene Blicke zu. Die ungewohnte Nachdenklichkeit ihres Mannes gefiel ihr, und sie war froh darüber, ihm noch eine Chance gegeben zu haben.

Eines Morgens fuhr Willie zum Friedhof und trat an das Grab seines Vaters, das er nach der Beerdigung nie wieder aufgesucht hatte. Lange stand er vor dem Grab und schloss Frieden mit ihm. Ab jetzt würde er nur noch nach vorn blicken und die Vergangenheit endgültig hinter sich lassen. Auf dem Rückweg zum Gestüt hielt er an einem Blumenladen und kaufte Rosen für Elizabeth. Er war sicher, die Schatten der Vergangenheit für immer begraben zu haben.

Malcolm ließ Verträge entwerfen und legte noch einen ordentlichen Betrag obendrauf. Er hatte beschlossen, das Gestüt von Grund auf zu sanieren. Die körperliche Arbeit machte ihm Spaß, und er packte bei den Umbauarbeiten mit an, wo er nur konnte. Er bezahlte die Rechnung des Tierarztes und gab ihm den Auftrag, alle Pferde zu untersuchen und zu impfen. Dann besuchte er mit Willie einige Händler und war beeindruckt von Willies Fachkompetenz, was Pferde betraf. Nachdem sie zwei junge Hengste für die Zucht gekauft hatten, stellten sie einen neuen Stallknecht und einen ehemaligen Springreiter ein, der die jungen Pferde trainieren sollte. Gemeinsam entwarfen sie ein Konzept für die Ausritte ins Hochland, und Malcolm schaltete die ersten Anzeigen in verschiedenen Magazinen. Es dauerte nicht lange, bis die ersten Buchungen eintrafen und sich sogar einige Reiseveranstalter meldeten, die das Angebot in ihr Programm aufnehmen wollten.

»Highland Horseback« wurde ein Begriff und war ein voller Erfolg.

So vergingen die Wochen. Malcolms Urlaub war längst zu Ende und er hatte in der Firma so viel zu tun, dass er nur noch an den Wochenenden zum Gestüt fahren konnte. Walter Scott hatte ihn mehrmals angerufen und an den versprochenen Ausflug zur Quelle erinnert, doch Malcolm hatte ihn immer wieder vertröstet. Er war kein Mann, der halbe Sachen machte, und gab sich erst zufrieden, als alles im Gestüt so lief, wie er es mit Willie geplant hatte.

Als Walter jedoch am folgenden Sonntag erneut anrief, brachte er es nicht übers Herz, ihn noch länger hinzuhalten. Er hatte nun einmal versprochen, ihm zu helfen, und es schien Walter wirklich wichtig zu sein, zur Quelle zu kommen. Das Gespräch im Golfclub und die Euphorie, die sie damals ergriffen hatte, war durch die Arbeit in dem Gestüt für ihn in den Hintergrund getreten, und er konnte nur hoffen, dass Walter nicht allzu enttäuscht sein würde, wenn es ihm nicht gelingen würde, die Antworten auf seine Fragen zu finden. Wahrscheinlich wusste Walter selbst nicht genau, was er sich von dem Ausflug erhoffte, und bei nüchterner Überlegung war es ausgesprochen unwahrscheinlich, dass sie dort mehr entdecken würden als ein wunderschönes Tal mit einer Quelle. Doch trotz aller Überlegungen konnte er nicht verhindern, dass sein Herz schneller klopfte, wenn er an die Quelle und damit auch an Miriam dachte.

Der Frühling war mit aller Macht hereingebrochen, und die Nächte waren milder geworden. Er verabredete sich mit

Walter für den folgenden Freitag und beschloss, alles zu tun, um sein Versprechen einzulösen und seinem alten Freund zu helfen.

Doch vorher musste er mit Willie reden. Er fand ihn am Dressurviereck, wo er dabei zusah, wie der Bereiter einen jungen Hengst an den Sattel gewöhnte. Immer wieder brach das Temperament des Tieres durch, und der Bereiter hatte alle Mühe, das Tier zu bändigen. Willie hatte sich in den letzten Wochen sehr zu seinem Vorteil verändert. Seine vorher gräuliche Gesichtsfarbe war einer gesunden Bräune gewichen, und seine blauen Augen blitzten fröhlich.

Malcolm trat zu ihm. »Ich würde dich gern einen Moment sprechen«, sagte er.

Willie sah ihn erstaunt an. »Warum so förmlich? Habe ich etwas verbrochen?«

Malcolm musste lachen. »Das ist es nicht«, beruhigte er ihn. »Du machst deine Arbeit wirklich sehr gut, und der Erfolg gibt dir Recht. Ich wollte mit dir über etwas anderes reden und möchte dich bitten, mir genau zuzuhören, bevor du dich mit verdrehten Augen von mit abwendest.«

Willie ahnte nichts Gutes. Ernst sah er den Freund an. »Es geht um die Quelle, habe ich Recht?«

Malcolm nickte. »Der eigentliche Grund meines Besuches an dem Tag, als ich dir die Beteiligung angeboten habe, war, mit dir einen Ausflug zur Quelle zu planen.« Er warf Willie einen raschen Blick zu, doch der wartete ruhig ab. »Ich habe vor einigen Wochen einen ehemaligen Studienkollegen getroffen, der einer Story auf der Spur war, mit der er nicht so recht weiterkam. Und jetzt halte dich fest: Miriam hat eine Tochter, die ihr zum Verwechseln ähnlich sieht. Aila, so lautet ihr Name, ist in Inverurie aufgetaucht und von der Polizei aufgegriffen worden. Sie spricht nur gälisch, und anfangs glaubte man, sie würde unter Gedächtnisverlust leiden, und hat aus diesem Grund ein Bild von ihr in den örtlichen Zeitungen veröffentlicht. Seitdem ist mein Freund an der Story dran, doch er kommt nicht weiter, weil alle, die etwas wissen, sich weigern, mit ihm zu reden. Ich habe ihm von unserem Ausflug in die Vergangenheit und von Miriam erzählt und ihm versprochen, ihn zu der Quelle zu bringen.«

Willie hatte ihm aufmerksam zugehört. »Wo ist Miriams Tochter jetzt?«

»Wenn ich Walter richtig verstanden habe, ist sie in ihre Zeit zurückgegangen. Walter hat mir erzählt, dass sie sich vor den Augen des Inhabers einer Kunstgalerie in einer Nebelwolke aufgelöst hat.«

Willie schwieg eine Weile. Ihm wurde allmählich klar, dass es allein seine Schuld war, dass Aila nach Inverurie gekommen war. Wenn er den Goldreif nicht an sich genommen und verkauft hätte, wäre sicher alles ganz anders verlaufen. Er druckste ein wenig herum, doch dann überwand er sich. Er würde sich von jetzt an vor keiner Verantwortung mehr drücken und zu seinen Taten stehen.

Malcolm wunderte sich über Willies merkwürdige Reaktion. Das schlechte Gewissen stand ihm ja förmlich ins Gesicht geschrieben.

»Was ist los?«, fragte er. »Du hast doch irgendetwas.«

»Ich weiß schon seit einiger Zeit, dass Miriam eine Tochter hat. Aila war mit Mrs. MacLish bei mir. Ich habe sie zu der Galerie geschickt, weil ich dem Inhaber den Goldreif verkauft habe. Ich habe ihn mit einem ehemaligen Kumpel aus der Quelle geholt. Mein Kumpel hat den Reif in der Mitte durchgebrochen, weil er Angst um seinen Anteil hatte.«

Malcolm sah, wie betroffen Willie war. Er hatte sich tatsächlich geändert, und Malcolm war froh darüber. Es war richtig gewesen, Willie zu helfen und in das Gestüt zu investieren.

»Vor der Vergangenheit kann man nicht fortlaufen, sie wird uns immer wieder einholen«, bemerkte er. »Jedenfalls habe ich Walter versprochen, am Freitag mit ihm loszureiten. Vielleicht hast du ja Lust, uns zu begleiten?«

Willie schüttelte entschlossen den Kopf. »Einer von uns sollte beim Gestüt bleiben.« Dann fiel ihm etwas ein. »Hast du eigentlich Amy von der Sache erzählt?«

Malcolm stutzte. »Bis jetzt noch nicht, ich weiß auch nicht, warum ich es nie getan habe. Wahrscheinlich hat sich die richtige Gelegenheit dafür noch nicht ergeben.« Er grinste. »Es ist ja auch nicht ganz einfach, jemandem zu erklären, dass man schon einmal einen Trip in die Vergangenheit gemacht hat. Ich weiß nicht, wie ich reagieren würde, wenn mir jemand so etwas erzählen würde. Selbst Walters Geschichte hätte ich dem Whisky zugeschrieben, wenn ich nicht genau wüsste, dass sie wahr ist. Ich kann gut verstehen, dass sein Chef ihn für durchgedreht hält, aber ich möchte nicht, dass er deswegen auch noch seinen Job verliert.«

Ihr Gespräch wurde unterbrochen. Elizabeth stand vor dem Haus und rief laut nach Willie. »Es ist Besuch für dich da«, sagte sie und wies auf einen gut aussehenden jungen Mann, der schräg hinter ihr stand. Der junge Mann machte einen sympathischen Eindruck. Er trug Jeans, darüber ein dunkelblaues Sweatshirt und wirkte ausgesprochen sportlich. Willie schätzte ihn auf Ende zwanzig. Höflich reichte er ihm die Hand.

»Mein Name ist Doktor Bennett. Mrs. MacLish war so

freundlich, mir ihre Adresse zu geben, Sie kennen sie doch?«, fragte er. Willie unterdrückte das Bedürfnis, die Augen zu verdrehen. Stattdessen drehte er sich um und rief laut nach Malcolm, der am Dressurviereck stehen geblieben war. Dann wandte er sich wieder an Doktor Bennett. »Entschuldigen Sie bitte, dass ich Ihre Frage nicht sofort beantwortet habe. Mrs. MacLish war meine frühere Lehrerin, und ich kann mich noch sehr gut an sie erinnern, doch ich glaube, mein Freund sollte bei dem Gespräch dabei sein.« Willie machte die beiden Männer miteinander bekannt. »Die Geister, die ich rief, die werd ich nicht mehr los ...«, zitierte er mit einem Hauch von Selbstironie. »Mrs. MacLish hat uns den Doktor geschickt, und ich ahne, was jetzt kommen wird.«

Dave Bennett sah erstaunt von Malcolm zu Willie. Er verstand kein Wort. Willie sah ihn an, und seine Augen funkelten vergnügt. »Gehe ich recht in der Annahme, dass Sie mich bitten wollen, Sie zu unserer geheimnisumwobenen Quelle zu begleiten?« Sein Grinsen wurde breiter, als Dave Bennett ein wenig unsicher nickte.

»Hat Mrs. MacLish Sie von meinem Besuch unterrichtet?«, fragte der junge Arzt.

»Nein«, beantwortete Willie die Frage. »Aber kommen Sie doch herein. Wir können einen Tee zusammen trinken und uns in Ruhe unterhalten.« Gemeinsam begaben sich die drei Männer in die Küche, wo Elizabeth damit beschäftigt war, das Abendessen vorzubereiten. Der Duft von gebratener Lammkeule ließ Willie das Wasser im Mund zusammenlaufen. Lammbraten war sein absolutes Lieblingsgericht. Er gab Elizabeth einen Kuss auf die Wange und bat sie, einen Tee aufzugießen.

Dave Bennett setzte sich auf den angebotenen Stuhl und

sah unschlüssig von Malcolm zu Willie. Als keiner der beiden Männer etwas sagte, räusperte er sich und ergriff entschlossen das Wort. »Also, ich wollte Sie tatsächlich bitten, mich zu dieser Quelle zu begleiten, von der Mrs. MacLish mir berichtet hat. Es ist für mich sehr wichtig, dorthin zu gelangen, weil es meine einzige Chance ist, die Frau wiederzusehen, die ich mehr liebe als mein Leben.«

Malcolm sah ihn an. »Darf man fragen, wer diese Frau ist?«, fragte er, obwohl er die Antwort im selben Moment kannte. Dave spürte, dass die beiden Männer mehr wussten, als sie bisher verraten hatten. Die Verzweiflung, die in den letzten Wochen immer mehr Besitz von ihm ergriffen hatte, ließ alle Hemmungen schwinden. Trotzdem fiel es ihm nicht leicht, über Aila zu sprechen. Er sah ihr schönes Gesicht vor sich, ihre Augen, aus denen Liebe strahlte, und seine Züge wurden ganz weich. Es blieb ihm nichts anderes übrig, als das Risiko einzugehen, belächelt zu werden. Malcolm und Willie waren die Einzigen, die den Weg zu der Quelle kannten, und sie stellten seine letzte Hoffnung dar, Aila wiederzusehen.

Doch schon nach den ersten Worten wurde er von Malcolm unterbrochen, dem die Unsicherheit des Arztes nicht entgangen war. »Bitte machen Sie sich keine Sorgen, wir werden Sie nicht für verrückt erklären, wenn Sie uns erzählen, dass Aila aus der Vergangenheit stammt und Sie die Hoffnung besitzen, mit unserer Hilfe dorthin zu gelangen.«

Dave sah ihn überrascht an. Er war erleichtert, als Malcolm ihm von seinem Ausflug mit Miriam und Willie berichtete. Neue Hoffnung stieg in ihm hoch und spiegelte sich in seinen Augen wider. Wenn Willie und Malcolm es geschafft hatten, den Weg in die Vergangenheit zu finden, konnte es ihm ebenfalls gelingen.

»Wann können Sie mich zu dieser Quelle bringen?«, fragte er innerlich jubelnd.

»Wenn Sie am folgenden Freitag Zeit haben, nehmen wir Sie gerne mit«, antwortete Malcolm.

Wie im Traum fuhr Dave nach Hause. Er dankte Gott für die glückliche Wendung, auf die er kaum noch zu hoffen gewagt hatte. Schon bald würde er Aila wiedersehen und der glücklichste Mann auf der Welt sein. Das Hochgefühl hielt die ganze Woche an. Er arbeitete von früh morgens bis tief in die Nacht und konnte den Freitag kaum erwarten.

Auch Walter erwartete ungeduldig den Tag des Aufbruchs. Er hatte der staunenden Alice von dem Gespräch mit Malcolm erzählt und konnte sie nicht davon abhalten, mitzureiten. Ihre Argumente waren überzeugend. »Wenn wir dort wirklich etwas Außergewöhnliches finden oder sehen, ist es besser, wenn ich mit dabei bin. Du kennst unseren Chef. Ohne handfeste Beweise wird er dich für verrückt erklären. Wenn wir zu zweit sind, wird es uns eher gelingen, ihn zu überzeugen, du wirst schon sehen.« Sie redete so lange auf ihn ein, bis er seufzend nachgab.

3

Endlich kam der Freitag. Es regnete in Strömen, als sie endlich die Pferde gesattelt und bepackt hatten. Alle vier trugen Regenmäntel und waren fest entschlossen, dem schlechten Wetter zu trotzen. Amy und Elizabeth standen in der Haustür und winkten ihnen zum Abschied nach. Malcolm hatte mit Amy nicht weiter über die eigentlichen Gründe des Ausflugs gesprochen, und Elizabeth fiel auf, dass die Freundin ein wenig bedrückt wirkte, als sie gemeinsam zurück in die Küche gingen. Sie versuchte sie aufzumuntern, während sie die Reste des Frühstücks wegräumte.

»Er hat dir nichts gesagt, und das beunruhigt dich, nicht wahr?«, fragte sie und sah Amy an, die traurig nickte.

»Malcolm hat bisher keine Geheimnisse vor mir gehabt«, sagte sie traurig. Elizabeth legte tröstend einen Arm um ihre Schultern. »Männer brauchen ab und zu ihre kleinen Geheimnisse und hüten sie wie einen Schatz, doch in diesem Fall bin ich davon überzeugt, dass Malcolm dir nichts gesagt hat, weil er nicht möchte, dass du dich unnötig sorgst. Er liebt dich wirklich sehr. Irgendwann wird er dir alles erzählen, da bin ich mir ganz sicher.«

Ihre Worte beruhigten Amy, was Elizabeth zufrieden zur Kenntnis nahm. Sie hatte kein Recht, Malcolm vorzugreifen, und sie vertraute ihm. Er war zuverlässig und vertrauenswürdig, Amy hätte keinen besseren Mann finden können.

Gegen Mittag hellte sich der Himmel etwas auf, und der Regen ließ nach. Malcolm schlug vor, eine Rast einzulegen. Sie tranken heißen Tee aus der Thermoskanne und aßen einige Sandwiches. Die Männer wirkten einsilbig und verschlossen. Alice, die gern mehr erfahren hätte, blieb nichts anderes übrig als abzuwarten. Sie war gespannt auf das, was sie erleben würde. Bis dahin beschloss sie, den Ritt zu genießen. Ein erhebendes Gefühl ergriff sie, und im Schatten der kahl und düster wirkenden Hügel kam sie sich klein und unbedeutend vor.

Am Nachmittag schob sich die Sonne zwischen den tief herabhängenden Wolken hervor und brannte so heiß auf sie herab, dass sie Regenmäntel und Sweatshirts auszogen. Alice bereute es, keinen Sonnenschutz mitgenommen zu haben; ihre helle Haut reagierte besonders empfindlich auf zu viel Sonne. Sie sah zu Walter herüber, der mit leicht verkrampfter Miene auf seinem Pferd saß, darum bemüht, sich den ungewohnten Bewegungen des Tieres anzupassen. Wider Willen musste sie lachen.

»Versuch locker zu sein, lass dich einfach tragen, dann klappt es besser, du wirst schon sehen.« Walter sah sie grimmig an. Er hasste es, wenn man sich lustig über ihn machte, doch er befolgte ihren Rat, und tatsächlich fühlte er sich nach einer Weile etwas besser. Sein Gesicht entspannte sich ein wenig, und Alice konnte ihre Neugier nicht länger unterdrücken.

»Was genau erwartest du dir eigentlich von unserem Ausflug?«, fragte sie.

Es dauerte einen Moment, bevor Walter ihr eine Antwort gab. »Ich weiß es nicht, aber der Gedanke, dass Zeitreisen wider besseres Wissen anscheinend möglich sind, fasziniert mich. Es geht mir nicht mehr nur um das Mädchen und die Story.« Seine Stimme wurde leidenschaftlich. »Wir haben das Glück, von Dingen erfahren zu haben, die nur wenigen Menschen vorbehalten sind. Es ist eine Chance, über unseren engen Horizont hinauszukommen, eine

Chance, die ich mir um keinen Preis der Welt entgehen lassen werde.«

Malcolm hatte die letzten Worte mitbekommen.

»Ich kann dich gut verstehen, aber es ist nicht alles Gold, was glänzt. Im Nachhinein möchte ich die Erlebnisse mit Miriam und Willie nicht missen, auch wenn sie mir mittlerweile wie ein dunkler Traum vorkommen. Wenn du erlebt hättest, wie diese Horde Römer ohne Vorwarnung auf uns zugeprescht kam, um uns zu überfallen, würdest du dir nicht wünschen, zu viel zu erfahren.«

Sein Blick schweifte ab, als die furchtbaren Bilder vor seinen Augen aufstiegen.

»Es waren echte Römer, mit echten Waffen, und sie wollten wirklich unser Blut.«

Später, als sie in dem alten Castle am Feuer saßen, brach ein Sturm der Gefühle über Malcolm herein. Er ließ noch einmal die Vergangenheit an sich vorüberziehen und beschloss, mit Amy darüber zu reden, sobald er wieder zu Hause war. Ihr trauriger Blick beim Abschied war ihm nicht entgangen, und er fühlte sich ihr gegenüber ein wenig schuldig.

Sie tranken jeder eine Flasche Bier und rückten enger zusammen. Die geheimnisvolle Atmosphäre an diesem geschichtsträchtigen Ort legte sich wie ein Mantel über sie und drang bis in die letzte Pore. Jeder von ihnen versuchte auf seine eigene Art und Weise mit den Gefühlen fertig zu werden, die von den mächtigen, düster wirkenden Mauern des Castles ausgelöst wurden. Verzweifelte Szenen, wechselnd von Verrat zu Treue, Liebe, Tod und Hoffnung hatten sich in längst vergangenen Jahrhunderten hier abgespielt, und etwas davon hatte sich in die Ritzen der grob behauenen Steinquader gegraben. Ehrfürchtig lauschten sie den

Stimmen der Nacht und jeder war froh darüber, nicht allein hier zu sein.

Der Sonnenaufgang am nächsten Morgen war überwältigend und ließ sie für einen Moment die Unbequemlichkeiten der Nacht vergessen. Etwas Unwirkliches lag in der Luft, als sie durch die unberührte Natur ritten, gefangen genommen von den dramatischen Farbenspielen des Himmels, die sich auf den Hügeln widerspiegelten und dabei alle Facetten menschlicher Gefühle wiedergaben. Alice warf Dave immer wieder verstohlene Blicke zu. Die ruhige Entschlossenheit, die von ihm ausging, faszinierte sie. Sie beneidete Aila um die Liebe dieses Mannes. Es war nicht nur sein gutes Aussehen, dass sie zu ihm hinzog, er war aufmerksam, höflich und besaß einen unaufdringlichen Charme, dem man sich nur schwer entziehen konnte. Dave Bennett würde der Frau, die er liebte, alles geben, was sie zum Glücklichsein brauchte. Das Leben war schon ungerecht. Normalerweise fand man Traummänner wie Dave nur zwischen zwei Buchdeckeln, und wenn dann tatsächlich einmal einer im realen Leben auftauchte, war er bereits vergeben. Warum hatte er sich ausgerechnet in eine Frau aus der Vergangenheit verliebt und nicht in sie? Die Gedanken gingen mit ihr durch; Gedanken, die nur in dieser geheimnisvollen Einsamkeit möglich waren, in der die Gegenwart keine Chance hatte, die Vergangenheit zu verdrängen, und die ihren eigenen Gesetzen folgte.

Auch die drei Männer ließen sich von der eigenartigen Atmosphäre gefangen nehmen und ließen ihre Gedanken schweifen. An einem der wie kostbare Kristalle funkelnden Lochs, legten sie eine Pause ein. »So viel Schönheit scheint selbst Männer sprachlos zu machen«, frotzelte Alice. »Ich fühle mich, als würde meine Seele in Milch und Honig baden.« Die Männer wirkten leicht verlegen. Warum konnten sie nicht einfach Gefühle zulassen, ohne sich dadurch gleich weniger männlich zu fühlen, überlegte Alice. Sie war aufgekratzt und fühlte sich so gut wie lange nicht mehr, obwohl das Reiten und die frische Luft anstrengend waren. »Wenn ihr eure Sprache wiedergefunden habt, würde ich gern erfahren, in welcher Satteltasche sich etwas Essbares befindet, ich sterbe vor Hunger.«

Malcolm reichte ihr ein Sandwich. »In zwei Stunden haben wir das Tal erreicht, dort werde ich für uns das Abendessen zubereiten. Schaffst du es, bis dahin mit dem Sandwich auszukommen?«

Alice lachte ihn fröhlich an. »Wenn genügend davon vorhanden sind, sehe ich keine größeren Probleme.«

Malcolm drängte zum Aufbruch. »Wir werden im Tal übernachten, und ich möchte die Zelte aufbauen, bevor es dunkel ist.« Er sah in die Runde. »Wenn ich in eure Gesichter sehe, gehe ich jede Wette ein, dass ihr heute noch die Quelle sehen wollt, habe ich Recht?«

Dave und Walter nickten. Sie beeilten sich, auf die Pferde zu kommen. »Was haltet ihr von einem kleinen Galopp?«, schlug Malcolm vor. Sie flogen auf den nächsten Hügel zu, und der Gegenwind trieb ihnen die Tränen in die Augen.

»Ich dachte schon, mein Pferd hebt jeden Moment ab«, bemerkte Walter, nachdem sie die vor Schweiß dampfenden Tiere wieder zum Schritt durchpariert hatten. Er hatte Mühe gehabt, sich auf dem Pferd zu halten

»Ich glaube nicht, dass die Schwerkraft das zulassen würde, selbst hier nicht, wo alles möglich zu sein scheint.« Das erste Mal sah Alice Dave lächeln. Es war ein warmes Lächeln, das sich in seinen Augen widerspiegelte. Es gab ihr einen Stich, und sie wünschte sich nur einmal in ihrem Leben ein solches Lächeln von einem Mann, das nur ihr allein gehören sollte. Es fiel ihr schwer, den Blick von seinem Gesicht zu wenden.

Sie hatten die Spitze des Hügels erreicht, und es ging steil abwärts. Sie standen fast mit ihren Füßen in den Steigbügeln, und die Pferde hatten Mühe, einen sicheren Tritt zwischen den fest ineinander verschlungenen Wurzeln des hoch gewachsenen Heidekrauts zu finden. Der nächste Hügel war weniger steil. Anschließend führte ihr Weg sie am Fuß des Hügels weiter.

Dann erreichten sie das Tal. Alice hielt den Atem an vor so viel Schönheit. Da war sie jedes Jahr nach Mallorca geflogen, um Urlaub zu machen, ohne einen Gedanken an ihre eigene Heimat zu verschwenden. Obwohl ein feiner Nieselregen eingesetzt hatte, war sie ebenso wie die drei Männer von der wildromantischen Schönheit dieses Tals überwältigt. Malcolm führte sie zu einem kleinen Fluss. »Hier werden wir unser Lager aufschlagen.« Er sprang von seinem Hengst und band ihm die Vorderbeine fest. Noch während er den Sattel abnahm, begann das Tier zu grasen.

Alice, Walter und Dave stiegen ebenfalls von ihren Pferden. Malcolm plante bereits den Rest des Tages: »Ich würde vorschlagen, dass wir erst die Tiere versorgen und dann die Zelte aufschlagen. Wenn wir damit fertig sind, zeige ich euch das Ziel eurer Sehnsucht.« Walter musste daran denken, wie er damals als Kind vor der Wohnzimmertür gestanden hatte und warten musste, bis der Weihnachtsbaum fertig geschmückt war und alle Geschenke endlich darunter bereitlagen. Jede Sekunde war ihm wie eine Ewigkeit vorgekommen.

Malcolm musste über den ungeduldigen Eifer seiner Begleiter schmunzeln, die sich beinahe überschlugen, ihm bei dem Aufbau der Zelte zu helfen. Endlich waren sie fertig. Die Pferde waren getränkt und knabberten friedlich an den würzigen Gräsern, und die Zelte standen im Kreis rund um die vorbereitete Feuerstelle. »Möchtet ihr erst etwas essen, oder ist es euch lieber, wenn wir uns sofort auf den Weg machen?« Malcolm grinste Walter an.

»Du kannst ja richtig sadistisch sein!« Walter versetzte ihm einen kräftigen Schlag auf die Schulter. »Lass uns endlich gehen.« Sie liefen neben dem kleinen Fluss her, bis Malcolm in einen schmalen, verschlungenen Pfad einbog, der kaum als solcher zu erkennen war. Hohe Sträucher säumten ihren Weg. Irgendwann wurde der Weg breiter und gab den Blick auf eine unterirdisch gespeiste Quelle frei. Der weiche, von Flechten und Moos bedeckte Boden verschluckte ihre Schritte, als sie beinahe ehrfürchtig näher traten, ohne zu wissen, was sie hier erwarten würde.

Malcolm beugte sich über das klare Wasser. Seine Augen suchten nach dem goldenen Reif. Alice, Dave und Walter beobachteten ihn voller Spannung. »Hier hat der Reif gelegen, als Miriam ihn aus dem Wasser gezogen und um ihren Hals gelegt hat. Dann kam der Nebel, der uns ohne Vorwarnung in die Vergangenheit gerissen hat.«

Daves Stimme klang rau, als er sich an Malcolm wandte. »Ich muss alles darüber wissen. Kann man nur mit Hilfe dieses Reifes in die Vergangenheit gelangen, oder gibt es noch eine andere Möglichkeit?«

Malcolms Augen beruhigten ihn. »Später werde ich euch alles erzählen, was ich weiß.« Er lief um die Quelle herum, doch von dem Reif war nichts zu sehen. Er hatte nichts anderes erwartet. Dave und Walter standen ein wenig unschlüssig am Uferrand der Quelle und beobachteten ein

Blatt, dass hineingefallen war und langsame Kreise ziehend unterging. Die Enttäuschung stand Walter ins Gesicht geschrieben, während Alice mit geschlossenen Augen die seltsame Atmosphäre in sich aufsog. Bilder, die ihr genauso fremd wie vertraut waren, zuckten durch ihre Erinnerung, und sie versuchte sie festzuhalten, so gut sie konnte.

Malcolm konnte es nicht ertragen, seinen alten Freund so enttäuscht zu sehen. Er zeigte ihm die Inschrift, die Miriam für ihn in die umgestürzten Menhire eingeritzt hatte. Walter war begeistert und zog sofort eine Kamera hervor. Nachdem er die Inschrift von allen Seiten fotografiert hatte, fiel ihm etwas ein. Sein Mund verzog sich voller Bitterkeit. »Kannst du mir auch sagen, wie ich beweisen soll, dass die Worte bereits vor zweitausend Jahren hier eingeritzt worden sind und nicht vor zwei Jahren oder einigen Wochen?«

Malcolm sah ihn an. »Ich hatte keine Vorstellung von dem, was uns hier erwarten würde. Die Quelle ist kein Automat, in den man ein Geldstück einwirft und eine Gegenleistung dafür erhält. Es tut mir Leid, wenn du enttäuscht bist, doch ich habe dir nie etwas versprochen.«

Dave war ganz still geworden. Mit weit geöffneten Augen prägte er sich jedes Detail ein, das er sah. Er beugte sich über das Wasser und ließ seine Hand hineingleiten. Das Wasser war kalt und frisch. Aus einem Grund, den er sich selbst nicht erklären konnte, fühlte er sich Aila an diesem Ort ganz nah. Die Nacht warf ihre Schatten voraus, und es wurde unmerklich dunkler. Der Wind raschelte leise in den Blättern, und aus den ineinander verflochtenen Baumwipfeln über ihnen schallte der schrille Ruf eines Raubvogels.

Malcolms Magen gab ein unmissverständliches Knurren von sich. »Was haltet ihr von leckeren gegrillten Würstchen?«, fragte er. Er erhielt keine Antwort. Alice schien genau wie der junge Arzt tief in Gedanken versunken, und er brachte es nicht übers Herz, die beiden zu stören. Er trat zu Walter, der frustriert auf die Wasseroberfläche starrte. »Das Schicksal lässt sich nicht zwingen. Lass uns zum Lager zurückkehren. Du kannst mir helfen, das Essen vorzubereiten. Vielleicht haben wir morgen mehr Glück. Warte einfach noch etwas ab.«

Walter folgte ihm brummend zum Lager und zündete das vorbereitete Feuerholz an. Es würde eine Weile dauern, bis die Glut heiß genug war, um die Würstchen darüber zu braten. Er nutzte die Zeit, um das Brot zu schneiden und die Bohnen zu erhitzen. Es war jetzt vollkommen dunkel. Die Wolken schienen sich verzogen zu haben, denn immer mehr Sterne erschienen um den Mond herum, der das Tal mit einem silbrigen Schimmer erfüllte. Im Schein des Feuers konnte Malcolm Walters entschlossenen Gesichtsausdruck erkennen. Walter würde nicht aufgeben, und er konnte nicht umhin, die Zähigkeit seines alten Freundes zu bewundern. Er warf ihm eine Dose Bier zu. »Lass uns auf die alten Zeiten trinken.« Als ihm die Zweideutigkeit seiner Worte bewusst wurde, musste er lachen. »Komm schon, alter Freund, die Grübelei bringt dich auch nicht weiter.«

Er gab sich große Mühe, Walter aufzumuntern, doch es gelang ihm nicht. Hinter sich hörte er leise Schritte. Es war Alice. Der Duft der mittlerweile fertig gegrillten Würstchen war unwiderstehlich. Sie setzte sich neben Walter ans Feuer und nahm den Campingteller, den Malcolm ihr reichte, dankbar entgegen. »Doktor Bennett wollte noch eine Weile allein sein, aber mich hat der Hunger zurückgetrieben. Vielen Dank übrigens, es schmeckt köstlich«, sagte sie, nachdem sie ein Stück von der Wurst abgebissen hatte. »Es war richtig unheimlich, den Weg in der Dunkelheit allein zu gehen, und ich hatte die ganze Zeit über das Gefühl, beobachtet zu werden.«

»Die Dunkelheit kann einem schon einen Streich spielen«, sagte Walter. Dann wandte er sich wieder an Malcolm. »Ich habe die letzten Wochen damit verbracht, alle möglichen Theorien über Zeitreisen zu lesen, ein wirklich spannendes Thema, leider alles nur Theorie, wenn man von den Traumreisen absieht, die manche Menschen behaupten gemacht zu haben.«

Malcolm wusste, dass dies eine Aufforderung an ihn war, über seine Erlebnisse zu sprechen. Beinahe zwanzig Jahre waren seit seinem ersten Besuch im Tal vergangen, und während er erzählte, beschlich ihn mehrmals das Gefühl, das alles könne nur ein Traum gewesen sein. Es erschien ihm vollkommen unwirklich, als er von den kämpfenden Legionären und der furchtbaren Schlacht berichtete, aus der die Römer als Sieger hervorgegangen waren. Über die einzelnen Erlebnisse hatte er in den ganzen Jahren nicht ein einziges Wort verloren.

Dave war mittlerweile zurückgekehrt und hatte sich schweigend etwas zu essen genommen, während er gebannt Malcolms Worten lauschte.

»Es ist schon irgendwie verrückt.« Malcolm richtete seinen Blick in das flackernde Feuer. »Da sitzen wir hier und reden über alte Geschichten, in der Hoffnung, dass irgendetwas geschieht. Doch was könnte das sein?«

Er sah Walter an.

»Hoffst du wirklich darauf, dass der Nebel erscheint und dich in die Vergangenheit entführt, nachdem ich dir erzählt habe, welchen Gefahren wir ausgesetzt waren?«

»Ich weiß es nicht«, sagte Walter ehrlich. »Ich glaube, es ist mehr der Gedanke daran, dass Zeitreisen überhaupt möglich sind und dass es Dinge gibt, von denen wir bisher nicht einmal eine Ahnung hatten.«

Malcolm wandte sich an Dave. »Was ist mit Ihnen, sind Sie enttäuscht?«

»Ich möchte Aila zurückhaben, und wenn sie nicht zu mir kommt, dann werde ich zu ihr gehen. Ich habe keine Angst vor den Gefahren, die mich vielleicht erwarten.« Er klang entschlossen, und Malcolm musste daran denken, wie verliebt er damals in Miriam gewesen war. Lange hatte er sich nicht vorstellen können, ohne sie zu leben, und doch war es ihm gelungen, sein Glück zu finden, nachdem er die Hoffnung bereits aufgegeben hatte. Der junge Arzt tat ihm Leid, und er wünschte ihm von ganzem Herzen, dass sich seine Hoffnungen erfüllen würden.

»Ich finde, allein die Schönheit der Natur war diesen Ausflug wert.« Alice öffnete eine Dose Bier und trank genüsslich davon. »Es ist so romantisch hier, mir fehlt nur noch der passende Traummann.« Sie warf Dave einen sehnsuchtsvollen Blick zu, den er zu ihrer Enttäuschung nicht einmal wahrnahm.

4

Malcolm saß noch lange am Feuer, als alle anderen längst in ihren Zelten lagen. Am nächsten Morgen leuchtete der Himmel strahlend blau. Nachdem sie sich am Fluss gewaschen hatten, bereiteten sie gemeinsam das Frühstück zu. »Wir müssen spätestens gegen Mittag aufbrechen, wenn wir morgen vor Einbruch der Dunkelheit zurück sein wollen«, sagte Malcolm.

»Ich glaube, ich weiß jetzt, was ich tun werde«, sagte Walter unvermittelt. Seine Augen blitzten entschlossen auf. »Wenn schon keine Story für die Zeitung herausspringt, dann werde ich eben einen Roman über diese Geschichte schreiben«, verkündete er stolz. Es klang, als hätte er gerade einen bahnbrechenden Geistesblitz gehabt, der das Leben der Menschheit für immer verändern würde. Triumphierend blickte er von Malcolm zu Alice.

Malcolm war überrascht. Walter wirkte dynamisch und voller Energie, von seiner schlechten Laune und seinem Frust war nichts mehr zu erkennen.

»Die Idee ist gut, und wenn das Buch fertig ist, werden alle deine Leser darauf brennen, die Quelle zu sehen, und unsere Ausritte werden auf Monate hinaus ausgebucht sein«, scherzte Malcolm.

Er freute sich ehrlich mit Walter, und auch Alice war begeistert von der Idee.

»Ich habe schon öfter daran gedacht ein Buch zu schreiben. Die erste Zeit werde ich wohl weiter als Journalist arbeiten müssen, aber wenn ich Erfolg habe, werde ich den Job an den Nagel hängen und nur noch Bücher schreiben.«

Alice legte ihm freundschaftlich die Hand auf den Arm.

»Ich werde dir helfen und für dich Korrektur lesen«, sagte sie.

»Du bist schon ein tolles Mädchen.« Walter war gerührt über ihre Hilfsbereitschaft.

Dave hatte die ganze Zeit über kein Wort gesagt. »Ich werde noch einmal zur Quelle gehen«, sagte er und erhob sich. Alice hätte ihn gern begleitet, doch sie spürte, dass er lieber allein sein wollte. Sie sah ihm nach, bis er ihren Blicken entschwunden war. Man soll die Hoffnung nie aufgeben, dachte sie bei sich, und ihr Optimismus gewann wieder die Oberhand. Das Leben war einfach zu schön, um sich von traurigen Gedanken und unerfüllbaren Sehnsüchten hinunterziehen zu lassen. Während sie die Zelte abbauten und alles zusammenpackten, blieb sie an Walters Seite und hörte ihm zu, wie er voller Begeisterung seine Zukunft plante.

Als sie fertig waren, setzten sie sich zu einem zweiten Frühstück auf die von der Sonne erwärmten Steine am Fluss und genossen einfach nur die Schönheit der Natur und die frische würzige Luft um sich herum. Als die Sonne fast über ihnen stand, erhob Malcolm sich. »Ich werde zur Quelle gehen und Dave daran erinnern, dass es Zeit zum Aufbruch ist.«

Alice und Walter hatten ihren Platz auf den Steinen gegen die bequemere Wiese eingetauscht. Träge lagen sie in der Sonne und unterhielten sich leise. »Der junge Arzt scheint es dir ja mächtig angetan zu haben«, bemerkte Walter unvermittelt. Alice errötete unter seinem Blick, gab ihm aber keine Antwort. Walter war ein guter Beobachter, und seinen scharfen Augen entging so leicht kaum etwas.

Leicht verlegen erhob sie sich. »Komm, hilf mir die Pferde zu tränken, bevor wir losreiten. Eigentlich ist es schade, dass wir schon zurückmüssen, ich wäre gern länger hier geblieben.« Walter zuckte die Achseln. Er brannte darauf, mit dem Schreiben seines Romans zu beginnen.

Malcolm fand Doktor Bennett tief in Gedanken versunken. Er räusperte sich mehrmals, um sich bemerkbar zu machen. Als Dave aufsah, blickten seine Augen unendlich traurig. »Ich werde für eine Weile hier bleiben. Ist es möglich, mir ein Pferd hier zu lassen, ich werde selbstverständlich für die Kosten aufkommen«, bat er. Malcolm hatte schon fast geahnt, dass so etwas kommen würde. Trotzdem musste er sich davon überzeugen, dass Doktor Bennett in der Lage war, in dieser Einsamkeit zurechtzukommen. »Wovon wollen Sie leben? Wir haben nicht genügend Vorräte mitgenommen.«

Dave sah ihn fest an. »Ich bin darauf vorbereitet und werde für die nächsten drei Wochen genug zu essen haben.« Malcolm starrte ihn ungläubig an. Daves Gepäck war nicht viel umfangreicher als das der anderen. »Ich habe mir sogenannte Überlebensrationen besorgt, wie sie von Bergsteigern und auch in der Raumfahrt benutzt werden. Man braucht nur heißes Wasser, um sie zuzubereiten, und Wasser und Brennholz ist genügend hier vorhanden. Das Wasser ist von so guter Qualität, dass man unbedenklich davon trinken kann«, erklärte er. »Sie sehen also, ich bin bestens vorbereitet.« Er richtete seinen Blick auf die Quelle. »Ich habe in den letzten Wochen bis zum Umfallen gearbeitet und möchte einfach für eine Weile ausspannen, um wieder einen klaren Kopf zu bekommen.« Malcolm wusste, dass Dave Bennett ihm den wahren Grund für sein Bleiben verschwieg. Er hat die Hoffnung noch nicht aufgegeben, Miriams Tochter wiederzusehen, dachte er. Was hätte er an seiner Stelle unternommen, wenn Miriam ihn und nicht Calach geliebt hätte? Er musste zugeben, dass er genauso gehandelt und alles getan hätte, um sie wiederzusehen.

»Ich kann Sie gut verstehen«, sagte er zu Daves Erleichterung. »Und das mit dem Pferd ist kein Problem. Ich werde es Ihnen hier lassen.« Dave reichte ihm dankbar die Hand. Er wusste, das Malcolm ihn durchschaut hatte. »Ich wünsche Ihnen viel Glück, wir sehen uns dann in drei Wochen auf dem Gestüt.« Hoffentlich verkraftet er die Enttäuschung, wenn er nach drei Wochen feststellen muss, dass er Aila für immer verloren hat, dachte Malcolm.

Eine halbe Stunde später brachen sie auf. Alice war ein bisschen enttäuscht, dass Dave nicht mit zurückritt. »Er hätte sich ja wenigstens von uns verabschieden können«, maulte sie.

Walter zwinkerte ihr zu. »Man darf die Hoffnung nie aufgeben«, sagte er. »Irgendwann wirst du schon den richtigen Mann finden. Verfall bitte nicht in Torschlusspanik, du hast noch Zeit genug, immerhin bist du noch nicht einmal dreißig.«

Am Nachmittag des folgenden Tages ereichten sie das Gestüt. Elizabeth und Amy erwarteten sie bereits voller Ungeduld. Elizabeth hatten einen Kuchen gebacken, und sie saßen noch eine Weile zusammen, bevor Walter und Alice sich verabschiedeten. »Es war wunderschön, und ich möchte Ihnen danken, dass ich mitreiten durfte«, sagte Alice und reichte Malcolm zum Abschied die Hand. Walter bedankte sich ebenfalls. »Ich werde dir eines der ersten Exemplare meines Buches zukommen lassen«, sagte er. »Natürlich mit persönlicher Signatur.«

Nachdem die beiden fort waren nahm Amy Malcolms

Hand und sah ihn entschlossen an. »So, und jetzt möchte ich die ganze Geschichte von euch erfahren. Warum ist der junge Arzt an der Quelle geblieben, um die ihr so ein Geheimnis macht, und wer ist diese Aila?«

Malcolm sah zu Willie hinüber, der wie üblich bei diesem Thema die Augen verdrehte. »Ich glaube, es bleibt uns nichts anderes übrig, als Amy unser Geheimnis anzuvertrauen«, schmunzelte er. »Und ich bin wirklich froh darüber, dass du bei mir bist und alles bestätigen kannst. Amy lässt sich nämlich so leicht nichts vormachen.«

Dave Bennett hatte keine konkrete Vorstellung von dem, was er eigentlich erwartete. Den größten Teil des Tages verbrachte er an der Quelle und beobachtete die Wasseroberfläche. Er klammerte sich an die Hoffnung, dass der geheimnisvolle Goldreif doch noch darin auftauchen könnte. Jeden Abend, wenn er am Feuer saß, beobachtete er den Mond, der langsam voller wurde, und in den Nächten träumte er von Aila. Zwei Wochen waren vergangen, in denen nichts Außergewöhnliches geschehen war, und er wurde jeden Tag verzweifelter. Er wusste, dass er nicht für immer hier bleiben konnte, und begann sich schweren Herzens einzugestehen, dass er sich aller Wahrscheinlichkeit nach nur etwas vorgemacht hatte. Um sich von seinem Kummer abzulenken, erkundete er das Tal, ohne sich Gedanken darüber zu machen, wonach er eigentlich suchte. Er überlegte, ob es nicht besser sein würde, sofort nach Hause zu reiten, aber er brachte es nicht übers Herz und verschob seine Rückreise von einem Tag auf den nächsten.

Doch dann geschah etwas, was alles veränderte. Es begann am nächsten Morgen, als er wie gewöhnlich durch das Tal ritt. Die Stute wirkte nervös und tänzelte unruhig.

Immer wieder hob sie ängstlich den Kopf und gab ein aufgeregtes Wiehern von sich. Dave beobachtete aufmerksam seine Umgebung, doch er konnte nichts Ungewöhnliches entdecken und versuchte das Tier zu beruhigen, so gut er es vermochte. Die Stute blieb nervös und Dave fasste den Entschluss, am nächsten Tag endgültig zurückzureiten. Pferde waren Herdentiere und blieben nicht gern über einen längeren Zeitraum allein. Er ritt zu seinem Lager und ließ das Tier grasen, doch die Stute blieb angespannt. Als die Dämmerung sich wie ein Schatten über das Tal senkte, breitete sich eine merkwürdige Stimmung aus und füllte die Luft mit knisternder Spannung.

Lauschend hob Dave den Kopf. Irgendetwas störte ihn, er wusste nur nicht, was es war. Nach einer Weile fiel ihm auf, dass kein Tiergeräusch mehr zu hören war. Die Stille um ihn herum wurde immer drückender. Das Blut schoss ihm in den Kopf, und sein Herz begann heftig zu klopfen. Er konnte die Spannung nicht länger ertragen und erhob sich unschlüssig von seinem Platz am Feuer. Forschend betrachtete er den Nachthimmel. Der volle Mond war mit fahler Blässe überzogen. Irgendetwas würde gleich geschehen, er konnte es förmlich fühlen. Ob ein Unwetter im Anmarsch war? Das Wetter im Hochland war unberechenbar und konnte von einem Moment zum anderen umschlagen. Der klare Sternenhimmel sprach gegen ein Unwetter, aber was konnte es dann sein? Seine Sinne waren zum Zerreißen gespannt.

Er sah zu der Stute, die nicht weit von ihm entfernt stand, bereit, jeden Moment die Flucht zu ergreifen. Er trat zu dem Tier und klopfte ihm beruhigend den Hals. Dann vergewisserte er sich, dass es gut festgebunden war. Ein leises Krächzen neben ihm ließ ihn erschrocken zusammenzucken. Im Schein des Feuers konnte er einen kleinen Raben erkennen, dessen linker Flügel kraftlos herunterhing. Ungläubig starrte er auf den Raben, der vor ihm auf und ab hüpfte. »Du möchtest wohl, dass ich dir helfe?«, fragte Dave und bückte sich, um den verletzten Vogel aufzunehmen. Doch seine ausgestreckte Hand griff ins Leere. Schimpfend und krächzend hüpfte der Rabe ein Stück weiter. Dave folgte ihm. »Ich kann deinen Flügel richten und dich wieder gesund machen.« Mit ruhiger Stimme redete er auf den Raben ein. Der kleine Vogel tat ihm Leid. Mit dem gebrochenen Flügel hatte er keine Chance, in der Wildnis zu überleben. Der Rabe wartete jedes Mal so lange, bis Dave ihn beinahe erreicht hatte, um dann ein Stück weiterzuhüpfen. Dave war so sehr mit dem Vogel beschäftigt, dass er nicht bemerkte, wie der Himmel über ihm sich verfärbte.

5

Den ganze Nacht über hatten sintflutartige Regenfälle den Boden durchweicht. Bäume und Sträucher tropften, und die Wege bestanden nur noch aus Schlamm und Pfützen. Miriam schreckte aus dem Schlaf hoch und setzte sich benommen auf. Das Feuer war längst erloschen, und sie zog fröstelnd die Schultern hoch. Calach, der an ihrer Seite lag, schlief tief und fest. Sie widerstand dem Wunsch, sich enger an ihn zu kuscheln und in die Wärme zu hüllen, die von ihm ausstrahlte. Ihre Sinne waren angespannt, als sie von einer quälenden Vorahnung beschlichen in die Dunkelheit lauschte. Unruhig erhob sie sich, griff nach ihrem Umhang und verließ leise das Haus. Der große Platz lag verlassen vor ihr in dem langsam erwachenden neuen Tag. Dichte Wolken bedeckten den Himmel und hüllten alles in ein undurchdringliches Grau. Noch war kein Laut zu hören, doch es konnte nicht mehr lange dauern, bis die ersten Vogelstimmen erklangen.

Das schwirrende Geräusch schlagender Flügel unterbrach die Stille und lenkte ihren Blick nach oben. Dann sah sie die Raben: eine Wolke aus Federn, die sich einer nach dem anderen auf den Dächern der Häuser niederließen und dort zu Statuen erstarrten. In dem heller werdenden Grau wirkten sie unheimlich. Miriam strich sich mit der Hand über die Stirn, um die seltsamen Gedanken fortzuwischen, die der Anblick der Raben in ihr auslöste. Erinnerungen zuckten durch ihren Kopf, zu undeutlich, um etwas damit anzufangen.

Fieberhaft überlegte sie, ob der Auftritt der Raben irgendetwas zu bedeuten hatte. Sie wusste nicht, wie lange sie vor dem Haus gestanden hatte, bis Calach neben sie trat. Immer mehr Dorfbewohner waren aus ihren Häusern gekommen und starrten schweigend auf die Raben, die regungslos über ihnen hockten. Sie schraken unwillkürlich zusammen, als die Raben sich wie auf ein Zeichen hin gleichzeitig erhoben und wild flügelschlagend über dem Dorfplatz kreisten. Der krächzende tiefe Klang ihrer Stimmen erfüllte die Luft, bevor sie nach Osten schwenkten und wenige Sekunden später ihren Blicken entschwanden.

Betretenes Schweigen lag über dem Platz. Die Blicke der Dorfbewohner richteten sich auf Calach, der die stumme Aufforderung verstand. »Mog Ruith wird den Besuch der Raben für uns deuten«, versprach er. »Doch jetzt geht zurück an eure Arbeit.« Widerstrebend kamen die Menschen seinem Befehl nach. Calach legte seinen Arm um Miriam und zog sie zurück ins Haus.

Miriam spürte, dass er genauso verunsichert war wie die anderen Menschen hier. Sie drückte ihm einen liebevollen Kuss auf den Mund. »Ich muss zugeben, dass die Raben sich irgendwie merkwürdig verhalten haben und dass es ein wenig unheimlich aussah, wie sie da oben auf den Dächern gehockt haben. Doch es sind nur Vögel, die ihren eigenen Gesetzen folgen. Wahrscheinlich sind sie durch irgendetwas aufgeschreckt und von ihren Nistplätzen vertrieben worden. Ich bin sicher, dass es nichts weiter zu bedeuten hat.«

»Die Raben sind Boten der Götter«, widersprach Calach ihr leise mahnend. »Ihr Erscheinen hat immer eine Bedeutung, und Mog Ruith wird sie uns erklären.«

Die Türe wurde geöffnet, und Rana kam mit einem Krug warmer Ziegenmilch in der Hand herein. Sie stellte den Krug ab und begann mit dem Brotbacken. Miriam drückte zärtlich Calachs Hand und begab sich zum Fluss, um sich zu waschen. Der Himmel hatte eine merkwürdige gelbgraue Färbung angenommen. Es sieht aus wie vor einem drohenden Sandsturm, dachte Miriam, doch in diesem Land gab es keine Wüste. Sie war nervös, als sie sich an das Zählen der Lämmer machte, die überall geboren wurden, und musste mehrmals von vorne beginnen.

Sobald sie mit ihrer Arbeit fertig war, würde sie nach Aila sehen. Sie war froh darüber, dass Mog Ruith sie bei sich behielt, es war in dieser Situation das Beste für alle Beteiligten und hatte die Menschen im Dorf wieder beruhigt. Sie alle vertrauten Mog Ruith, der in enger Verbindung zu ihren Göttern stand. Trotzdem fehlte Aila ihr, und sie machte sich Sorgen um sie. Aila war noch schmaler gebaut als sie, und es war ihr erstes Kind.

Sie fand ihre Tochter schlafend in der kleinen Hütte und setzte sich leise neben sie, um sie nicht aufzuwecken. Die tiefen Schatten unter ihren Augen ließen sie noch blasser aussehen, als sie tatsächlich war. Sie schien zu träumen, denn ihre Augäpfel bewegten sich unruhig hinter den geschlossenen Lidern. Endlich schlug sie die Augen auf, und ein glückliches Lächeln lag auf ihrem Gesicht.

»Ich habe von Dave geträumt, es wird nicht mehr lange dauern, bis ich endlich wieder bei ihm sein darf.« Die Sicherheit in Ailas Worten ließ Miriam erschauern. Sie sah zu, wie Aila sich erhob und sich einige Haarsträhnen aus dem Gesicht strich. Ihr Bauch war riesig, und ihre Bewegungen hatten ihre grazile Leichtigkeit verloren. Sie musste sich verrechnet haben. So wie Aila aussah, lag der Geburtstermin wesentlich näher, als sie es angenommen hatte. Aila war ihrem Blick gefolgt und setzte sich neben sie. Immer noch lächelnd, nahm sie Miriams Hand und legte sie auf ihren Bauch. »Er wird ein großer Kämpfer werden, wie mein Vater. Keinen Moment gibt er Ruhe, und Dave wird sehr stolz auf ihn sein.«

Miriam konnte die Bewegungen des Kindes deutlich fühlen. Es schien tatsächlich außergewöhnlich kräftig zu sein. Sie erzählte ihrer Tochter, wie sie selbst damals fest davon überzeugt gewesen war, einen Jungen zur Welt zu bringen. »Die Frauen in unserer Familie haben seit Generationen nur Mädchen geboren, und ich bin sehr glücklich darüber, dich zu haben«, fügte sie hinzu, doch Aila ließ sich nicht beirren. Sie warf ihrer Mutter einen vorwurfsvollen Blick zu.

»Du selbst hast mir einmal erzählt, dass der Mann für das Geschlecht des Kindes verantwortlich ist. Wenn das wirklich stimmt, können auch die Frauen in unserer Familie Jungen bekommen, es liegt nur am Vater.«

Miriam wusste, dass es keinen Sinn machen würde, weiter mit Aila darüber zu diskutieren. Wenn sie sich einmal etwas in den Kopf gesetzt hatte, konnte nichts und niemand sie davon abbringen. Sie unterhielten sich noch eine Weile, bevor Miriam sich erhob. »Ich wäre gern noch länger bei dir geblieben, aber im Dorf gibt es in dieser Jahreszeit viel zu tun, und ich möchte mir nicht nachsagen lassen, dass ich meine Pflichten vernachlässige.« Sie gab ihrer Tochter einen Kuss auf die Wange und umarmte sie. »Denk daran, sofort einen Boten zu schicken, wenn es losgeht.« Aila versprach es.

Miriam war schon in der Tür, als sie einen erstickten Aufschrei hinter sich vernahm. Wie erstarrt saß Aila auf ihrer Bettstelle und presste die Hände auf ihren Bauch. Feine Schweißperlen überzogen ihre Stirn, und in ihren Augen stand die Überraschung über den unerwarteten Schmerz.

Sofort war Miriam bei ihr. Sollte es tatsächlich schon so weit sein? Schon wurde Aila von der nächsten Schmerzwelle überrollt und stöhnte leise.

»Ich werde Ira holen und dann sofort zu dir zurückkommen«, versprach Miriam und eilte aus dem Haus. Sie rannte beinahe den ganzen Weg und erreichte kurze Zeit später mit hochroten Wangen und nach Luft ringend das Dorf. Sie fand Ira in den Ställen, mit einem neugeborenen Lamm auf den Armen.

»Bei Aila haben die Wehen eingesetzt, komm schnell«, rief sie der Freundin zu. Ira und sie hatten schon vielen Frauen bei der Geburt beigestanden, und Ira hatte in ihrer sanften Art viel dazu beigetragen, die Frauen immer wieder zu ermuntern und ihnen Trost zu spenden. Ira half Miriam, einige Tücher und das gereinigte Vlies eines Lammes zusammenzupacken; dann eilten die beiden Frauen zurück zum heiligen Hain.

Aila lag auf ihrem Lager. Die Wehen kamen in immer kürzeren Abständen. Miriam wischte ihr den Schweiß von der Stirn und strich ihr zärtlich über die verschwitzten Haare. Tapfer ertrug Aila den Schmerz, der mit jeder Wehe heftiger wurde. Ira untersuchte mit kundigen Händen immer wieder ihren Bauch und versuchte zu ertasten, ob das Baby richtig herum lag. Ein Verdacht keimte in ihr auf, der sich mehr und mehr verdichtete. Sie beschloss, ihn vorläufig für sich zu behalten, um Miriam nicht noch mehr zu beunruhigen.

Zwischen den Wehen wirkte Aila völlig abwesend, und Miriam sorgte sich, ob der schmale Körper ihres Kindes den Strapazen gewachsen sein würde. Sie hatte jedes Gefühl für Zeit verloren und wusste nicht, wie viele Stunden vergangen waren. Irgendetwas stimmte nicht. Obwohl die Wehen rasch hintereinander kamen, ging die Geburt nicht vorwärts. Auch Ira schien besorgt zu sein, wie Miriam nach einem raschen Blick in ihr ernstes Gesicht feststellte.

»Wir können nicht länger warten, sonst hat sie nicht mehr genügend Kraft für die Presswehen«, flüsterte Ira ihr zu.

Miriam beugte sich über Aila. »Du musst aufstehen und laufen«, sagte sie. Gemeinsam halfen sie Aila beim Aufstehen und stützten sie bei jeder Wehe. In der kleinen Hütte war es feucht und stickig geworden, und Miriam bemerkte, dass Aila immer wieder nach Luft schnappte. Sie war kaum noch ansprechbar und wirkte wie in Trance. Miriam zerriss es fast das Herz vor Mitleid. Sie hätte alles getan, um Aila die unerträglichen Schmerzen abzunehmen. Gemeinsam mit Ira führte sie ihre Tochter vor die Tür, wo alle drei erleichtert die kühle, würzige Luft einatmeten.

Draußen war es mittlerweile dunkel geworden, und die beiden Frauen waren so mit Aila beschäftigt, dass sie die unheimlichen Veränderungen am Himmel zunächst gar nicht bemerkten.

Aila begann zu keuchen, und ihr Gesicht verlor alle Farbe, als die erste Presswehe einsetzte. »Wir sollten sie zurück ins Haus bringen«, flüsterte Ira. Aila hing schwer in ihren Armen, doch die aufrechte Haltung schien ihr deutlich Erleichterung zu bringen. Aila stöhnte leise auf, als Ira und Miriam sie mehr trugen als zogen, um sie zurück auf ihr Lager zu bringen. Sie hatten die kleine Hütte fast erreicht, als Miriams Blick auf den Himmel über ihr fiel. Die Atmosphäre um sie herum war mit knisternder Spannung geladen und war so unwirklich wie in einem gläsernen Traum. Der volle Mond wirkte kraftlos und blass, als sich eine ausgefranste, dunkle Wolke vor ihn schob. Wie eine

Klaue schien sie mit langen ausgestreckten Krallen nach dem Mond zu greifen. Ira war Miriams Blick gefolgt und hielt vor Schreck den Atem an. Ailas Stöhnen brachte sie zurück in die Wirklichkeit. Ihre weit geöffneten Augen waren auf Miriam gerichtet, aber sie schien sie nicht wirklich zu sehen. Ein Schauer lief Miriam über den Rücken, als sie versuchte, Ailas Blick zu halten, um zu ihr durchzudringen.

Aila reckte sich und schüttelte mit einem kräftigen Ruck die stützenden Arme ab. Mit hoch erhobenem Kopf taumelte sie auf den heiligen Hain zu. Miriam und Ira folgten ihr, bereit, sie wenn nötig aufzufangen und zu stützen. Keine der drei Frauen achtete auf das leise Grollen unter ihren Füßen. Aila lief auf die mächtige Zwillingseiche zu, deren Stämme fest ineinander verschlungen waren. Ihr helles Gewand leuchtete in dem fahlen Licht des Mondes, über den die dunkle Wolkenkralle mit schmerzhafter Langsamkeit hinwegzog. Der Himmel um ihn herum färbte sich violett und wurde umringt von einem Kranz aus schwarzen Wolken.

Die nächste Presswehe setzte ein und zwang Aila in die Knie. Miriam und Ira wollten zu ihr eilen, doch es war ihnen unmöglich, sich zu bewegen. Miriams Mund öffnete sich zu einem verzweifelten Schrei. Da war es wieder, dieses lange verdrängte Gefühl ohnmächtiger Hilflosigkeit, das ihr die Luft zum Atmen nahm und sie zur völligen Bewegungslosigkeit verdammte. Schon einmal hatte sie es erlebt, damals, als sie hinter ihrer Mutter auf dem Pferd saß und sich verzweifelt an sie krallte.

Sie bemerkte weder Mog Ruith, der mit seinen Schülern einen schützenden Kreis aus weißen Gewändern um sie gebildet hatte, noch die Dorfbewohner, die sich in fassungsloser Angst erstarrt hinter den Druiden versammelt hatten. Die Raben, die regungslos auf den Wipfeln der Bäume hockten, schwiegen ebenfalls. Die Luft verdichtete sich zu einer drückenden Wolke. Die nächste Presswehe folgte und legte sich wie eine Klammer um Ailas Körper und zwang das Kind heraus.

Dann kam der Nebel. Er quoll aus unsichtbaren Öffnungen der Erde und breitete sich mit erschreckender Geschwindigkeit aus. Schon hatte er Aila erreicht und legte sich wie ein schwerer Mantel um sie. Miriams verzweifelter Schrei vermischte sich mit dem triumphierenden Krächzen der Raben, die sich von den Baumwipfeln stürzten und die Nebelwolke empfingen. Sie trugen sie empor, der Sonne entgegen, die sich für einen Moment über den Mond legte und sich mit ihm vereinigte. Um den schwarzen Schatten des Mondes erschien ein gleißender Reif aus Licht, der sich ausdehnte, bis er das ganze Land umfing. Keiner der Anwesenden konnte seine Augen von dem Schauspiel wenden. Wie gebannt starrten die Menschen in den Himmel, der unerreichbar für sie war. Der strahlende Schein des goldenen Reifes dehnte sich weiter aus, bis die Augen der Menschen ihn nicht mehr erreichen konnten.

Eine erdrückende Stille folgte. Niemand wagte es sich zu bewegen. Der Schock über das Erlebte war zu groß. Der wimmernde Schrei des Neugeborenen ging in dem donnernden Gewitter unter, das über sie hereinbrach. Noch einmal erhellte ein gleißender Lichtstrahl den heiligen Hain, um mit krachender Gewalt die Zwillingseiche zu spalten. Tränen liefen Miriam über die Wangen, als sie auf das Neugeborene zustürzte, doch Mog Ruith kam ihr zuvor. Vorsichtig hob er das Kind auf, und hielt es triumphierend den Dorfbewohnern entgegen.

»Der Fluch, der über den Raben lag, ist endlich gebrochen. Drei Nächte außerhalb aller Nächte, drei Leben, die anders sind, zwei werden geboren, in der dritten Finsternis, um zusammenzufügen, was auseinander gerissen war. Vergangenheit und Zukunft für immer ineinander verwoben.« Er trat zu Miriam und legte ihr vorsichtig das kleine Mädchen in den Arm. Unter Tränen wickelte sie ihre Enkelin in ihren Umhang und bedeckte das kleine Gesicht mit zärtlichen Küssen. Calach war neben ihr und legte tröstend seinen Arm um sie. Er setzte mehrmals zum Sprechen an, doch seine Stimme versagte, als er in Miriams von Trauer umhülltes Gesicht sah. Das unter dem Zeichen der Hoffnung geborene kleine Mädchen würde ihnen helfen, über den Verlust ihrer Tochter hinwegzukommen, die der Nebel ihnen genommen hatte.

6

Ailas Herz war mit so viel erwartungsvoller Hoffnung gefüllt, dass sie glaubte, es nicht einen Augenblick länger ertragen zu können. Ihre Sinne schwanden, als das Tor der Zeit sich ein letztes Mal öffnete, um sich hinter ihr für immer zu schließen. Der kleine Rabe hatte Dave bis zur Quelle geführt, dann verschwand er, als hätte er sich in Luft aufgelöst. Suchend sah Dave sich um, doch der Rabe blieb verschwunden. Ein Mondstrahl traf auf die Oberfläche der Quelle und ließ das Wasser sanft aufleuchten. Seine Augen weiteten sich vor Überraschung und Glück, als der schwere Reif in seinem Licht golden aufblinkte. Er stürzte auf das Wasser zu, um den Reif an sich zu nehmen, erfüllt von der unerträglichen Angst, er könnte verschwinden, bevor es ihm gelungen war, ihn zu erreichen.

Plötzlicher Nebel versperrte ihm die Sicht und ließ Panik in ihm hochsteigen. Er war seinem Ziel so nah, wie er es kaum noch zu hoffen gewagt hatte. Orientierungslos stocherte er in dem dichter werdenden Nebel. Er warf sich auf den Boden und bewegte sich mit ausgestreckter Hand kriechend weiter, in der erwartungsvollen Hoffnung, jeden Moment das Wasser zu erfühlen.

Seine Hand stieß auf etwas Weiches. Verzweifelt versuchten seine Augen, den Nebel zu durchdringen, als seine Hand forschend über den warmen Mädchenkörper fuhr. Das Glücksgefühl, das ihn durchzuckte nahm ihm den Atem. Unmerklich löste sich der Nebel auf, als wäre er nie da gewesen. Dave fuhr sich über die Augen, um sich zu vergewissern, dass er nicht träumte. Doch der Mädchenkörper lag immer noch vor ihm auf dem Boden.

Ein leises Stöhnen brachte ihn wieder zur Besinnung. Im Schein des Mondes sah er, dass der Boden unter seiner geliebten Aila sich rot färbte. Die Angst, sie zu verlieren, nachdem er sie gerade erst gefunden hatte, schnürte ihm beinahe die Kehle zu. Er zwang sich, ruhig zu bleiben, als er mit gewohnter Routine Ailas Puls fühlte. Ihr Puls war schwach, aber sie lebte. Doch woher kam das Blut? Er schob Ailas Gewand hoch und stellte fest, dass die Geburt mitten im Gang war. Noch nie war es ihm so schwer gefallen, sich auf seine Aufgabe als Arzt zu konzentrieren. Ein Wechselbad der Gefühle stürmte auf ihn ein, als er den Kopf seines Kindes ertastete.

Aila war nicht bei Bewusstsein, und ihr Körper war zu schwach, um das Kind herauszupressen. Dave wartete die nächste Wehe ab, bevor seine Hände sich entschlossen um das kleine Köpfchen legten und es mit Hilfe der nächsten Wehe sanft aus dem Körper der Mutter zogen. Er zog sein Hemd aus und wischte damit Mund und Nase seiner Tochter frei, bevor er sie genauer untersuchte. Vor Glück schossen ihm die Tränen in die Augen und tropften auf den kleinen Körper. Ein Mädchen, sein Mädchen! Er hatte keinerlei steriles Besteck bei sich, und so blieb ihm nichts anderes übrig, als die Nabelschnur mit seinen Zähnen durchzutrennen. Vorsichtig wickelte er das Kind in sein Hemd und legte es neben Aila auf den weichen Waldboden. Ihr Puls war immer noch schwach, doch sie atmete ruhig und gleichmäßig. Es war nur eine leichte Bewusstlosigkeit, die sie umfing. Dave klopfte ihr sanft auf die Wangen und sah voller Erleichterung, dass ihre Augen sich unter den Lidern bewegten. Sie würde jeden Moment wieder zu sich kommen.

Stöhnend begann sie sich zu bewegen. Er drückte ihr einen zärtlichen Kuss auf den Mund. Obwohl ihr Gesicht von den Strapazen der Geburt gezeichnet war, war er überwältigt von ihrer Schönheit. Ihre Lider begannen leicht zu flattern, und es erschien ihm wie eine Ewigkeit, bis sie endlich die Augen öffnete. In ihrem Blick lag die Hilflosigkeit und Angst eines Kindes, das nicht wusste, was mit ihm geschah. Doch als ihre Blicke sich trafen, weiteten sich ihre Augen vor Überraschung und wurden zu strahlenden Sternen, heller als jeder Himmelskörper über ihnen. Das Glück überwältigte sie, als ihre Augen stumme Zwiesprache miteinander hielten.

Dave legte ihr das Kind in den Arm, und Aila hatte das Gefühl, vor Glück zu zerspringen. Arm in Arm lagen sie dicht beieinander, und erst als Aila die Augen trotz aller Willensanstrengung nicht mehr offen halten konnte, erhob Dave sich und grub mit bloßen Händen ein Loch in den weichen Waldboden, um die Reste der Geburt darin zu versenken. Sein Herzschlag setzte für einen Moment aus, als er feststellte, dass es nicht eine Plazenta war, die vor ihm lag, sondern zwei. Ein heller Streifen erschien am Horizont; im beginnenden Tageslicht war jeder Zweifel ausgeschlossen. Dave ließ sich für einen Moment auf einem der umgestürzten Menhire nieder, um mit dieser neuen Erkenntnis fertig zu werden, bevor er wie ein Wahnsinniger aufsprang und fieberhaft den Boden rund um die Quelle nach dem zweiten Kind absuchte.

Irgendwann wurde er ruhiger und sank erschöpft zusammen. Sein Puls schlug immer noch schnell, als ihm klar wurde, welches Spiel das Schicksal mit ihnen trieb. Es hatte ihm seine geliebte Aila zurückgegeben und eine Tochter. Doch der Preis dafür war das andere Kind. Ob Aila diesen Verlust jemals verwinden würde?

Lange saß er da, bevor er sich mit einem Ruck aufrichtete. Er hatte einen Entschluss gefasst, der endgültig war. Aila würde nichts von dem verlorenen Kind erfahren. Seine Trauer um ihr zweites Kind war groß genug für sie beide, und er würde sie für immer in sein Herz einschließen.

Das Kind in Ailas Armen begann zu wimmern, und Aila schlug die Augen auf. Ein neuer Tag war angebrochen und mit ihm ihr neues Leben, das sie von nun an gemeinsam führen würden. Er half Aila, das kleine Mädchen anzulegen, damit es an der warmen Brust der Mutter trinken konnte. Beider Augen strahlten vor Glück, als sie voller Stolz ihre Tochter betrachteten und sich nicht satt sehen konnten an dem kleinen Gesicht.

Epilog
Sechs Monate später

Alice wischte sich die Tränen achtlos mit dem Ärmel fort. »Ich habe gar nicht gewusst, dass du so romantisch sein kannst«, stieß sie schluchzend hervor, während sie die letzten Seiten von Walters soeben fertig gestelltem Roman noch einmal las. Dann griff sie nach der Rotweinflasche, die auf dem Sideboard neben ihr stand, und goss sich einen großen Schluck davon ein. »Doch der Schluss ist einfach zu grausam, wie konntest du es nur übers Herz bringen, Aila einfach ihr Baby wegzunehmen?« Immer noch schluchzend trank sie das Glas in einem Zug leer.

Walter lehnte sich in seinem Schreibsessel zurück und nahm seine Lesebrille ab. Ein nachdenklicher Zug lag über seinem Gesicht. Es dauerte einen Moment, bevor er Alice eine Antwort gab. »Alles im Leben hat seinen Preis. Wir könnten kein Glück empfinden, ohne Trauer erlebt zu haben, und nicht die alles überragende Glückseligkeit der Liebe ohne die schmerzhaften Verlustängste. Es ist die unendliche Vielschichtigkeit, die das Leben so spannend macht, dass es sich wirklich lohnt, es bis zum letzten Atemzug auszukosten.«

Sie tranken noch eine Flasche Wein und waren in ihren Gedanken bei Aila und Dave, deren Geschichte so unglaublich klang, dass sie ihnen wie ein Märchen aus einer anderen Zeit erschien.